北京舞蹈学院70周年校庆系列丛书

任冬生舞台设计笔记

——舞台创作中的视觉呈现与延展

STAGE DESIGN NOTES BY REN DONGSHENG:
VISUAL PRESENTATION AND EXTENSION IN STAGE CREATION

任冬生　著
REN DONGSHENG

文化藝術出版社
Culture and Art Publishing House

任冬生

北京舞蹈学院舞台美术系主任，国家一级舞美设计，中国舞台美术学会灯光专业委员会常务副主任，北京舞美专业委员会副主任，中国音乐剧协会理事，北京戏剧家协会理事，北京舞蹈家协会理事，《演艺科技》杂志编委，大凉山国际戏剧节发起人、艺委会成员、视觉总监，中央戏剧学院博士研究生导师、教学实践指导专家，上海戏剧学院客座教授、驻校艺术家，上海音乐学院特聘教授。多次获得“文华奖”、“五个一工程奖”等国家级大奖，以及俄罗斯“伯努瓦奖”（Benois de la Danse）之“最佳舞美设计奖”。

舞美代表作有：观念演出《对话 · 寓言 2047》，舞剧《天路》《永不消逝的电波》《只此青绿》《咏春》，话剧《枕头人》《浪潮》《觉醒年代》，音乐剧《在远方》，大型情景史诗《伟大征程》。

北京舞蹈学院70周年校庆系列丛书

总序

静水流深，沛然莫御。人类通过舞蹈艺术感知生活、阅读社会、理解时代，因舞蹈之灵动和诗意，文明变得更加熠熠生辉。

在被誉为“舞蹈家摇篮”的北京舞蹈学院就聚集着这样一批人，他们以对舞蹈教育的赤诚之心、踔绝之能和鸿鹄之志提炼生活、传播文化、承载文明。从香饵胡同、白家庄、陶然亭到今日的万寿寺 1 号，七十载舞榭艺堂，七十载秋月春风。

历史是人类一切成就和进步的见证，也是未来的引领。欲流之远，必浚其源，唯有敬畏传统，礼敬前贤，守正创新，拾阶而上，方可青山依旧，绿水长流。站在 70 年办学的历史之巅，我们抚今追昔，凭高望远，倍加珍惜前辈先贤奠定的坚实教育基业，愈加敬畏中国舞蹈波澜壮阔的发展历史。

回眸 70 载，北舞人因事而化、因时而进、因势而新，始终坚持“双百”方针、“二为”方向和“双创”指引，以中国舞蹈教育“国家队”的责任引领发展方向。北舞始终是新中国舞蹈教育的奠基者、舞蹈教育体系的创建者、舞蹈高端人才的培养者、舞蹈先进观念的引领者、舞蹈先锋作品的研创者。学院积淀了中国舞蹈教育近现代发展的历史底蕴，借鉴国际舞蹈发展的最新成果，形成具有鲜明中华文化属性和开放包容特质的办学传统，成为中华舞蹈文化的守正创新者，使中国舞蹈成为世界舞蹈中具有鲜明文化辨识度的重要组成部分。

木铎金声，滋兰树蕙。回眸 70 载，学院先后培养了 19195 名学生，其中 4475 名中专生、7730 名本科生、1953 名研究生、380 名留学生、4657 名继续教育学历生。这些人才支撑了新中国不同时期对舞蹈高端人才的基本需求。70 年来，我们将舞蹈艺术教育的触角探向丰富多彩的美育世界，非学历教育覆盖5.51万人次，舞蹈考级教育覆盖1100万余人次，培训专业从业人员125万余人次，这让舞蹈艺术的光辉几乎照亮全中国每一个角落，可谓“芝兰绕阶，桃李满园”。

回眸70载，学院集聚了全国最优秀的舞蹈师资，先后有1547名教师在校园里披星戴月，播种耕耘，甘为人梯，筑梦桃李，形成集成牵引的人才矩阵、近悦远来的人才生态和名师荟萃的聚才效应。“人事有代谢，往来成古今。”历代北舞教师听党话、跟党走，心怀祖国人民，响应时代号召，追求艺术理想，以身许国，以舞言志，对事业矢志追求，对同道热情托举，对学生真诚关爱，既为经师，亦为人师。

“岁月不居，时节如流。”回眸70载，新中国舞蹈教育事业与时代同行，不断成其大，就其深，中国式现当代舞蹈事业蒸蒸日上，蔚然成林。回溯峥嵘岁月，有风雨如晦，有惊涛拍岸，北舞前贤砥砺廉隅，依然坚忍不拔，孜孜以求，昨今往事，均付时光。他们以舍我复谁的气度、负重致远的担当，筚路蓝缕，以启山林，无顾寒俭之素，无畏创基之艰，无常、无我、无畏，先觉、先行、先创，“羊公碑尚在，读罢泪沾襟”。

犹记得，那天，在漫天之雨中，我们涕零如雨，缅怀奠基学院事业的首任校长戴爱莲先生，追念创校前辈们的风雨人生；那天，我们在学院内树立吴晓邦先生塑像，学术性复原先生正在佚失的舞蹈作品；那天，我们纪念陈锦清院长，从家属手中接过沉甸甸的工作笔记；那天，我们在人民大会堂纪念贾作光先生诞辰一百周年，在国家大剧院再现先生创演的作品……至今，一系列“礼敬前贤，致敬大先生”的活动仍在进行中。

事变境迁，皆有所以。在学院70年院庆之际，我们追溯既往，审思当下，镜鉴未来，便有了学院系列文化计划。

我们通过“70年70堂公开课计划”，遴选出70堂代表性课程，聚焦教育教学和人才培养核心领域，沉淀办学历史，展示办学成就，汇聚办学力量，研发课程课例，实现典型示范，分享教育资源，赓续教学传承。

我们通过“70年70部原创小微作品扶持计划”，搭建舞蹈学府积累知识、创造学问、滋养文化的平台，助推学院优秀教师及青年学子苦心向学，探索未知，以创促学，化茧成蝶，激醒编创欲望，激发编创潜能，激活艺术机制，激励艺术创造。

我们通过“70年70部短视频传播计划”，利用数字化媒介收集、整理、传播学院优秀的教育案例、有价值影响力的校园生活、代表性艺术家和艺术活动，向社会输出有能量、有高度、有温度的舞蹈文化。

我们通过“70年70部优秀著述出版计划”，披沙拣金，掇菁撷华。几代北舞人撰书立学，以著述表达思想，以研究探索未知，在传承弘扬北舞文化传统上见人、见事、见情、见思想、见文化。

我们希望此书系面对时代的变迁、社会的转型、艺术的发展、审美的变化，以强烈的历史主动性、以自觉的艺术教育思考向舞蹈的至深处进军，理解艺术真谛，把握艺术规律，捕捉舞蹈发展新气息，创造舞蹈文化新场面，引导舞蹈艺术新风尚，不断突破认知边界，以对艺术更深刻的理解驱动舞蹈教育面向未来的发展。

我们希望通过此书系能梳理学院教育制度沿革的历史、学科专业发展的历史、课程教材发展的历史，梳理代表性教师、代表性课程、代表性教材、代表性学术成果、代表性剧目创作及代表性艺术教育观念，更深刻地反映中国舞蹈教育发展的理论高度、思想深度、实践厚度、情感温度，成为呈现中国舞蹈教育历程的信史、揭示中国舞蹈教育规律的密钥。

我们希望此书系能深刻总结北舞人特有的精神世界，即站在巅峰依然眺望远方的鸿鹄之志、海纳百川的艺术观念、接续发展的科学战略、自我革命的进取之心、敏言力行的优良作风、团结合作的统一步调、激发艺术活力的民主风气。自觉弘扬历代北舞人在艺术教育过程中所体现的政治坚定的立场，历史主动的精神，开放包容的气度，求是致用的作风，实践思维的方法，文舞相融的观念，爱国爱校爱舞蹈的情怀和为人民而舞、为时代建功的价值追求。

我们希望此书系能主动聚焦国家重大文化战略需求，系统回答舞蹈艺术领域的人民之问、时代之问、中国之问、世界之问，研究解决事关中国舞蹈特别是舞蹈教育全局性、根本性、关键性的重大问题，全面构建中国特色舞蹈艺术的学科体系、学术体系、话语体系，为舞蹈教育面向未来的发展提供理论先导。以学术的方式让美的艺术更有文化，让美的涵养更加厚重。

我们希望此书系能认真总结历代北舞人探索未知、及锋而试的勇气，不期修古，不法常可，随时势而脉动，立潮头而奋发，实现传统与现代的有机衔接，打开舞蹈教育创新空间，以先进舞蹈文化的真理之光激活优秀办学传统的基因，推动舞蹈教育的生命更新和现代转型，推动优秀办学经验和传统文化的创造性转化和创新性发展，建设中华民族现代舞蹈文明。

“江山留胜迹，我辈复登临。”对历史最

好的礼敬就是创造新的历史，对传统最好的礼敬就是创造现代文明。当今正是春风时，建设中国舞蹈高端人才培养中心、中国舞蹈学术研究中心、中国舞蹈作品研创中心、中国舞蹈文化传承创新中心、中国舞蹈数字教育中心的宏图正在北舞全面展开。我们应以先进的舞蹈教育观念、优质的舞蹈教育扩容、贤哲云集的人才变量效应，以及更自觉的舞蹈学术、学院风格的舞蹈创作、更开放包容的舞蹈教育国际化、舞蹈教育的数字化赋能、舞蹈课堂中的革命风暴迎接未来。

“天地英雄气，千秋尚凛然。”人类的具体历史，一定是所有人的历史，每个人和每件事都将被铭记在历史长河中。70 年来，是无数或知名或不知名的北舞人的具体历史实践，所贡献出的光和热，带给我们无限温暖和精神力量，形成了独属于北舞的精神世界。回眸 70 年激情的历史和光辉的岁月，是几代北舞人的拼搏、奋进、勇气和担当，是几代北舞人传承有序、艺脉相承的生动缩影，代代滋养，代代花开。我们谨以本套书系向过去、当下和未来忠诚献身舞蹈教育者致敬。

北京舞蹈学院党委书记

北京舞蹈学院党委副书记、院长

2024 年 7 月

代序

——探索无界艺术

在这个时代作为一名导演能与众多领域的艺术家一起见证许多震撼人心的时刻是件很幸福的、充满新鲜感的事情。我们相识在观念演出《对话 · 寓言 2047》，那是我非常看重的一部系列观念舞台作品。舞台上视觉的力量是不容小觑的，渲染氛围、塑造空间、为观众带来视觉与心灵震颤和享受等，都需要空间、灯光营造上的极高造诣。在这个充满艺术和创意的领域，任冬生以其充满才华的创意照亮了无数舞台和观众的内心。他凭借丰富的经验和深厚的艺术修养，无论舞蹈、音乐剧还是话剧，在每一个项目中都能创造出令人惊叹的视觉效果。他将光线与色彩、明暗巧妙地结合，营造出独特而引人入胜的舞台氛围。观众仿佛被引入了一个充满想象力和感染力的世界，沉浸在其创造的艺术空间中。

他的作品不仅具有高度的创意和原创性，更彰显了他对于细节与整体的平衡的高度关注。不但对光线的强度、方向、色温等方面进行精细调整，同时凭借他对舞美及各种视觉因素高度兼容的考量，兼收并蓄，以实现最为突出的整体视觉效果，变幻莫测的光影也能实实在在地为表演者的演绎增色添彩。成功的舞台设计、灯光设计需要与导演、表演者以及其他舞台团队成员紧密合作。冬生在这方面表现出高度的专业素养和卓越的沟通能力。他充分理解导演的意图，与团队的所有成员达成最大限度的共融，共创。任冬生的作品凭借其适应性和多样性，得到了业界和观众的一致好评，作品风格独具匠心，既能恰如其分地展现传统文化的韵味，又能巧妙地融合现代审美元素，充分展现了他对艺术的敏锐洞察力和无穷创造力。无论是古典戏剧还是现代舞蹈，他都能为之注入灵魂，赋予其独特的艺术魅力。

更为重要的是，在作品数量如此繁盛的时

代，试图去除标签，打破传统与现代的边界，探索科技与人性的深刻联系，通过舞台光影，将观念、概念转化为视觉艺术，通过更简单的美感，引发观众深思，是真正具有探索性的艺术家所应达到的创作高度，很愉悦我们一起经历过的“冒险”，艺术更深融汇科技才是真正的“无界”。任冬生已然成为一个时代业内的标志性人物。他的设计、他的作品让观众们感受到了艺术的无限可能，也为他赢得了广泛的尊敬和赞誉。

新书出版在即，亦感欣喜，相信通过这本书，更多的人将看到任冬生舞台视觉创作历程和思考。本书是个人艺术探索的记录，也是一个创作者的创造力、勇气和热情的展现。期待看到他未来更多的作品，相信他会继续在舞台艺术的道路上探索前行，为我们带来更多惊喜。

张艺谋

2024 年 1 月

自序

——我的舞台

自 1993 年从中央戏剧学院舞台美术系毕业以来，我一直从事舞台视觉的创作工作，至今已经三十余年。舞台似乎已经成为我的一切。每当走进剧场，当我看到一道道幕布、一排排灯光，甚至是闻到化妆油彩的味道，都让我感到那么亲切和熟悉。当黑暗中一道光倾泻而下，舞台就有了生命，我在这明亮与黑暗中，审视生命、创造故事，在这个过程中，我体会到了舞台给予我的那束“光”。

“视觉”是我们看到的，而“知觉”是我们通过“看”感受到的。

20 世纪以来，鲁道夫 · 阿恩海姆基于格式塔心理学所提出的视知觉理论对视觉艺术工作产生了重要的影响。我们试着将这一理论体系映射到舞台的视觉空间之上，以视知觉理论为基础重新审度以往的舞台作品发现，舞台视觉创作变得有迹可循。

这样的发现使视知觉理论体系成为探讨舞台视觉的新维度，这样的发现也使我们能更加清晰地认知在视觉外象和内省经验之间，创作者自由涂抹的笔触能够伸向何方、创作者的艺术语言和观众的知觉信息如何接驳与转换。

显而易见，在舞台演出过程中，将思考具象化为舞台视觉的过程，也是我所预期的观众完型过程。但在后期的交流中，我发现观众在浅层经验的基础上，自我完型的趋向并不完全相同，结合前后舞台段落，有的映射自己的经验形成独特的认知，有的则形成广泛的体验认知。

舞台演出的过程就是一场很有趣的实验，是一场创作者和观看者之间的角力。舞台视觉被赋予的认知是由设计师和观众共同创造的，艺术作品所形成的力量，则需要通过观众的感知来实现，设计师的工作则是为观众的感知提供材料。在我看来，舞台视觉创作需让出一部分“权力”给观众，并相信观众的感知能力，如此，当下舞台的视觉创作才具有自由的延展空间。

表演是时间的艺术，舞台是流动的空间。在一部戏里，场和场、景和景、戏和戏之间的转换必须流畅清晰。每一位设计师都要从多个维度多个角度去感受和思考舞台空间。视觉设计者的任务并不仅仅是在舞台上创造或还原一个真实的环境，而是必须为剧场艺术营造一种氛围，同时这种氛围也必须隐喻着表演的主题和内涵，为导演和演员提供更多的创意空间。视觉设计者通过选择特定的舞台形象，间接地影响和引导观众，在视觉上将戏剧主题进行翻译。观众在表演艺术中扮演着非常重要的角色，如果设计师忽略了观众的感受，就是忽略了另外一种空间，作品很难打动观众和目标受众。

舞台设计师应当是善于从剧本、历史、生活中汲取营养的人。他需要能够手绘草图，还要能够绘制灯光图；有审美能力，对新鲜事物始终保持好奇心；需要了解建筑，但并不是建筑师；能够绘画，但并不是画家；懂得电路，但并不是工程师。纵使能够任意运用某些技能，甚或拥有全部才能，但他对其中任何一项都不会有彻底的关注（全情的投入），更不会对任何一项作全面深入的了解。

舞台设计师这个职业既是感性的也是理性的，教学目标和设计上甚至没有特定的方法可以遵循。探讨设计与创作的元素及原理没有意义，更好的方法是将设计的含义拓展到艺术以外的领域。

把设计作为一个过程是很重要的，因为这个过程也将成为最终成品的一部分。这个过程包括合作、研究，以及一定的技术，也许还需要一些艺术家的感性情怀，而重点应当是理解和运用设计，以达到协调众多元素、创造剧中世界的目的——也就是创造出他们的作品。舞台设计师应该像导演一样地思考。

舞台设计师需要从阅读剧本开始，从文字中获得视觉形象的启示。李明觉先生称这个过程为获得“心像”。在此之后，设计师才会产生基于剧作的设计理念。舞台艺术是一个融合空间与时间的艺术，多幕场景会构成一个序列，单幕场景设计就是序列中的单帧照片。

空间的运用对观众的影响很大。在“正统”的剧院中，被照亮的镜框式舞台与观众席黑暗的鲜明对比所产生的间离效果，形成了一种假定性。正是这种假定性让观众毫不迟疑地进入情境，融入故事。在这个共享的空间中，观众即使意识到自己与演员之间的屏障，也能同表演者形成一种默契。

科技的进步为艺术的发展带来了许多新的机遇。当代舞台可使用的元素越来越丰富，科技催生了舞台视觉的“大爆炸”。当设计者面对 AR 技术、交互影像、数字技术、人工智能等如此丰富的舞台手段，为避免滥用，如何运用、选择和融合变得更为重要。数字化舞台艺术不仅传承了传统艺术形式，而且为艺术创作带来了新的创作方式，使艺术创作获得更大的自由，进而科技成为当今艺术领域中不可忽视的新力量。

本书首先讨论了舞台空间创作、舞台设计师概念、舞台视觉设计过程以及科技催生下的舞台视觉之个人见解。随后，结合实际作品从传承与再现、重塑与解构、光影与表达、融合与探索等几个方面进行了阐述，分享了个人艺术创作中意向与空间的表达以及如何实现舞台视觉的呈现和延展。

目

C O N T

传承与再现

舞剧《铜雀伎》 002
舞剧《洛神赋》 014
舞剧《孔子》 018
舞剧《李白》 024
舞剧《昭君出塞》 030
舞蹈诗剧《粉·墨》 040
音乐剧《火花》 050
舞剧《梁祝》 054
舞剧《杨家岭的春天》 064

重塑与解构

舞剧《宴》 072
舞剧《傩·情》 084
舞剧《记忆深处》 096
儿童剧《我们是秦俑》 106
民族歌剧《盼你归来》 112
音乐剧《在远方》 118
舞剧《到那时》 124
话剧《两京十五日》 134
话剧《春光明媚的日子》 142
音乐剧《理想之城》 148
音乐剧《南孔》 154
舞蹈诗《榜样》 160
舞蹈剧场《晷》 168

录

ENTS

光影与表达

176 舞剧《永不消逝的电波》

192 舞剧《天路》

202 舞剧《歌唱祖国》

210 舞剧《尘埃落定》

216 话剧《枕头人》

228 话剧《浪潮》

238 话剧《觉醒年代》

244 舞蹈诗剧《只此青绿——舞绘千里江山图》

260 舞剧《咏春》

276 芭蕾舞剧《白蛇传》

282 舞蹈剧场《火车站》

294 话剧《初步举证》

300 话剧《边城》

融合与探索

308 观念演出《对话 · 寓言 2047》（一、二、三季）

332 导师工作坊《界》

340 数字多媒体装置《人间、空间、时间和人》

345 结语

中国传统文化的精神内核强调意境。自古以来，关于意境的讨论从未停止。在中国古代美学理论中，有一种特定的审美意象被称为意境。“意”指的是艺术家的情感，“境”则是指象征物之外的精神境界。南朝时期的谢赫最早使用了“象外”一词，直接促成了唐代美学中“境”的概念。唐代王昌龄提出了诗的三种境界，即“物境”“情境”和“意境”，并对不同层次的状态进行了分析。近代王国维总结了前人观点，并进行了详细分析，将“意境”确定为我国诗学的核心美学范畴，是一种诗意的审美享受，使人们跳出世俗观念和偏见，体验内心世界最纯真美好的情感。

解读和诠释体现时代意义。在创作传统文化题材的舞台作品时，首先要了解其历史背景，正确理解和把握其传统文化意境，找到其中强烈的历史文化符号特征和表现手法，从而利用视觉画面和技术手段传达内容。

传承与再现

舞剧《铜雀伎》

编　　剧：孙　颖

导　　演：孙　颖

作　　曲：张　磊

视觉总监：任冬生

出　　品：北京舞蹈学院

首演时间：2009 年 3 月 20 日

舞剧《铜雀伎》是一部极为经典的作品，其故事植根于东汉建安年间曹操筑就铜雀台的历史背景，舞剧细腻描绘了铜雀台舞伎郑飞蓬与鼓手卫斯奴之间的悲剧爱情。

该剧的舞美运用了最传统的写实画幕，将宏伟的殿堂、精致的寝阁等场景以手工绘景的形式栩栩如生地展现在舞台之上。剧中人物的服装、妆容以及舞蹈动作均汲取自古代文物中的舞蹈形象，这种对细节的严谨考据与孙颖先生所追求的汉唐风格理念相得益彰。

鉴于舞台空间的相对写实特性以及布景、服饰所呈现的古朴而唯美的固有色调，灯光设计就如同为一幅幅古画赋予生动色彩的过程。设计师精确还原了蓝天白云和日夜更迭的自然光源，甚至连烛火之光也得以细腻模拟；同时还采用素雅的冷白、暖白基调来烘托舞者服饰的真实质感，并通过设立不同演区的区域光照，聚焦表演核心与舞蹈动态。整部剧中，大部分桥段采用小光比照明技术，确保角色及群舞能够和谐融入写实的环境氛围；而在那些舞蹈性强烈、戏剧张力突出的片段，则运用对比鲜明的大色彩与高光比设计，以凸显虚实交错与舞剧交融的艺术效果。

观众绝不仅是观赏者，更是作品意义构建过程中的重要参与者。对于这样一部以遥远汉魏文化为底蕴、悲情人物命运为主线的舞剧作品来说，迅速引导观众适应并沉浸于舞台上的虚构世界至关重要。唯有营造出自然流畅且极具美感的舞台环境，才能有效增强剧情的情感共鸣，从而有力地辅助整个剧目的完美呈现。

图1-1 《铜雀伎》剧照

图1-2 《铜雀伎》剧照组图

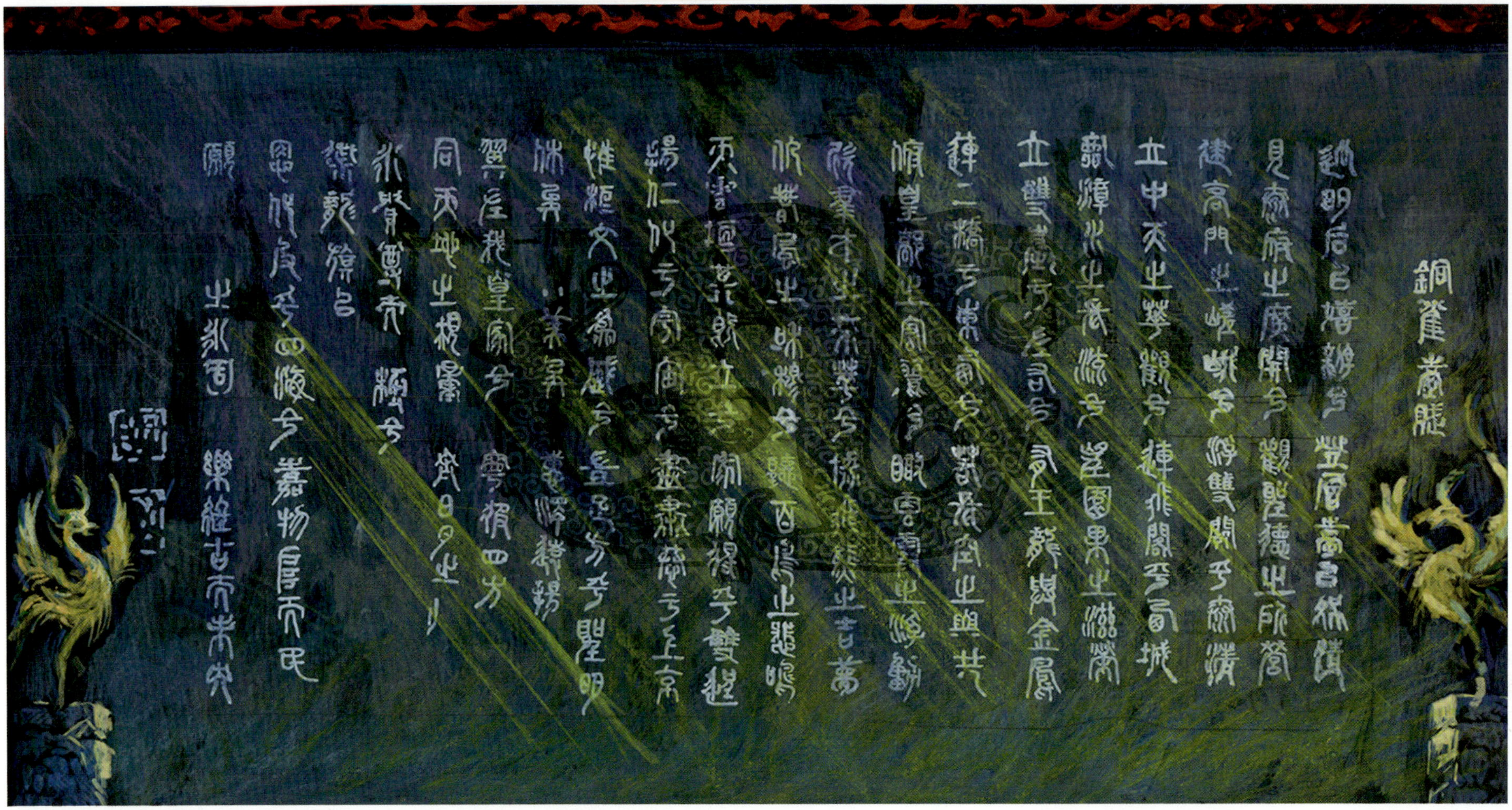

图1-3 《铜雀伎》手绘稿

图1-4 《铜雀伎》手绘稿

图1-5 《铜雀伎》手绘稿组图

图1-6 《铜雀伎》手绘稿组图

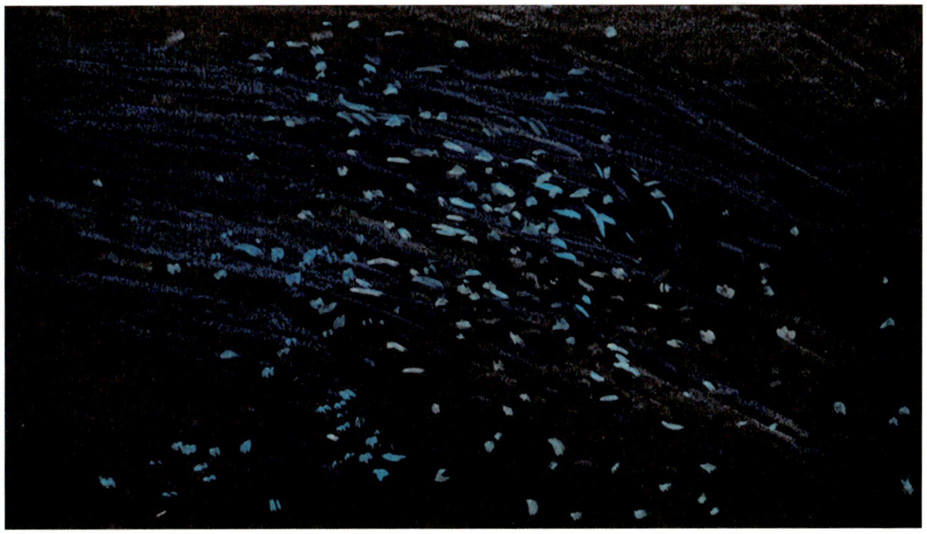

图1-7 《铜雀伎》手绘稿组图

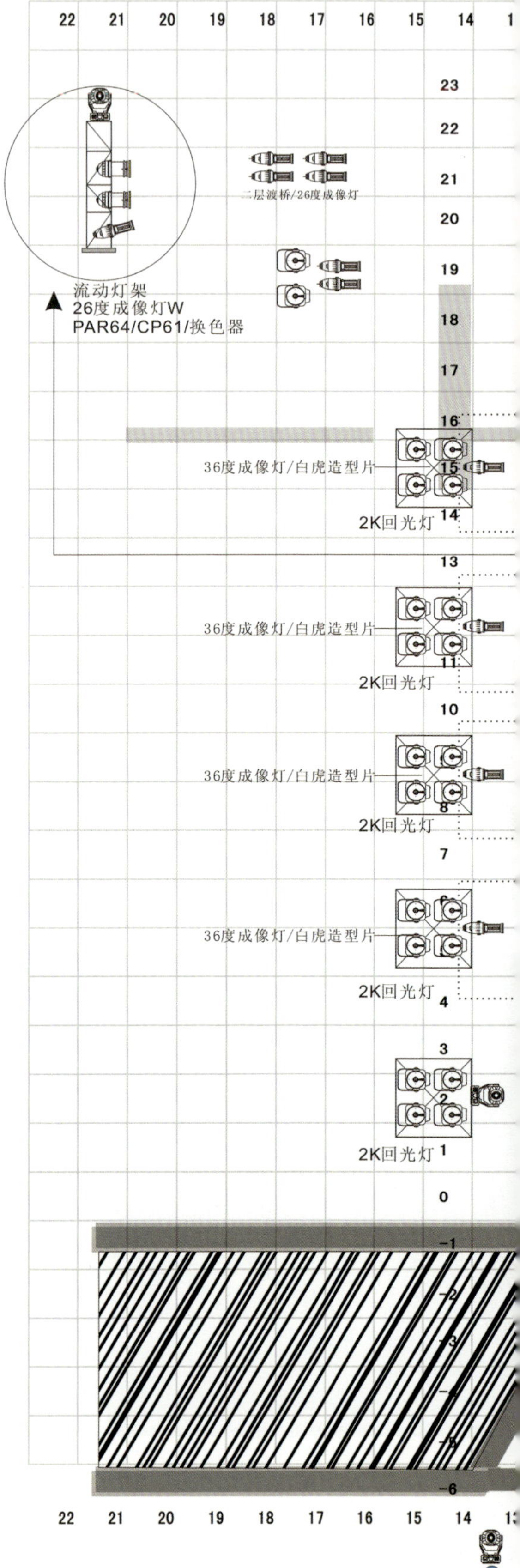

图1-8 《铜雀伎》灯位图

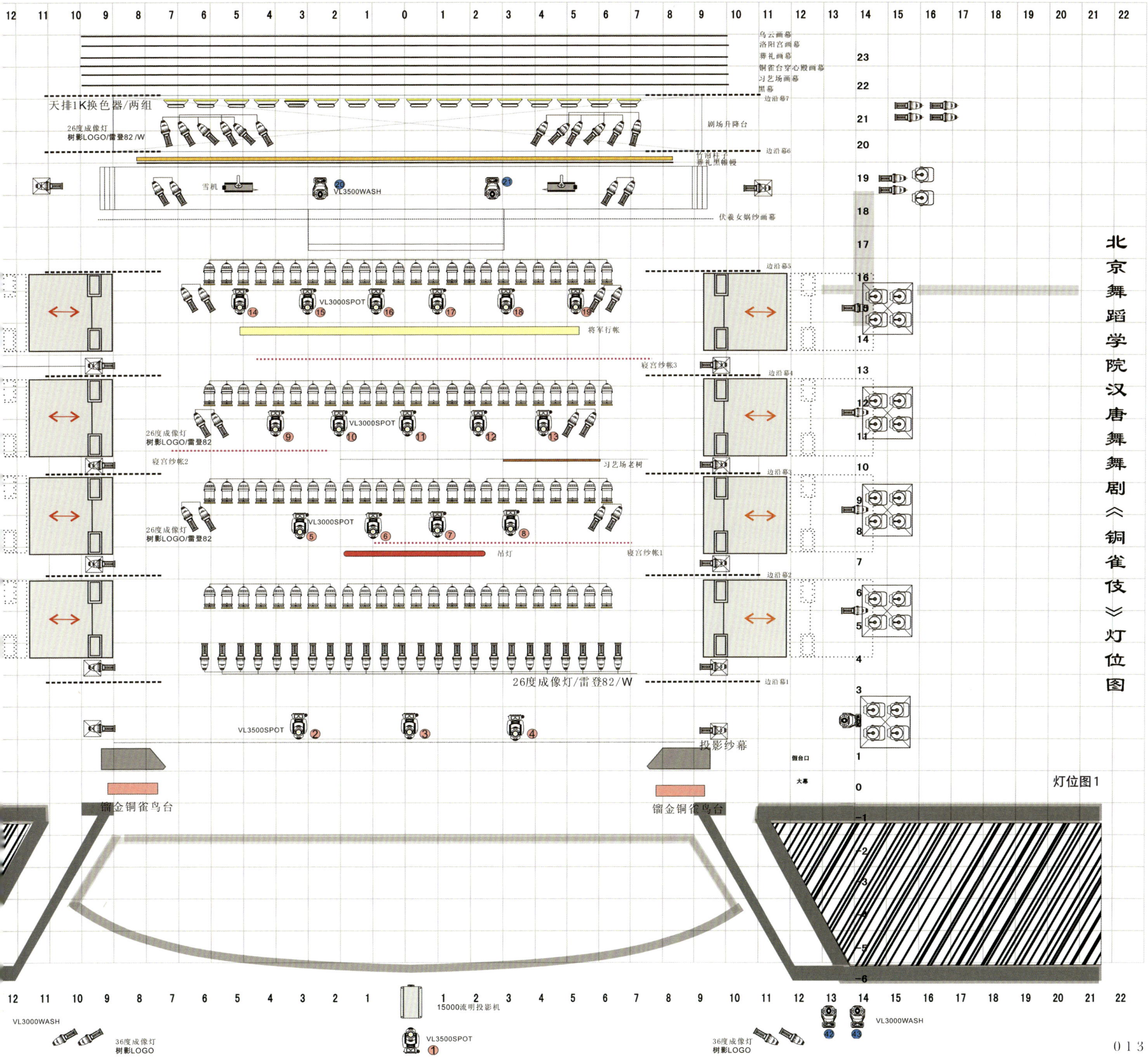
北京舞蹈学院汉唐舞舞剧《铜雀伎》灯位图
乌云画幕
洛阳宫画幕
葬礼画幕
铜雀台穿心殿画幕
习艺场画幕
黑幕
边沿幕7
天排1K换色器/两组
26度成像灯
树影LOGO/雷登82 /W
剧场升降台
边沿幕6
竹帘柱子
葬礼黑帷幔
雪机
VL3500WASH
伏羲女娲纱画幕
边沿幕5
VL3000SPOT
将军行帐
寝宫纱帐3
边沿幕4
VL3000SPOT
26度成像灯
树影LOGO/雷登82
寝宫纱帐2
习艺场老树
边沿幕3
VL3000SPOT
26度成像灯
树影LOGO/雷登82
吊灯
寝宫纱帐1
边沿幕2
26度成像灯/雷登82/W
边沿幕1
VL3500SPOT
投影纱幕
假台口
大幕
灯位图1
鎏金铜雀鸟台
鎏金铜雀鸟台
15000流明投影机
VL3000WASH
36度成像灯
树影LOGO
VL3500SPOT
36度成像灯
树影LOGO
VL3000WASH

舞剧《洛神赋》

编　　剧：王　玫

导　　演：王　玫

舞美设计：刘　莹、李广城

灯光设计：任冬生

出　　品：北京舞蹈学院

首演时间：2009 年 11 月 8 日

在王玫老师的独特诠释下，《洛神赋》这一古老传说被赋予了崭新的舞蹈语言与质地，其个人风格浓郁且表现力极强。这是部极具辨识度的作品，我想要剥离所有矫饰元素，追求一种“净若秋水”的舞台灯光效果——黑白分明的纯粹视觉表达，摒弃繁复装饰，回归并强化舞剧本身的内涵和气质。在2009年前后的创作阶段，这种舍弃华丽的舞台特效与炫目手段，专注于舞剧艺术的本质的、至简至纯的光影理念是大胆的、超前的。

演出中，流动灯光担当了举足轻重的角色，成为视觉叙事的核心。大量运用的不同高度流动灯配置，均选择了低色温成像常规灯具，并有部分配合了 LEE 的滤色片，使得侧光体系空灵澄澈，舍弃高饱和度的有色光线，转而依靠微妙的色温变化去细腻描绘舞蹈节奏和人物情感波动。与此同时，利用犀利的立体光影投射于舞者身体上，凸显出鲜明的人物轮廓和动态张力。

整部舞剧的灯光营造出冷白与暖白交织的环境光场。一切在对微小光比调整与色温渐变的精准拿捏中得以展现，旨在引导观众将注意力聚焦于舞蹈本体及编导深邃的艺术构思之上。

图1-9 《洛神赋》剧照

Instruments	Num In Inventory	Used	Remaining
Cyc Left	0	8	-8
Cyc Center	0	16	-16
Cyc Right	0	8	-8
ADB C201 (General Rig)	0	64	-64
Cadenza PC	0	16	-16
1.2k F	0	20	-20
Source 4 36deg	0	21	-21
PAR64 MFL CP62	0	20	-20
Alto F 2k	0	9	-9
Coda 625 Center Cell	0	16	-16
Coda 625 Left Cell	0	8	-8
Coda 625 Right Cell	0	8	-8
VL 3500 Spot	0	3	-3
Accessories	**Num In Inventory**	**Used**	**Remaining**
Coloram II 10"	0	20	-20
Coloram II 4"	0	20	-20
Coloram II 15"	0	9	-9

图1-10 《洛神赋》剧照组图

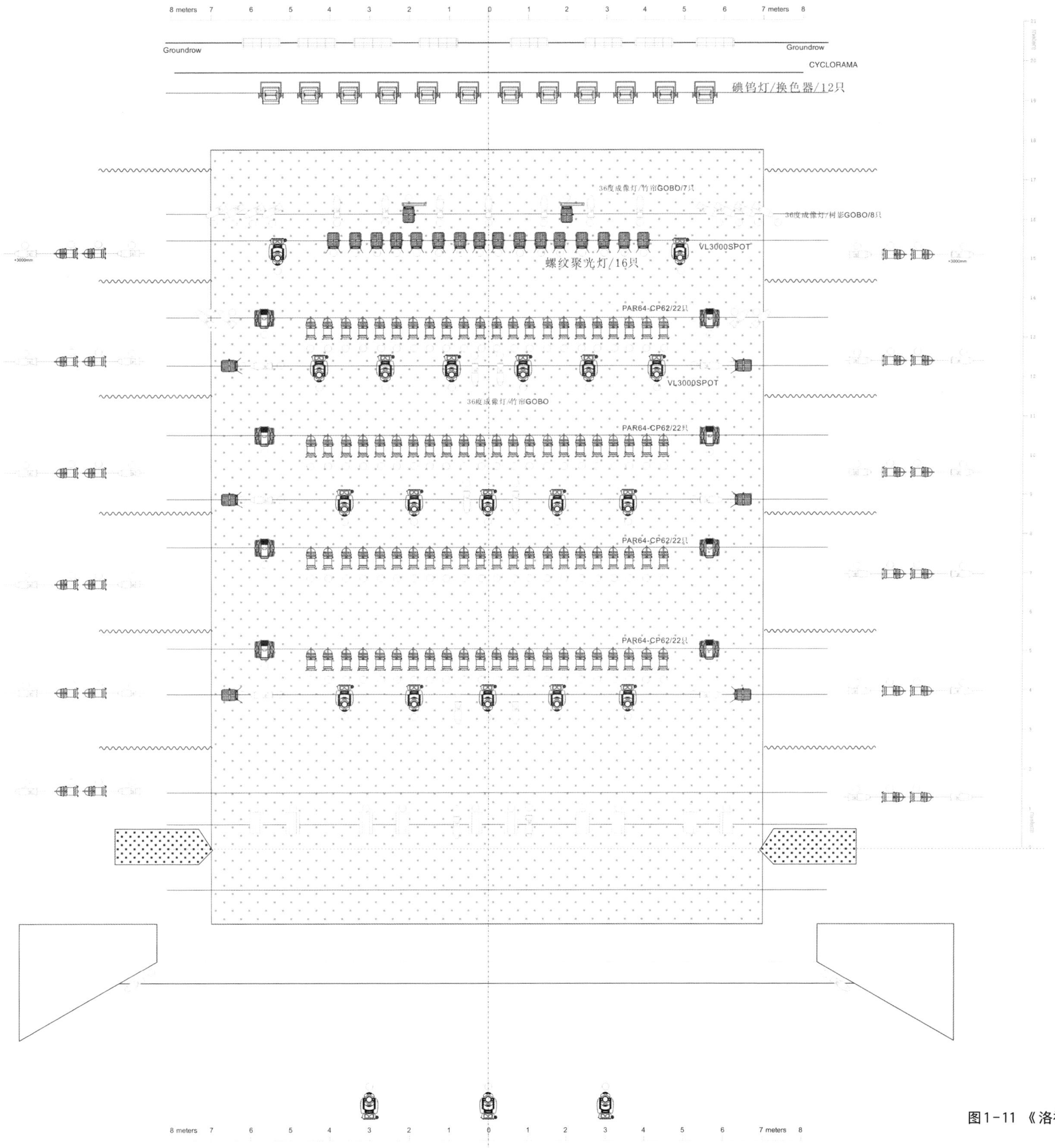
Groundrow
Groundrow
CYCLORAMA
碘钨灯/换色器/12只
36度成像灯/竹帘GOBO/7只
36度成像灯/树影GOBO/8只
VL3000SPOT
螺纹聚光灯/16只
PAR64-CP62/22只
VL3000SPOT
36度成像灯/竹帘GOBO
PAR64-CP62/22只
PAR64-CP62/22只
PAR64-CP62/22只
8 meters 7 6 5 4 3 2 1 0 1 2 3 4 5 6 7 meters 8

图1-11 《洛神赋》灯位图

舞剧《孔子》

编　　　剧：刘　春

导　　　演：孔德辛

作　　　曲：张　渠

舞美灯光设计：任冬生

出　　　品：中国歌剧舞剧院

首 演 时 间：2013年12月12日

大型民族舞剧《孔子》是由中国歌剧舞剧院编创、演出的大型原创民族舞剧。这部舞剧是对孔子推崇仁德的形象再现。该舞剧以孔子在公元前497年至公元前484年周游列国巡游讲学的历史故事为背景，以孔子所见、所想作为情感抒发的基本点，表现了孔子以“仁”治国的政治理念难以实现而郁郁不得志的现实境遇，以及他在矛盾中的自我挣扎。创作者力图把孔子这个人物形象放置于时代、国家和自然等环境中，以古典舞的表演手法将孔子的内心世界展示出来，使观众感受到孔子的人格魅力，进而展现孔子的儒家思想。

全剧分序《问》、第一幕《乱世》、第二幕《绝粮》、第三幕《梦回》、第四幕《仁殇》和尾声《乐》六个部分。本剧以孔子周游六国讲学为主线，设定了一些代表人物，囊括了公子、妃子、大臣等人物形象。在乱世背景下，沉迷女色的昏君任由奸佞小人独断专行，尽管孔子推出了礼制，以仁治天下的儒家思想，却也于事无补。这就是孔子被迫逃亡的原因，在身处危难、无粮糊口的逆境中，他却仿佛看到理想中的大同世界。可事实却是：战乱持续不断，桃花盛开的桃林变成血淋淋的战场。本剧通过对人物矛盾的刻画，来展示花甲之年的孔子始终坚守自己的信念。

在舞美设计创作上，设计师找到了一种既能体现本剧所表现的内容，又适合舞剧这种表现形式的核心主体形象——竹简。这部民族舞剧带给观众视觉部分最直观感受的也是竹简。竹简是古代的文字传达工具，镌刻着孔子一生所阐述的儒家治学治国的理念。孔子游走于卫陈蔡楚等国，经历着信任和驱除，但仍誓执传导。竹简无疑是这部舞剧的“心声”。设计师运用它作为全剧装饰性背景，不断运动、开合、升降，组成不同的空间。简约的道具造成环境的变迁。这种运

动、开合、时缓时急，寓意着孔子学说的接受和阻挡。背景大面积的篆文也参与剧情铺排，在不停地诉说着儒家的学说。观众似乎在阅读古老的文字，倾听孔子的吟诵，感受孔子的境遇，了解到另一个孔子的一生。

从内容上来看，刻有文字的竹简本身就具有强烈的历史文化符号特征，该剧主要表现孔子周游列国不断希望自己的思想得到认可又被不断拒绝的过程，竹简是他每到一个城池希望被接受的实物，也是他所要表达的思想的载体。从形式上来看，舞剧通常是以舞蹈行为来叙事，没有语言的表达，所以舞剧的环境除了要表达人物所处的环境之外，应该具有更多的假定性。舞台布景形象本身应该能够充分体现舞剧思想内涵而不仅仅只是地理环境的表达。放大的竹简作为本剧的主体形象，充当了舞台边幕、一部分天幕及城门的角色，并通过开合、升降、移动的过程，不断呈现舞台空间的变化。这一设计既给演员提供了在表演中所需要的调度空间，也将演员包裹在了与本剧主旨契合的形象的寓意里。

舞台视觉设计通过写意和诗化的造型手段，将孔子生命历程的不同阶段体现在这一原创民族舞剧中。它将具有时代特征、不同的空间环境和强烈文化语言的视觉符号融入其中。

舞剧《孔子》是一部以现代艺术手法展现传统儒家文化的大型舞剧，它不仅是一部艺术作品，而且还肩负着传播孔子儒家思想、弘扬“仁”“和谐”的社会理念的重要使命。这部舞剧通过让更多人关注孔子儒家思想、解读传统文化，为华夏五千年文明得以传承并服务于现实社会，具有深刻的意义。

图1-12 《孔子》剧照组图

WASH3000
WASH3000
WASH3000
天排
灯桥5
灯桥4
SPOT3515
SPOT3000
WASH3500
成像灯36°
LED-PAR
剧场面光成像灯
灯桥3
灯桥2
灯桥1
对光至乐池中
对光至乐池中
一道面光
一组白/一组雷登82C
二道面光

图1-13 《孔子》灯位图

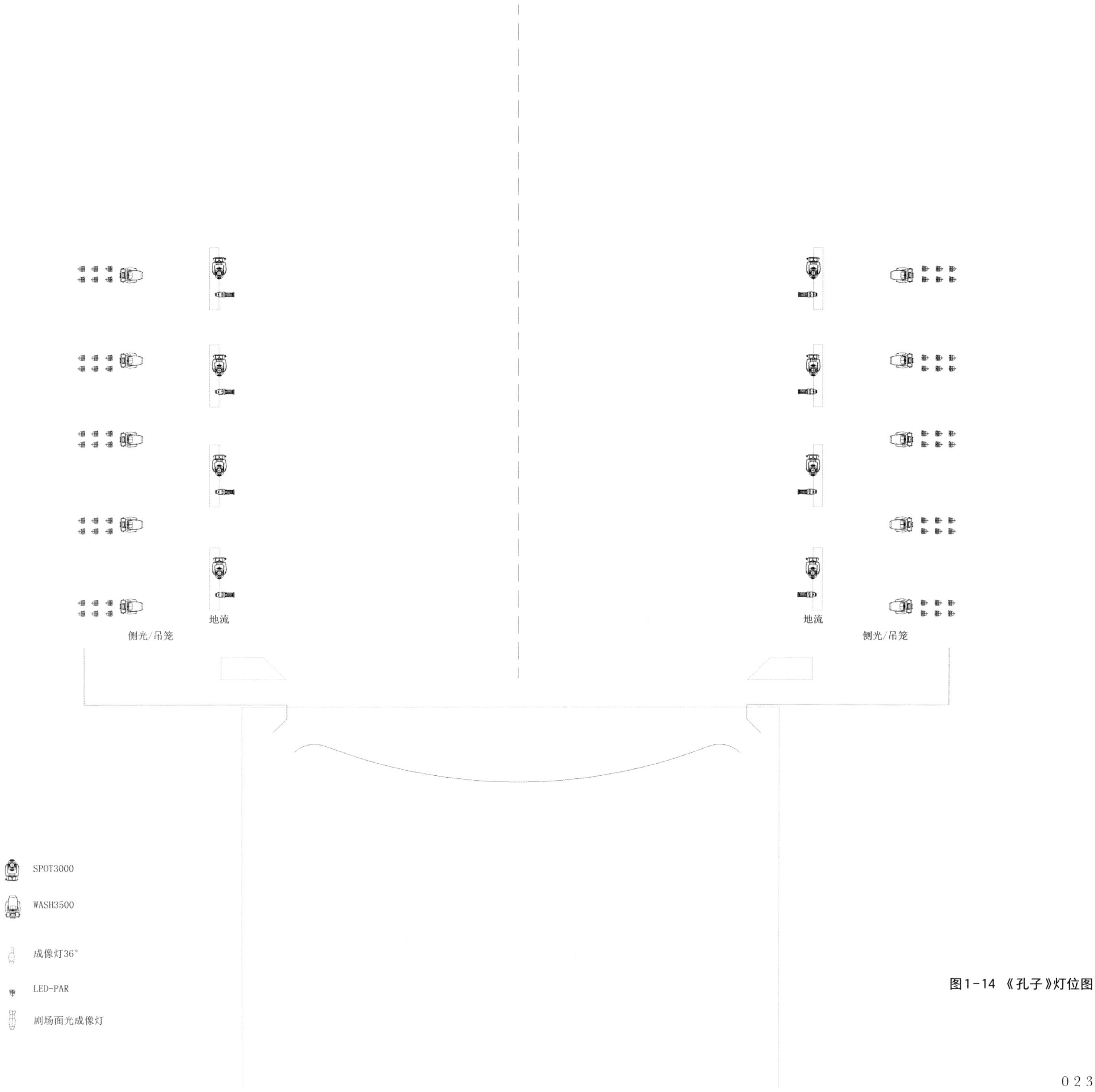

图1-14 《孔子》灯位图

舞剧《李白》

编　　　剧： 江　东
导　　　演： 韩宝全
作　　　曲： 张　渠
舞美灯光设计： 任冬生
出　　　品： 中国歌剧舞剧院
首 演 时 间： 2017 年 10 月 6 日

舞剧《李白》以当代视角，通过虚实结合的创作手法，展现了李白在“道”与“势”之间挣扎徘徊的一生。该剧选取了李白一生中的五个主要节点为表现内容：“月夜思”“仗剑梦”“金銮别”“九天阔”和“鹏捉月”。每个部分都以李白的诗句为切入点，揭示了李白的内心世界，展现了他的热情、才华和胆识。他在“寻道”与“避势”之间挣扎徘徊，令观众感受到他的一种诗性情怀和永不放弃、永不言败的精神。希望每个观众都能在李白身上找到自己的影子。

中国传统美学思想根植于五千年文明古国深厚的文化土壤。舞剧《李白》采用了中国传统艺术古典舞的呈现方式，融合了众多美学思想，渗透着审美趣味。

李白身处盛唐时期，设计师从建筑及装饰中提取出了黑金配色的概念，结合李白的书法以及唐五代时期的山水画，重新结构了一整套类似屏风的装置。这些装置结合大量开合的黑色景片，对舞台整体视觉进行主动的结构和置换。它具有极佳的兼容性，在整个篇章式的虚实跳进跳出的剧情中，无论与空灵的山水和灯光表现，还是与极其写实的富丽宫廷的元素，都兼容得很舒适。这个看似写实的贯穿形象具有极强的象征意义：黑金的框架如同李白一生难以摆脱的世俗禁锢，清透的山水诗意如同他狂放不羁的心灵向往，两者共同构成了这个矛盾的李白，以及他穿越古今的浪漫和壮怀。从视觉上设计师首先给出一个响亮的基调。

在“序”中，以李白唯一存世的《上阳台帖》的书法墨迹局部绘制的黑白隔扇缓慢打开，地面雾气弥漫，一片山崖，李白捻须而立，山崖移动，后幕犹如镜头推进渐次打开，显露出线描勾画的高山大河，水雾中慢慢升起《上阳台帖》之二十五字。尾声中，乐池升起一片“文字冢”，李白以酒祭字，潇洒转身而去，冉冉上升，行至一轮明月中。这些舞台视觉的处理，已经不仅仅是在再现环境，而是通过场景的塑造，对于舞剧以及人物作出了视觉自我阐述。

图1-15 《李白》剧照组图

图1-16 《李白》剧照组图

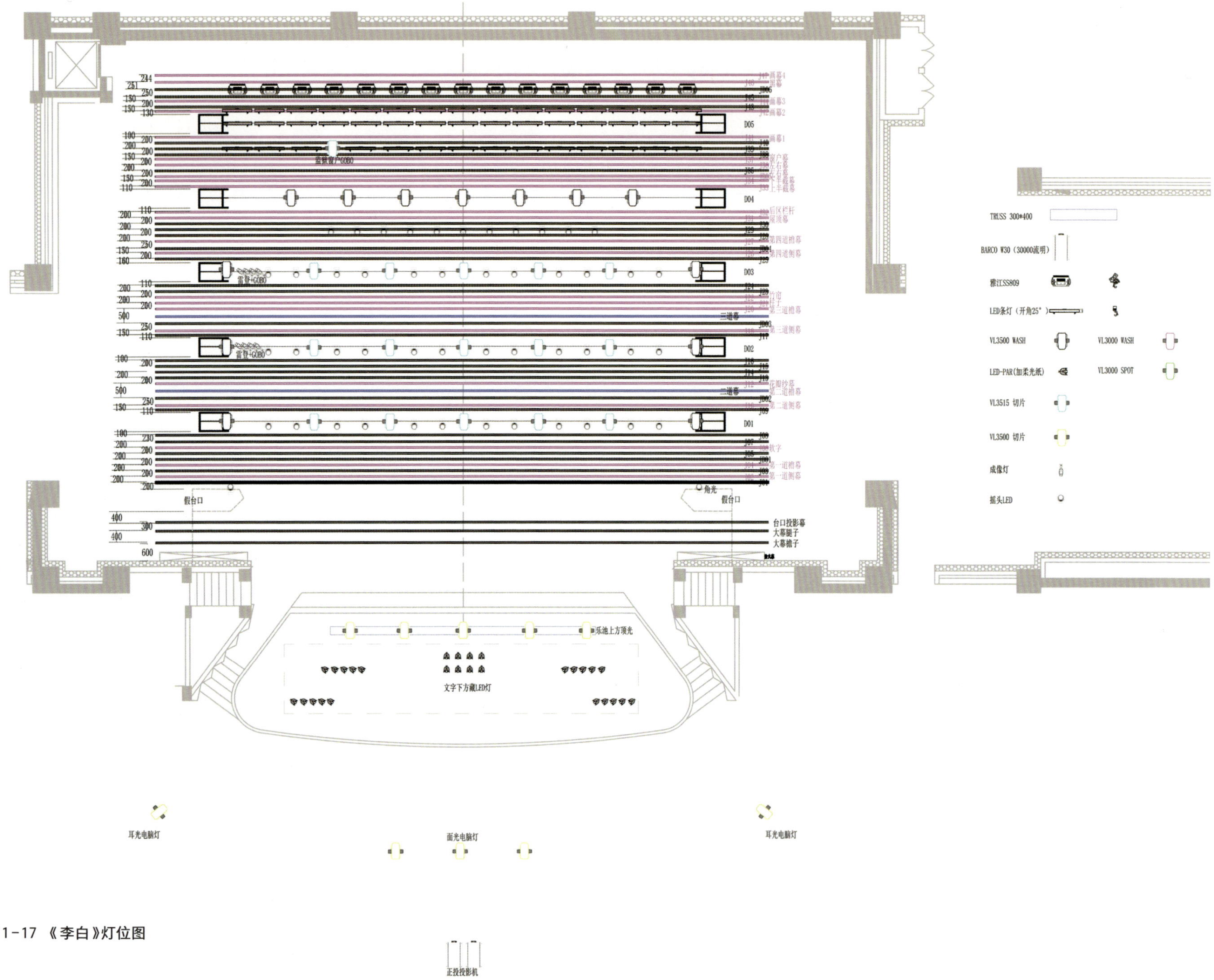

图1-17 《李白》灯位图

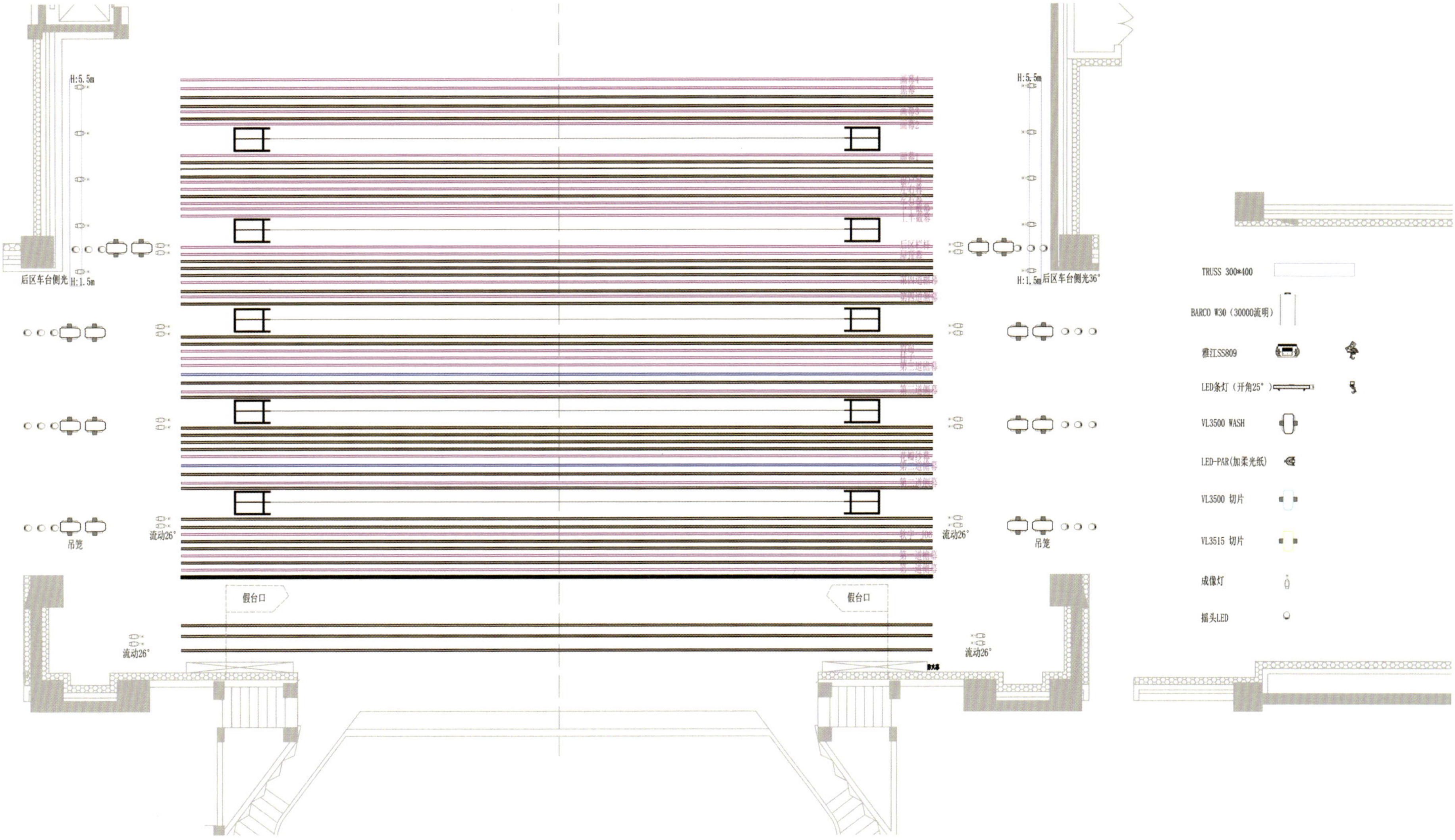
H:5.5m
H:1.5m
后区车台侧光
后区车台侧光36°
吊笼
流动26°
假台口
TRUSS 300*400
BARCO W30（30000流明）
雅江SS809
LED条灯（开角25°）
VL3500 WASH
LED-PAR(加柔光纸)
VL3500 切片
VL3515 切片
成像灯
摇头LED

图1-18 《李白》灯位图

舞剧《昭君出塞》

编　　　剧：于　平

导　　　演：孔德辛

作　　　曲：张　渠

舞美灯光设计：任冬生

出　　　品：中国歌剧舞剧院

首 演 时 间：2016年6月8日

头戴银狐冠，身裹红锦裘，怀抱琵琶的昭君孤独伫立于草原之上，目光远眺无垠天地。"千载琵琶作胡语，分明怨恨曲中论"，此言点明了"昭君"与"琵琶"的紧密联系。这位有着"落雁"美誉的古代女子，在其远离故土、奔赴塞外和亲的过程中，所弹奏的《出塞曲》究竟蕴含着怎样复杂而深沉的心绪？历史底蕴为基石，创新演绎为其赋予新生。

舞剧《昭君出塞》从视觉艺术角度另辟蹊径，以新颖独特的视角深刻挖掘并以现代视角观察中国传统文化的丰富内涵及其演变历程。谁说远赴塞外的昭君就只能是哀婉的？无论是个人情感的小世界，还是对家国大爱的寄托，她手中的琵琶旋律不应仅局限于悲伤调子。杜甫诗中的悲凉感慨，在今天看来或许可以被解读为"千载琵琶作胡语，曲中流淌别样深情"。

"和"作为中国传统文化的核心价值，体现在昭君出塞平息战乱、传播中原文明、促进民族交融、实现共同繁荣的伟大实践中。因此，昭君这一历史人物已然成为中国传统"和"文化精神的美好象征。

舞剧《昭君出塞》由于平先生编剧，他运用独特的历史人文视角，深度探究并创造性地展现了中华传统文化深厚内涵及时代发展，搭建起一座连接历史与现代的文化桥梁。

该剧遵循历史脉络，分为序章《烽烟》、第一幕《和亲》、第二幕《出塞》、第三幕《贺婚》、第四幕《宁边》以及尾声《共荣》。故事始于汉匈边疆战火频仍、百姓困苦的背景，匈奴首领呼韩邪单于请求汉朝通过和亲来增进两国友好关系，昭君主动请缨出塞，并终老异乡，成就了一段安定边疆的千古佳话。如果该剧仅停留于对历史事件的再现，那么它很可能

图1-19 《昭君出塞》剧照

淹没在众多的舞台作品中。然而，《昭君出塞》一上演便引发了社会热烈反响，激发了观众重新认识这段历史故事、理解这一历史人物的兴趣，因为它不仅还原史实，更凭借历史学的视野与现代意识传承发扬了中华民族传统文化，生动诠释了“继往开来”的含义。

该题材本身兼具鲜明的历史属性与传奇色彩，在残酷激烈的战争背景下，昭君形象独树一帜，具有强烈的戏剧张力。剧本精心构建的多元场景，展示了跨地域文化的风貌特色，也为舞美设计提供了广阔的艺术想象空间。汉朝与匈奴两方的舞台布景必须对比鲜明，各自展现出浓烈的民族文化韵味，从而让整个舞台呈现出既如历史画卷般恢宏大气，又充满强烈对比的视觉效果。

长城元素作为关键的设计符号，是一道分隔内外世界的屏障，也是两种文明的边界标识。设计上，长城正面采用复杂的汉画像砖装饰，顶部做半透明处理，寓意深远且极具象征性，整体设为灰白色调，使之区别于舞台上其他鲜艳背景，既能独立使用，也能巧妙融入汉宫殿的背景之中。

汉宫部分大量采用红色丝线重复排列，既有后宫闺秀的意象，也体现出女性特质，看似机械繁复，犹如笼中之鸟，却恰好揭示了昭君内心的束缚与挣扎。宫殿建筑则宏伟壮观、细节堆砌，呈现大幅汉画像砖图案，凸显汉代文明的特点，主色调选用红金搭配，在灰白长城的映衬下格外醒目，质感方面强调金属感，增强了场面的雄浑气势。

匈奴部分着重展现草原风光，虽延续了绘画感的表现手法，但在装饰细节上有所节制，更加突出自然景观的特点。无论是巨大的胡杨木，还是匈奴大帐的柱子，均不拘泥于直线造型，镶金装饰也显得粗犷质朴，各种材料纹理相互叠加，强化了其剽悍野性的气质，与汉朝风格形成鲜明对照，彰显个性与差异。

尾声阶段，精心雕琢的一块带有草原民族风格的巨大首饰道具，象征匈奴民众对昭君的深深敬仰，与底幕上的金色宫殿交相辉映，尽管来自两个不同的文化体系，却在此场景中和谐共生，将全剧推向高潮。

为生动表现昭君出塞与平息战争的时空跨越画面，舞剧《昭君出塞》特别定制了正反双面均可透光的幕布。正面利用画像砖的艺术手法勾勒战争场面，浮雕式的车马、人物、城墙辅以冷色调侧光，营造出强烈的立体的战场效果。同时，背面灯光投射，借助幕布无缝、宽阔的特性，安排演员在高台上进行背投剪影表演，此方式鲜活地刻画了昭君出塞的动态画面，独具匠心地传达了昭君与战争历史的内在联系。

舞剧中，昭君并非一个被固定化的象征性的人物，而是充满了当代气息，能够使现代人产生思想共鸣的人物。整部舞剧有一条清晰的情感主线贯穿始终，这条“情”的线索使昭君角色栩栩如生，也让这一流传千年的故事合乎情理，感人至深。舞剧《昭君出塞》正是凭借情感的力量触动人心，通过情感传递，树立起昭君作为“和”文化象征的鲜明身份。

舞台整体视觉通过鲜明的形象和丰富的色彩语言，使得剧情更为清晰易懂，赋予这部舞剧独特的视觉叙事风格，使其在讲述千年历史的同时，亦能打动今人的心弦。

图1-20 《昭君出塞》剧照组图

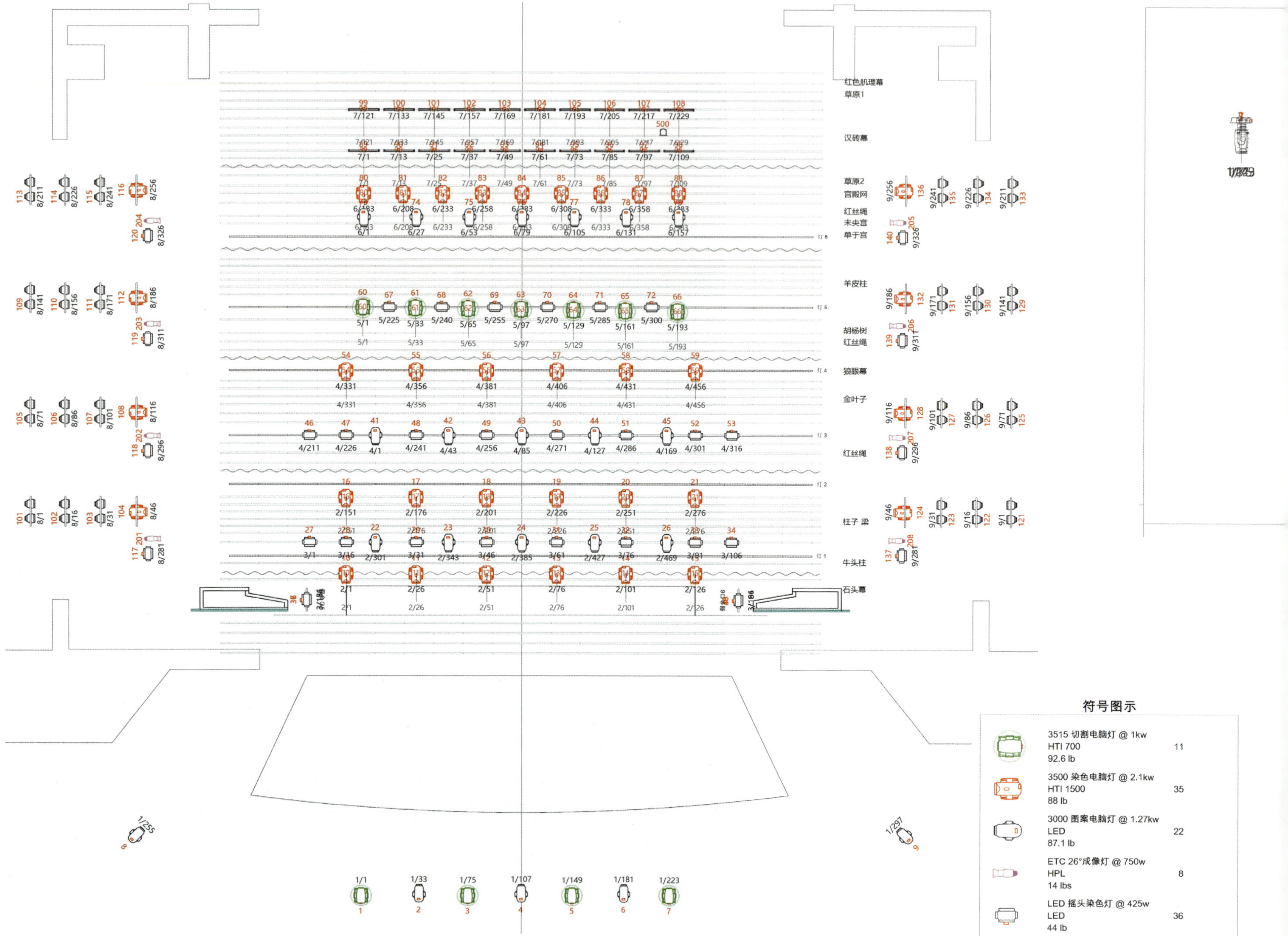

符号图示

3515 切割电脑灯 @ 1kw HTI 700 92.6 lb	11
3500 染色电脑灯 @ 2.1kw HTI 1500 88 lb	35
3000 图案电脑灯 @ 1.27kw LED 87.1 lb	22
ETC 26°成像灯 @ 750w HPL 14 lbs	8
LED 摇头染色灯 @ 425w LED 44 lb	36
LED PAR @ 320w LED 31.0lbs	48
2000W 碘钨灯 @ 2kw BVV 0 lb	1
LED 条形染色灯 @ 140w LED 11 lb	20

典型

单元号

V8

域/地址

图1-21 《昭君出塞》灯位图（平面图）

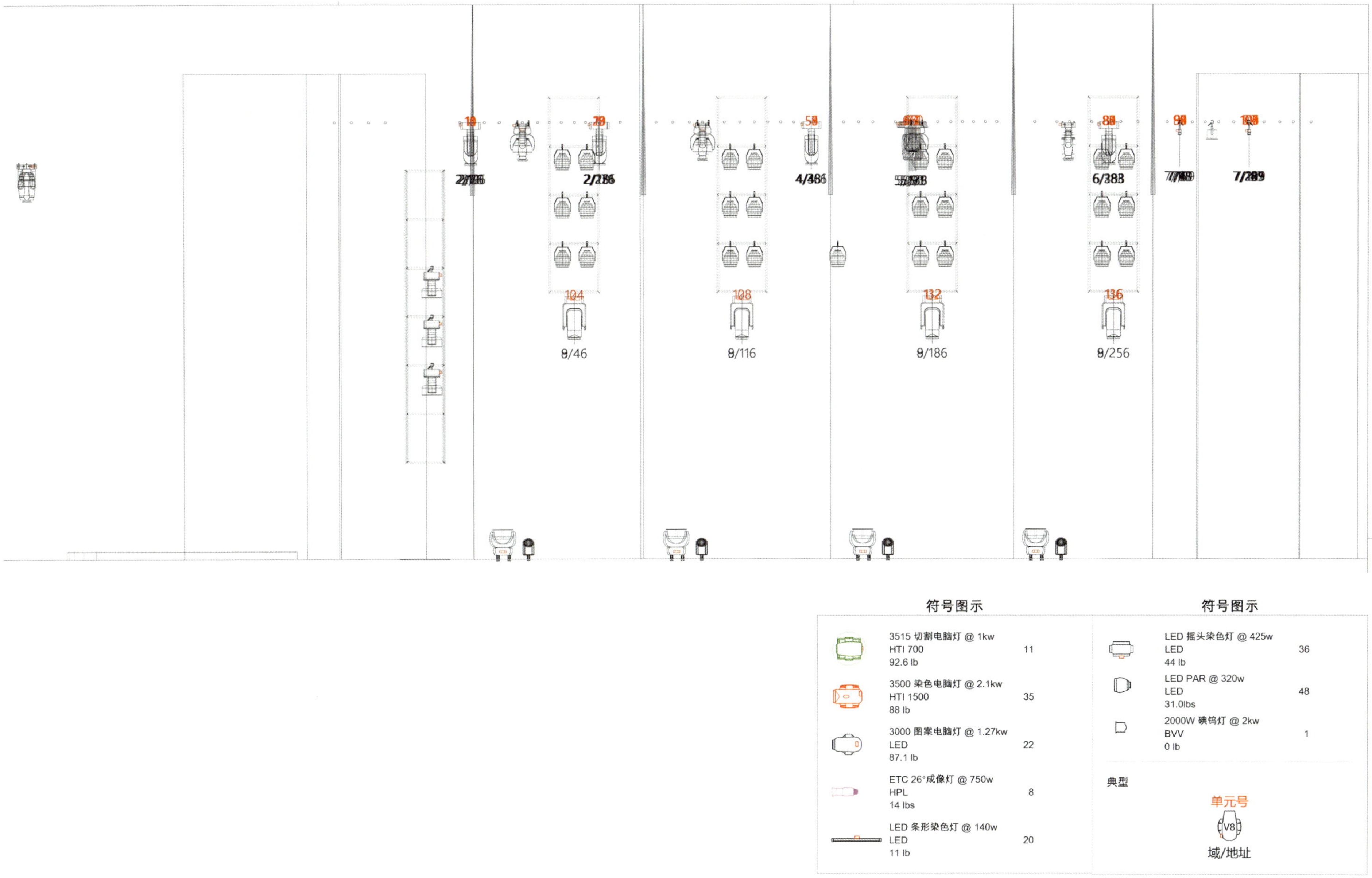

图1-22 《昭君出塞》灯位图（侧视图）

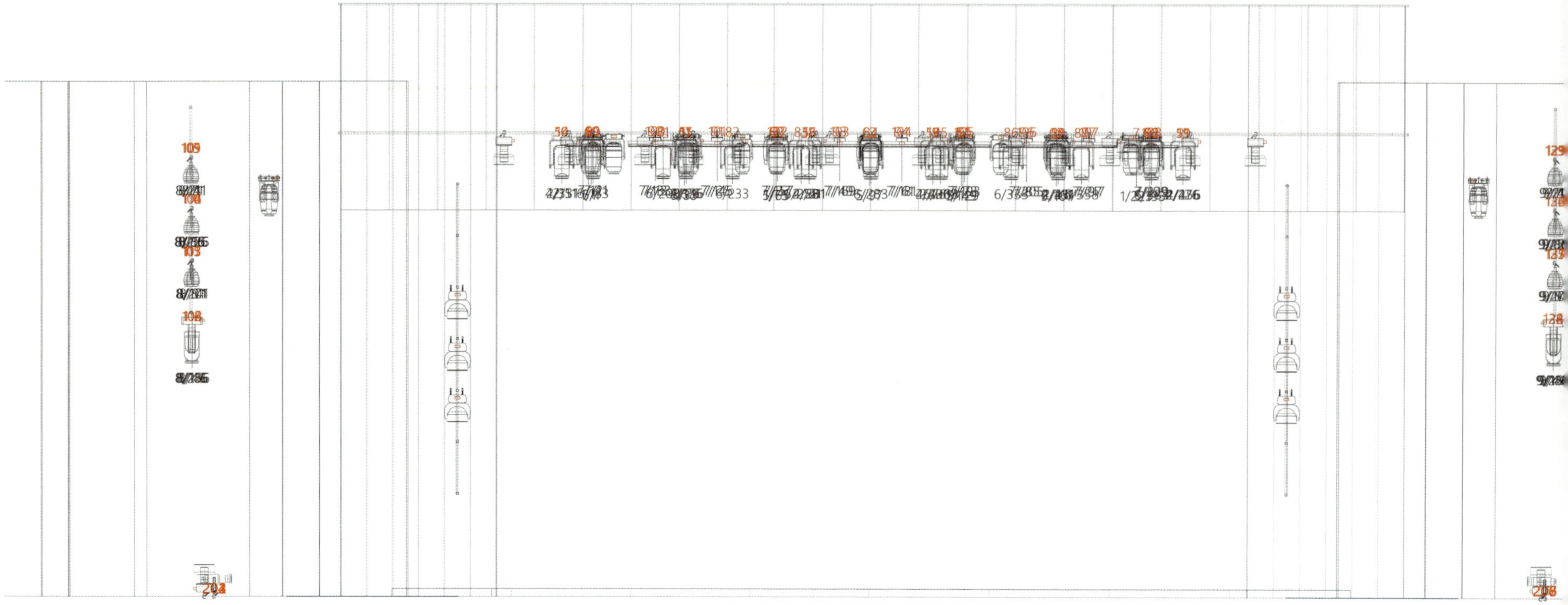

符号图示

3515 切割电脑灯 @ 1kw HTI 700 92.6 lb	11
3500 染色电脑灯 @ 2.1kw HTI 1500 88 lb	35
3000 图案电脑灯 @ 1.27kw LED 87.1 lb	22
ETC 26°成像灯 @ 750w HPL 14 lbs	8
LED 条形染色灯 @ 140w LED 11 lb	20

符号图示

LED 摇头染色灯 @ 425w LED 44 lb	36
LED PAR @ 320w LED 31.0lbs	48
2000W 碘钨灯 @ 2kw BVV 0 lb	1

典型

单元号

V8

域/地址

图1-23 《昭君出塞》灯位图（正视图）

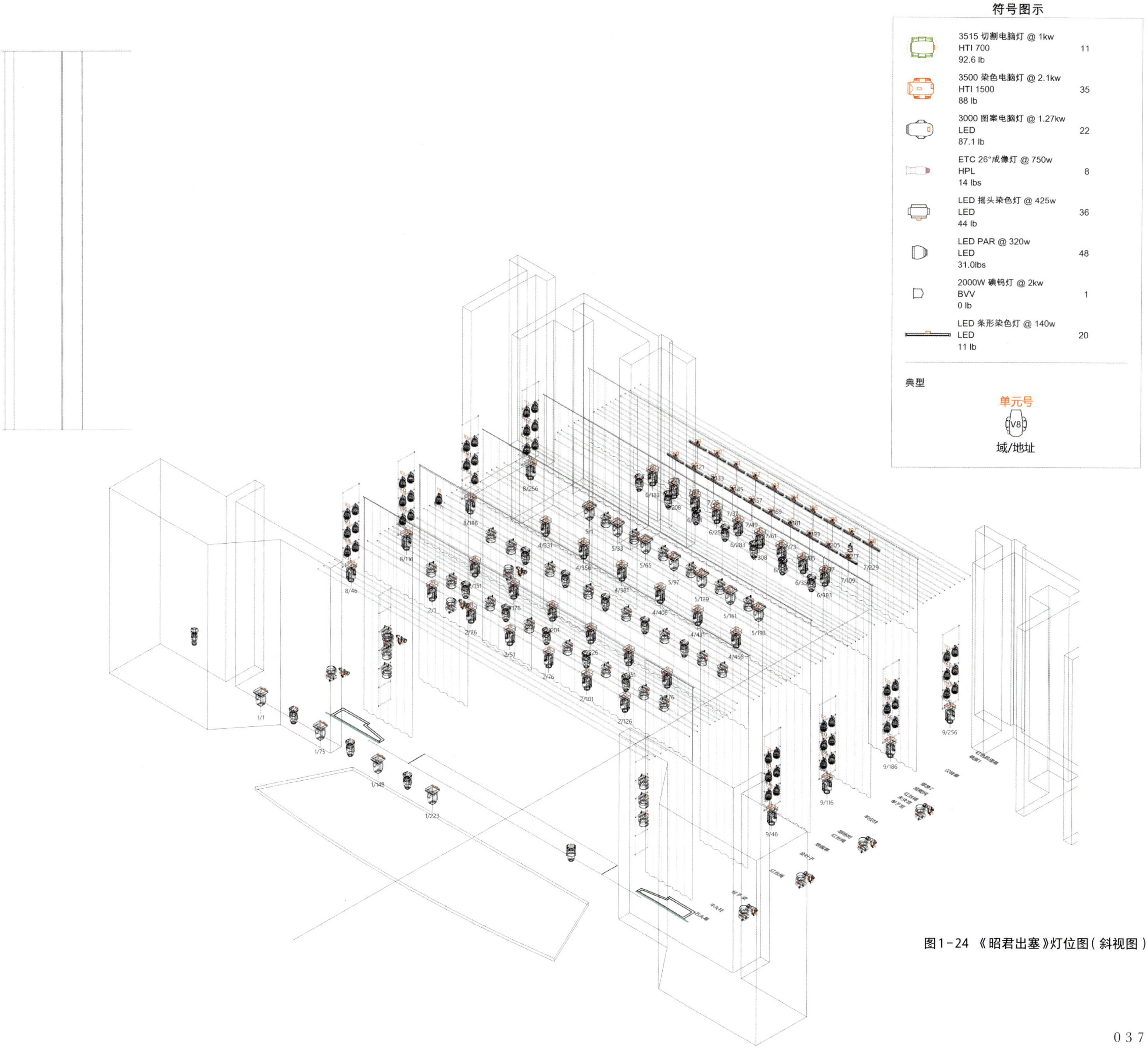

图1-24 《昭君出塞》灯位图（斜视图）

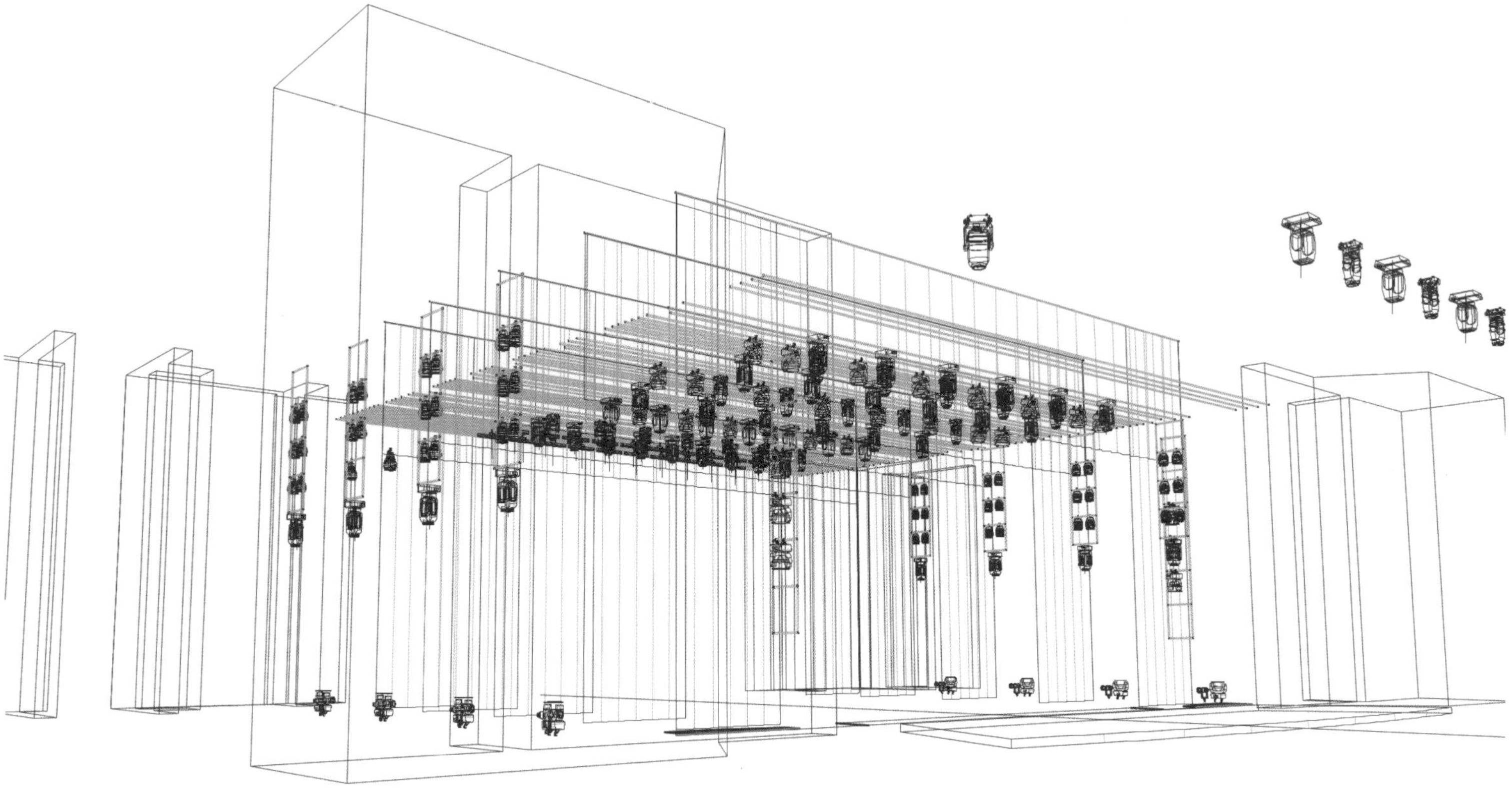

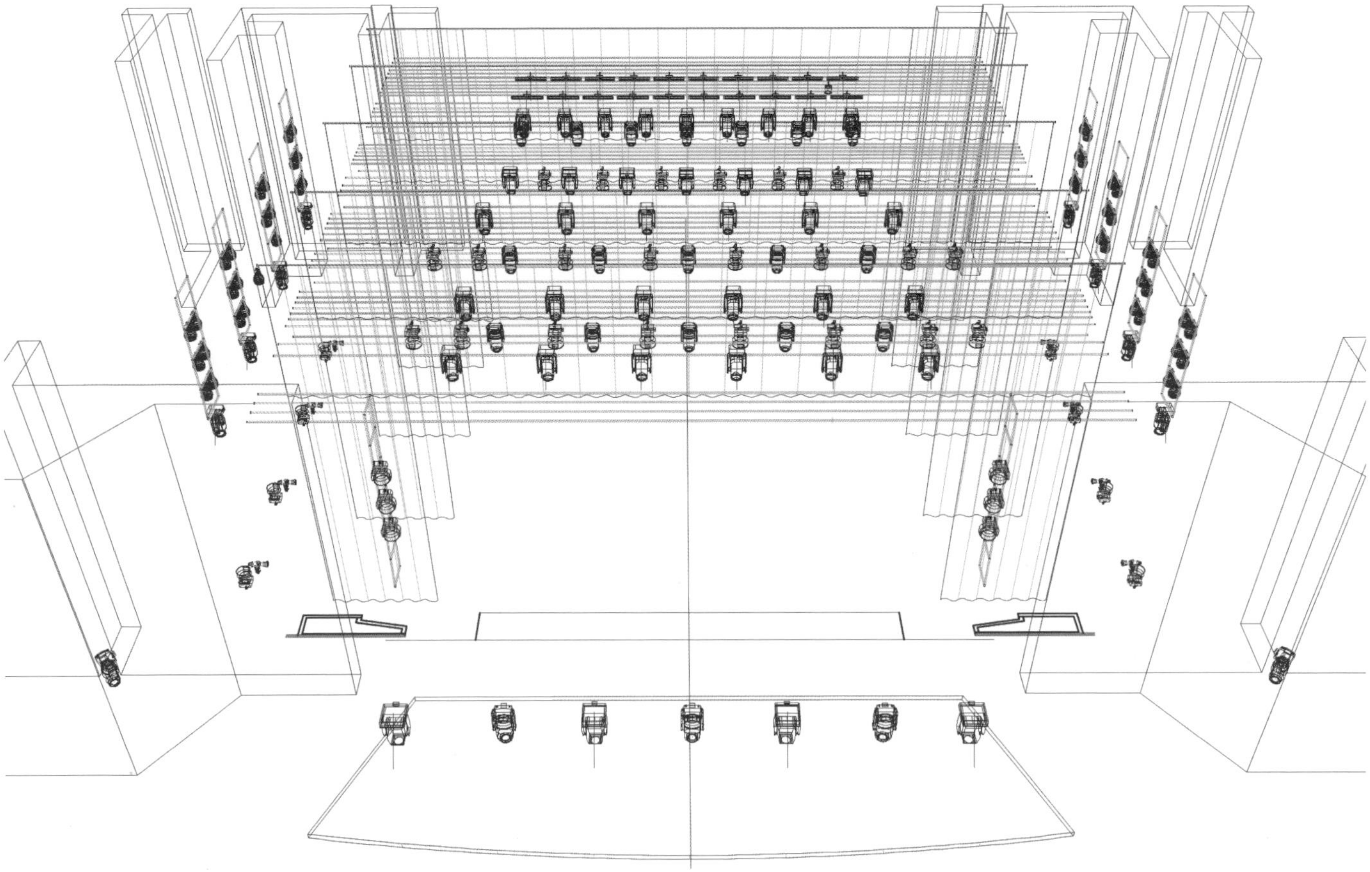

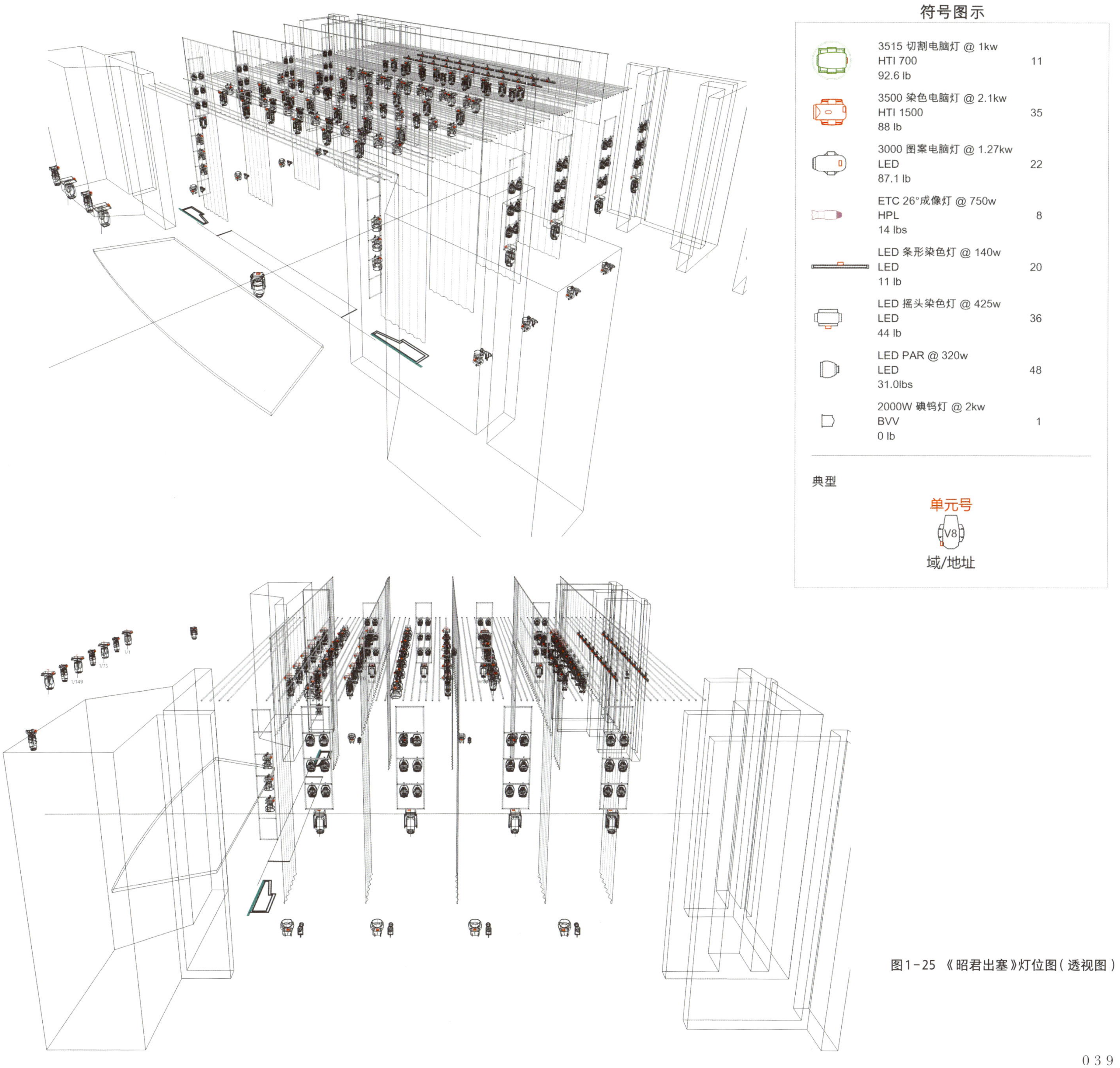

图1-25 《昭君出塞》灯位图（透视图）

舞蹈诗剧《粉 · 墨》

编　　　剧：刘　春

导　　　演：梁　群

作　　　曲：丁　锋

舞美灯光设计：任冬生

出　　　品：北京舞蹈学院古典舞系

首 演 时 间：2009 年

“粉墨”一词原指敷面画眉所用的白粉与黑墨，引申为作画。一方纸，一池墨，舞者如笔锋般在其间游走，以墨喻身，以身代墨，轻柔如晕染，激烈如泼墨，在方寸之间，绘画出流动的水纹、潮湿的雨巷、工整的山水、犀利的剑雨，传神写意出空灵唯美的东方画卷。

此剧的整体视觉体系着重意境的描绘。在舞台上使用了一块覆盖舞台的白色地胶，通过地胶四角不同高度的翘起，形成一块“悬浮”于舞台上的“纸”，演员在“纸上”肆意挥洒，形成了“墨色”与画面。边沿幕选用竹幕的样式，温润的质感和温暖的色调，营造出传统而内敛的文化符号。舞剧每一章都是一幅栩栩如生的动态诗画，舞台背景投影跟随着舞剧的进程而不断发展，祥云图饰、山水画、墨色砂砾，水墨晕染在阔大的天幕、背景竹幕，在舞台台面上肆意弥漫，让观者如同身临其境，醉于墨香之中。墨迹的流淌、晕色、迸溅与舞者的长水袖交互舞动，形成舞台上的水色山光。

通过一台戏，一方舞台，主创们试图表达一种情怀，粉墨也好，水墨也罢，无非想透过那层宣纸表现古典文化的一点点韵味。浮于舞台上的纸、泼洒的墨迹、一排排竹幕动静相宜，在舞台空间里展现中国古典绘画的意境之美。该剧透出“见山不是山，见水不是水”的意境，这既是禅宗的一种意境，也是中国古典绘画的追求。

舞者之形如流水穿梭于画中，又如注水于墨中，舞出水晕墨舞之感，温婉典雅的气韵如同墨色流转、呼吸之延续，体现生命之化境。舞者用身体的呼吸、动静、开合、疾徐沉落，将墨色的展开及变化表现得淋漓尽致。双人舞“伞”中，使用录制完成的影像与现场的演员进行配合，灯光的难点在于如何避免地面的光斑、保持舞台干净整洁，从而使所投射影像的显像性较好，且更具虚拟的现实感觉。男子群舞“韵”时，舞台上空挂着一块悬空的“绸”，边檐幕运用竹帘。舞者们均为太极八卦的手势，气沉丹田，以卦象寻求动作变化，在流动中形成的八卦图案，组成了舞美视觉的一个部分，用缓、慢、圆的舞蹈动作形态展示了中国传统文化中以圆为和的美学观念。

在“粉墨”中，我们试着用水墨的方式构建中国古典审美，解、行、体、淡，重塑绚烂。我们将一块白色的“纸”悬于舞台上方，以竹帘构成方圆，在繁华和平淡中、在身体的舞动中达到“韵”的提炼，森罗万象，色空不二。该剧以传统文化为根，以古典舞蹈为本，以古老的艺术形象为魂，将中国传统文化艺术与现代科技创新技术融为一体。

图1-26 《粉 · 墨》剧照组图

图1-27 《粉 · 墨》剧照组图

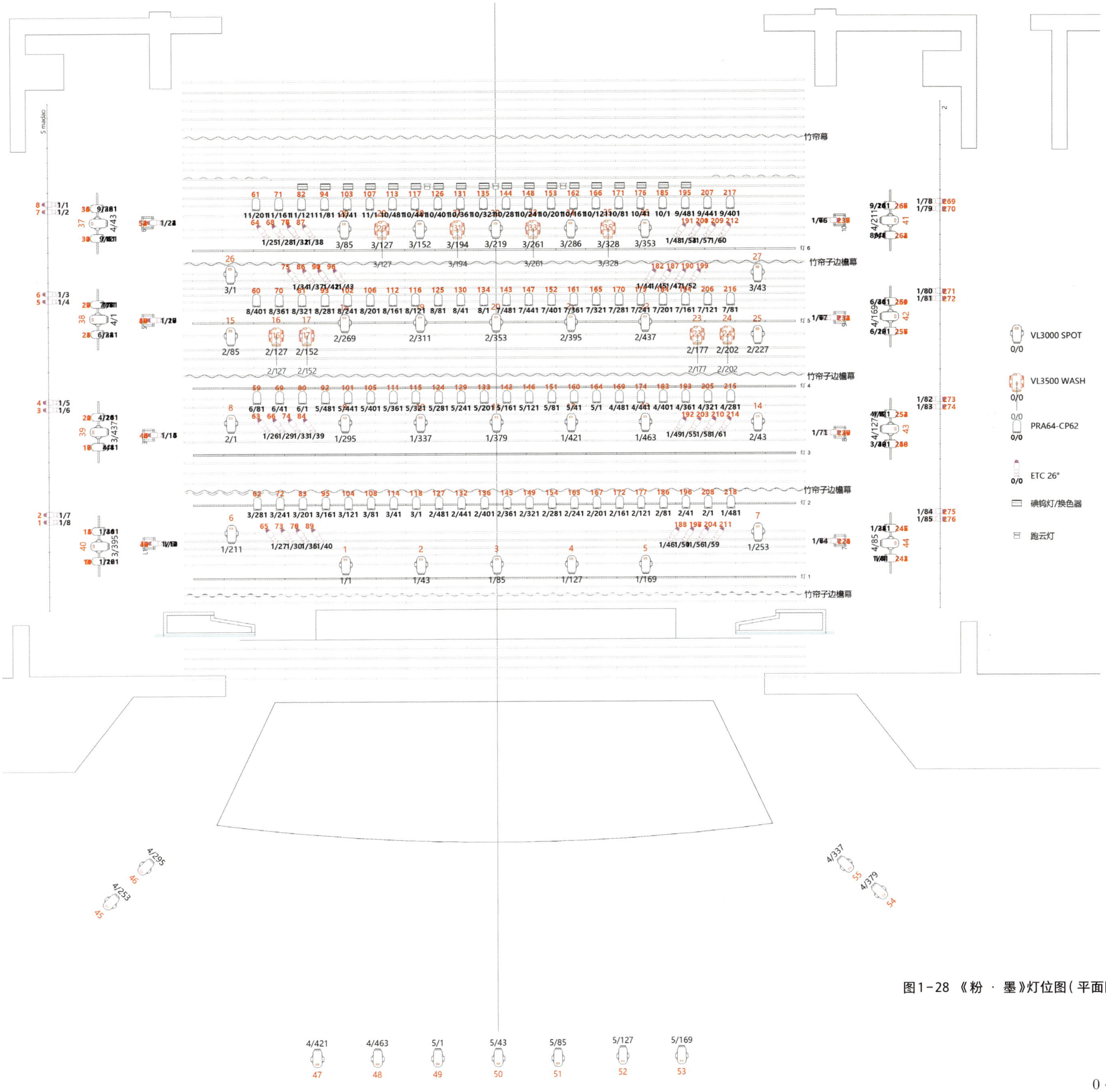

图1-28 《粉 · 墨》灯位图（平面图）

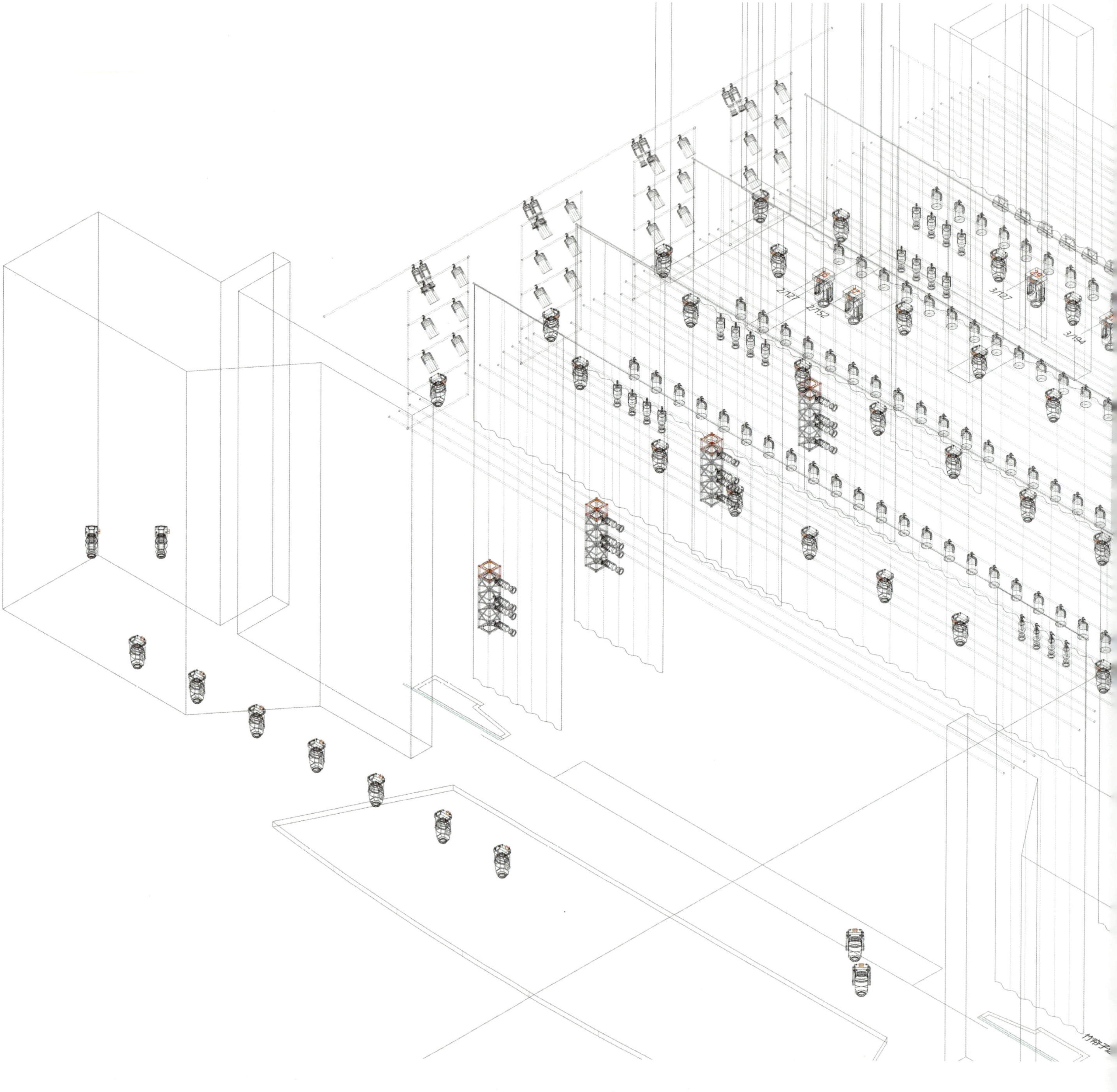

16
17
29
2/127
2/152
3/127
3/194
竹帘子

VL3000 SPOT 0/0	36
VL3500 WASH 0/0	8
0/0 PRA64-CP62	136
0/0 ETC 26°	80
碘钨灯/换色器	20
跑云灯	3

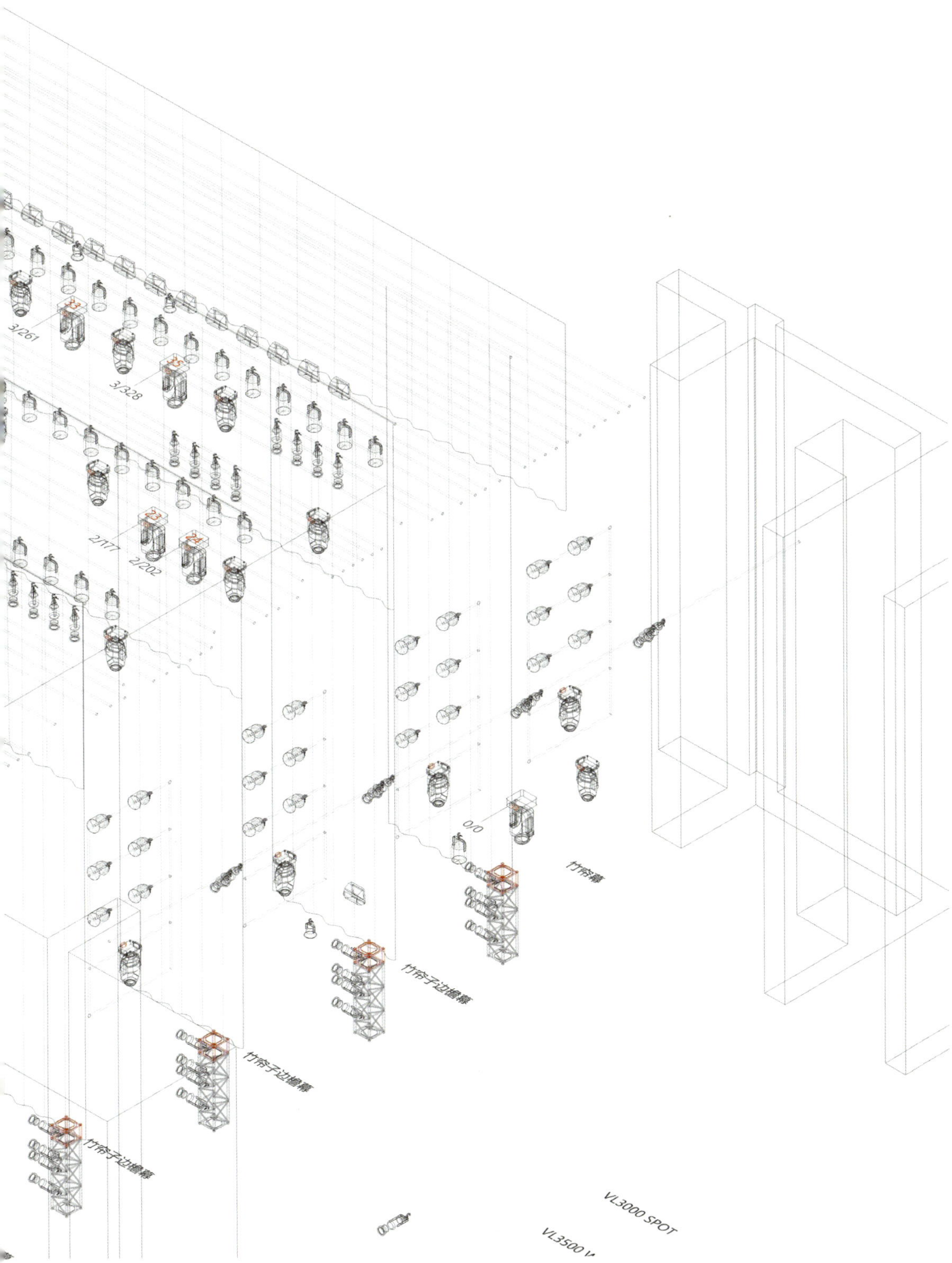

图1-29 《粉 · 墨》灯位图（斜视图）

图1-30 《粉 · 墨》灯位图（正视图）

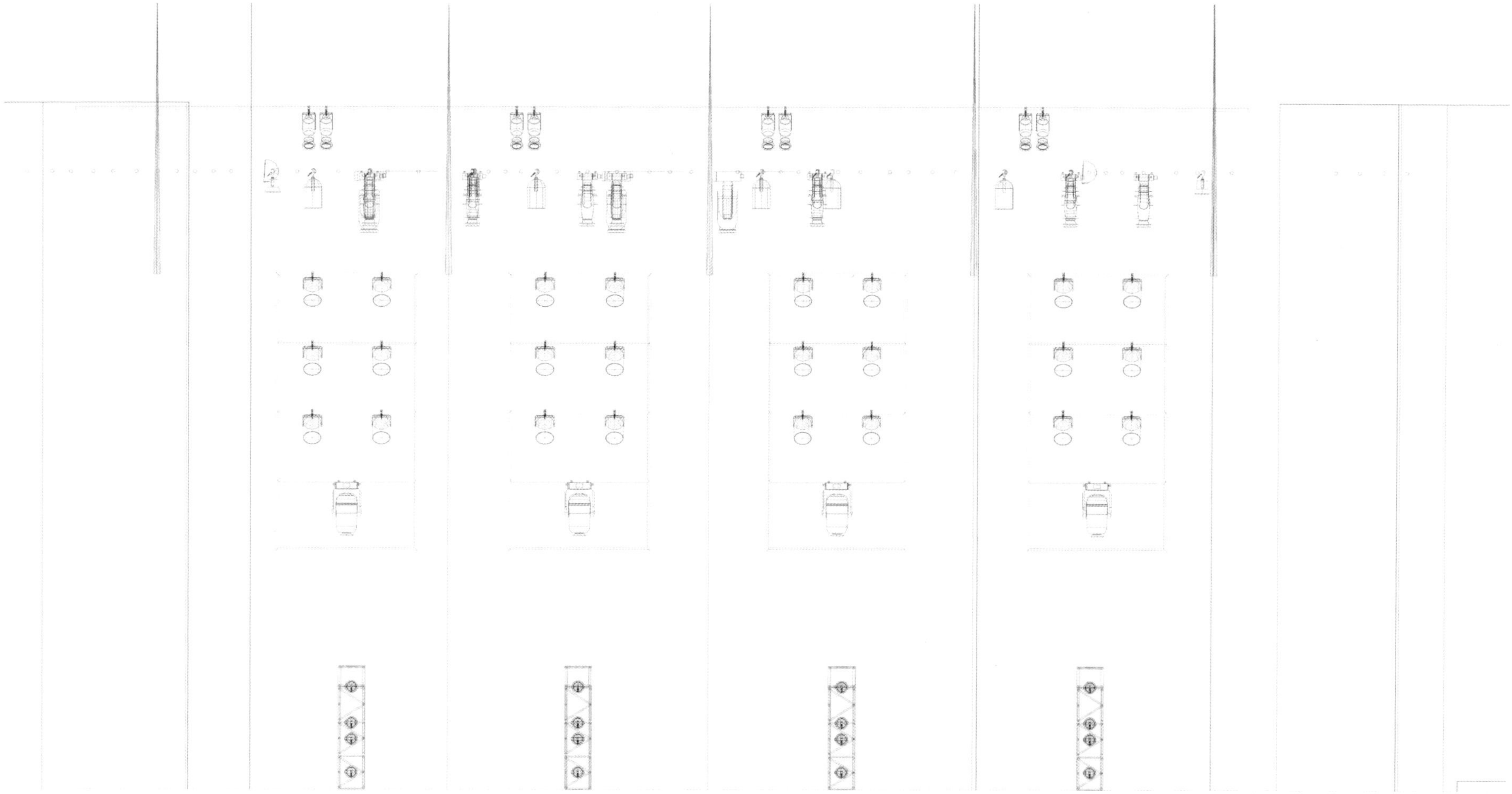

图1-31 《粉 · 墨》灯位图（侧视图）

音乐剧《火花》

编　　剧： 杨　硕

导　　演： 钟　浩

作　　曲： 戴劲松

视觉总监： 任冬生

出　　品： 山西演艺集团

首演时间： 2015 年 10 月 29 日

音乐剧《火花》是一部深度展现青春与理想的力作，其主人公高君宇在1916年考入北京大学后，于1919年投身“五四”运动的组织与实践，并携手邓中夏、罗章龙等人创办了长辛店劳动补习学校，作为北京共产主义小组早期成员和北方党团领导核心之一，他积极地参与并领导了京汉铁路大罢工等重大历史事件。然而，这位年轻的革命家在1925年随孙中山先生北上筹备国民代表会议期间不幸病逝，生命定格在了灿烂的29岁。

本剧生动再现了高君宇犹如划破黑暗的“火花”、锐利如“宝剑”的十年英勇战斗生涯，同时细腻地呈现了他与石评梅之间的纯洁而哀婉的爱情故事，以此深情地勾勒出20世纪初那一代人执着追求理想的心灵轨迹。

在设计初期，我们便明确了以“火花”与“宝剑”为舞美设计的核心元素，力求通过视觉艺术语言，准确传达音乐剧的精神内涵。全剧的设计在遵循叙事逻辑的同时，巧妙构建了三十多个场景的转换，旨在创造一个既能够清晰展示剧情环境变迁，又能深刻体现时代氛围、给予观众强烈视觉冲击的舞台空间。

首先，舞台背景是一片象征着旧中国封闭保守社会状态的三堵厚重且残破的城墙，城墙下颓圮倾斜的木柱仿佛摇摇欲坠，喻示着那个时代的动荡不安。城墙内部镂空的部分，在背光投射下，透出宛如“火花”般闪烁跃动的光芒。这光影隐喻着高君宇在苦难深重的旧中国燃烧自己短暂却炽烈的青春岁月的一生。

其次，舞台后区斜台设计既是前区“宝剑”形态平台的延伸，也为演员动作调度增添了

图1-32 《火花》剧照

丰富的层次感。前区平台借鉴了“宝剑”的形状和质感，在整个剧目的大部分时间里充当衔接前后平台与主舞台的过渡区域。至戏剧高潮尾声，“宝剑”平台如同承载着高君宇精神升华的祭坛，缓缓升起，寓意着他崇高的信仰与人格力量如剑锋刺破黑暗，直指光明。在此基础舞台结构之上，简洁明快的道具布景变换，多层次的基础舞台变化，以及灯光与多媒体影像的巧妙融合，共同构成了与音乐剧主题内容紧密相连、内核统一的舞台视觉效果。

总结来说，在这部音乐剧的舞美设计过程中，至关重要的是找到能够承载整部作品视觉灵魂的形象符号。在这部戏中，“火花”形象成为希望的化身，它不断闪烁，象征着革命星火迅速蔓延；而“宝剑”则寓意着高君宇高尚的人格魅力以及他对信仰矢志不渝的追求，当他在“宝剑”之巅矗立时，那锋芒毕露的剑尖就如同一把刺向黑暗深渊的耀眼闪电。

图1-33 《火花》灯光手绘示意图

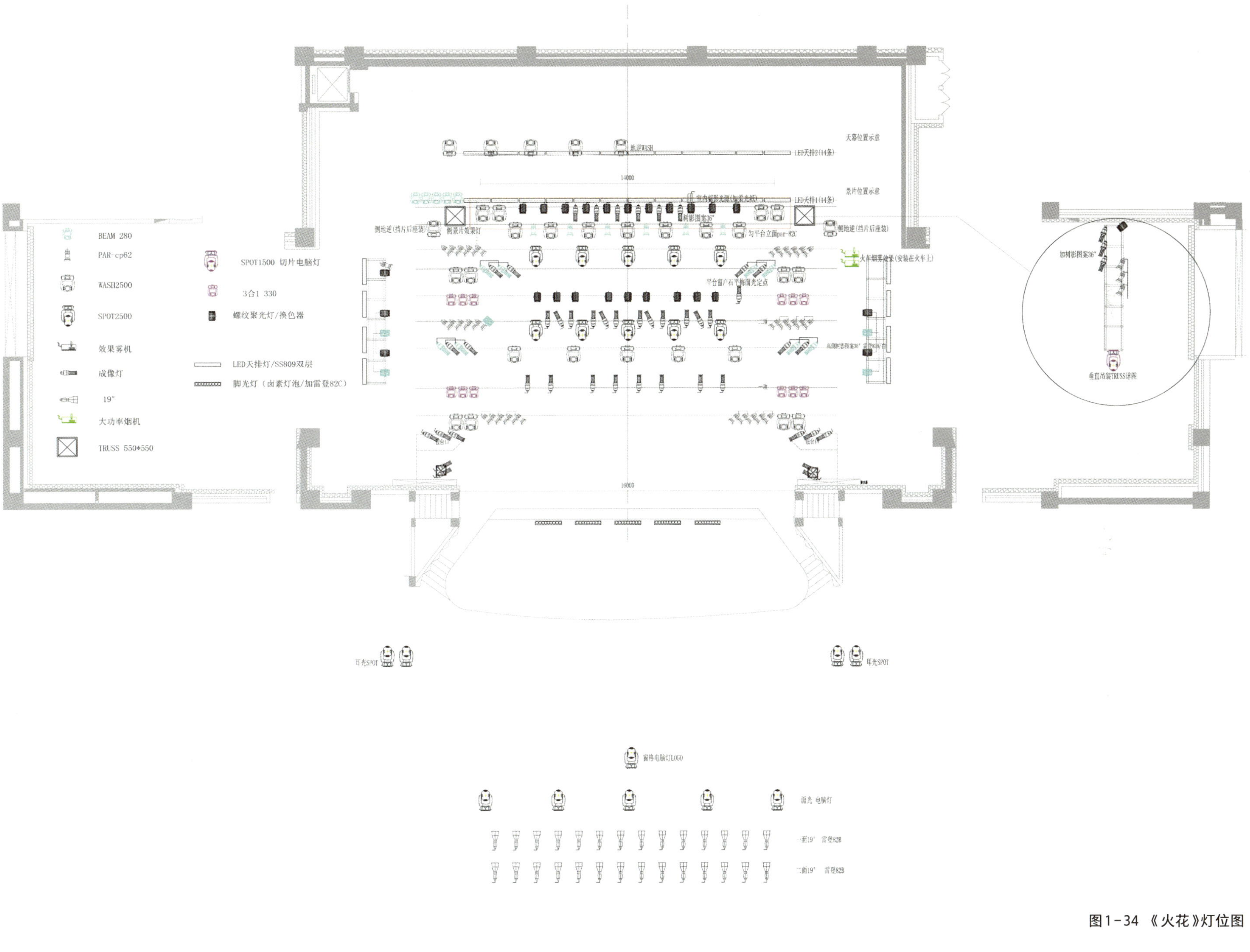
BEAM 280
PAR-cp62
WASH2500
SPOT2500
效果雾机
成像灯
19°
大功率烟机
TRUSS 550*550
SPOT1500 切片电脑灯
3合1 330
螺纹聚光灯/换色器
LED天排灯/SS809双层
脚光灯（卤素灯泡/加雷登82C）
大幕位置示意
景片位置示意
LED天排2(14条)
LED天排1(14条)
14000
16000
耳光SPOT
面光 电脑灯
垂直吊装TRUSS详图

图1-34 《火花》灯位图

舞剧《梁祝》

编　　剧：李天翼

导　　演：李恒达

作　　曲：郭思达

视觉总监：任冬生

出　　品：北京舞蹈学院古典舞系

首演时间：2018 年 5 月 6 日

《梁祝》用古典舞蹈的艺术形式呈现了一个凄美的爱情故事。传说中“上虞人士祝英台，伪为男装游学，与梁山伯同肄业，情好甚密……冢复自合，双蝶徘徊于冢上”。本剧以起伏变换的舞蹈动作讲述了两位主人公从相识、相送、相会、相伴，到化蝶、永生的过程，用舞台的形式表达出比文本更饱满的情感，使观众获得更直观、更全方位的感受。

舞剧《梁祝》表现的是中国最凄美的、流传千古的爱情故事。视觉观念来自空白的“纸”，白色意味着纯洁、空灵，白色的纸上可以留下不同的生命故事，而梁山伯与祝英台书写了两个人生死相依的爱情。白色的舞台空间，留给观众无限的想象空间，也与中国绘画的留白相呼应，舞台上出现的任意一景一人与“白”之间相映成画，构成独特的意蕴和古典审美。在舞美设计中，设计师以传统的竖形空白印刷书格这一具有强烈中国古典意味的元素作为整体的视觉符号呈现于舞台之上，舞台宛若一本待绘制的绘本。设计师希望通过整体舞台极简纯白的“纸本”设计——这一写意的白色舞台空间留给观众无限的想象，同时也与中国绘画中的“留白”交相呼应。

舞台上的寥寥几笔是亭台、楼阁、山、水的古风意蕴呈现，是梁山伯与祝英台用生命书写的纯情爱恋，是舞动的形与变换的色以合古典至纯至简之美。前三幕的布景设置以“纸本”为主，在此之上，根据剧情的发展会有些许以绘本形式出现的环境，并没有大范围地铺开，仅仅只是点缀，小而精，克制且精练，统一于中国古典美学体系之中。第四幕是整场戏的高潮部分，突出剧中人物的情感宣泄。设计师索性摒弃了对于环境的描述，以整体空白书

格元素为基础构成了一组抽象的现代装置，结合投影、烟雾及升降装置，与演员一起完成了最后的“表演”。

传统的古典意蕴与现代的舞台设计，与舞剧《梁祝》在创作中所坚持的传承与创新相结合的方针相契合，使之整体上不失古典韵味，现代装置的运用也以其现代的表现形式推动了舞剧的戏剧节奏。舞台的视觉设计构建起舞剧《梁祝》展现在观众眼前的整体意境，是国画水墨留白之意，展现了古典传世经典至美之境。至纯至简的舞台，光影色、人形景，若寥寥数笔丹青于白宣之上，构得一幅清逸秀丽的雅致水墨画。

舞剧《梁祝》从传说到文字，再从文字到视觉，从视觉到情绪的细腻转移与变化，类似长卷一样，徐徐展开，娓娓道来，在纯粹干净的画本里，我们仿佛能看到蝴蝶微微颤动的翅膀。

图1-35 《梁祝》剧照

图1-36 《梁祝》剧照

图1-37 《梁祝》剧照

梁祝

图1-38 《梁祝》剧照

图1-39 《梁祝》灯光手绘示意图

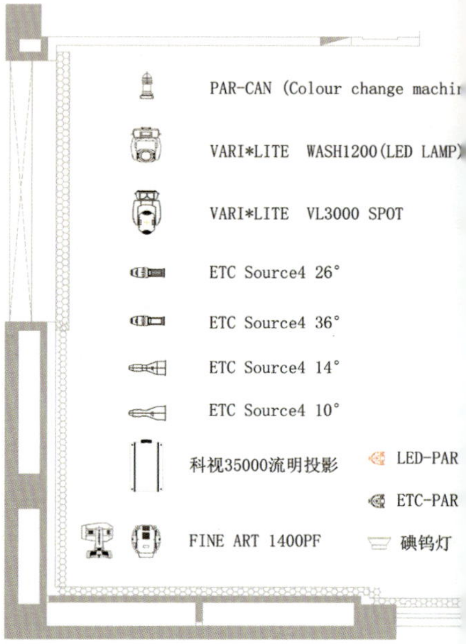

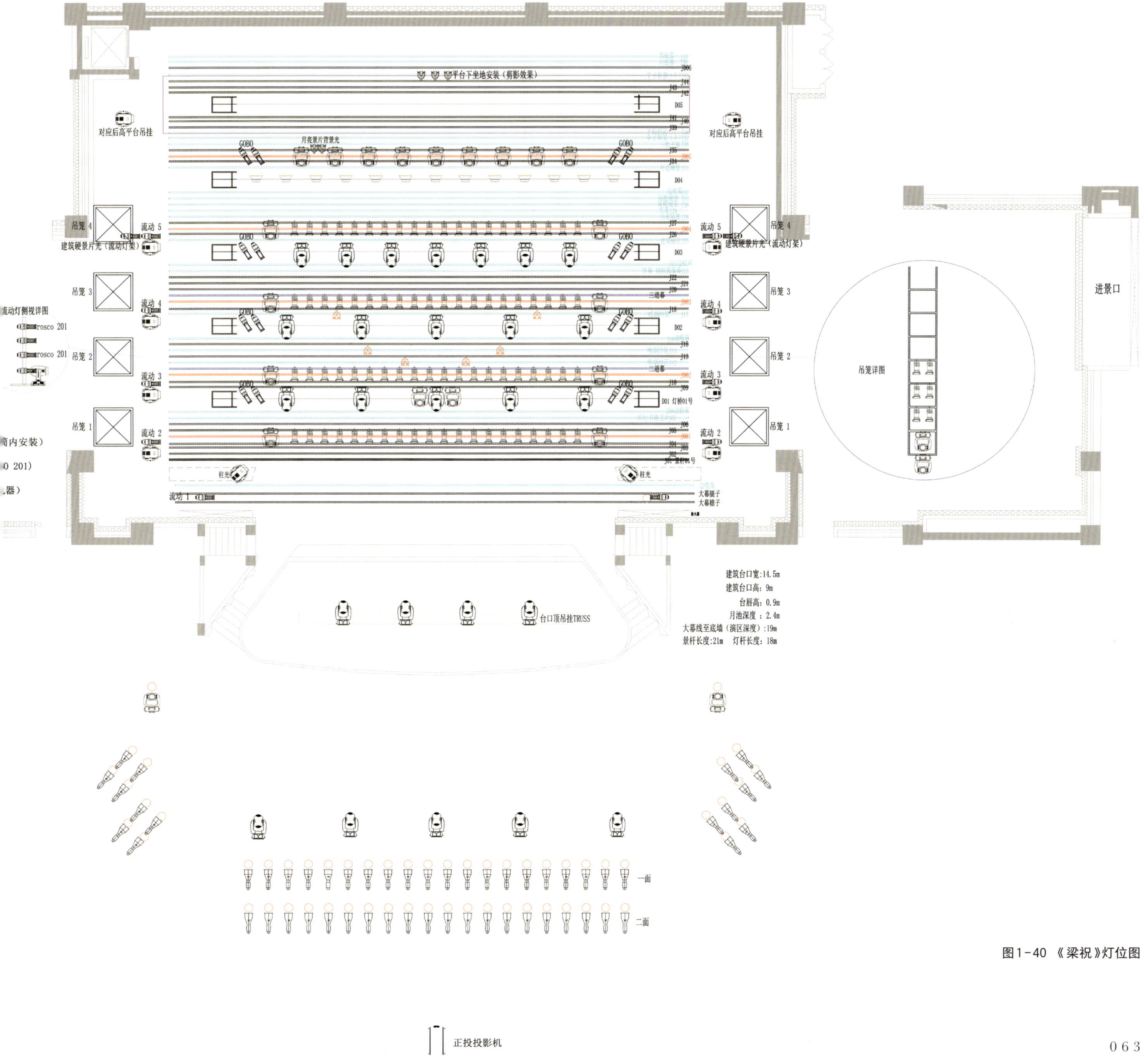
平台下坐地安装（剪影效果）
对应后高平台吊挂
对应后高平台吊挂
月亮景片背景光
GOBO
吊笼 4
吊笼 3
吊笼 2
吊笼 1
流动 5
流动 4
流动 3
流动 2
流动 1
建筑硬景片光（流动灯架）
建筑硬景片光（流动灯架）
流动灯侧视详图
rosco 201
D01 灯桥01号
柱光
大幕链子
吊笼详图
进景口
台口顶吊挂TRUSS
建筑台口宽:14.5m
建筑台口高：9m
台唇高：0.9m
月池深度：2.4m
大幕线至底墙（演区深度）:19m
景杆长度:21m 灯杆长度：18m
一面
二面
正投投影机

图1-40 《梁祝》灯位图

舞剧《杨家岭的春天》

编　　剧：许　锐

导　　演：张晓梅　张云峰

作　　曲：程　远　谢　鹏

视觉总监：任冬生

出　　品：北京舞蹈学院、国家大剧院

首演时间：2022 年 11 月 5 日

舞剧《杨家岭的春天》讲述的是一个关于艺术家到达陕北后逐渐融入当地农民生活的故事。那是一个激情四射的年代，艺术家们从四面八方奔赴延安，那里成为他们的圣地。在血与火的岁月中，他们蜕变、升华，成为以笔为枪的文艺战士，成为奠定新中国文化的基石。

舞剧由代表性的几幅版画作为剧本蓝本，从《抗旱》《挑水》《入仓》到《妇纺小组》《说理》《豆选》，再到《当敌人搜山时》《人桥》这些版画作品呈现出一大批文艺工作者在民族兴亡的呐喊声中来到了革命圣地延安。音乐家舞蹈家与劳动人民同吃同住同生活，体会到人民如母亲般的深情，如厚土般的滋养；戏剧文学家在基层工作中发挥才智，深入体验，赢得了人民的信任与拥护，同时也迸发出朝阳般的创作激情；美术家在鲁艺的熏陶和战火的锤炼下，成为以笔为枪的文艺战士。

毫无疑问，这样一部作品，其视觉体系必然要具备延安时期的形象特征，将版画的元素应用到舞台上也是顺理成章的，但是，以怎样的角度切入，让舞台视觉与舞蹈浑然一体，使其既有浓郁的时代印记，又具备当代审美以及现代的表达就成为此次工作的重中之重。

“以时光之刻刀，雕刻光辉岁月”，围绕“光绘”的动线，追溯版画之新潮、打破传统舞台形式；复刻版画之凌厉、增强整体舞台结构；重塑版画之风格、舞台视觉多样化。

延安木刻艺术形式在那个时代是一种先锋的艺术，是当时国内艺术创作的新风潮，与前沿政治思想高度融合。我们应当提取版画艺术本身的抽象性与解构特征，打破传统舞台样式。木刻版画在画面上的线条、色点和色块都体现出鲜明的刻刀雕凿味道，以其强烈的黑白

图1-41 《杨家岭的春天》剧照

对比而著称，具有朴素而凌厉的美感，我们以此为灵感强调舞台结构，突出舞台形式感。延安木刻艺术的风格不断发展，笔触刻痕与边界的关系不断碰撞变化，这种变化也体现在不同的篇章中，展现出多样化的舞台视觉效果。

这样的舞台风格由布景、灯光和影像结合而成，强烈的色彩对比，坚硬的结构框架，锋利深邃的刻痕，建立起独特的延安版画式的舞台样式，并通过视觉样式传递出那个时代强烈的信仰力量。

杨家岭的春天

年元旦，新编京剧
正式演出
三打祝家庄
《三打祝家庄》花园一

图1-42 《杨家岭的春天》剧照组图

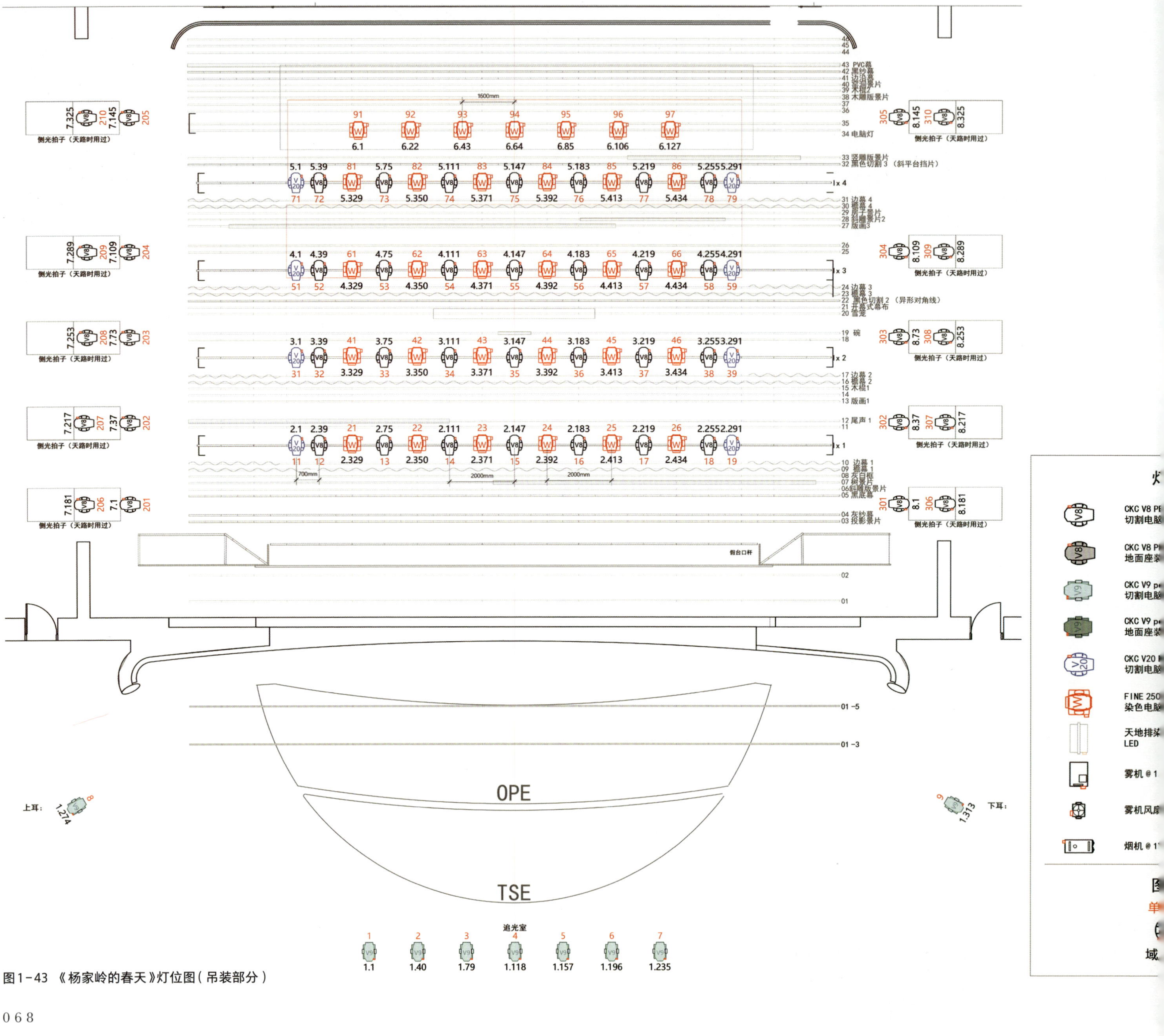

图1-43 《杨家岭的春天》灯位图(吊装部分)

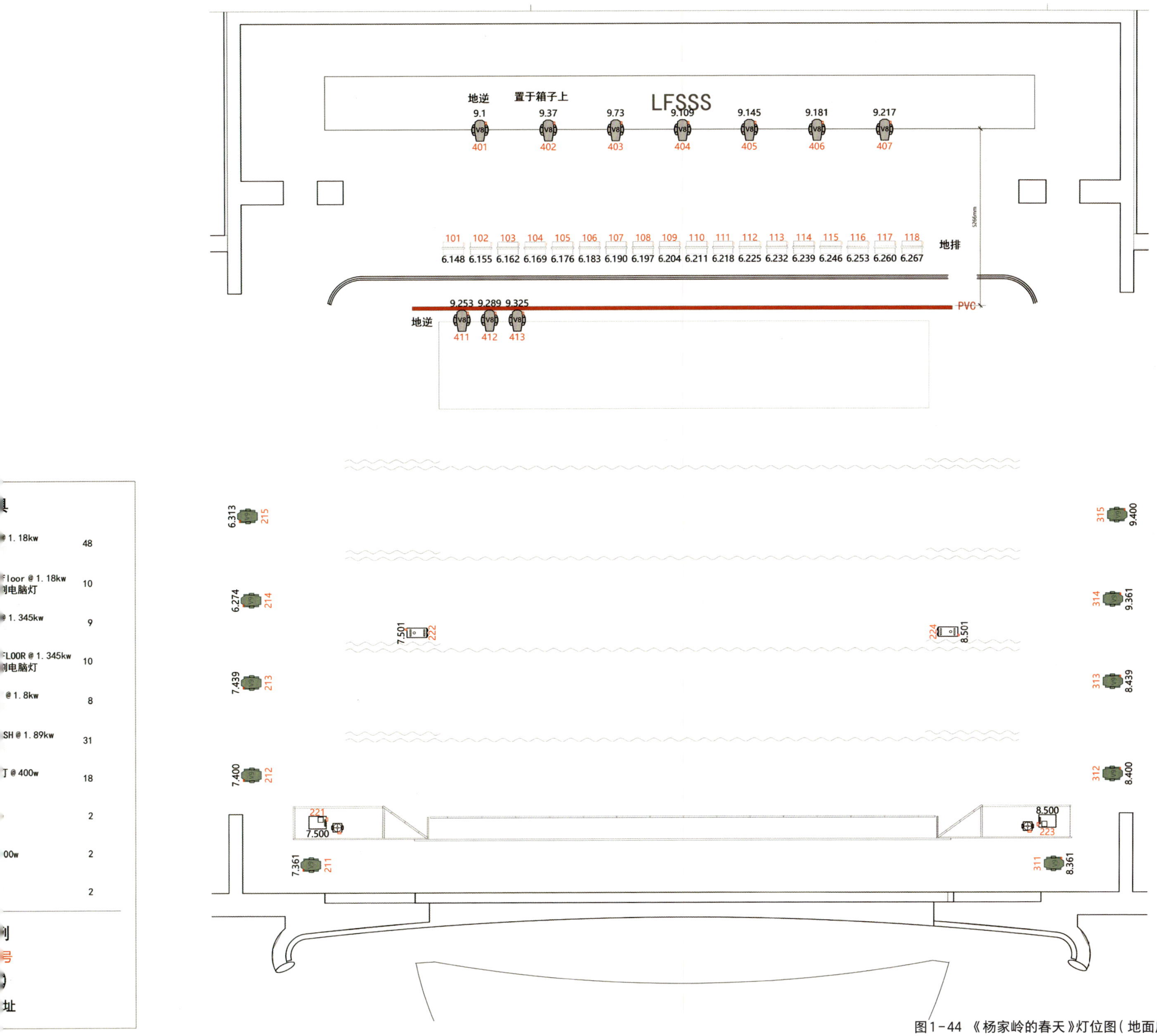

图1-44 《杨家岭的春天》灯位图(地面座装部分)

面对剧本中丰富多样的场景，有限的舞台空间需要一个流畅灵动的戏剧空间，通过舞美结构的重组与再现来实现故事中瞬变的环境。舞台美术创作以剧本为基础，以人物感情、主题思想为形象构思的核心。剧本赋予我们诸多符号，需要设计师有敏感的神经，在剧本中抓住最重要的意义，捕捉到具有代表性的视觉元素，将其重新组合、结构，焕发出多重的意想不到的空间。灵活的舞美结构是由文字感受转换成恰当的与文本体裁、风格和谐的舞台视觉语言，不受文本形象描写的局限，不对文本主题思想作简单图解，对表现空间、环境、情绪、节奏等方面做和谐恰当的视觉处理，让创造出的戏剧空间更加有意义。这个并不逼真的场景，借助观众联想恰到好处地呈现剧本的内在精髓。

在舞美结构的重塑与结构中，可以归纳出模块化设计、多义化设计等手段。模块化设计包含但不等于舞美结构的重组与再现，这种手法在科技发达的今天被更多的创作者青睐，精妙的模块组合方式常出现在音乐剧及各类大型舞台艺术制作中。而多义化设计手段是在剧本中找到隐喻其思想主旨的核心视觉符号并合理应用，继而在不同场次中进行聚散组合和再演绎，形成运动的氛围变化，使得整体视觉画面流畅而连贯。

重塑与解构

舞剧《宴》

编　　剧：张云峰

导　　演：张云峰

视觉总监：任冬生

出　　品：北京舞蹈学院编导系

首演时间：2015 年

舞剧《宴》以独特视角细腻描绘了南唐后主李煜这一角色，他词的成就犹如唐代文学璀璨的“余晖”，他身上交织着国主权柄与卓越文采的矛盾统一。李煜在文学史上独树一帜，以其才情开启了中国诗歌“词”的全新时代，对后世词人如辛弃疾、李清照产生了深远影响。

导演选择李煜作为主角，正是因为李煜多愁善感的性格，风花雪月的情怀，以及他所深陷的无奈的境地。李煜内心的情感世界无法与当时的民众产生共鸣，其悲哀更是常人难以触及的。但即使在最哀伤的时刻，他的词依然映射出对故国山河的深深眷恋。他的语言精练明快，直抵人心，将个人的孤独转化为普遍的人性共鸣。最终，随着饮下致命的“牵机药”，李煜似乎获得了某种意义上的“解脱”。《宴》通过舞蹈的形式，为观众呈现了一部专属于李煜的心灵戏剧，导演聚焦于李煜的内在世界，构建了一个独特的“李煜”空间。

舞台视觉设计上，该剧巧妙融入了在审美上承袭唐代风格的枯山水元素，这些元素富含象征意义，精准揭示了李煜的精神世界。石块代表峻岭，白沙象征江海，线条勾勒水波，苔藓寓意丛林。在舞台上，这些元素共同绘就了一幅有留白的山水画卷，并且通过现代手法——透明玻璃框分割画面，以此体现人物的心理空间，这种新颖的舞台形式与舞蹈表达之间的化学反应无疑会引发观众无尽的期待与遐想。

舞台视觉效果如同一幅被孤立切割的山水画，与同样割裂的松树及屏风相互映衬，营造出孤寂冷傲的气息。围绕在这些古典元素之外的透明方形装置，则增添了冰冷疏离的感官体验。石头上的绿苔，干枯松枝上的一抹新绿，以及石灯塔内温暖微弱的灯光，无不暗示着

图2-1 《宴》剧照

生命在严寒疏离的环境中顽强地勃发与延续。古典艺术形象与现代装置艺术完美融合，形成一种与舞剧表现形式与精神内涵既间离又契合的效果。

当剧情推进至李煜饮下“牵机药”时，山水屏风中的烟雾弥漫开来，原本清晰的山水逐渐模糊直至完全消融在烟雾之中，这预示着李煜在现实与虚幻之间找到了心灵的解脱。

导演采用非传统的叙事方式和表达手法，深度挖掘李煜的内心，借助创新的舞蹈语言，使角色在忧伤的情绪中游走。设计师以碎片化山水的舞台布景再现李煜的内心世界，并通过灯光分割创造出别具一格的舞台空间。

舞美和灯光设计在剧中并未过多关注环境本身的描绘，而是着力于发掘戏剧人物内心的支点，这与作品所传达的氛围不谋而合，在整个舞台上塑造出一种高雅而冷冽的气质，从视觉层面上有力地烘托出李煜内心世界的外在显现。

图2-2 《宴》剧照

图2-3 《宴》剧照

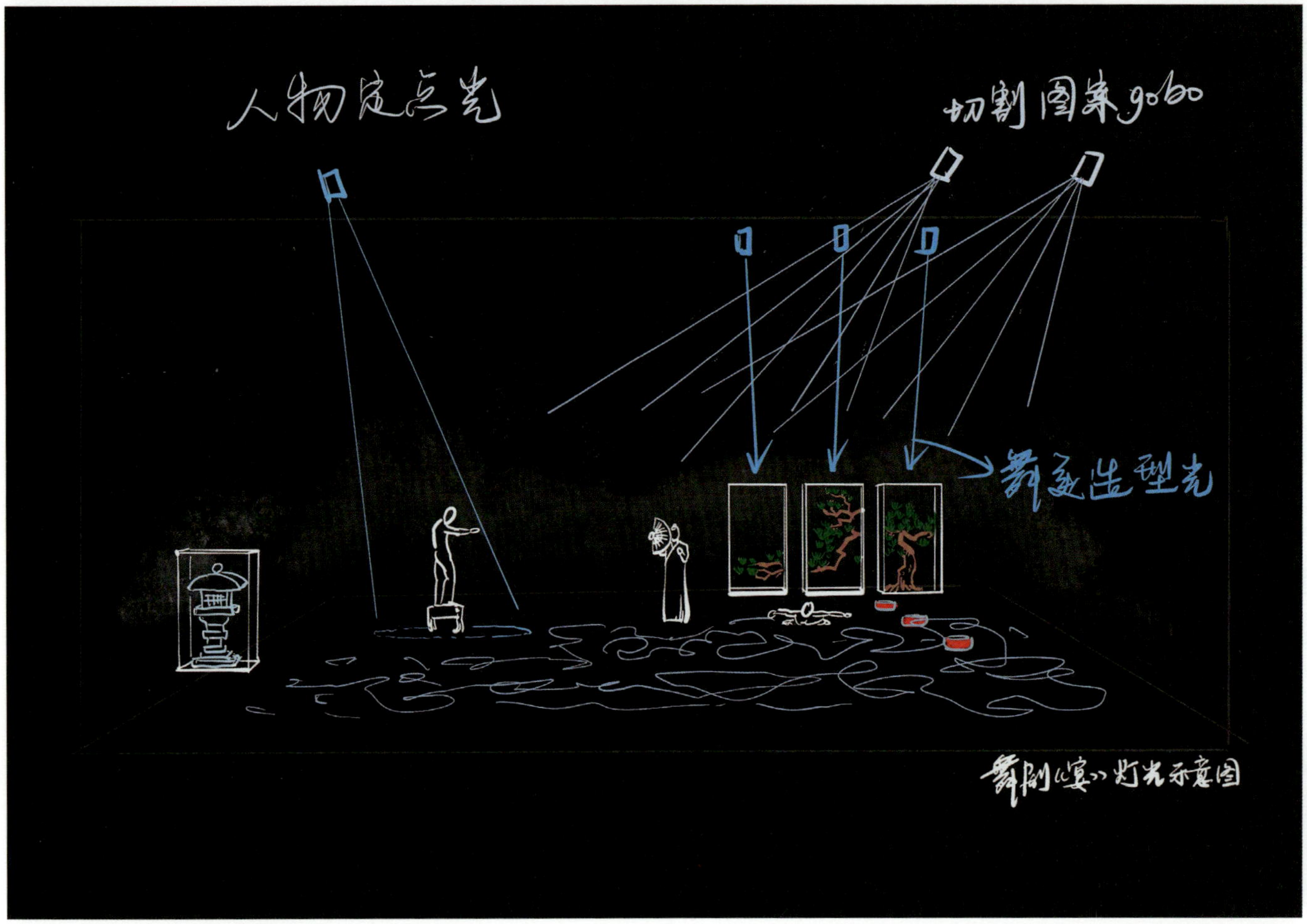

图2-4 《宴》灯光手绘示意图

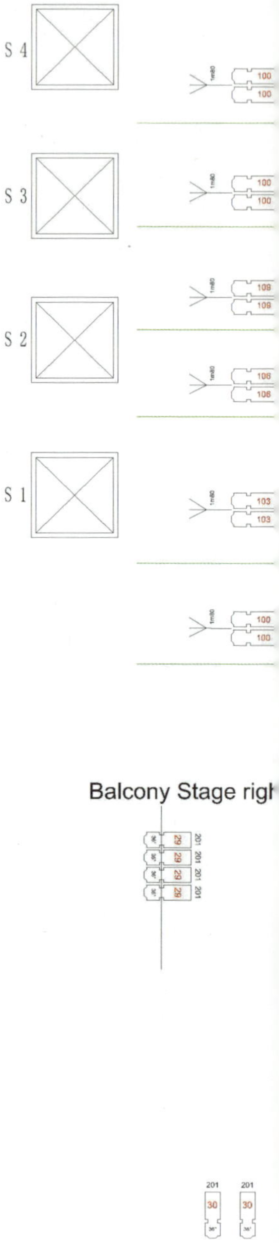

Visual director&Lighting Desi
Dongsheng REN

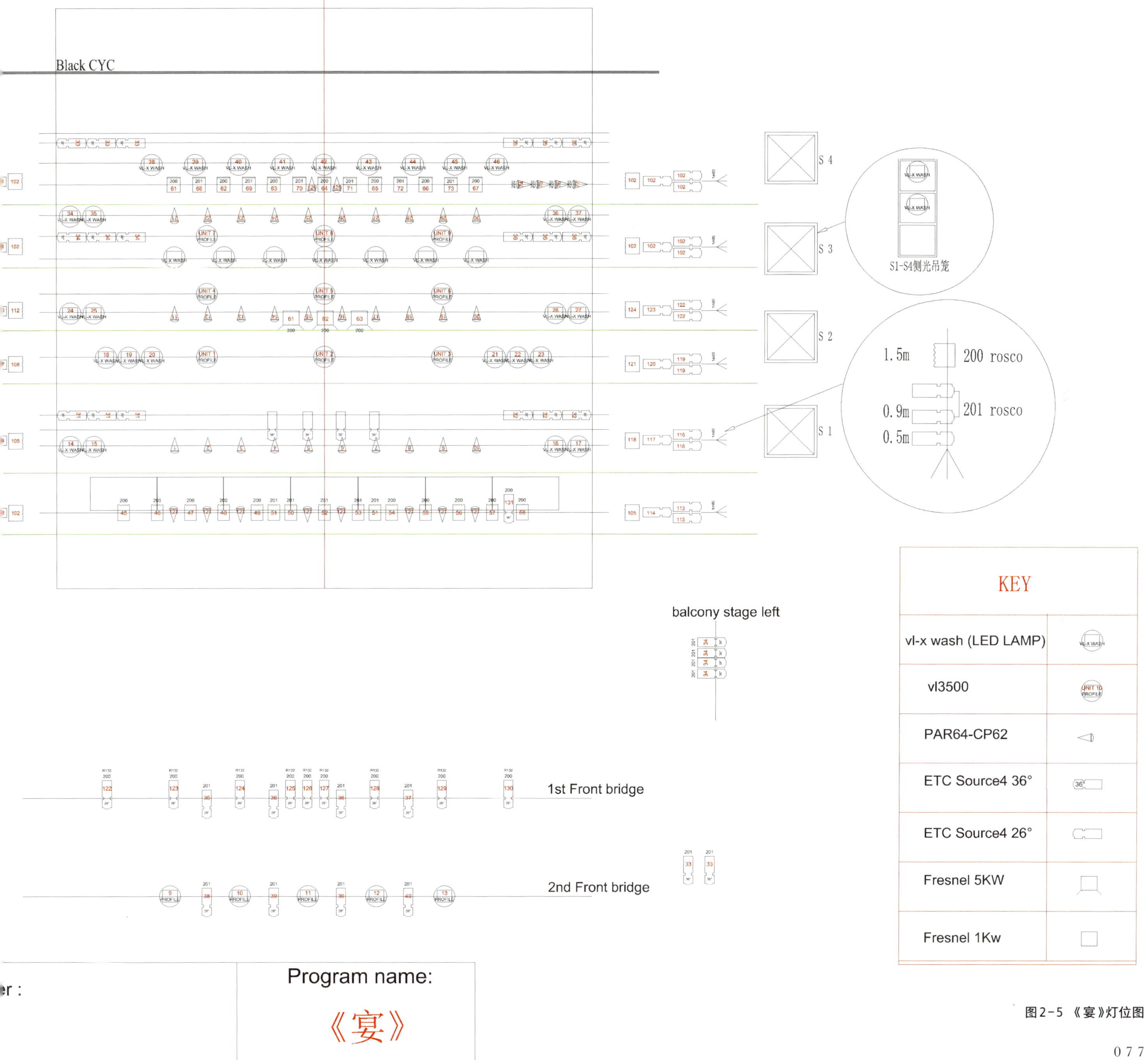
Black CYC
S 4
S 3
S 2
S 1
S1-S4侧光吊笼
1.5m
0.9m
0.5m
200 rosco
201 rosco
balcony stage left
1st Front bridge
2nd Front bridge
KEY
vl-x wash (LED LAMP)
vl3500
PAR64-CP62
ETC Source4 36°
ETC Source4 26°
Fresnel 5KW
Fresnel 1Kw
Program name:
《宴》

图2-5 《宴》灯位图

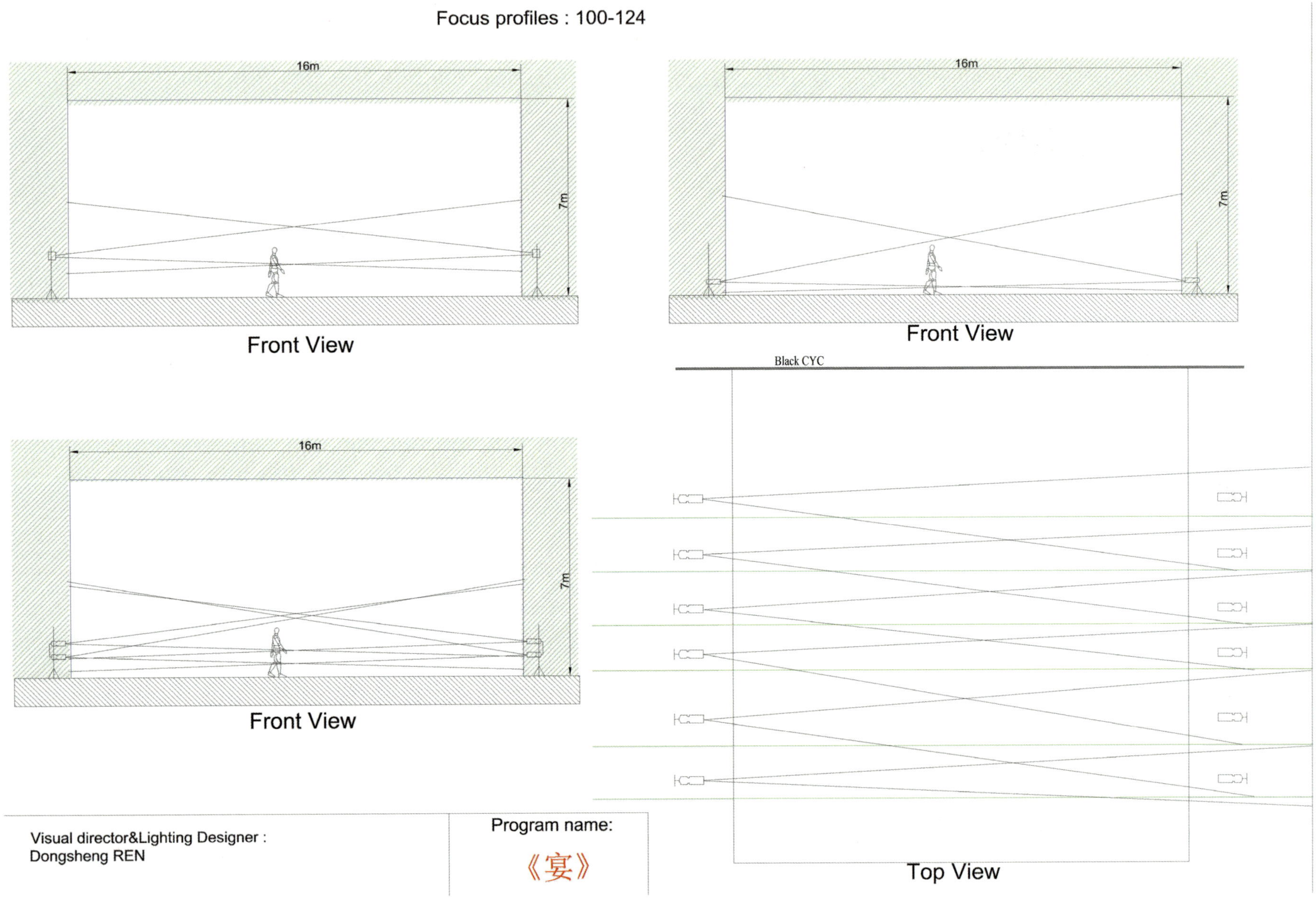
Focus profiles : 100-124
16m
7m
Front View
16m
7m
Front View
Black CYC
16m
7m
Front View
Top View
Visual director&Lighting Designer :
Dongsheng REN
Program name:
《宴》

图2-6 《宴》灯位图

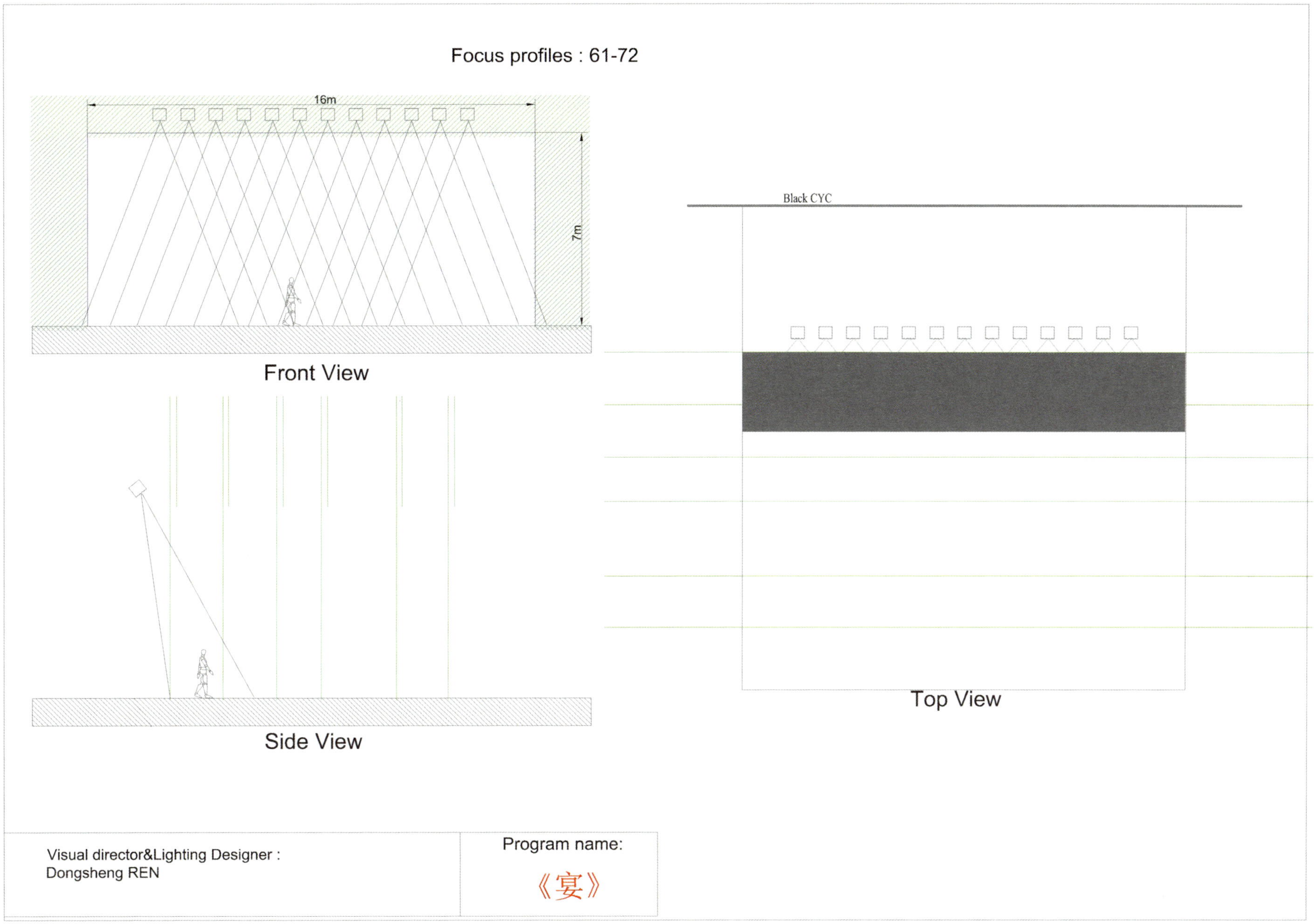
Focus profiles : 61-72
16m
7m
Front View
Side View
Black CYC
Top View
Visual director&Lighting Designer :
Dongsheng REN
Program name:
《宴》

图2-7 《宴》灯位图

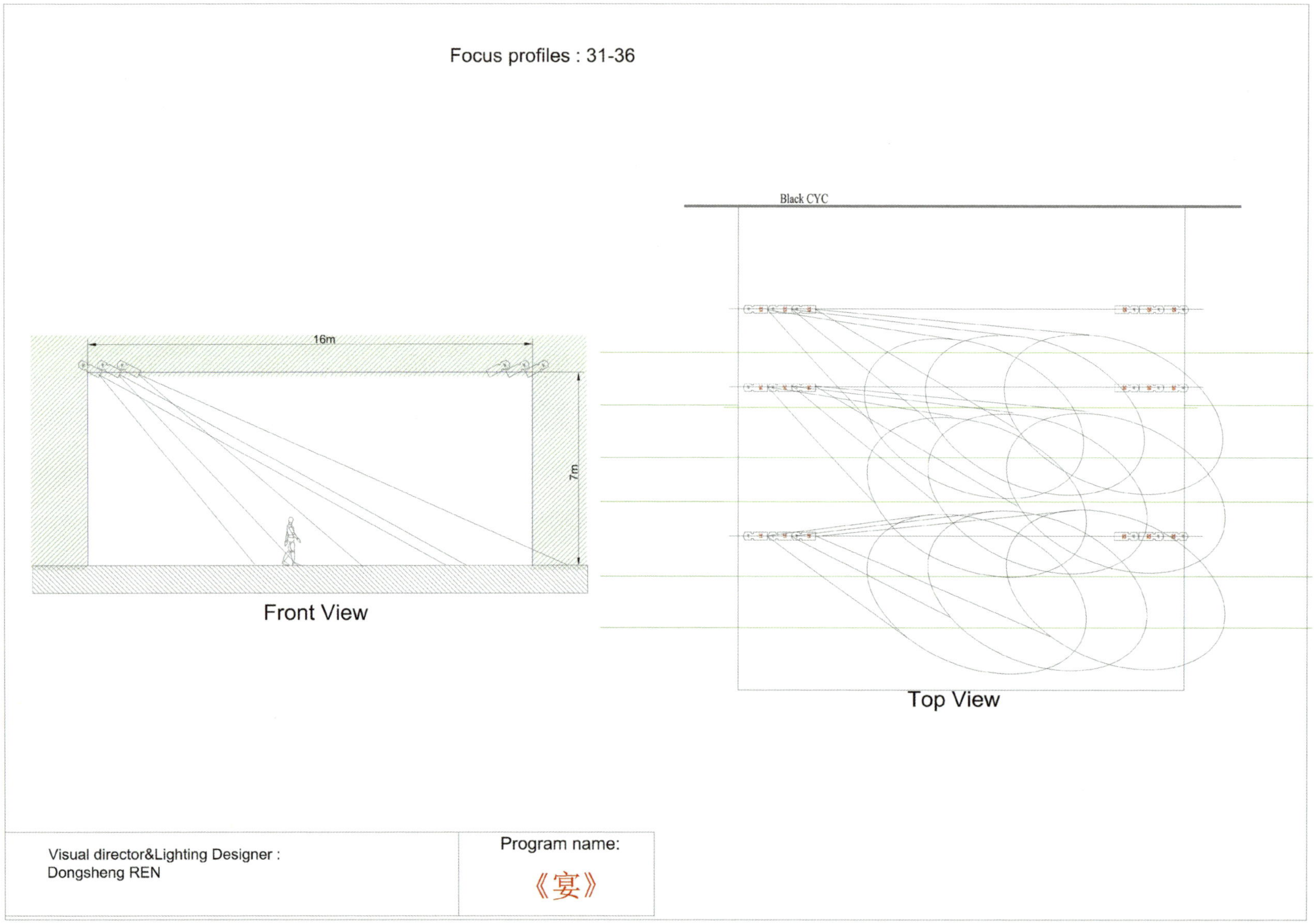
Focus profiles : 31-36
Black CYC
16m
7m
Front View
Top View
Visual director&Lighting Designer :
Dongsheng REN
Program name:
《宴》

图2-8 《宴》灯位图

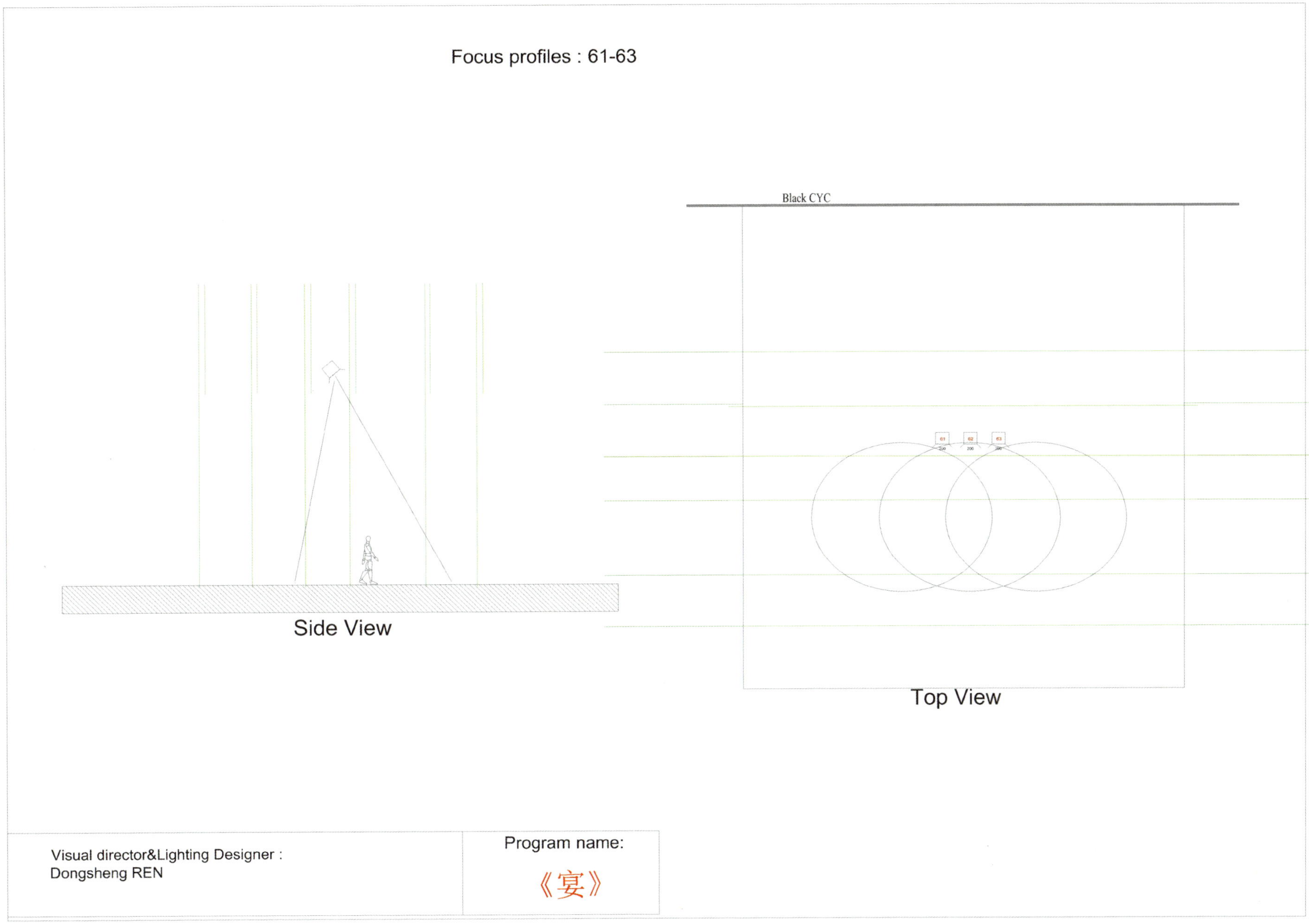
Focus profiles : 61-63
Black CYC
Side View
Top View
Visual director&Lighting Designer :
Dongsheng REN
Program name:
《宴》

图2-9 《宴》灯位图

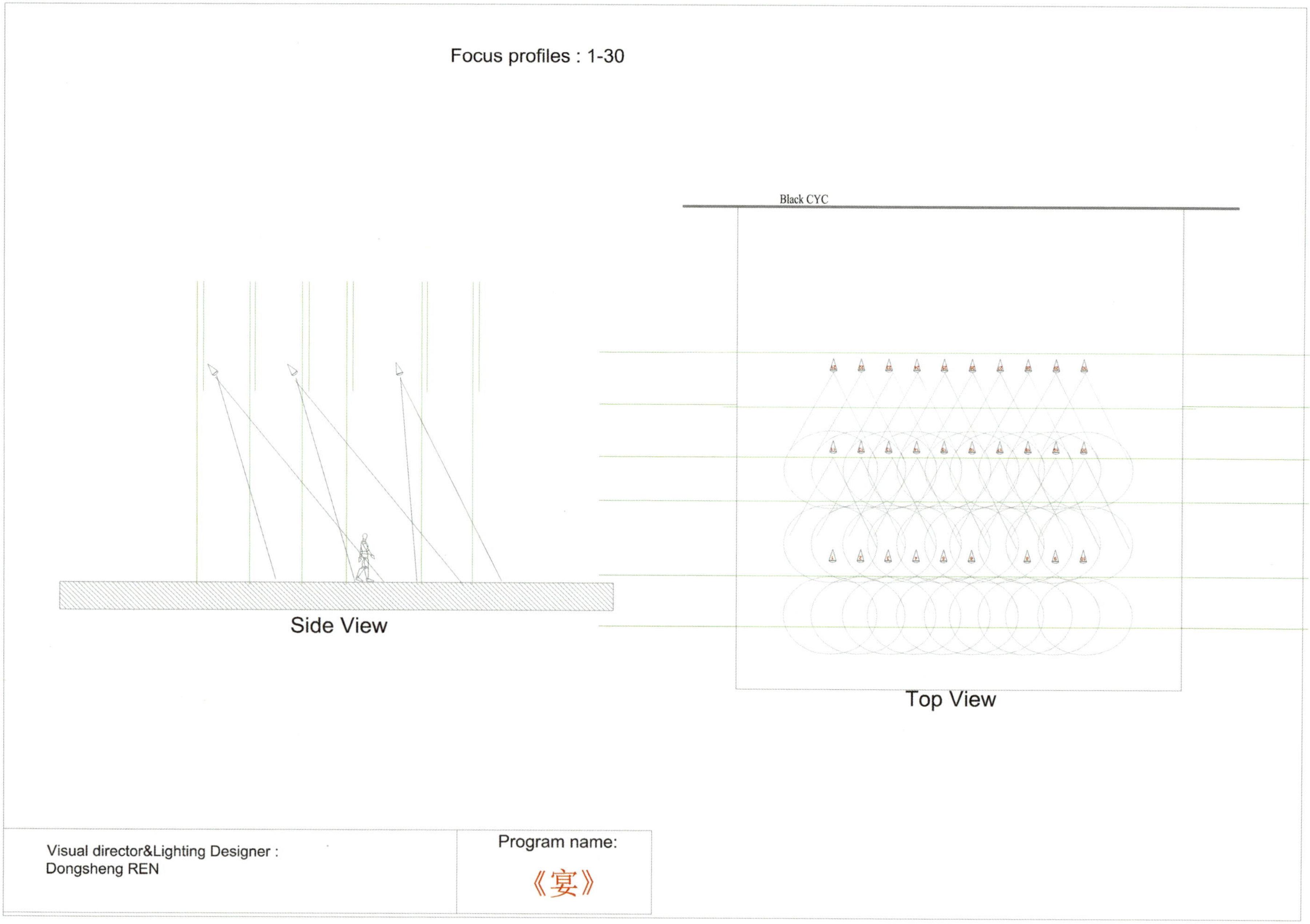
Focus profiles : 1-30
Black CYC
Side View
Top View
Visual director&Lighting Designer :
Dongsheng REN
Program name:
《宴》

图2-10 《宴》灯位图

vl-x wash (LED LAMP)	VL-X WASH	43
vl3500	PROFILE	14
PAR64-CP62		44
ETC Source4 36°	36°	35
ETC Source4 26°		47
Fresnel 5KW		3
Fresnel 1Kw		38

Visual director&Lighting Designer : Dongsheng REN	Program name: 《宴》

图2-11 《宴》灯具图

舞剧《傩·情》

导　　演：郭　磊

视觉总监：任冬生

出　　品：北京舞蹈学院青年舞蹈团

首演时间：2015 年 12 月 31 日

《傩 · 情》的视觉设计呈现出高度的整体性和象征性，其装置艺术感与符号象征性都紧密地融入了表演动态之中。这个设计旨在通过装置与表演互动来传达更丰富的情感和深意，唯有如此，“傩”这一古老艺术内在的文化底蕴与宇宙观才能得以充分展现，并与现代观众建立起更为深刻有效的对话桥梁。整个创作过程中创作团队始终坚守核心原则：实现舞台观感上各元素间的浑然一体。

“傩”这一主题源远流长且充满神秘色彩，在当今时代，包括创作者在内的许多现代观众对“傩”有陌生感，甚至因历史变迁与文化演变而产生诸多误解。回溯至周朝，“傩”更多地表现为庄重的祭祀仪式——傩礼，随着时间推移，其作为传统礼制的痕迹逐渐淡化，而在今天，它更多被视为春节期间承载人们情感寄托与美好期盼的传统民俗活动。作为一种非物质文化遗产，“傩”的价值日益得到重视与保护。探究“傩”如何从严谨的礼仪规范走向情感表达的脉络，无疑具有重要研究价值。在历经多次创作研讨及资料梳理后，江西南丰石邮地区的傩舞文化形态如同一块生动的历史化石，深深吸引了我，因其保留了原始傩文化的精髓，并蕴含了大量的古代神话传说与英雄故事。我认为这种共鸣根植于中华民族文化最深远的根基中，穿越千年文化交融历程，直达文明滥觞之初的那份悸动。

在舞台设计上，我追求找到那些简洁却富有代表性的根源符号。以剧目开篇的“开山神”片段为例，我设想了一块斧头形状的倾斜平台，最初意图是让其占据整个舞台甚至延伸至乐池区域，宛如盘古开天辟地遗留下的神圣法器。然而考虑到舞蹈表演的实际需求以及避免过于突出此装置，我最终将平台缩小并置于舞台后区，保留其象征形象。同时，借鉴傩舞原生态表演环境——傩神庙，我在舞台上构建了一个殿堂式空间，但赋予其更宏大的气场。在与总导演深入地交流之后，我们将傩神庙原本的单一柱子转化为“四梁八柱”的概念框架表现主导构思，这既可以象征庙堂、文化根源，也可以寓意家园乃至国家。

布景的主体结构由四根大梁和八根柱子构成，整体风格写实，借鉴了江西地区建筑特色，如冬瓜梁的设计和青苔斑驳的质感。整座建筑框架巧妙地运用聚散组合和后区柱阵列的运动变化，以配合不同章节的氛围：雷神舞蹈时，柱子上下移动仿佛重锤击鼓；钟馗与小鬼共舞之际，柱群如林般落下，结合灯光效果又化为抽象的树林景象；双伯郎舞蹈之时，则凸显出四根壮硕横梁，以此彰显兄弟间的力量与担当精神。此外，傩舞面具的形象贯穿全剧，巧妙点缀于建筑场景之间，呼应主题。

舞美中的基础构成——四根大梁与八根柱子，在幕与幕切换的过程中不断变换位置与姿态，被赋予多重含义，营造出一个既神秘而又令人感到亲切的空间，犹如灵魂栖息之所。这样的设计不仅使得每一场戏都与舞台背景形成有机联系，而且还确保了整个舞台视觉叙事的连贯性，体现出舞剧深邃的意蕴。

图2-12 《傩·情》剧照

神廟

图2-13 《傩·情》剧照

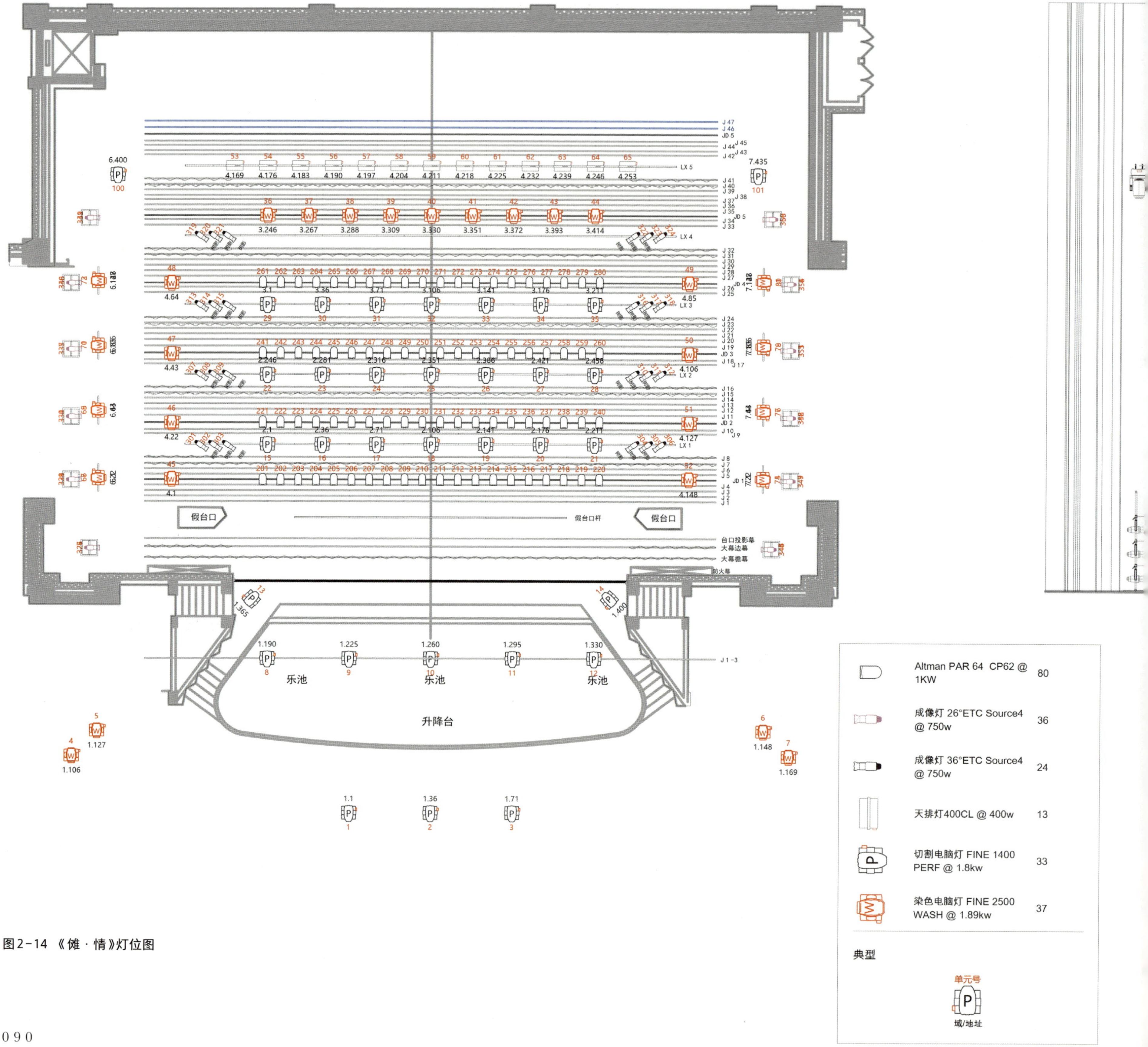

假台口
假台口杆
台口投影幕
大幕边幕
大幕檐幕
防火幕
乐池
升降台
Altman PAR 64 CP62 @ 1KW 80
成像灯 26°ETC Source4 @ 750w 36
成像灯 36°ETC Source4 @ 750w 24
天排灯400CL @ 400w 13
切割电脑灯 FINE 1400 PERF @ 1.8kw 33
染色电脑灯 FINE 2500 WASH @ 1.89kw 37
典型
单元号
域/地址

图2-14 《傩·情》灯位图

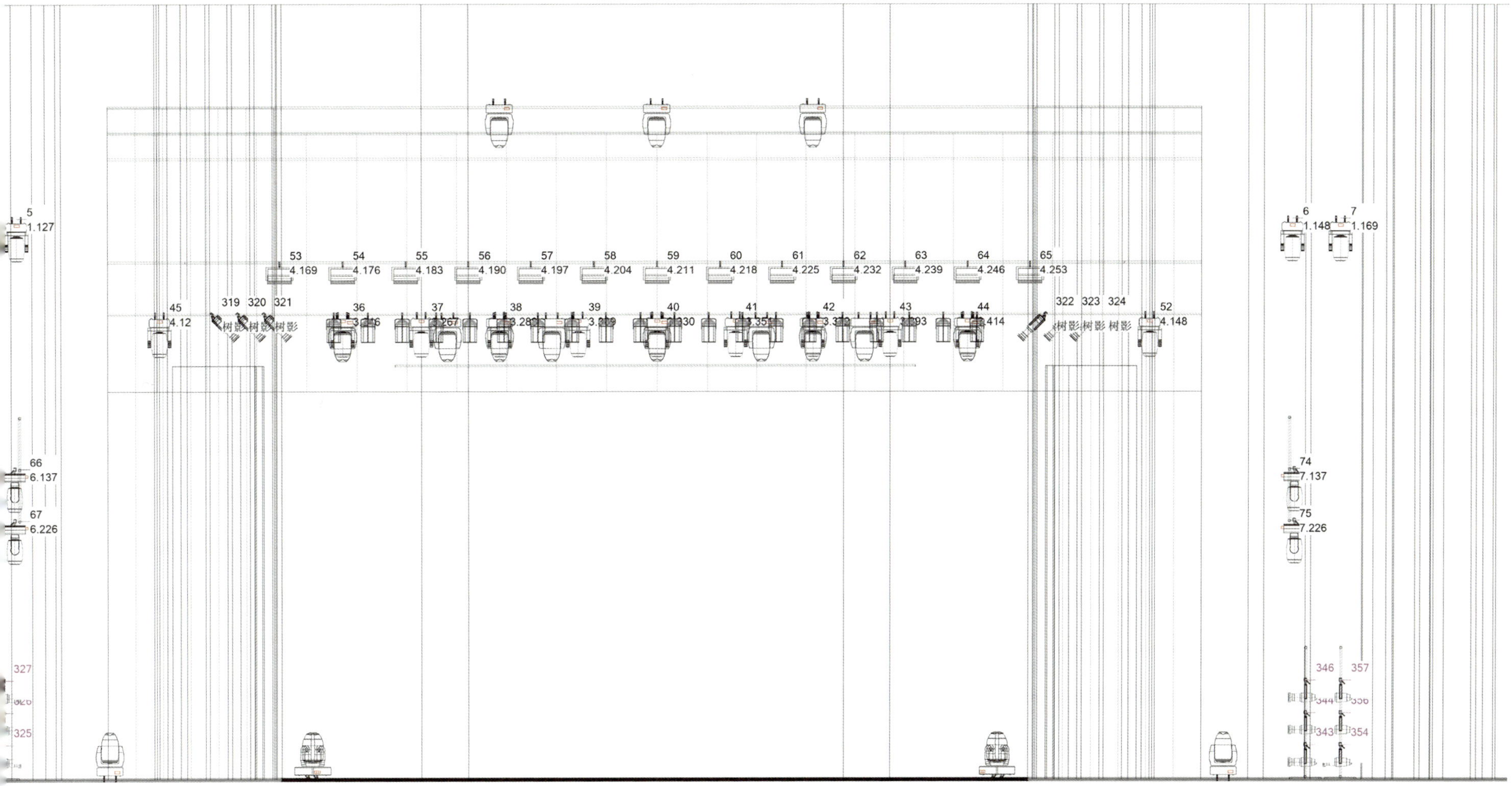

符号图示

	Altman PAR 64 CP62 @ 1KW	80
	成像灯 26°ETC Source4 @ 750w	36
	成像灯 36°ETC Source4 @ 750w	24
	天排灯400CL @ 400w	13

符号图示

	切割电脑灯 FINE 1400 PERF @ 1.8kw	33
	染色电脑灯 FINE 2500 WASH @ 1.89kw	37

典型

单元号

P

域/地址

图2-15 《傩·情》灯位图

符号图示

Altman PAR 64 CP62 @ 1KW	80
成像灯 26°ETC Source4 @ 750w	36
成像灯 36°ETC Source4 @ 750w	24
天排灯400CL @ 400w	13

符号图示

切割电脑灯 FINE 1400 PERF @ 1.8kw	33
染色电脑灯 FINE 2500 WASH @ 1.89kw	37

典型

单元号

P

域/地址

图2-16 《傩·情》灯位图

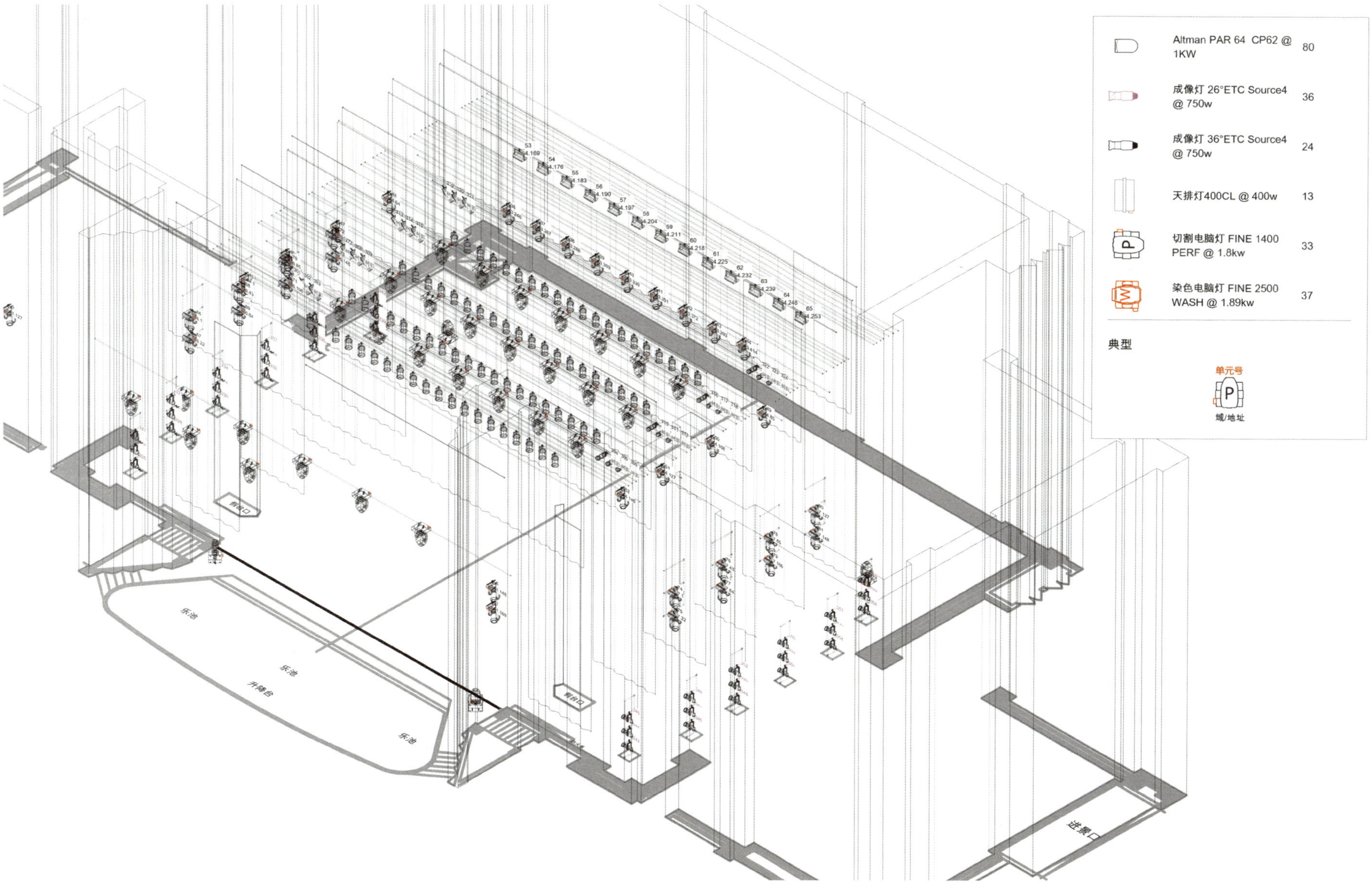

Altman PAR 64 CP62 @ 1KW 80
成像灯 26°ETC Source4 @ 750w 36
成像灯 36°ETC Source4 @ 750w 24
天排灯400CL @ 400w 13
切割电脑灯 FINE 1400 PERF @ 1.8kw 33
染色电脑灯 FINE 2500 WASH @ 1.89kw 37
典型
单元号
域/地址
乐池
乐池
升降台
乐池
进景口

图2-17 《傩·情》灯位图

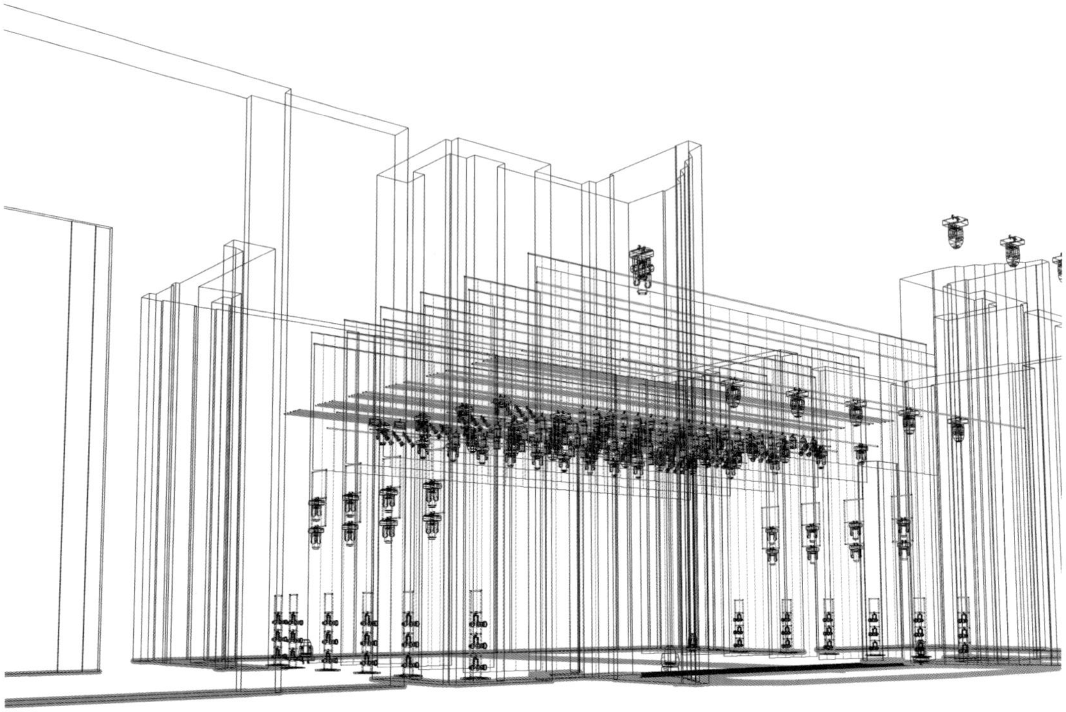

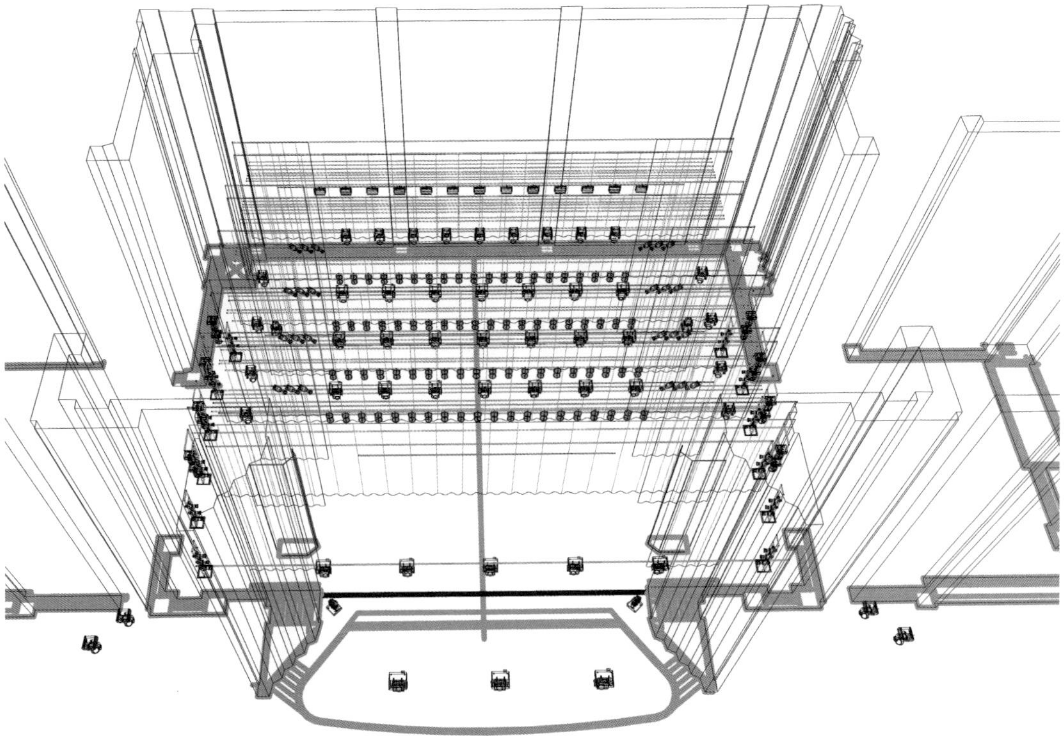

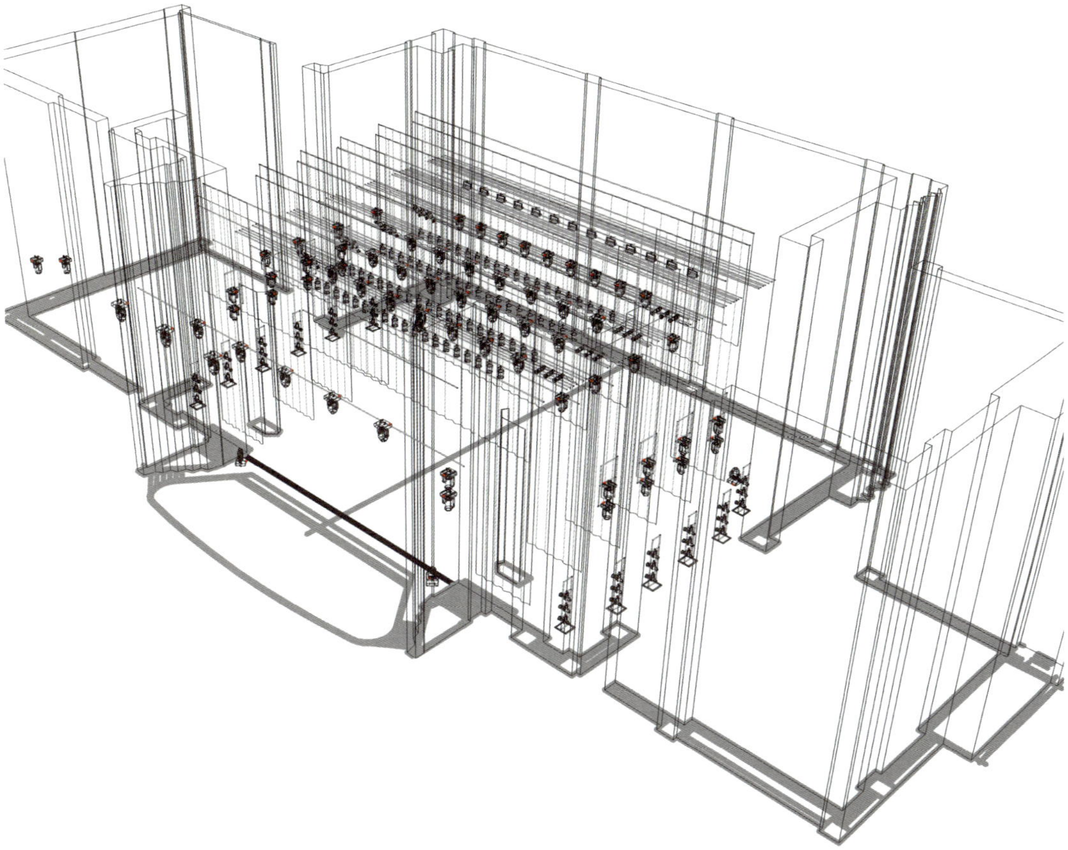

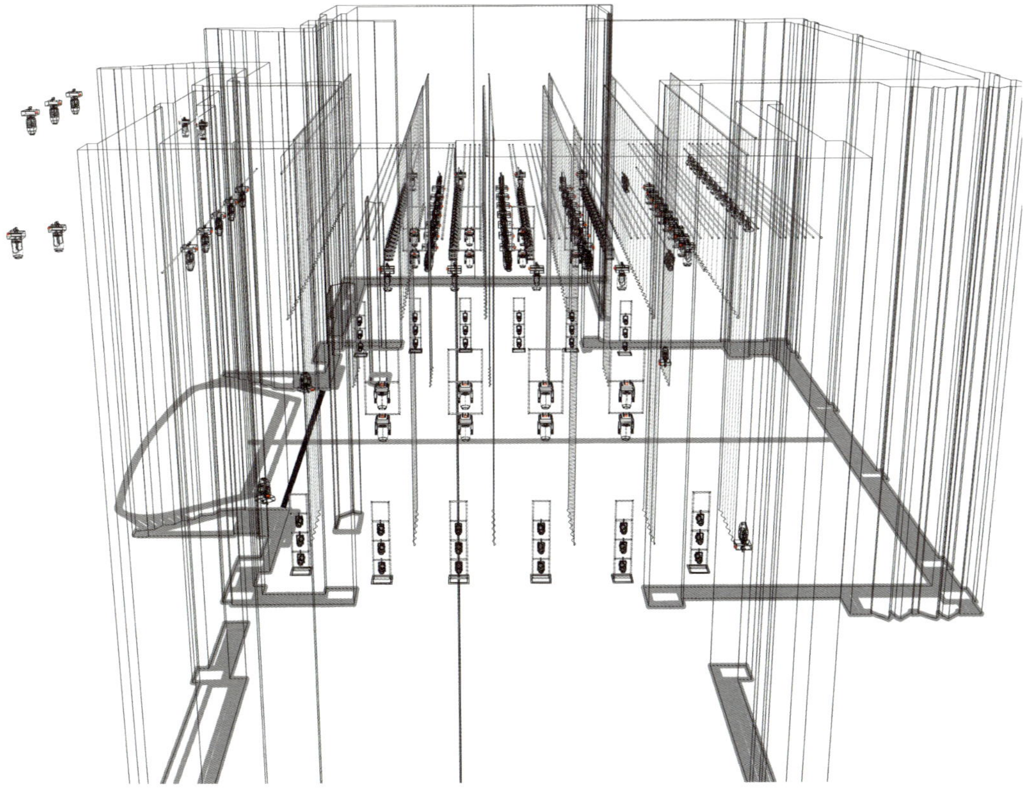

Altman PAR 64 CP62 @ 1KW	80
成像灯 26°ETC Source4 @ 750w	36
成像灯 36°ETC Source4 @ 750w	24
天排灯400CL @ 400w	13
切割电脑灯 FINE 1400 PERF @ 1.8kw	33
染色电脑灯 FINE 2500 WASH @ 1.89kw	37

典型

单元号

域/地址

图2-18 《傩·情》灯位图

舞剧《记忆深处》

编剧/导演： 佟睿睿

作　　曲： 郭思达

视觉总监： 任冬生

出　　品： 江苏演艺集团

首演时间： 2018年12月8日

十多年前，因为一个偶然的灵感触发，我和导演佟睿睿开始试图用舞台艺术去阐述南京大屠杀那段伤痛的历史，这仿佛成为我们的一种使命。那时的我们都很年轻，充满激情和冲动。我们自费去南京采风、考察、调研，抚摸布满弹孔的古老城墙，游荡在夫子庙的小巷中，凝视秦淮河幽暗的水波，倾听风吹梧桐的低吟。我们仿佛听到三十万亡灵的呼喊，看到六十万只苍白的手在寒风中战栗。那段历史，无论对于历史、对于生命还是对于主创团队来说，都要重新去认识去审视。舞剧《南京1937》（2005年首演）本着线性的叙事方式，在一群30岁左右的年轻人手中呈现出强烈而鲜明的个性特征，现在看来难免有些青涩，有些浮躁，但在当时的舞剧创作中依旧是极具冲击力的。

十二年后，当导演佟睿睿和我说起想再次创作该题材时，我义无反顾地接受了。似乎是命中注定，每当看到那些滴着血的文字和图片，我都会觉得自己有责任为这些逝去的灵魂呐喊。于是，我更加坚定了自己的创作。《记忆深处》由此而诞生了。十二年前的《南京1937》还很稚嫩，当时的我们怀着赤子之心真诚地创作。十二年后，更加虔诚的我们用理性和积累完成了《记忆深处》在舞台上的真诚。

创作过程中，我们首先明确了舞台的审美基调：庄重、简洁、纪念碑式。针对舞剧《记忆深处》的舞美设计，我们摒弃了表面化的“血腥”，因为表面化的“血腥”不仅直白浅薄，也不够承托深刻的主题内涵。因此，舞台设计首先确立了一种中性的特质，这使整部舞剧宛如一本既抽象又与主角张纯如的写作紧密相连的书。当中部舞台装置升起时，展现在观众眼前的是位于舞台最深处的记忆废墟，由破碎瓦砾堆砌而成，暗红色粗糙质地与平整洁白的舞台形成强烈对比，同时也为舞蹈表演提供了虚实转换的可能性。导演让开场的亡魂角色直接从废墟走出，赋予表达更强大的张力。同时，白色主体结构便于投影映射，整体追求营造一种肃穆而纪念性的视觉印象。

舞台空间被划分为前、中、后三个区域，形成了实一虚一实的视觉层次，这三个空间构建了整部舞剧的叙事节奏。乐池作为舞台前区，既象征着受害者坠入无底黑洞的历史现场，又是张纯如书房的现实场景，通过精准的空间划分，将客观舞台转化为多维度叙事空间，实现虚实并存与相互对照。

中部舞台空间灵活多变，悬浮升降的白色板与黑白相间的地面提示光明与黑暗界限的模糊，演员穿梭于三重空间之间，自由与限制共存，将抽象概念具象化，实现了时空的无缝切换与切割。

舞台后区则呈现出大面积烧焦瓦砾所构成的真实废墟，与前方空旷的虚化空间形成对比。虚实结合，强化了该剧舞蹈语言的表现力度。

为了达到强烈的视觉冲击效果以及方便投影附着，舞台上方的起降装置规模较大，顶部照明相对有限，侧光在此时起到了至关重要的作用。例如，在“流不尽的泪”舞段中，演员们迎着低角度侧光缓缓走向下场门，灯光下，身后是无边的黑暗，眼前是冰冷光线，仿佛这些灵魂步入未知的空间。

该剧借助张纯如这一核心人物串联起魏特琳、拉贝、李秀英、东史郎等真实人物以及亡灵和日本右翼符号，本剧首次采用了散点式的叙事手法与结构，碎片化的记忆在舞台上闪耀，由张纯如串联成一幅大屠杀全景画卷，涵盖了史实层面的同时，深入探讨心理层面的沉思与呼喊。灯光设计细腻微妙，注重人物内心世界的刻画，如运用柔和温暖的750瓦成像灯追光突出张纯如形象，使其犹如圣母般光辉照人；而日军与亡灵的灯光处理也匠心独运，增强了舞剧感染力。

视觉整体表达上侧重象征主义，内敛的象征形式赋予舞台强大的表现力。灯光设计通过色温变化构造光影对比，实施区域布光，创造出无明显光源的干净视觉环境。色彩运用节制而富有寓意，根据不同区域和人物使用冷暖色调，使得整个舞台充满戏剧冲突。舞台形式采用极简风格重塑空间，强调形式感的重要性，独特的舞台视觉语言既明确表达了剧目主旨，也为舞台设计师提供了一个抒发情感的通道。灯光设计如同黑暗中的一束微光穿透尘封的噩梦，照亮一个个受难的灵魂，抚慰累累伤痕，使之焕发神圣光芒。

舞台上方悬挂梯形顶幕，配合空间转换与影像投射，形成虎口视效，传达出吞噬感，这种设计富有多义性，给予观众更多想象空间。剧中还有一处特别场景，一块白板装置模拟地下墓穴向上观看的视角，暗示亡魂期待他们的后代（即我们）去做些什么。整个舞台审美基调——庄重、简洁、纪念碑式，成功传递出作品震撼人心的力量。

任何一种过分强调形式美的存在，对舞剧的情感之深刻和给观者的感受都会造成干扰，那是不可取的。如果说十几年前的《南京1937》是一部纪实风格的作品，那么《记忆深处》并不把讲述作为重点内容，几个人物形象都是有名有姓的，他们是事件不同视角的参与者和见证者，真实是首位的，只有真实才会让观众跟着他们走进历史。

剧中几个最大的舞段就是灵魂之舞，舞台艺术作品中灵魂的表现有很多种，但这三十万的冤魂不同，他们被摧残的血肉哪里也没去，就留在了这片家园化作焦土，等待后人去安抚、去呵护、去呐喊……那种形象的质感不是飘逸的空灵，是从肉体上剥离的一种疼痛。张纯如去寻找的灵魂之舞是逝去的灵魂，是灰色的有如尘埃的存在。作为幸存者的李秀英讲述着她和无数像她一样的女人的遭遇，她们的生命得以存活，但是心灵的重创同样疼痛，有时甚至生不如死，那是一种身体尚有血肉的温度但灵魂已经游离的状态。

记住黑暗是为了看到光明，我们希望以此剧祭奠那三十万亡灵，也希望成为那一点微光，照亮灵魂中的舞蹈。

图2-19 《记忆深处》剧照

图2-20 《记忆深处》剧照

图2-21 《记忆深处》剧照

图2-22 《记忆深处》剧照

图2-23 《记忆深处》剧照

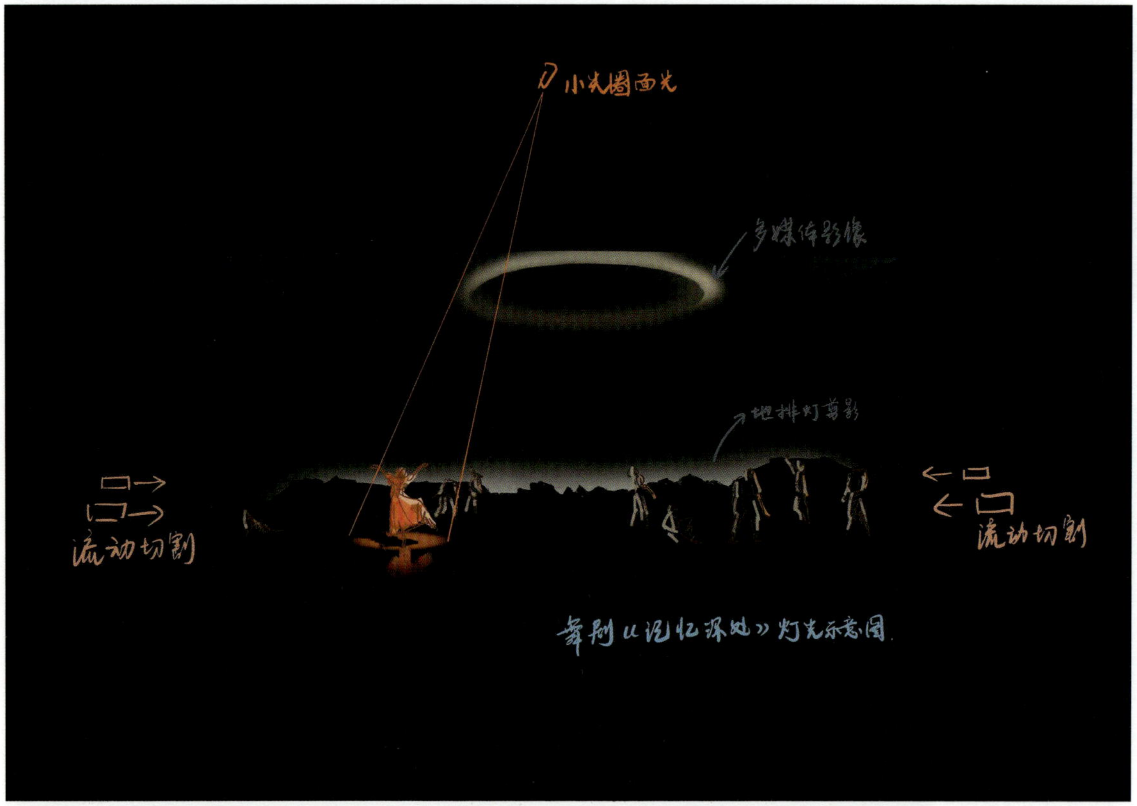

图2-24 《记忆深处》灯光手绘示意图

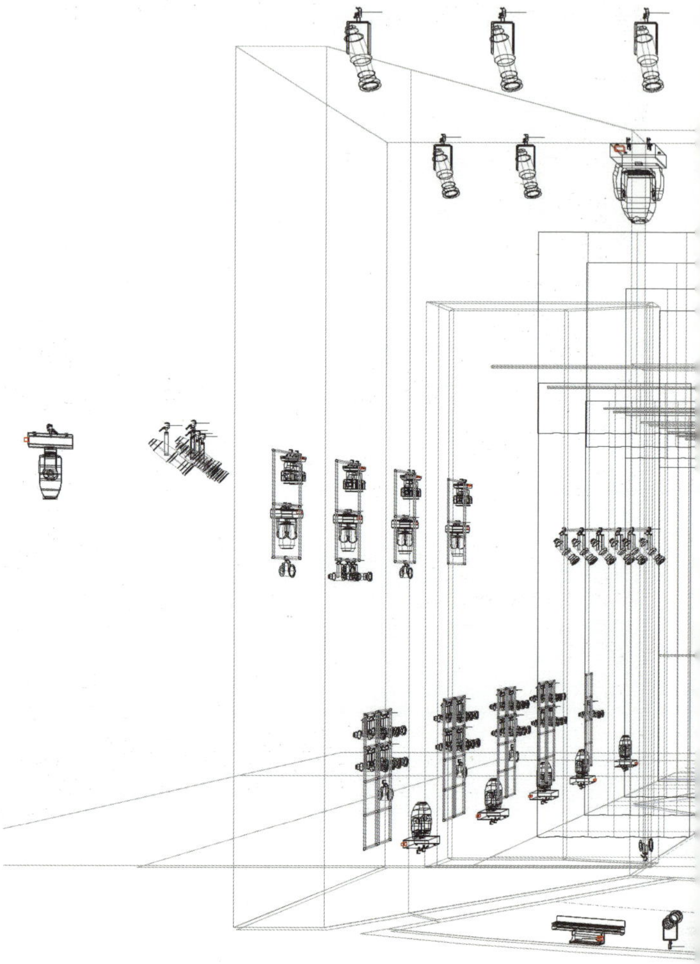

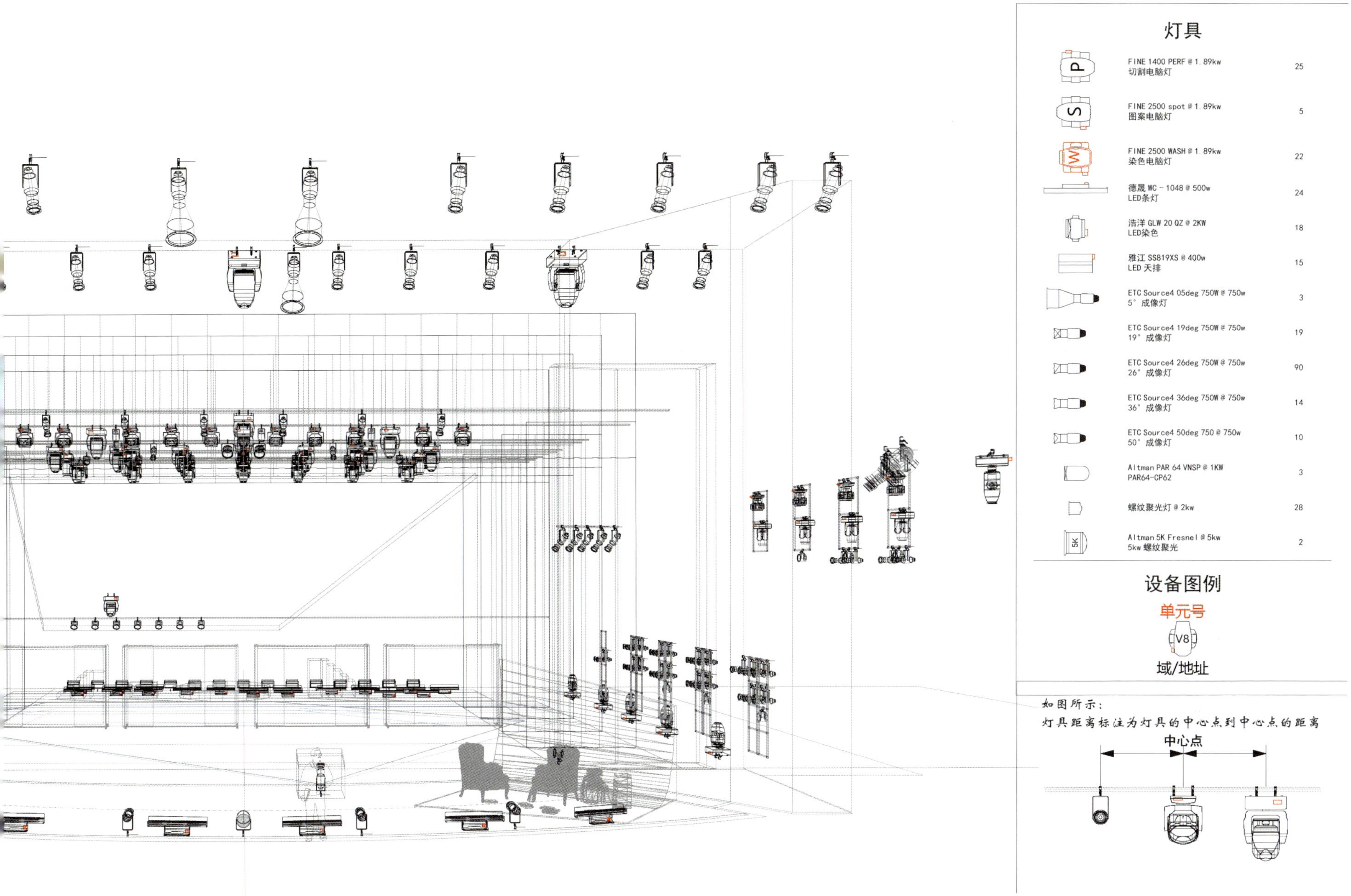

图2-25 《记忆深处》灯位图（正视图）

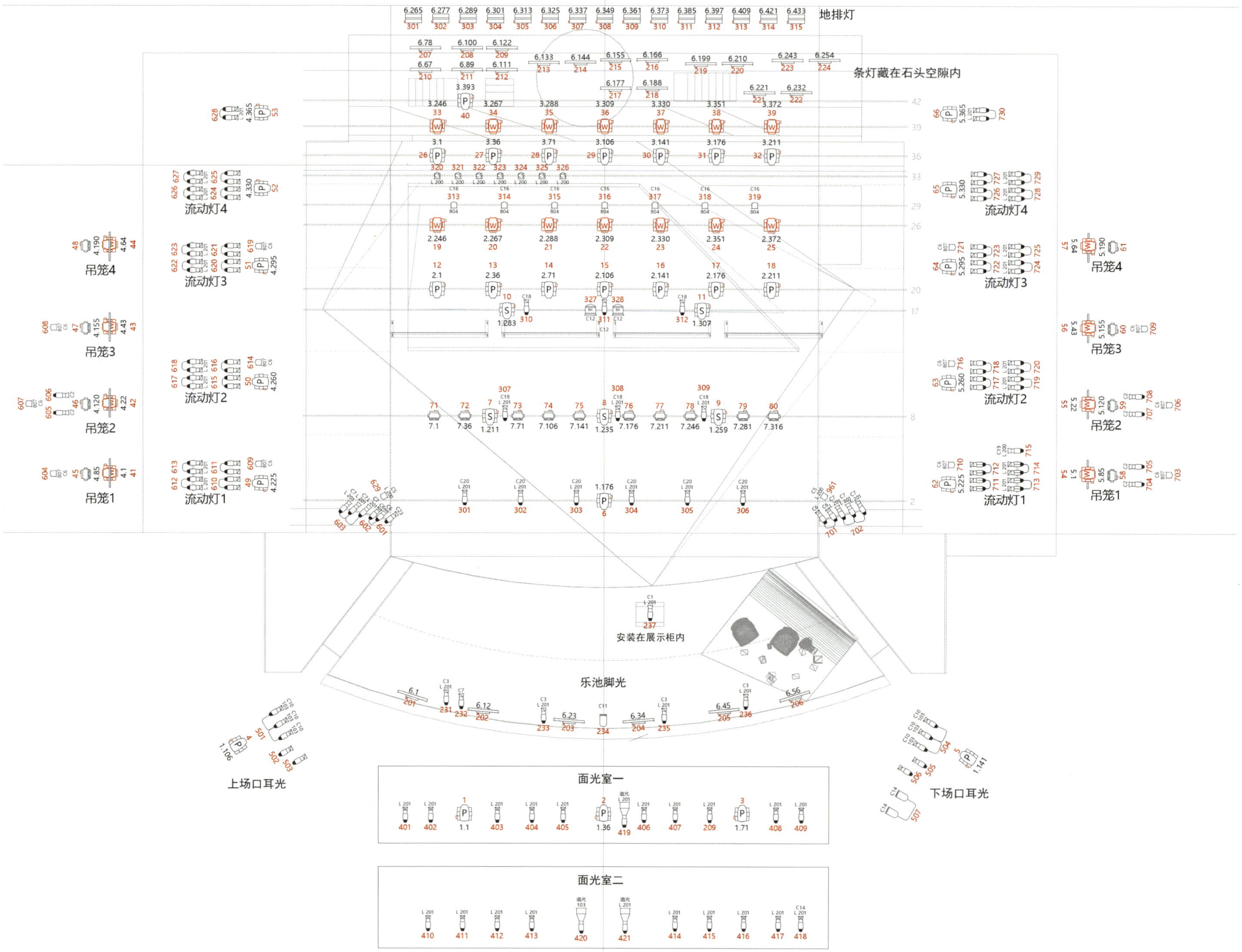

图2-26 《记忆深处》灯位图(顶视图)

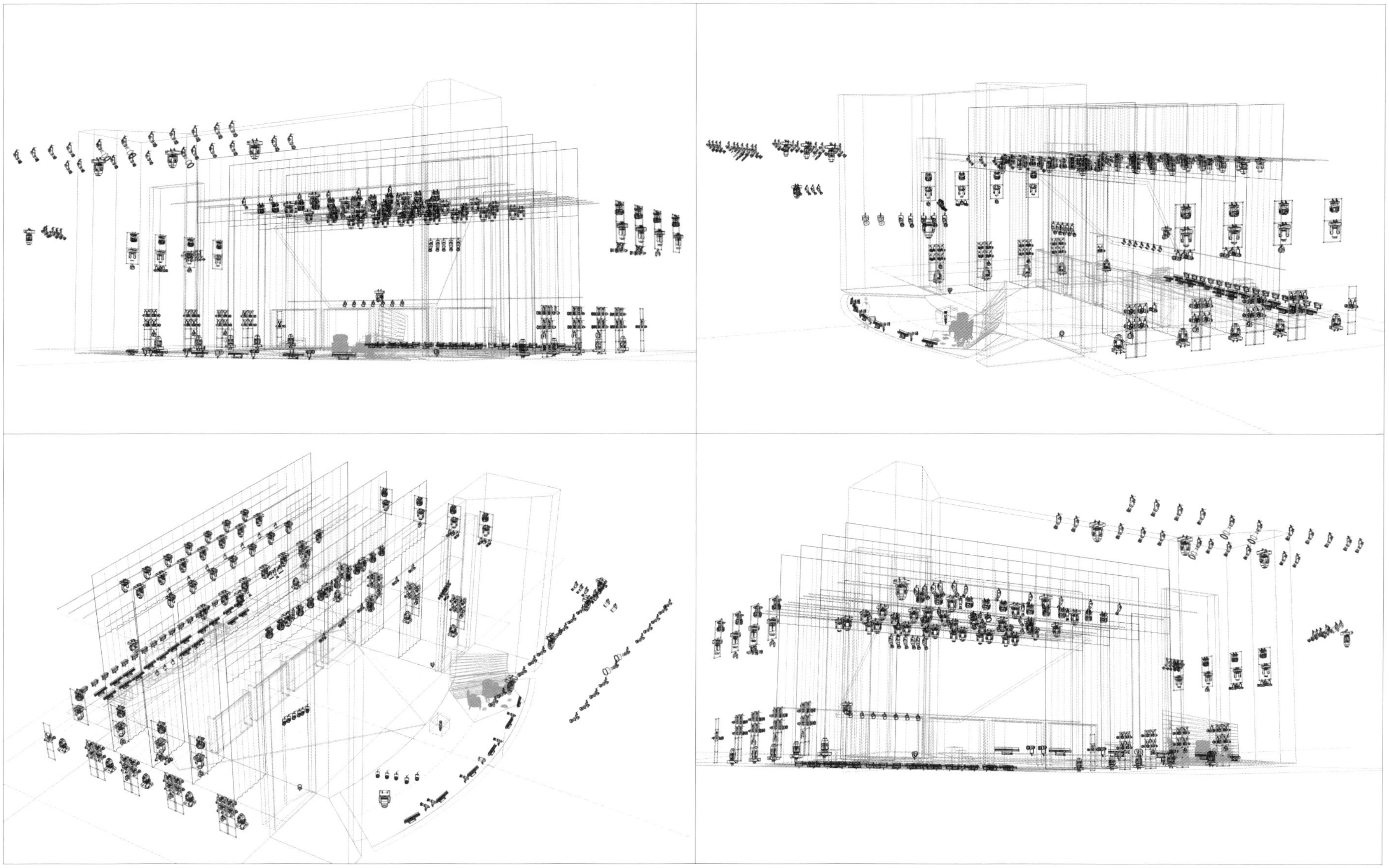

图2-27 《记忆深处》灯位图(四视图)

儿童剧《我们是秦俑》

编　　剧：杨　硕

导　　演：钟　浩

作　　曲：戴劲松

视觉总监：任冬生

出　　品：西安儿童艺术剧院

首演时间：2019 年 4 月 25 日

我们巧妙运用舞台空间，精心打造了一个紧凑而充满奇幻色彩的场景。我们运用传统的三面墙布局，并在墙面内嵌入各种可发光线条，灵活地营造出博物馆、地下室等多种环境氛围。这些变幻莫测的“线”犹如魔术师手中的魔棒，将单一空间瞬息万变，白色、蓝色和红色光线交织变幻，转化为窗户、门、楼梯乃至管道等元素，实现了对舞台空间的解构与重塑；同时，通过左右两侧及后方开口的设计，保证了表演流程的连贯性和流动性，使整个舞台布满生动有趣的视觉变换。

舞台上矗立的两块大的挡片，不仅在物理上限制了光线的投射范围，而且成为光影艺术的重要载体。隐藏于其中的流动光源能够将演员和道具的影子投射至挡片之上，使得原本平面的舞台呈现出立体丰富的层次感，这一设计极为贴合儿童剧目的趣味性和探索性需求。

布景中内置的发光线描绘出了传统建筑轮廓和楼梯等空间延伸的意象，在这样一个炫酷且具有科技魔幻感的自发光环境中，灯光设计工作尤为关键。我们选择与布景发光元素相协调的 LED 灯具，确保色彩纯度和色温的一致性，同时谨慎地安排功能性照明光，如面光和耳柱光，严格控制光照范围及光比，避免破坏舞台时空的假定性设定。当剧情回归相对写实的时空场景时，灯光设计则大胆开合，从画面节奏、色温调节、出光角度以及光源质感等多个维度进行综合考量，确保灯光能在虚幻与现实的不同情境间自然切换，从而成功构建起各个场景，实现戏剧空间的完美转换。

图2-28 《我们是秦俑》剧照

图2-29 《我们是秦俑》剧照

图2-30 《我们是秦俑》剧照

图2-31 《我们是秦俑》剧照

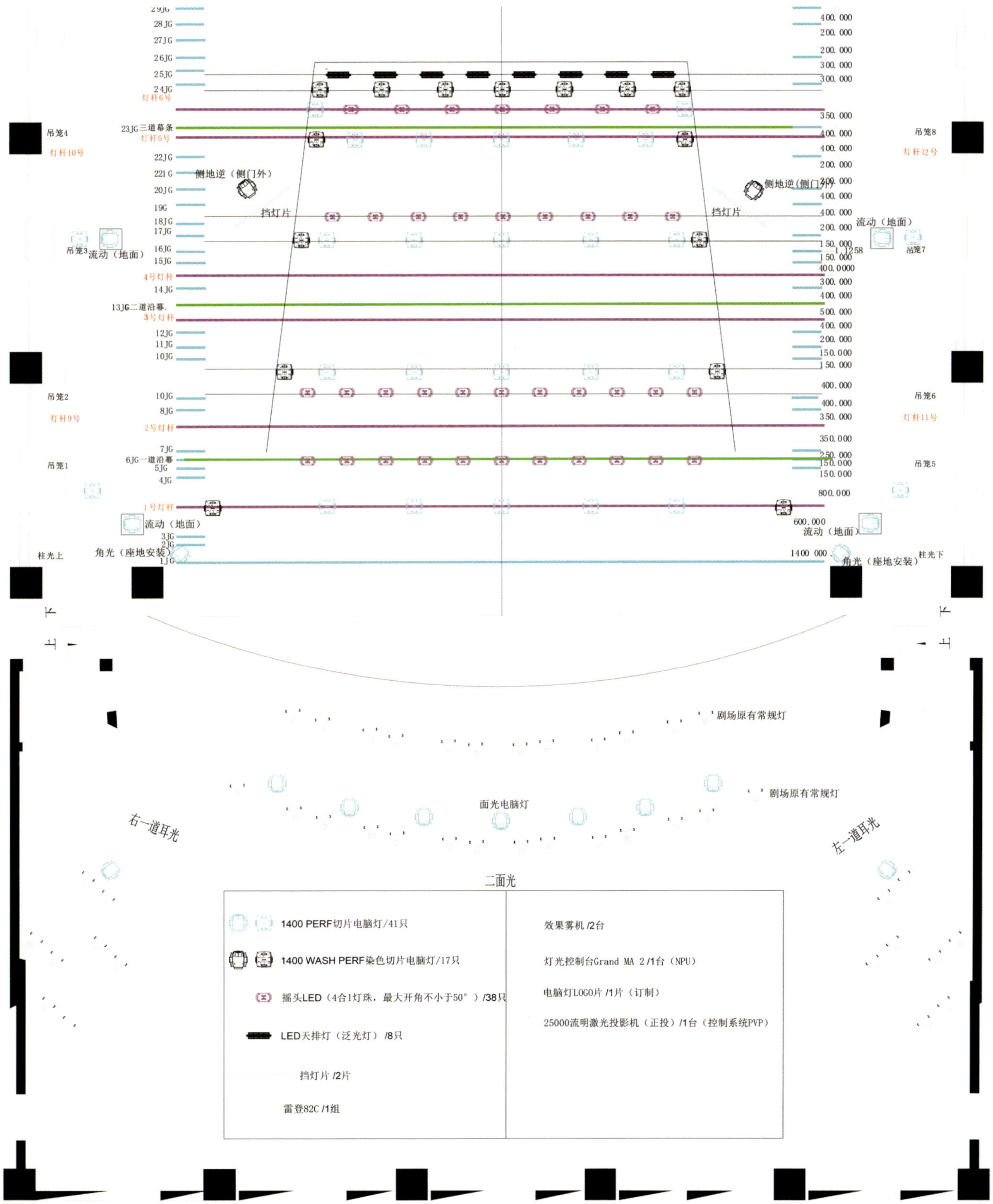

图2-32 《我们是秦俑》灯位图

民族歌剧《盼你归来》

编　　剧：刘　麟

导　　演：钟　浩

作　　曲：孟卫东

视觉总监：任冬生

出　　品：中国歌剧舞剧院

首演时间：2019年11月8日

民族歌剧《盼你归来》以带有纪录片质感的舞台表达再现了焦裕禄同志在兰考治理风沙、盐碱、内涝，直至为这片土地和人民献出生命的伟大事迹。这一故事曾多次被电影、电视剧和其他艺术形式精彩演绎，焦书记的形象深入人心，他的行为典范成为优秀共产党员的标杆。创作该剧时，如何构建一个既能体现典型戏剧化风格又能满足复杂调度需求的舞台空间是首要任务。采风过程中，我们得知新华社因一次偶然的迷失而抵达兰考，了解到焦裕禄书记的事迹并公之于众。据此灵感，我们决定将报道焦裕禄事迹的文字作为舞台视觉的核心形象，这些文字如同铅字与丰碑，构筑起整个舞台的视觉符号体系。

歌剧《盼你归来》选择了焦裕禄在兰考工作的一年零三个月间的事件，以时间为轴架构剧情：从1962年12月6日大雪前夕焦裕禄踏上寒冷贫瘠的兰考土地，至其1964年5月14日去世，以及兰考迎来灾后首个丰收年份为止。通过序幕《紫色桐花》、一幕《大雪》、二幕《立春》、三幕《夏至》、四幕《立秋》及表现来年春天的五幕《谷雨》五个关键场景，勾勒出焦裕禄在这段时间里的生活轨迹。

该剧叙事并非完全的线性，而是通过与焦裕禄有过交集的人物闪回出现陈述，回顾其最后时光，形成跳跃式的叙述方式。因此，舞台设计需要实现快速且无缝的空间转换以满足戏剧调度的需求，力求空间分割和利用上的简洁明快，通过写实手法描绘典型环境，既彰显整部歌剧的庄重肃穆氛围，又不失生活的细腻真实感。

在舞美设计中，我们特别重视声音效果的优化，确保演员歌声具有穿透力和感染力。

舞台前区设计成“喇叭”形状，使歌声能够无障碍地传至每一位观众耳中，同时，“喇叭”结构也与整体舞台有机融合，体现了功能与形式的统一。

灯光设计作为连接全剧的重要纽带，旨在流畅自然地衔接起跳跃式的情节切换、情感丰富的演唱段落、极具形式美感的舞美场景，以及虚实结合的视频投影等元素。在关键节点上，灯光还需适当地进行主观表达，从而营造出完整统一且富有韵味的视听体验。在视觉呈现上，舞美、灯光及多媒体以“节约”的原则运作，保持舞台简约清晰，为歌剧表演和戏剧展示留足空间，并尽可能隐藏技术痕迹，突出音乐的主体地位。

色彩与光影运用巧妙，温暖的室内色温、窗外冷调树影GOBO投影与墙体大面积流动树影相映成趣，形成虚实和谐、大小对比的效果。例如，在女大学生二重唱场景中使用了温馨逆光增强亲近感；而在焦书记种泡桐树的后区场景，则采用高位流动切割灯作为主要光源，形成深远、朦胧的印象。这种虚实冷暖对比手法增强了舞台纵深感，并改变了前区空间体积感。

灯光转换环节注重平滑过渡，不仅设置多处30秒以上的淡入淡出效果，还根据戏剧情节逻辑合理安排灯光变化。如焦裕禄女儿的讲述场景与大场景之间的切换，通过白色定点主题光配合强烈逆光下的剪影效果，营造出类似老照片的画面质感，实现自然而连贯的场景转变。本剧灯光设计在遵循歌剧舞台基本属性的基础上，紧密贴合剧本的独特结构与特点，以低调而不失内涵的方式融入剧中。

歌剧自带厚重大气的艺术特质，结合本剧简约庄重的舞美风格，对灯光的“纯净度”提出了较高要求——思路清晰，技术呈现简洁。在此前提下，恰当的出光角度显得尤为重要，它既要满足功能性照明，又要传达时间、空间乃至人物情绪等多重信息。比如，在风雪逃荒群演场景中，采用了显色指数极高的LED染色灯具，通过单侧柱光提供近光源，使得画面紧凑而层次丰富，光线与侧逆光浑然一体，形成油画般的质感，同时也最大限度地实现了“只见光不见灯”，确保观众注意力始终聚焦于表演和歌唱本身。此外，在抒情三重唱部分，顶光同样起到了类似的作用，均匀的大面积光照为透视感强烈的舞台背景增添了一层高级灰度滤镜，与投影的全家福画面相结合，极大地烘托了亲人的深情咏唱，使之更具感人肺腑的力量。

图2-33 《盼你归来》剧照组图

勸阻辦
蘭考站

图2-34 《盼你归来》剧照组图

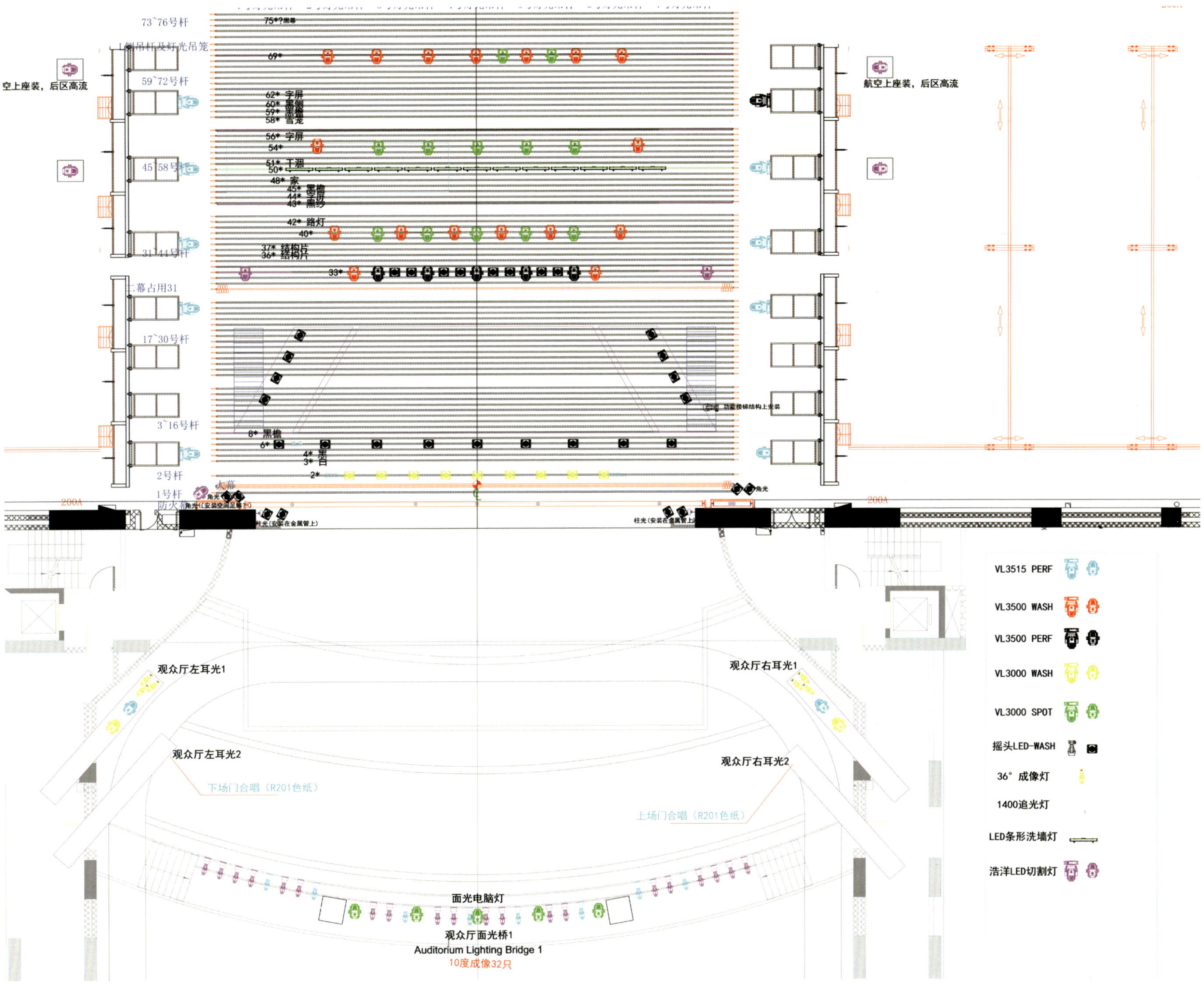

图2-35 《盼你归来》灯位图

音乐剧《在远方》

编　　剧：申　杰

导　　演：肖　杰

作　　曲：金培达、张筱真、阿云嘎

视觉总监：任冬生

出　　品：北京演艺集团

首演时间：2020年12月24日

音乐剧《在远方》并没有以宏大的叙事表现一个年代，而是用诸多符号性的形象唤起观众的集体回忆，以生动细节诠释人性之美，触达观众内心柔软的一角。它用每一个小人物的奋斗和成长，真诚地与观众共情。以艺术手段诠释现实题材，通过戏剧舞台为平凡人物展现美好的“远方”。从主人公姚远的奋斗故事入手，以小见大地展现中国快递行业20余年的发展变迁，并通过舞台传达出“远方其实并不遥远”的主旨思想。在认真生活、努力创造美好的当下，通往远方的道路就已在我们眼前展开。

鉴于剧本所涵盖的时间跨度及需要展现的多样事件，舞台设计面临空间的局限性，无法像影视作品那样呈现丰富而写实的环境。因此，《在远方》的舞美设计力求营造一种既能服务表演又能引发情感共鸣的氛围空间，尤其强调布景的动态性和灵活性。这意味着舞台布景不仅作为背景存在，更要积极参与到表演之中，通过精心设计的画面切换和调度，使每个转换过程成为剧情结构的一部分，创造出流动且富有节奏感的空间体验。

《在远方》的舞美极具“工业风”，大部分场景均由原色的钢架结构模块组合构架，辅以快递箱、传送带桌和带有明显年代感的道具，非常符合故事背景——快递行业的设定。即使在抽象的场景中，观众也可以无障碍地理解演员们所处的真实环境。整体场景构图大部分是简洁、硬朗、直线条的几何图形，非常地意象化，但在局部，比如演员的服饰和小道具，又是完全写实的。这种虚实结合的手法达成了巧妙的平衡，既让观众可以迅速理解并进入情景，又有足够的留白想象空间，使得舞台效果有极高的艺术性。每个钢架结构的布景模块都

图2-36 《在远方》剧照

至少有三种不同的使用方法或应用场景，不同模块之间还有各种充满奇思妙想的组合方式，可以彼此连通，组成新的场景和演员通道。

舞美设计的基础是传统的镜框式舞台，基于此，它被三个从舞台前方到后部大小递减的龙门架和它们两两之间的空间大致分成了景深坐标上的三至四个层次。大部分时间，舞台上的这几个层次都在被交错使用，层次感非常丰富。三层龙门架大小递减，用视错觉进一步延伸了景深，使得舞台更有立体感和层次感。

马道通常是剧院为了方便工作人员维护舞台天花板上的灯光、音响等设备和其他舞台装置的高空走道。《在远方》第二层龙门架顶部的吊梁被做成了一个可升降、可供演员通行的马道。它与可单独升降的栏杆相组合，在剧中可谓“百变天后”，在多个场景中承担了重要功能。开场不久，《他是一个病人》的段落中，它是女孩子们家中的电脑桌。细心的观众们在“健身操时间”还能看到它随着舞蹈节奏上下颤动。下一幕，在姚远与兄弟们吹牛的场

图2-37 《在远方》剧照组图

在远方
ON THE ROAD
音乐剧

在远方
ON THE ROAD
音乐剧

在远方
ON THE ROAD
音乐剧

整
顿
严
在远方
ON THE ROAD
音乐剧

景中，降到半低空位置的马道摇身一变，成了快递公司的货架，同时也担当着演员出场通道的功能。当它与护栏组合，就成为空中的演出平台。姚远的重要“对手”，路阎王和刘云天都曾在它上面威严地亮相。下半场和刘云天谈判的一幕中，它还和两个4米高的大阶梯组合，直接连通成为演员上下的通路。

与马道组合的4米高的阶梯，它们的后部被做成了货架的形式，装着大大小小不少纸箱。这两个大阶梯架很多时候都起着分割舞台空间的功能。主题歌《何处是远方》就是姚远在两个阶梯架所形成的三角形空间中第一次演唱的。著名的“喜从天降”场景，兄弟们用快递箱在阶梯上摆出了两个笑脸的形状。此外，路晓欧、霍梅仓库再逢的场景，舞台两侧的货架也是它们。常放于第二第三龙门架之间的“通天柱”式大货架，它的二层也是一个表演空间，路晓欧联系不到霍梅以及霍梅与刘云天对峙的戏份就几乎同时在处于舞台两侧的这个空间进行。上半场结尾的《我的梦》，刘云天和路中祥也分别在这两个位置出场。这两个大货架也不负众望地没有一直乖乖待在原地，在地震的一幕中，为了表现救灾情景的混乱，它们被推着横穿了整个舞台。

一个既可以在舞台前后移动，也可以被远程遥控作360度旋转的小屋，有多场重头戏，它本身也有很重要的象征意义。它“以前是个仓库”，而后被改造成了姚远的住处。按照台词和窗户的位置来判断——路晓欧说“楼层有点低”——它实际是一个半地下室。小屋的背后和侧面，由“消防梯”从地面连通至姚远的房门再至屋顶“天台”。小屋两侧的钢架柱也有不少“戏份”，姚远、高畅、二叔都曾上下攀爬。随着姚远登上台阶爬上天台，小屋也缓缓转过了180度，两兄弟喝酒谈心，踌躇满志，在屋顶high唱起了《兄弟》。

小人物也有大梦想，音乐剧《在远方》的主人公“姚远”虽然最初与兄弟们“住在最黑的角落”，但他们心中却始终相信辛苦奔忙过后，一定能“冲向云天，走向远方”；艰苦的生活情境与欢快的舞蹈和旋律巧妙结合，将快递员这一创业者群体的乐观豁达与顽强坚韧展现得淋漓尽致，“我从来都不是一无所有，这胸膛依旧火热”，激动人心的歌词唱出了所有正在创业过程中的平凡人心中所想；剧中有丰富细腻的感情线：“有我的，好兄弟，有我自己，不灭不熄，热烫的心”，姚远和高畅的兄弟之情令人羡慕；“她出现，她就像，阳光照进天窗”，姚远和路晓欧的爱情动人而美好；一句“长命百岁”喊出了姚远和二叔感人至深的羁绊……

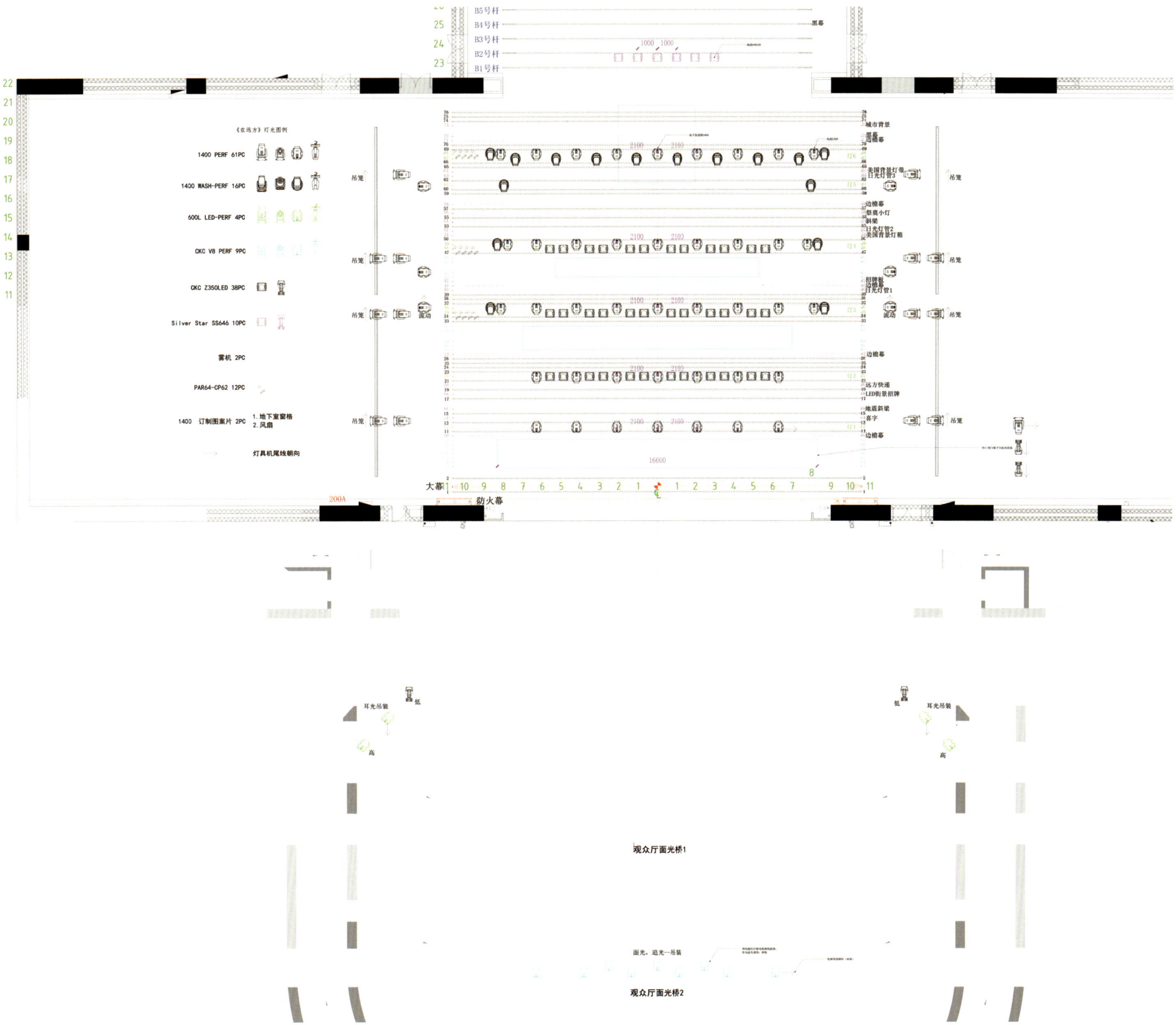

B5号杆
B4号杆
B3号杆
B2号杆
B1号杆
黑幕
《在远方》灯光图例
1400 PERF 61PC
1400 WASH-PERF 16PC
600L LED-PERF 4PC
CKC V8 PERF 9PC
CKC Z350LED 38PC
Silver Star SS646 10PC
雾机 2PC
PAR64-CP62 12PC
1400 订制图案片 2PC
1.地下室窗格
2.风扇
灯具机尾线朝向
吊笼
流动
城市背景
边檐幕
美国背景灯箱
日光灯管3
祭奠小灯
斜梁
日光灯管2
招牌板
日光灯管1
远方快递
LED街景招牌
地震斜梁
喜字
大幕
防火幕
16600
200A
耳光吊装
低
高
观众厅面光桥1
面光，追光一吊装
观众厅面光桥2

图2-38 《在远方》灯位图

舞剧《到那时》

编　　剧：唐　凌

导　　演：佟睿睿

作　　曲：郭思达

视觉总监：任冬生

出　　品：中国歌剧舞剧院

首演时间：2021 年 3 月 19 日

当代舞剧《到那时》通过宏观与微观并举的视角，细腻描绘了中国改革开放四十多年历程中一个家庭的命运浮沉。该剧将关注点投向时代洪流中的时空褶皱以及受此影响的众生百态，这段历史被喻为野蛮生长的时期，在巨变中人们的价值观和人生观发生了深刻转变。在这个过程中，中国实现了从无到有、由贫至富的飞跃式发展，其中交织着成功、失败、绝望、膨胀、离别等复杂情感，更不乏生活中的真爱。

《到那时》在舞蹈艺术形式下大胆诠释了宏大现代题材，视觉设计既需展现时代变迁带来的波澜壮阔，又需传递人物间微妙的情感纽带。面对从重建至繁荣昌盛的历史背景，创作团队致力于在相似题材中寻找与众不同的视觉表达方式，尤其是如何处理空间与人的关系，如何挖掘“空的空间”所蕴含的艺术潜力及精神深度。在此剧中，线条与面构成的几何图形成为构建舞台视觉语言的核心工具，我们力求达到凝练、简约且纯粹的效果，既呼应舞台本身的本质，又反映了当代生活的多元面貌及其价值追求。

宏观上，《到那时》要连贯展示出改革开放、下海创业、金融危机、抗震救灾、信息技术革命、5G 时代及生物医药等领域的发展历程；微观层面则需将家庭、工厂、高楼、图书馆、汶川地震现场等具体场景，以及大量穿插的“浪潮”群舞和交通技术变革等民生元素融为一体，形成整体而细腻的故事脉络。经过深入沟通，剧组确立了一种中性结构和轻度工业风框架作为视觉基础，并结合空间层次调度、多媒体应用及灯光设计来构筑整个舞台空间。

舞台视觉旨在唤醒观众对生活的共鸣，使之联系起他们心中对过往时代的记忆和情感寄托。舞台画面的整体布局和细节选择都具有重要的审美意义，它们在很大程度上决定了演出所能传达的情感深度。如同德国著名舞台设计师舒茨所述：剧场设计是对现实世界的反映和概括，创造临时性的地点，而非复制现实，而是搭建一种替代物，让表演在其中发生并产生深远意义。

在《到那时》中，时间轴线如树干贯穿全剧，各个空间则是其上的枝叶节点。视觉呈现并不拘泥于再现某个具体时代或环境，而是力求捕捉那个年代所特有的时代气质与韵味。舞台上大量运用了象征力量和进步的管子脚手架，摒弃繁复装饰，保留钢铁质感，以构建强有力的空间结构，这样的舞台设计也为灯光和多媒体的创意提供了更多的可能性。这种多层立体空间设计为演员们创造了丰富的表演层次和支撑点，使他们不再局限于二维平面布景前，而是融入三维示意环境中，仿佛舞台本身在推动着他们的动作与情绪。

舞台后区采用了三层15宫格式钢架焊接结构，配备铁网地面，虽然规模庞大，但能够实现全方位照明覆盖，使得舞蹈和角色能在更大维度中进行调度演绎。15个方格前方配以可升降电动窗帘，用于投影和组合成不同遮挡效果，解决了多样化空间叠加展现的问题。横向空间设计则便于人群流动和“浪潮”群舞的展示，纵向设计则强化个体表现与多空间叙事的边界识别度。大架子后区还设置了金字塔形爬梯结构，增强了演员调度的灵活性和自由度。

舞剧分为上下两部分，遵循线性叙事逻辑。进入互联网特别是物联网时代后，视觉风格更加注重强烈印象。15宫格每个方格四周均安装了可控发光线，未点亮时几乎不可见，一旦开启便赋予金属架生动活力，随着剧情推进至当下和未来，发光线的应用越发频繁且激荡。舞台前区铺设8条可移动旋转的柱状浅色边幕，增加体量感的同时打破15宫格背景的主导地位，以便更好地配合群舞节奏变化和结构转换。

舞台入口处，关键的家庭场景被放置在一个可旋转车台上，与其他部分相比，这个家的设计力求写实，宛如八音盒般展现了具有年代特征的两代人家庭景观。它（他们）在时代浪潮中的游走、转动、回归，舞台设计富含强烈的象征意蕴——尽管时光飞逝，家的存在始终真实而强大，是每个人心灵的避风港湾。

灯光设计上，特殊光位对于信息量巨大的舞蹈表演至关重要，有针对性的光位设计能丰富表现手法，增强画面节奏层次。例如，序幕时使用成像灯作脚光，借助切片造型功能，使后区群舞在幕布上的影子犹如改革浪潮中涌动的人心。此外，根据不同场景意境要求，本剧广泛采用光影效果，如男子独舞时利用顶光制造剪影效果，火车车厢段过 GOBO 图案以体现火车的流动性。

色彩方面，整部剧的光色运用大多纯粹而简洁，主要依靠色温变化与整体视觉效果相协调。尤其值得一提的是我们大胆使用红绿——在传统认知中被认为不和谐的两种颜色，在特定的男子群舞“扩张”段落中直指主题，寓意20世纪90年代人们对金融、股票、外汇等外来事物的狂热追求，从高涨、大跌直至悲剧收场，天幕上红白绿三色的递进变化给予观众深刻的视觉冲击力，映射出股票市场的动荡变化。

光景结合也是该剧灯光设计的一大亮点，口字形舞美结构不仅增加了导演调度的灵活性，也为灯光提供了依托点。灯光师巧妙地加入结构光带，协同舞美结构和 LED 灯条的使用，共同推进全剧的舞、景、光、影像一体化视觉效果。比如在表示时间流逝和时代更迭的场景中，创造性地运用白色 LED 灯箱与摇头 LED 灯在天幕上下移动形成的两条线，两者相向而行，强化了灯光语汇。

光与影像的融合更是本剧的重要特色。大部分场景交代依赖视频完成，此时灯光扮演辅助角色，与舞蹈和影像共同承担主要表现任务。例如二幕开场时的浪潮景象，影像展示大海浪花和群舞奔腾跳跃的画面，灯光则以侧光勾勒轮廓，确保影像不受干扰。而在母亲去世的场景中，视频影像与灯光的整体空间构成和色彩基调保持一致，营造悲凉氛围，通过灰白房间与留黑处理手法，形成三角形构图，暗示家庭成员间的紧密关系和缺失一角的母爱丧失。整场戏以灰色调为主，渲染出悲伤无助的情境，父亲无力挽回母亲的生命，儿子因丧母之痛加剧与父亲的冲突，最终决定出国创业。

总体而言，舞剧《到那时》的灯光语言力求纯净、简洁、流畅，与舞美形象、视频影像、服装化妆造型始终保持视觉一致性，共同塑造出舞剧独特的韵味，这是整个创作过程中至关重要的一环。舞台视觉的成功之处在于能够唤起观众内心对舞台的丰富想象，同时将当下的舞台背景浸润在与过去观众情感相连的记忆之中，每一处画面和细节的选择都饱含审美元素，从而有力地塑造了演出所散发的情感魅力。舞台空间通过钢筋架构、栅格化分隔、灵活立幕以及灯管的运用，实现了实景与意象、数字化背景的完美结合，极大地扩展了舞台的立体性和动态性，同时，与多媒体的互动和舞者实体表演相互衬托，提升了作品整体的观赏层次。

那時
当|代|舞|剧
佟睿睿舞剧作品
A DANCE DRAMA OF
TONG RUIRUI

图2-39 《到那时》剧照

图2-40 《到那时》剧照

图2-41 《到那时》剧照

图2-42 《到那时》剧照

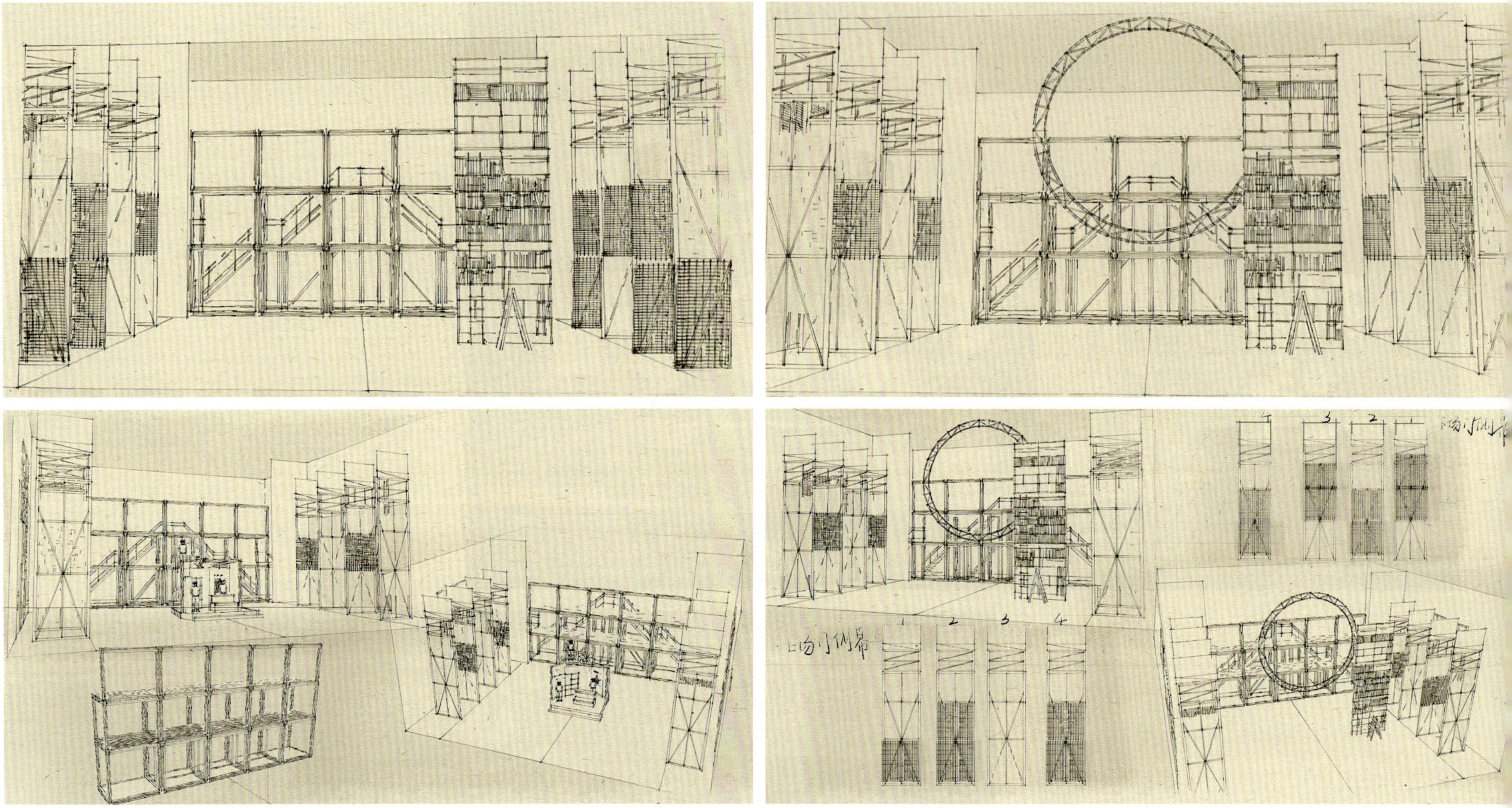

图2-43 《到那时》手绘稿组图

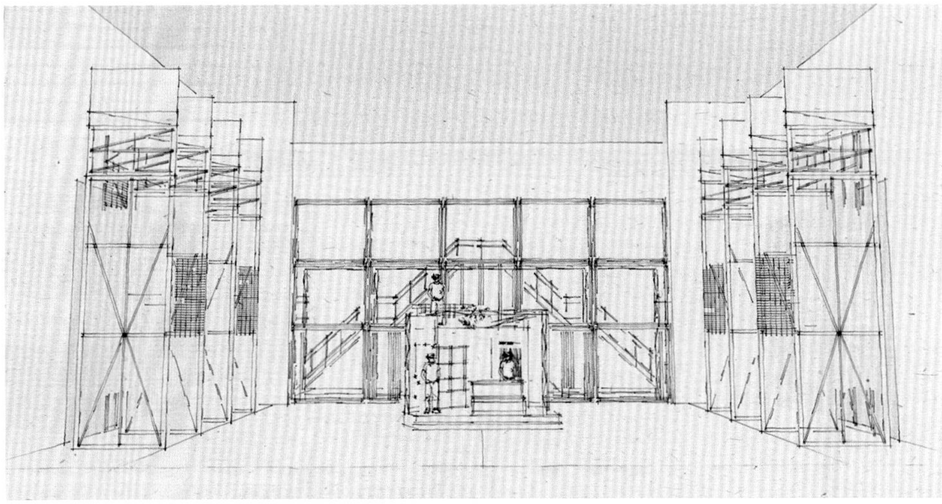

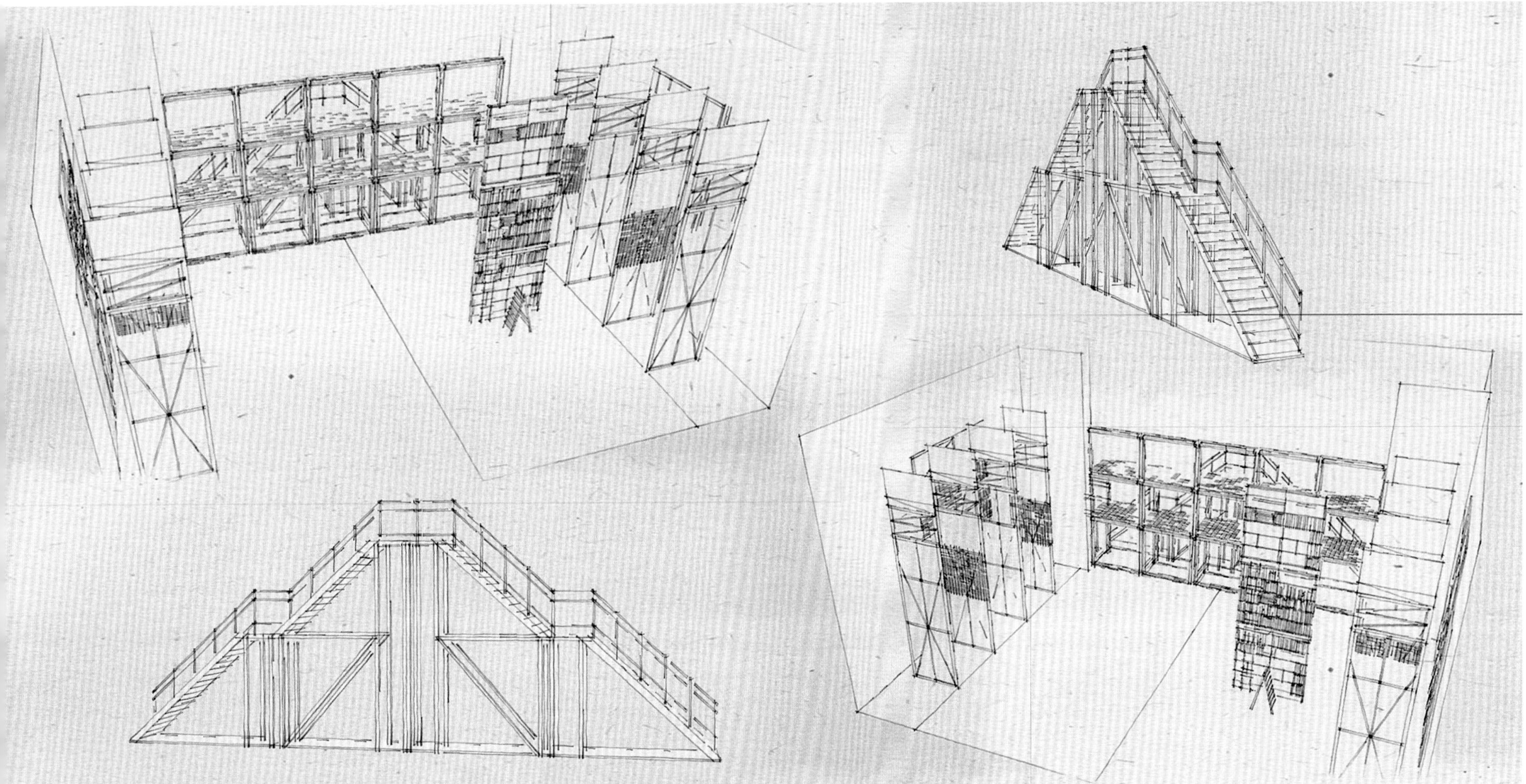

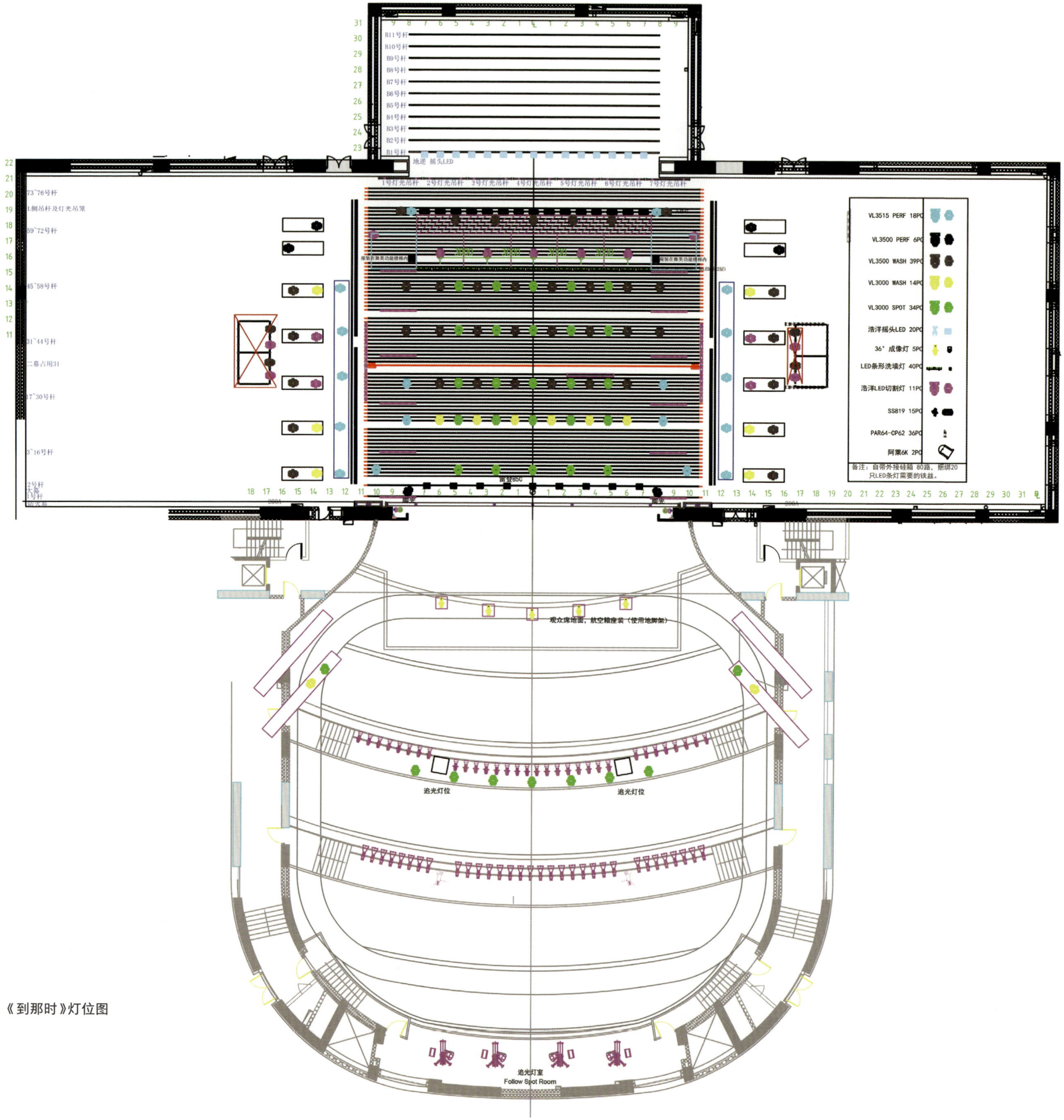
VL3515 PERF 18PC
VL3500 PERF 6PC
VL3500 WASH 39PC
VL3000 WASH 14PC
VL3000 SPOT 34PC
浩洋摇头LED 20PC
36° 成像灯 5PC
LED条形洗墙灯 40PC
浩洋LED切割灯 11PC
SS819 15PC
PAR64-CP62 36PC
阿莱6K 2PC
备注：自带外接硅箱 80路，捆绑20只LED条灯需要的铁丝。
观众席地面，航空箱座装（使用地脚架）
追光灯位
追光灯位
追光灯室
Follow Spot Room

图2-44 《到那时》灯位图

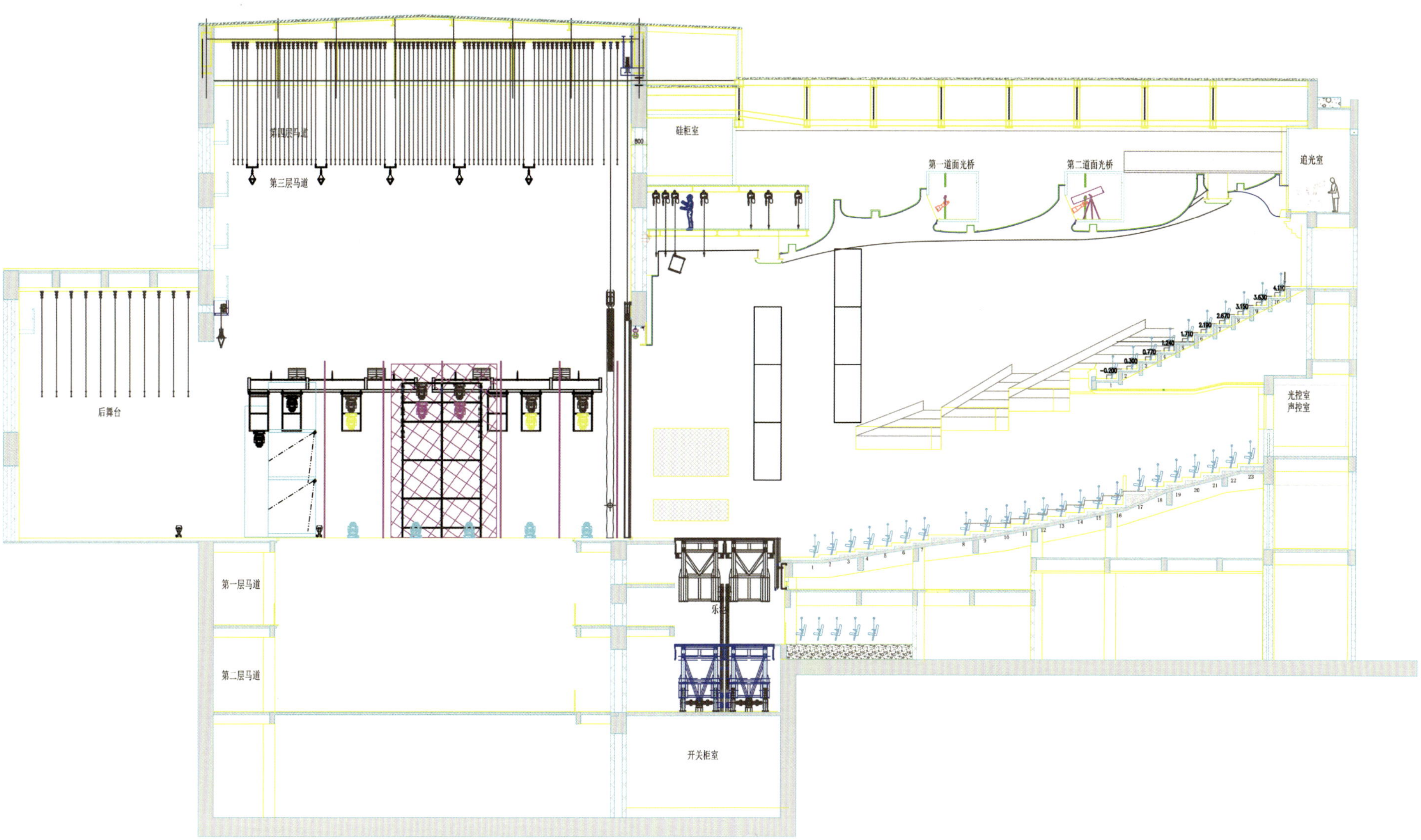
第四层马道
第三层马道
硅柜室
800
第一道面光桥
第二道面光桥
追光室
后舞台
光控室
声控室
第一层马道
第二层马道
开关柜室

图2-45 《到那时》灯位图

话剧《两京十五日》

原　　著：马伯庸

编　　剧：唐夏娃

导　　演：赵　淼

视觉总监：任冬生

出　　品：中国对外文化集团、中演演出院线发展有限责任公司

联合出品：中央戏剧学院

首演时间：2022 年 11 月 4 日

话剧《两京十五日》改编自马伯庸的同名小说，小说取材于《明史》中关于朱瞻基的一段真实历史。这十五日从南京到北京两千多里的旅程也揭露出了当时宫内宫外各路势力的明争暗斗，作为太子的朱瞻基在这段过程中经历了种种磨难，最终依靠他坚定的信念和众人的扶持成功返京捣碎阴谋。

太师椅是中国古代家具中唯一用官职来命名的椅子，原为官家之椅，是权力和地位的象征。太子落难，宫殿之下的权谋之争呼之欲出。紫檀木的庄严厚重质感为舞美奠定了基调。帘幕前低后高，高度五米至七米不等，由透光的纱制成。二十道布帘拼接组成一幅水墨烟雾形成的古典山水图，诡秘气氛若隐若现。纱的质感与演员表演中运用的绸布相呼应，两种柔软的质感交织，在舞台上形成流动性。帘幕将舞台分割成前后两重空间，同时又通过光影将这两重空间融合起来。当一组演员在帘幕前方表演时，帘幕上投影出后方布景结构的框架，时而有另一组演员的身影穿梭在这结构框架中，由此形成了双线叙事的空间关系。演员的表演融合了传统戏曲与肢体戏剧的特色，具有高度的假定性，布帘的开合与摆动与表演相配合，形成本剧统一的形式感。

在太师椅的主要结构之外，我们以明代画家仇英《清明上河图》中的木桥为参考，构造了十余台不同形象结构的可移动车台。剧中开头太子在南京皇宫中或是结尾在京城登基后的场景中，舞台上利用灯光勾勒出太师椅的轮廓，悬在众人头顶；剧中四人奔波在运河漕路之

上时，地面上的榉木车台便成为观众视线重点。这便构成了主角四人在庙堂之上与市井之间的场景切换。此外，车台底柱的粗细、栏杆与桥面的厚度比例也是参考了画中的结构比例。我们既不能丢失明代木桥结构之精巧，又不可忽视桥梁本身承重的平稳。因而制作过程中也有一定要求。在保持车台的稳定性的同时也要便于演员调度，足够灵活，在保证安全性的同时尽可能减轻重量。舞台上车台之间高低错落，组合多变，可以在布帘之间穿梭流动，为节奏紧凑的场景变换提供支点。每一个车台构架相对中性，可以应用于不同场景中。如是太子在宫中的龙榻车台，也可以是码头栈桥；朱卜花立于城墙之上向太子发难，这城墙车台也是故事后面太子在教场被困的高台。于是，在主结构轮廓与车台的结合中，主角一行四人日行千里、星夜兼程的故事便得以流转呈现在舞台上。

灯光的处理没有使用一些惯用的话剧照明手段，正面照明光源在大部分场景都属于藏在环境光里，在处理完演员的轮廓和造型感之后再适当补一些，通过克制的光比处理出来的画面使舞台上的表演更具距离感，或者说是给人一种具有年代感的视错觉，而舞台上时刻笼罩着的若隐若现的烟雾强化了这种感觉，就像是打开了一幅古老的画卷，能看到其中精美的画面，但是时间又赋予了这幅画独特的质感。在画面中，我反复斟酌如何延续这种意象化处理，使观众可以更加关注表演和戏本身。

在处理本剧灯光画面节奏时，我通过不同的画面转换来强化不同空间的变化，部分场景会先以光造景，再以景衬人。比如苏荆溪出场之前的那段难民戏，随着群众演员从太师椅下的帘幕后面一个一个走出来，表演区内的光都收掉，用帘幕后的造型灯投在帘幕上，使进入表演区的演员形成剪影。在冷灰色的色调下，那场面就像在太子宝船爆炸后人影窜动的东水关码头，已经分不清哪个人是敌，哪个人是友。苏荆溪就是在这时出场的，人物本身没有刻意做灯光处理，而是通过强烈的场景变化将苏大夫医治受伤难民的画面送入观众眼帘，在人群倒下时从剪影光快速变为以高侧为主的环境光来表现。冷灰色调延续到环境光里保持东水关码头现在阴冷的氛围感。在剧中还有很多场景是以人为景的情况，比如开场朱瞻基落水时几个演员用蓝色绸布组成的“水”、吴定缘和父亲吴不平见面时用白色绸布组成的“城墙”、吴定缘抵京之后黄色绸布表示的“龙棺”等。在这种场景，灯光在强调其所表现的主体的情况下尽量规避一部分照明光源打在这些演“景”的演员身上。例如，太子落水时表现“水”的处理，用饱和度比较高的蓝色顶光投在表演“水”的演员手中的绸布上，配合几位演员抖动手中的布条所形成的“阵阵水流”，引导观众联想到客观生活中的落水之人在水中挣扎的情景。这段戏在最初的合成阶段也尝试过用电脑灯的动态图案配合演员表演，强化太子落入水中的氛围感，但是动态斑驳的水纹图案反而弱化了这段戏吴定缘救太子出水的表演，所以在尝试过后就取消了这个方案。这段戏最终以一束投在“水”上的光的方式呈现给了观众，这样的处理反而使观众更能看清演员的动作和表演，也符合这部戏的灯光视觉基调。

该剧导演赵淼是知名的肢体戏剧导演，因此，我们在视觉设计中将环境虚拟化，仅以符号化的形象组合，如明式圈椅的月牙扶手悬挂在舞台上方，二十条条屏悬挂在月牙扶手之下，木质的栈道构成错落的支点——这些元素的组合，就构成了这部戏的视觉呈现，同时也为复杂的故事留出想象的空间。

图2-46 《两京十五日》剧照

图2-47 《两京十五日》剧照组图

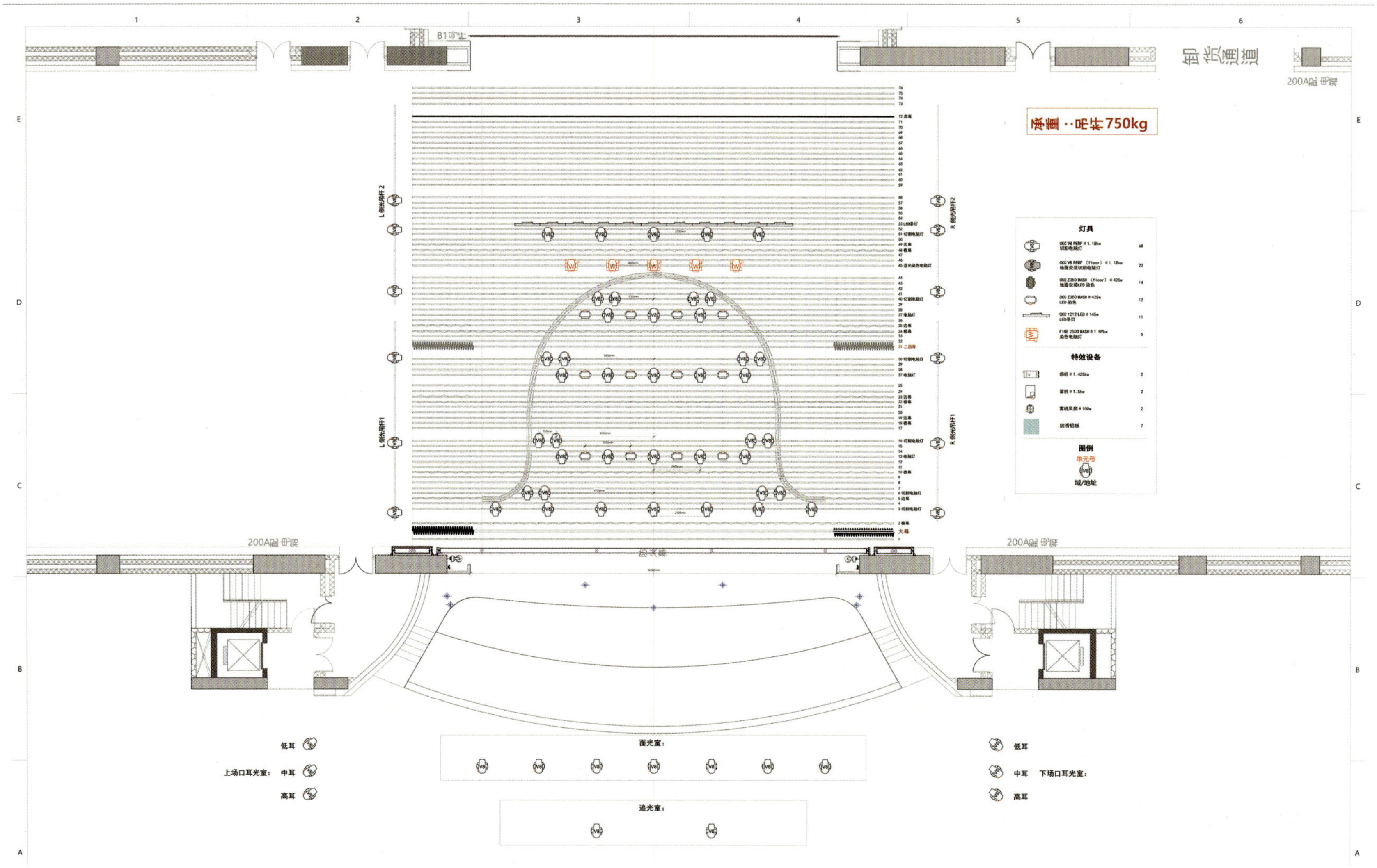

图2-48 《两京十五日》灯位图顶视图（吊装部分）

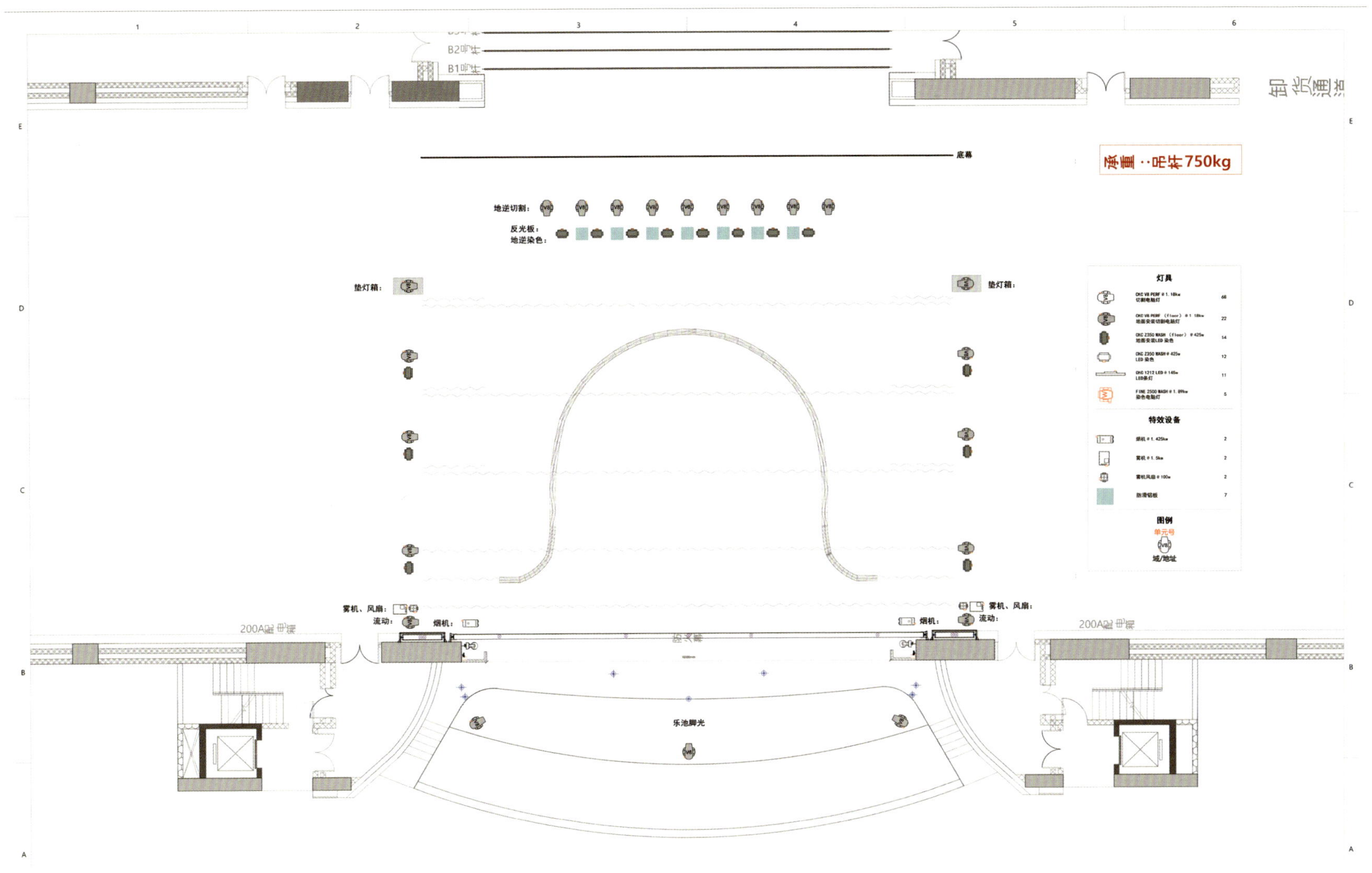

图2-49 《两京十五日》灯位图顶视图（地面座装部分）

话剧《春光明媚的日子》

编　　剧：杨　硕

导　　演：钟　浩

视觉总监：任冬生

出　　品：浙江演艺集团浙江话剧团

首演时间：2023 年 4 月 20 日

本剧根据五四运动学生领袖之一、清华大学首任校长罗家伦真实事迹改编，讲述了五四运动之后一批爱国青年打破传统观念、翻开中国教育新篇章的澎湃故事。罗家伦曾与傅斯年等人发起成立北京大学第一个学生社团新潮社，并编纂《新潮》宣传新文化；五四运动中，他提出的口号“外争主权，内除国贼”广为传播；担任清华大学校长时，他大刀阔斧地进行改革，“改辖废董”、清理基金、改良学科、延聘名师、兴建馆舍、招收女生，为20世纪30年代清华崛起奠定了基础。

在讨论剧本之初，我们就确定了以患有“阿尔兹海默病”的老年罗家伦的视角切入，在老人时断时续的回忆中，展现那一段波澜壮阔的岁月。如何在舞台上用视觉化的方式将老人时而现实时而梦境的转换表达出来，成了一个问题。我们通过一块镜子，同时它又可以变得透明，解决这个亦梦亦真的处理，当老年罗家伦坐在藤椅上，慢慢陷入沉思，他背后的镜子变得透明，年轻时的人物、场景渐渐显露出来，这时两个时空的画面是重叠的，当两个画面重合时，老人似乎变得年轻，站起来，进入另外一个空间，融入另外的时空情节中。

在舞台中后区我们设置了错落的阶梯平台，这些取材于民国时期的建筑阶梯，犹如倒掉的民国，给予观众以视觉隐喻和暗示。贯穿舞台的屏幕，像一幅长卷，影像描绘时代特有的印记。

在灯光视觉呈现上，首先需要解决三种时间及空间的视觉调性的切换，第一个是老年的罗家伦所处的“现在”时空，第二个是回忆到过去的“事件”时空，第三个是将这两者连接起来的“叙述”时空。

图2-50 《春光明媚的日子》剧照

“现在”时空是由年老的罗家伦和女儿回忆过去开始的，二人的表演主要是在舞台前区的镜面移动车台上，灯光处理成低色温的小光区，配合舞美的桌椅和一摞摞书本，让这个小空间更像是罗家伦的书房一般温馨，这也是“现在”时空的基调。当二人讲到清华大学更名时引出了第一个“事件”时空——王荫泰总长的办公室，这个空间在车台的推动下缓缓进入舞台，在罗家伦还没有调度到“事件”空间时，以白色调的侧光为主光源，使这个表演区的人物及景物以一种轮廓的形式出现，亮度要弱于前区的镜面车台，当舞台上同时出现了两种时空时，主要通过这种色彩和亮度区分以引导观众的视觉焦点，随着罗家伦向“事件”空间调度，前区的镜面车台慢慢隐去，这时的表演空间以“事件”空间为主，慢慢再将功能性的照明光源及表现这个空间的色彩加入进来。这也是后续“事件”空间的主要处理手段。当这段戏结束，罗家伦会从这种“事件”空间抽离出来，继续讲述故事的走向，这时就到了“叙述”时空，这个时空处理成了纯白的质感，视觉上没有色彩倾向的中性空间，以罗家伦的调度为主，处理成小光区，在视觉上也能很好地引导观众理解这种时空变化。在随后的发展中三个时空通过演员的叙述相连，将历史的迷雾慢慢挥散。

我们通过布景、灯光、影像解决时间及空间的视觉调性切换，展现了剧中人物的内心世界，强化了情感深度。同时，这种处理方式，使舞台呈现出丰富的视觉变化，也立体地为观众展现了这位教育家、思想家的人生历程。

图2-51 《春光明媚的日子》灯光手绘示意图组图

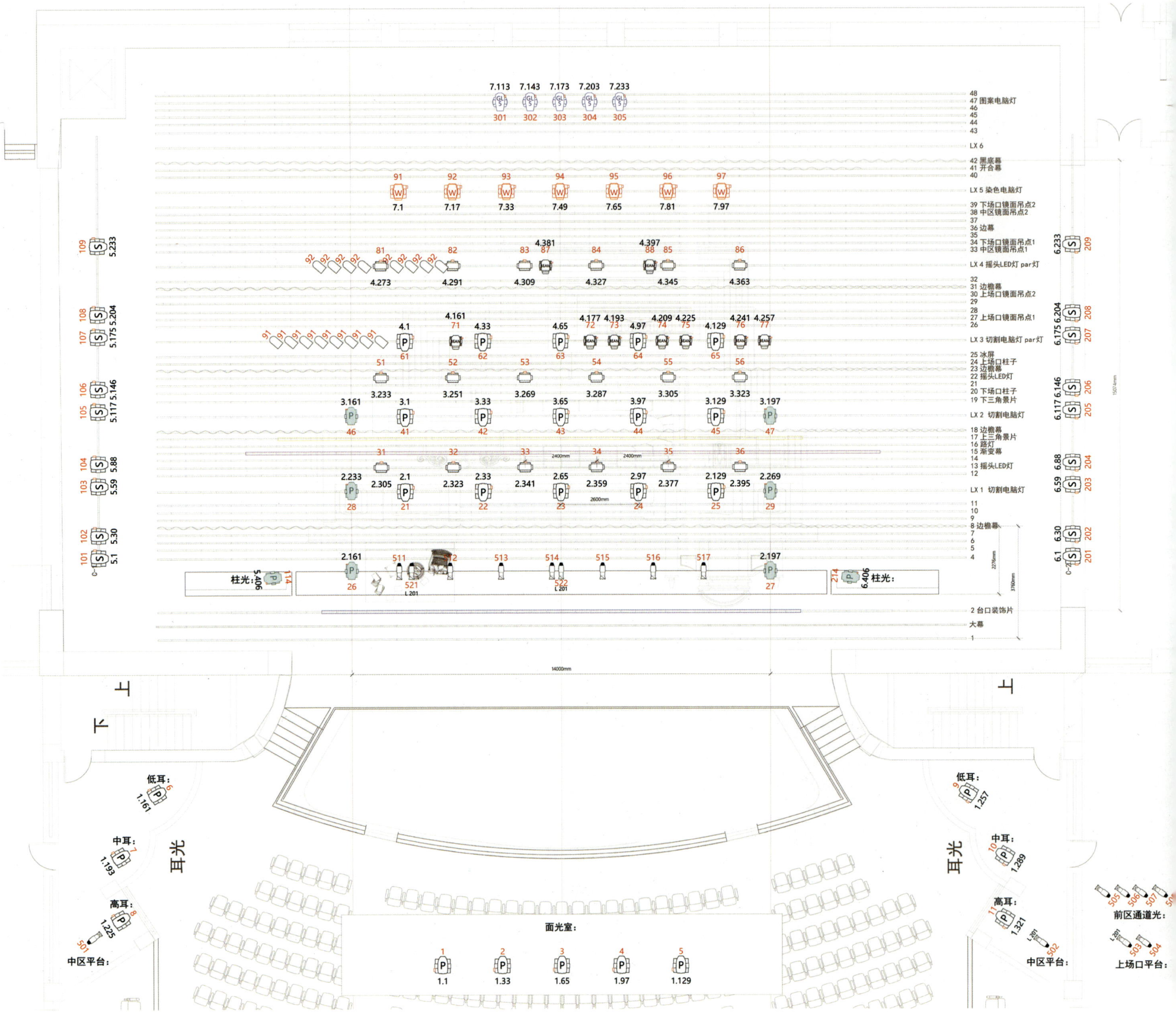

图2-52 《春光明媚的日子》灯位图

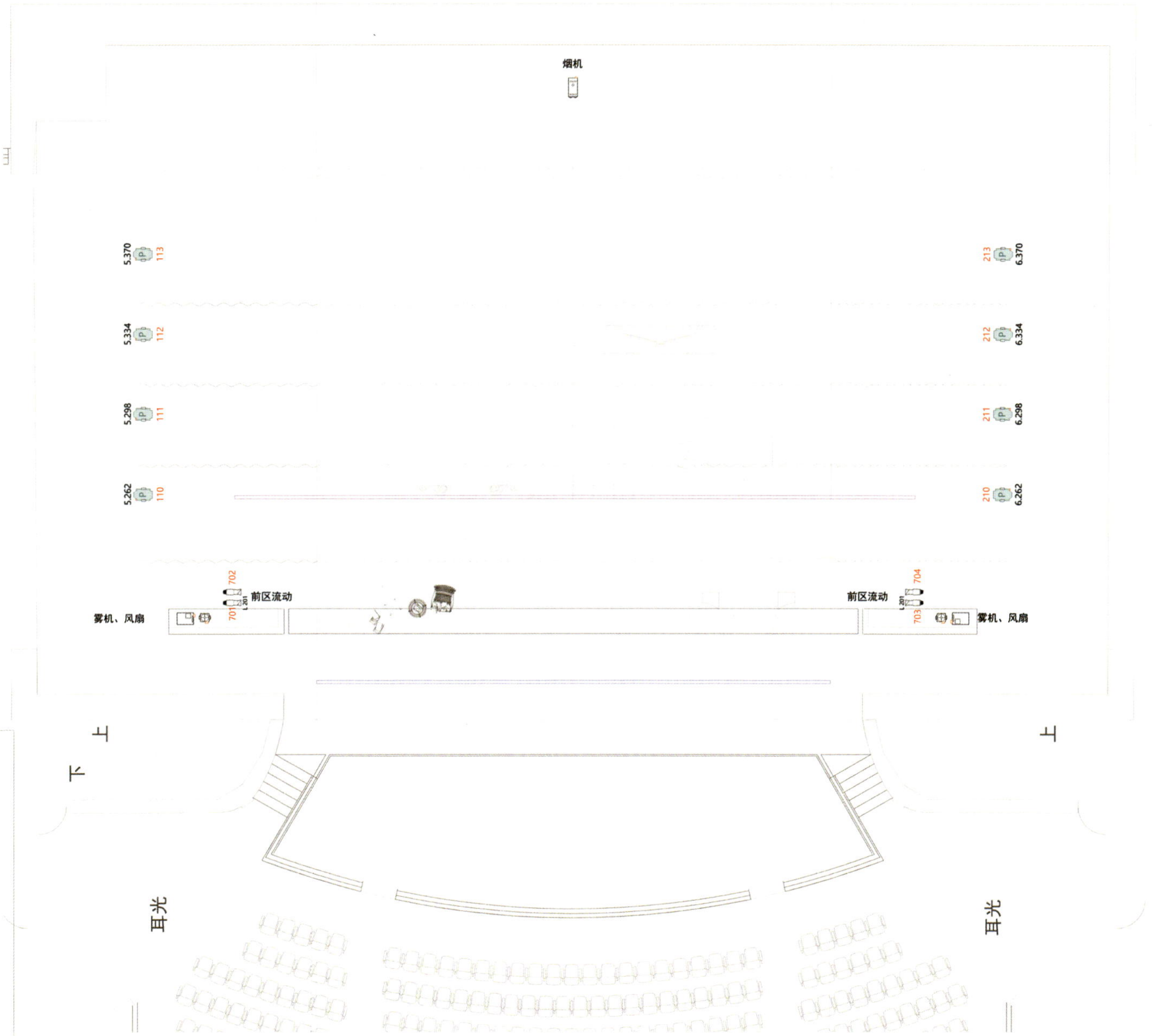

灯具

FINE 1400 PERF @ 1.8kw 切割电脑灯	26
FINE 1400 WASH @ 1.89kw 染色电脑灯	7
TERBLY 2000P @ 1.345kw 切割电脑灯	16
TERBLY 2500S @ 1.89kw 图案电脑灯	18
TERBLY GL5 @ 1.8kw 图案电脑灯	5
TERBLY OK370R @ 425w LED 染色	18
TERBLY 320B @ 730 w 光束电脑灯	9
PAR AC @ 1KW PAR 灯	16
ETC Source4 19deg 750W @ 750w 19° 成像灯	8
ETC Source4 26deg 750W @ 750w 26° 成像灯	13
雾机 @ 1.5kw	2
雾机风扇 @ 100w	2
烟机 @ 1.425kw	1

典型

单元号

P

域/地址

图2-53 《春光明媚的日子》灯位图

音乐剧《理想之城》

编　　剧：陈思远、邹卓凡、田辰明

导　　演：肖　杰

音乐总监：张筱真

视觉总监：任冬生

出　　品：北京演艺集团

首演时间：2023 年 5 月 26 日

音乐剧《理想之城》改编自同名电视剧，深度聚焦建筑行业，全方位展现了时代精神与现实生活交织的画卷。这部作品讲述了苏筱、赵显坤等奋斗者如何勇克难关、坚守初心，携手筑建心中“理想之城”的动人故事。

在舞台创作上，我们力求将建筑元素、造价表、工地场景以及职场人物的理想情怀巧妙融合。其中，建筑沙盘这一概念激发了我们的灵感，它不仅是建筑设计的缩影，更是对未来城市蓝图的理想化表达。因此，我们创新性地将整个舞台设计成一个宏大的沙盘模型，中央配置了一个旋转方形转台，并且在舞台边缘幕布和后幕都以细腻的建筑沙盘形态呈现，连演员手中的道具也被设计为一座座微型楼体沙盘，内置灯光使这些“楼宇”仿佛鲜活起来，熠熠生辉。舞台上还设置了一圈发光地面方框，与整体沙盘主题相互呼应。

值得一提的是，通过实验，我们在部分角色面部前加装了 LED 屏幕进行影像的交互应用。群舞演员佩戴着这种特殊的装置，屏幕随着舞蹈动作变化，形成不同夸张的表情符号，赋予角色多重象征意义，极大地丰富了视觉效果。

舞美与灯光在此次创作中进一步整体化、集成化。舞台地面隐藏了可发光的回字形模块，不仅能够发光变色且支持编程控制；手持及头戴道具同样兼具发光、变色及编程功能。背景中除了多层次景片，还引入了冰屏增强视觉层次。所有这些元素共同构建出一个技术高度整合、视觉充满活力的表演空间，常规切割灯光线如雕塑般嵌入其中，恰到好处。而灯光的存在感则体现在其串联起各个表演区域。我们通过漫反射、正投造型灯的光影处理，强化

各空间之间的间隔感，形成有机关联的整体。

作为一部讲述梦想与职业进阶历程的音乐剧，《理想之城》要求舞台呈现出充沛的活力。剧中的角色关系、人物性格以及时空切换，在舞台地面的发光模块映衬下，清晰划分，一目了然。灯光在此更多承担了功能性照明的作用，通过区分不同色彩区块和光比来辅助剧情发展。同时，地面的发光带还担任了气氛营造的重要角色，在音乐渲染时，我们对旋律中的部分配器进行光影诠释，利用富有节奏感的光效烘托出多场次的独特氛围。发光带的设计具备强烈的统一美感，即便在不断变化的律动中也不失秩序，成功模拟出了路边、办公室乃至内心世界等多种假定性场景。另外，针对边幕和浅色系大体量底幕布景，采用漫反射和折射手法，直接投射光照于布景背面甚至结构铁料上，使得整个舞台环境呈现出均匀而丰富的色调，既赋予每个场景独特的调性，也保证了视觉体验的纯净度。在灯光较为凸显的表现手法上，我们摒弃了常规的光束闪烁，例如观众席位置布置的正投切割灯，在保持整体布光均匀和构图规范的同时，适时加入了几何形状的锐利光切，这不仅打破了平淡格局，而且创建了一种极具设计感且逻辑合理的灯光语言，瞬间提升了画面的节奏张力，完美契合了表演所需的空间转换和情绪表达。虽然剧中运用了大量的多媒体影像，但因为对视觉因素的有效整合，仍然保持了很高的舞台剧该有的戏剧假定性、整体性。

图2-54 《理想之城》剧照组图

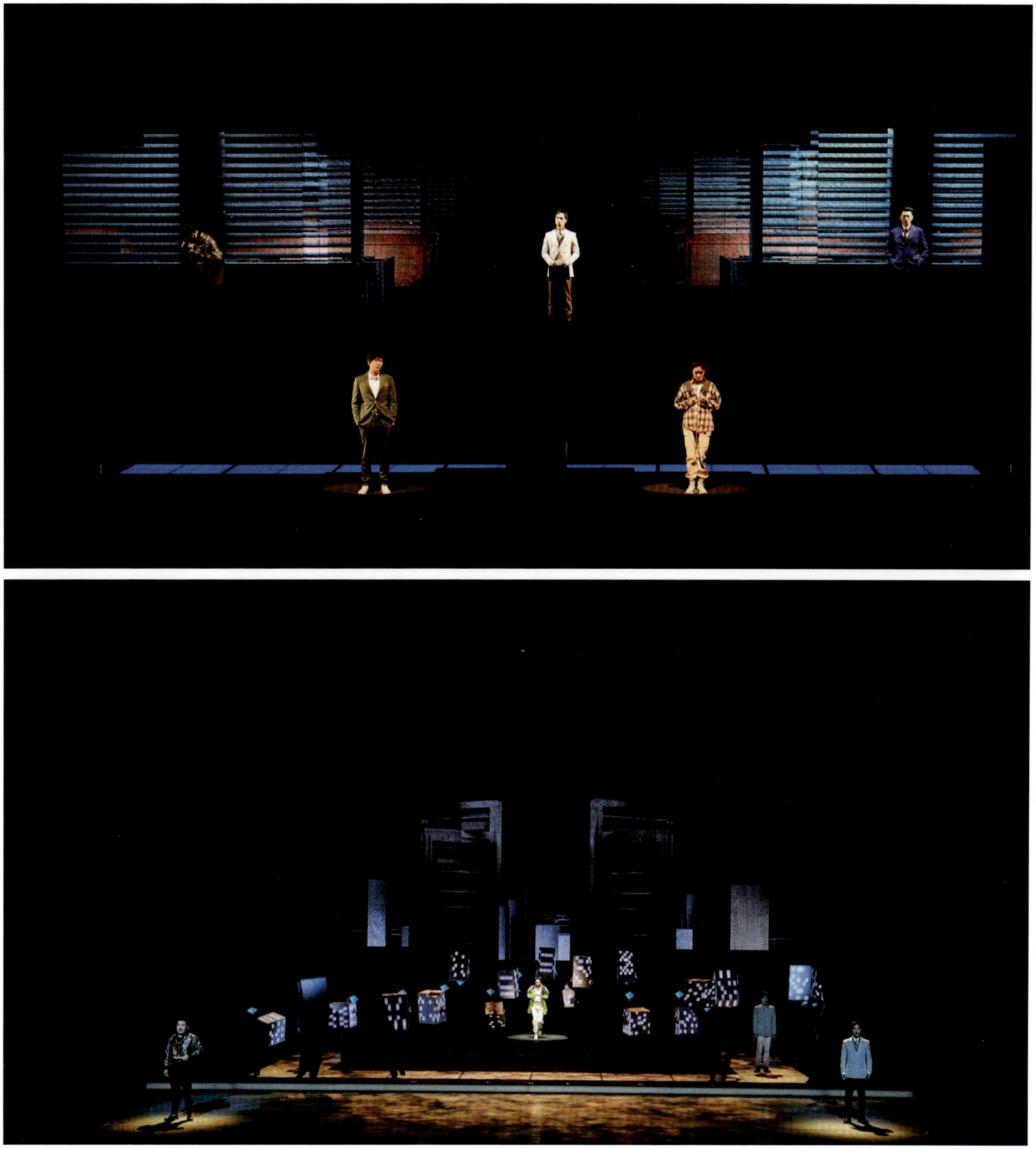

图2-55 《理想之城》剧照组图

图2-56 《理想之城》剧照

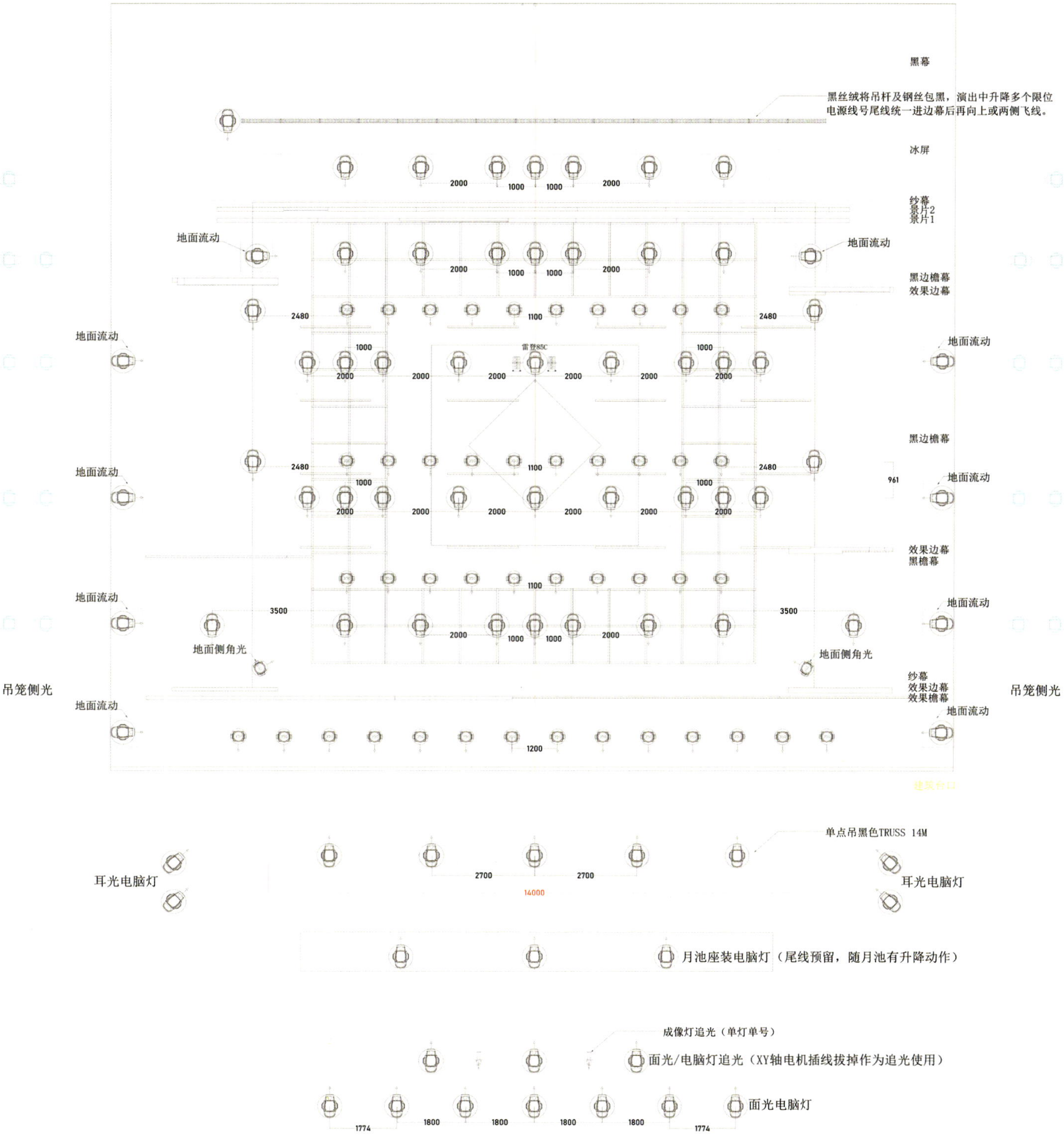

图例	型号	数量
	CKC-V20PRO剧场版	78台
	CKC-V8	18台
	CKC-Z350	46台
	led摇头条灯（单珠≥40W）	15台
	成像灯 14°	2台
	螺纹聚光灯配85C色纸	2台
	雾机 Z 500	2台
	TRUSS 300*300 黑色哑光	14台

图2-57 《理想之城》灯位图

音乐剧《南孔》

编　　剧：刘　春

导　　演：钟　浩

作　　曲：吕　亮

视觉总监：任冬生

出　　品：浙江演艺集团

首演时间：2023 年 8 月 28 日

音乐剧《南孔》以北宋末年孔氏家族南迁至浙江衢州这一重大文化史事件为背景，旨在通过音乐剧的艺术形式深度传达中国传统文化中家国情怀、文化传承等核心精神，并试图以此为基础构建一种全新的表达范式——不仅体现在外在的舞台表现上，更强调对内在文化和精神世界的坚守。

在视觉设计上，《南孔》创造性地采用了多层次中性舞台结构与横向纵向推拉飞升的条屏布局。与西方传统音乐剧相比，该剧的空间架构更为简洁平面。团队力图凸显东方美学的独特韵味，同时赋予戏剧表演更多的空间，用干净的灰白色基调衬托出丰富饱满的人物形象，尤其彰显宋代文人士大夫的高雅书卷气质。导演精心调控人物与空间的动态关系，形成紧凑而富有张力的视角转换，生动展现大时代变迁背景下儒家宗师的精神风骨和人文关怀。

在视觉创作过程中，《南孔》的一大突破在于其宏大开阔的格局。不同于许多传统题材或同类主题作品，该剧并未堆砌过多具象实景，而是为了承载剧中蕴含的深层次哲学思考，选择打造一个更加宽广的精神领域。该剧放弃繁复的现实主义呈现方式，转而借助留白与光影艺术去营造深远且多元的戏剧时空维度，从而更好地契合角色内心世界的转变历程。

我们期待《南孔》能够引领观众深入体验那份浓厚的历史积淀与文化传承交融的情感世界，让当代观众感知到传统文化元素在当下所焕发的新价值。舞台空间结构与光影质感相互交织，共同塑造出既有历史沉淀又富于创新融合的舞台意境，使观众仿佛置身于跨越时空的故事场景之中，真切感受到儒家文化精髓的现代回响。

具体到舞美与灯光设计，《南孔》摒弃了实景布景，转而采用灵活多变的中性舞台结构，通过板块移动与切割来暗示不同场景的变化，体现东方“留白”与“意向化”的审美理念。灯光设计一方面运用物理切割技术，结合舞美景片变化，创造出多样化的空间分割效果，不断重组变换，拓宽戏剧空间及时间维度；另一方面，在色彩搭配上追求符合东方美学的标准，如鹦蓝色、朱红色、青绿色等色调的运用，更加强化了“新国风”音乐剧的视觉识别度。

图2-58 《南孔》剧照组图

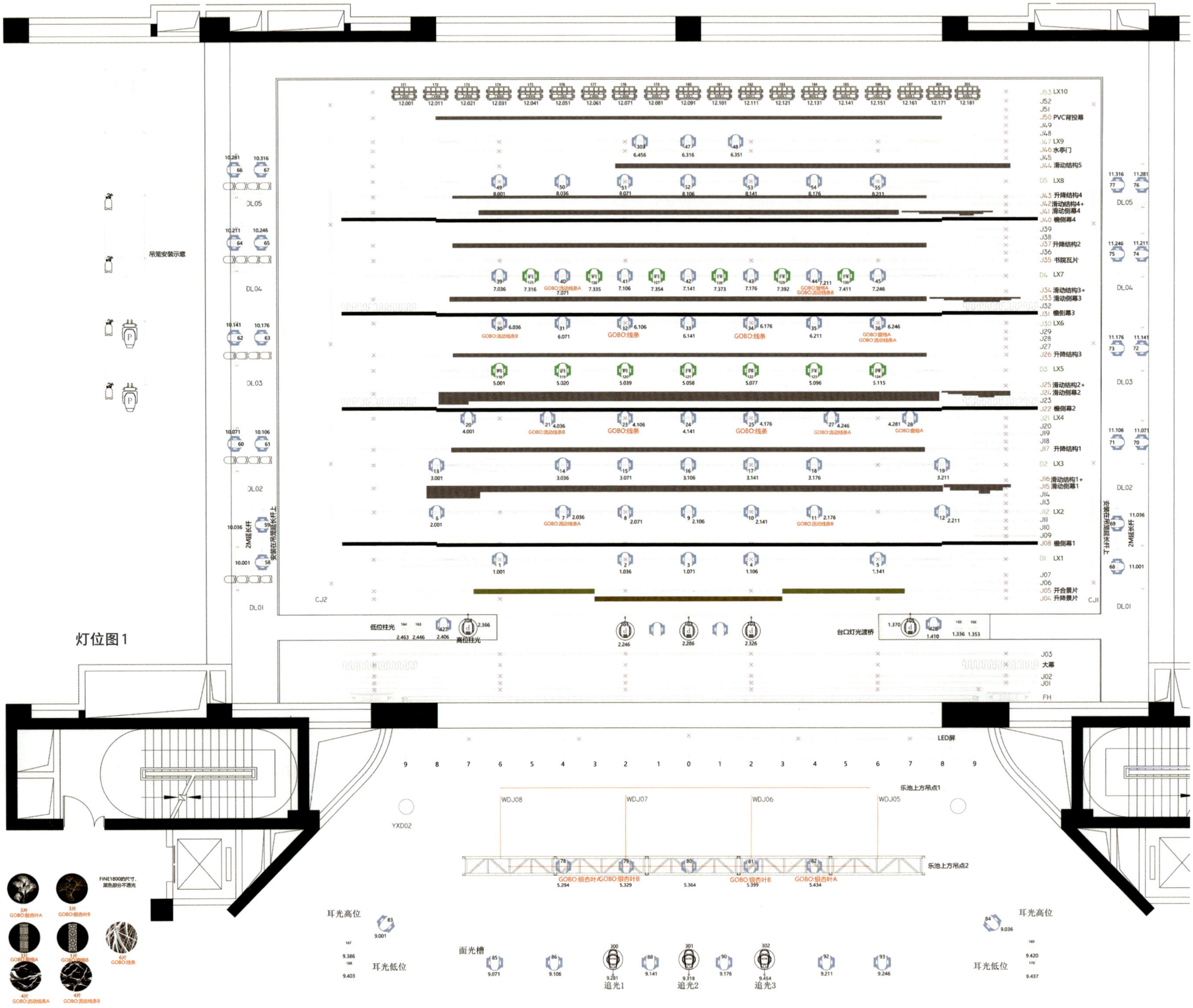
灯位图1
低位柱光
高位柱光
台口灯光渡桥
耳光高位
耳光低位
面光槽
追光1
追光2
追光3
乐池上方吊点1
乐池上方吊点2
LED屏
大幕
吊笼安装示意
FINE1800的尺寸，黑色部分不透光

图2-59 《南孔》灯位图

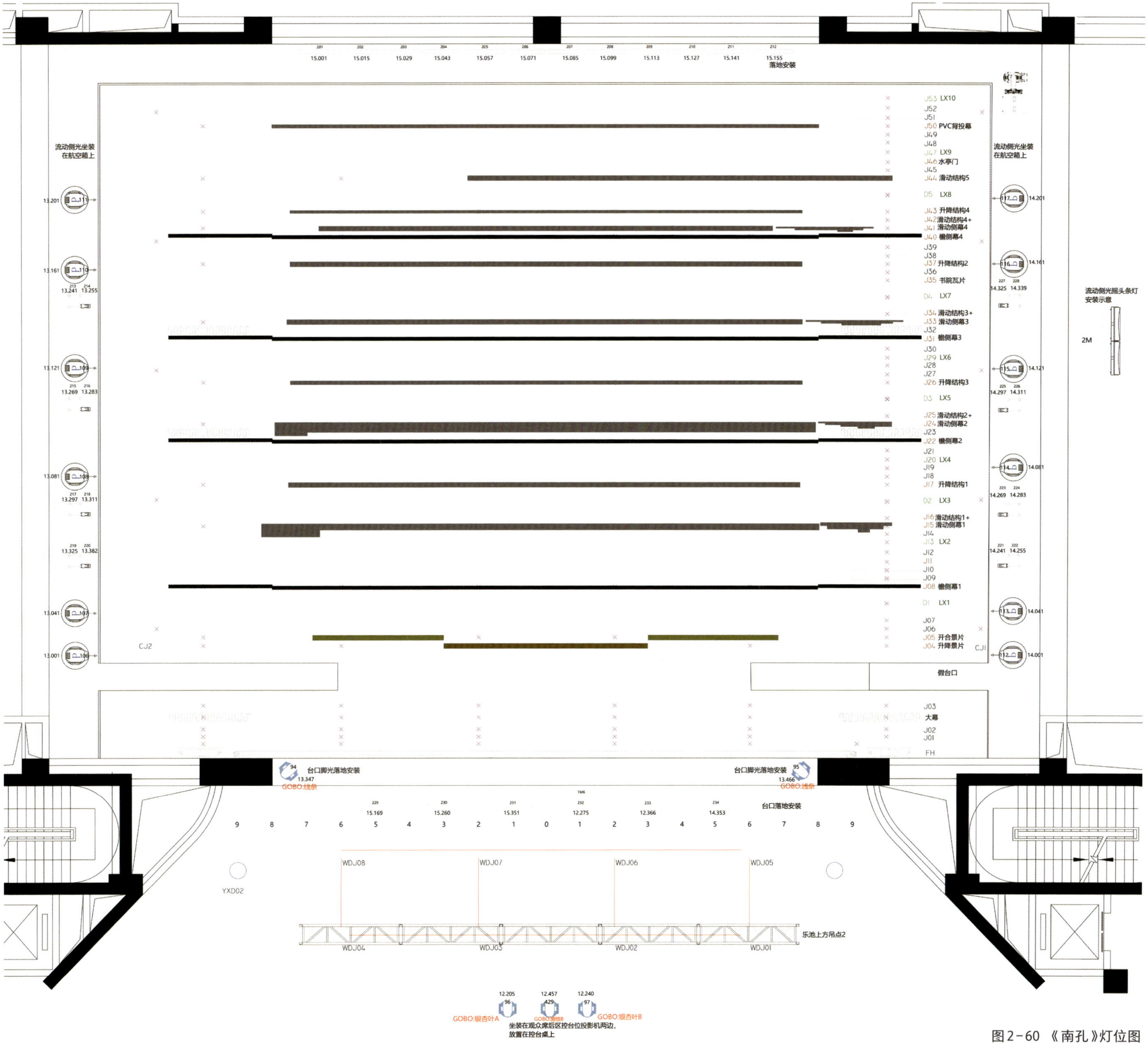

落地安装
流动侧光坐装
在航空箱上
LX10
PVC背投幕
LX9
水亭门
滑动结构5
LX8
升降结构4
滑动结构4+
滑动侧幕4
檐侧幕4
升降结构2
书院瓦片
LX7
滑动结构3+
滑动侧幕3
檐侧幕3
LX6
升降结构3
LX5
滑动结构2+
滑动侧幕2
檐侧幕2
LX4
升降结构1
LX3
滑动结构1+
滑动侧幕1
LX2
檐侧幕1
LX1
开合景片
升降景片
假台口
大幕
流动侧光摇头条灯
安装示意
2M
CJ1
CJ2
台口脚光落地安装
GOBO:线条
台口落地安装
YXD02
WDJ08
WDJ07
WDJ06
WDJ05
WDJ04
WDJ03
WDJ02
WDJ01
乐池上方吊点2
GOBO:银杏叶A
GOBO:银杏叶B
坐装在观众席后区控台位投影机两边，
放置在控台桌上

图2-60 《南孔》灯位图

舞蹈诗《榜样》

编　　剧：李　铭、戴　虎

导　　演：姜　洋

作　　曲：郭思达

视觉总监：任冬生

出品单位：辽宁省文化集团

首演时间：2022 年 3 月 5 日

这部剧以雷锋日记为创作源泉，旨在通过芭蕾舞和舞台艺术的独特表现手法，将雷锋精神的象征元素转化为直观而富有感染力的视觉语言。我们追求的并非文字意义上的直接复现，而是选择了抽象的艺术表达方式，激发现代观众对雷锋精神核心内涵的深层次共鸣。

舞台上，我们巧妙运用了半透明流动丝线、极简多边形构图、变幻莫测的光点以及凝固如雕塑般的镀铬质感流水装置等抽象艺术元素，将其转化为一种当代观众易于感知且富含深刻寓意的具象形式。这些元素犹如诗篇中的意象，生动诠释着雷锋精神中诸如“一颗螺丝钉”“一块砖头”“一粒种子”和“一滴水”等关键理念所蕴含的普遍性和持久性价值。

灯光设计在此基础上进一步深化视觉效果，并通过雕塑感强烈的侧光和灵动变化的光线布局，强化了年轻芭蕾舞者们的表演力度与层次感。温暖与清冷交织的色调营造出宁静而充满力量的氛围，舞者身上的光影流转不仅使动作更为鲜活生动，还巧妙地映射出个体与集体间的关系转变，有力展现了雷锋精神所倡导的个人奉献于集体的价值观念。

无论是舞者们在蜂巢状多边形矩阵前呈现的集体舞蹈，还是结构与灯光交融产生的光影交错与虚实对比，抑或是五彩斑斓方块积木所象征的雷锋精神传承与雷锋精神在现代社会的重塑，都构成了该剧独特的视觉符号体系。

我们期待这样的设计能够引领观众在欣赏舞剧的同时，深入理解和体验雷锋精神的现代意义，并激发他们在日常生活中积极践行这种精神的热情。

此次灯光创作打破了传统舞剧的局限，紧密结合现代、简约且空灵的舞美结构，特别

图2-61 《榜样》剧照

是利用发光线构建起亦灯亦景的空间格局，通过对舞台空间进行强化、切割和重组，并结合流动灯位，形成强烈的形式美感。同时，我们在 PVC 底幕的设计上也倾注了大量心血，借助多组天幕灯及反投切割灯等技术手段，让舞台空间呈现出深邃、空灵、静谧的生命力。甚至包括意向性的丰碑等视觉形象，它们均与剧目主题紧密契合，精准而有力地将内在的精神世界外化为可视的艺术形态。

图2-62 《榜样》剧照组图

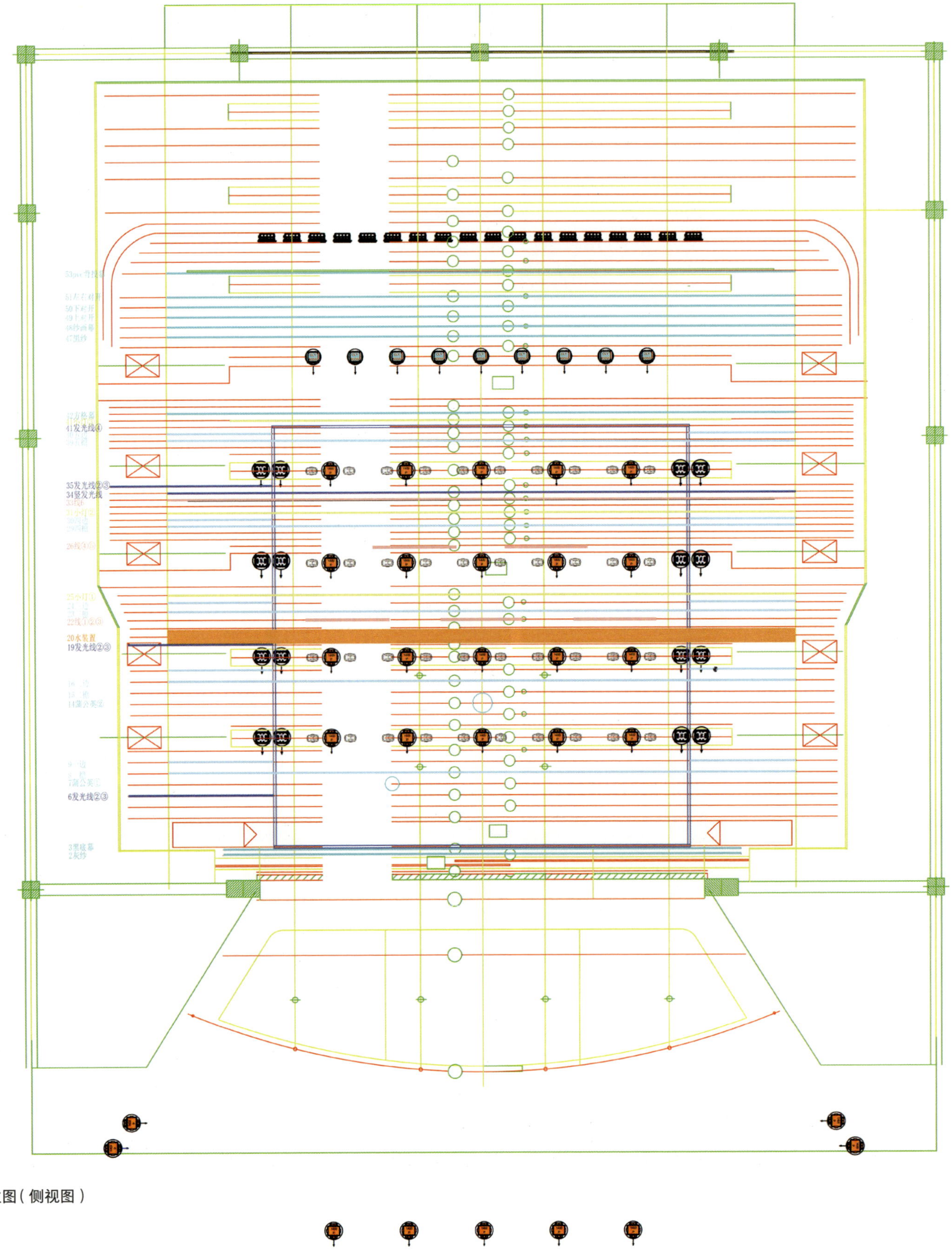

图2-63 《榜样》灯位图(侧视图)

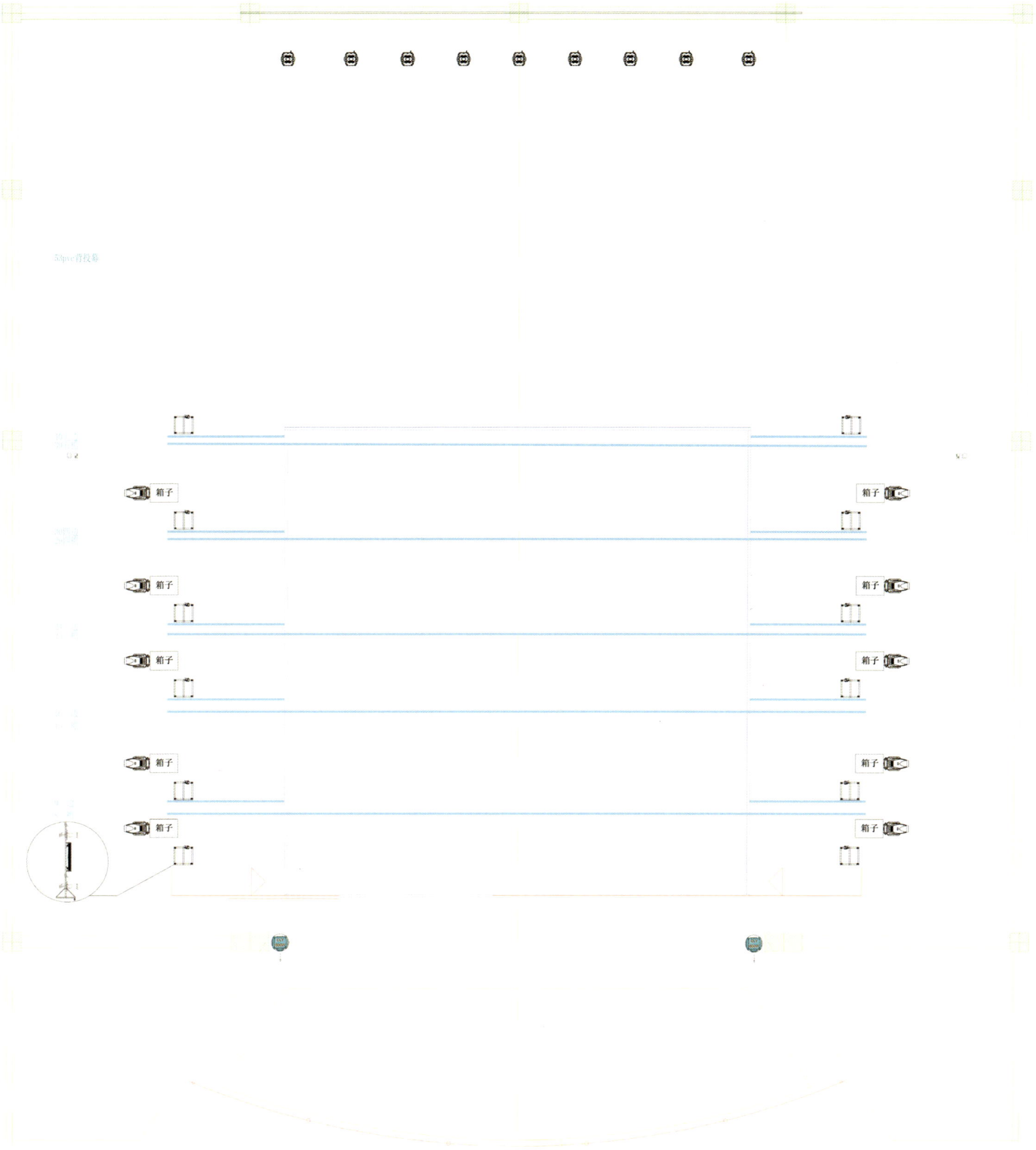

图2-64 《榜样》灯位图(地面俯视图)

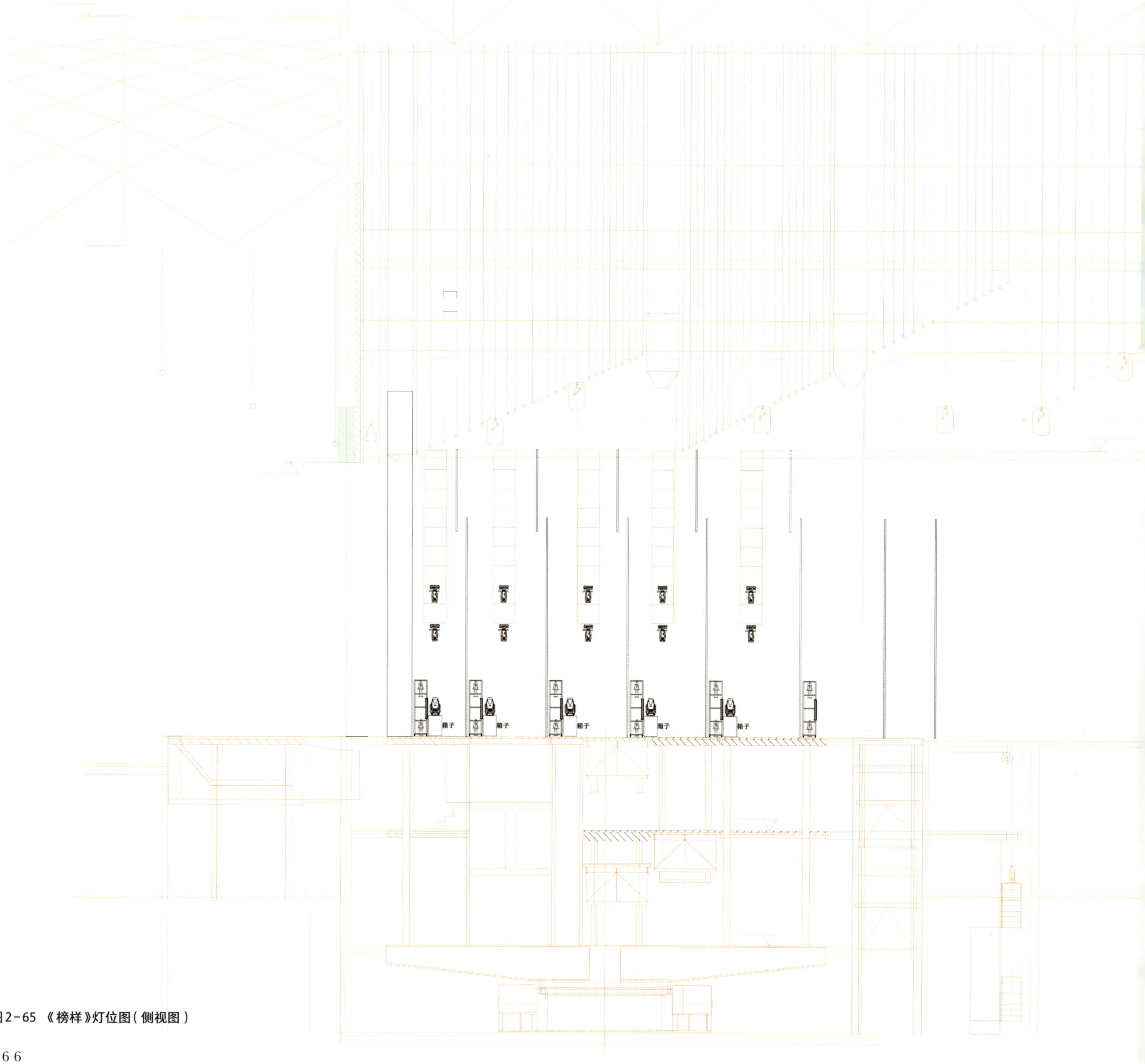

图2-65 《榜样》灯位图(侧视图)

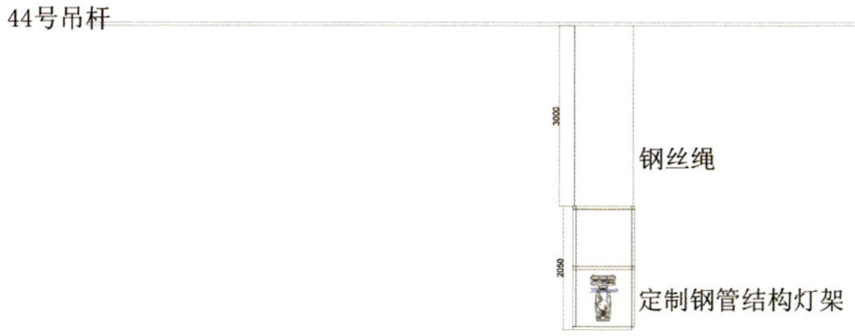

型号	数量
CKC V8 PERF	9台
Clay paky 1400	40台
Varilte3500	40台
Clay paky 800W	16台
LED 摇头 S6	40台
天排ADB led	18台
天排ADB led	12台
ADB 成像灯	30台
雾机 Z 500	2台
50*50防滑铝板	10块
云纹玻璃砖	6块

图2-66 《榜样》灯位图（灯具图）

舞蹈剧场《晷》

编剧、导演： 敖定雯

作　　曲： 古典名曲

视觉总监： 任冬生

出品单位： 辽宁省文化集团

首演时间： 2023 年 11 月 2 日

在《晷》的创作过程中，我们力图运用现代审美，在舞台上细腻捕捉并呈现时间流逝的意象。古人通过晷影确定时刻，而在本剧中，我们借助光与影的变幻引导观众沉浸在时光的新旧交替之中，于黑与白的美学交融中寻找独特的情感基调，为观众营造一个宁静且引人深思的空间体验，让他们在欣赏舞蹈的同时感受到作品所蕴含的人文温度。

这部大型芭蕾舞剧是敖定雯首次独立创作的作品，因此其个性化的艺术视角贯穿始终。全剧分为十二个独特的舞段，每个段落都融入了编舞者对世界、生命和时间的独特见解。舞台设计上，我们构建了一个开阔而充满无限遐想的空间，以便她能够自由挥洒创意。

舞台中央悬挂着一块可升降、倾斜、发光及喷洒水雾的巨大长方形装置，犹如一座连接舞者与宇宙对话的桥梁；同时，一个熠熠生辉的圆形光环如同太阳炽烈的余晖，象征着舞者与时间之间神秘的联系；地面铺设的黑色圆盘，则寓意着时间在空间中的投影。

十二时辰对应着十二个舞段，也代表着十二位舞者的演绎，每个舞段都具有鲜明的视觉特色，但又保持着统一的艺术调性，流畅过渡。从子时开始，一束微小却醒目的光线打破昏暗舞台，引领独舞演员翩翩起舞，新一天的故事由此拉开帷幕。该段舞蹈追求简约纯净的风格，并巧妙地保持一种若隐若现的朦胧美。

随着时间推移，光影变化越发丰富：丑时，月光般的柔光布满舞台，带来宁静和谐；寅时，灯光层次分明，模拟日出的光辉，强烈的明暗对比预示黑夜将逝；卯时，聚焦于舞者自身，流动光源勾勒出简洁有力的动作画面；辰时的双人舞中，随着灯光装置下降，强化演员表现力，橘红色水雾的加入增添了视觉节奏感；巳时，明亮舒适的光照展现和谐氛围，新

图2-67 《晷》剧照

颖的矩形“光柱”构造出立体空间感；午时则以热烈的红光烘托氛围，色彩浓烈；未时，舞台沐浴在午后阳光般柔和的光线中，温馨四溢；申时转为深沉，宝蓝色调映衬静谧舒缓的双人舞；酉时热烈激昂的探戈中，灯光色调适时调整，保持视觉一致性；戌时，群舞沿斜线路径表演，浅蓝光斑与“光路”创造出空灵深远的画面；亥时，独舞与双人舞结合，利用逆光与水雾深化舞蹈意境，光影交错间增强舞者表达。

尾声部分，在波莱罗舞曲中12位舞者宛如时钟上的指针指向时间刻度，一束光线照亮地面圆形区域，随着音乐旋律的变化，氛围光逐渐蔓延至整个舞台，由内敛到高潮，彰显生命的律动与时间的流转之美。

整部作品致力于通过舞蹈、装置、灯光与影像的完美融合，生动刻画时间的流转轨迹和生命的韵律起伏，共同编织出一幅深邃而又富有哲理的时间画卷。

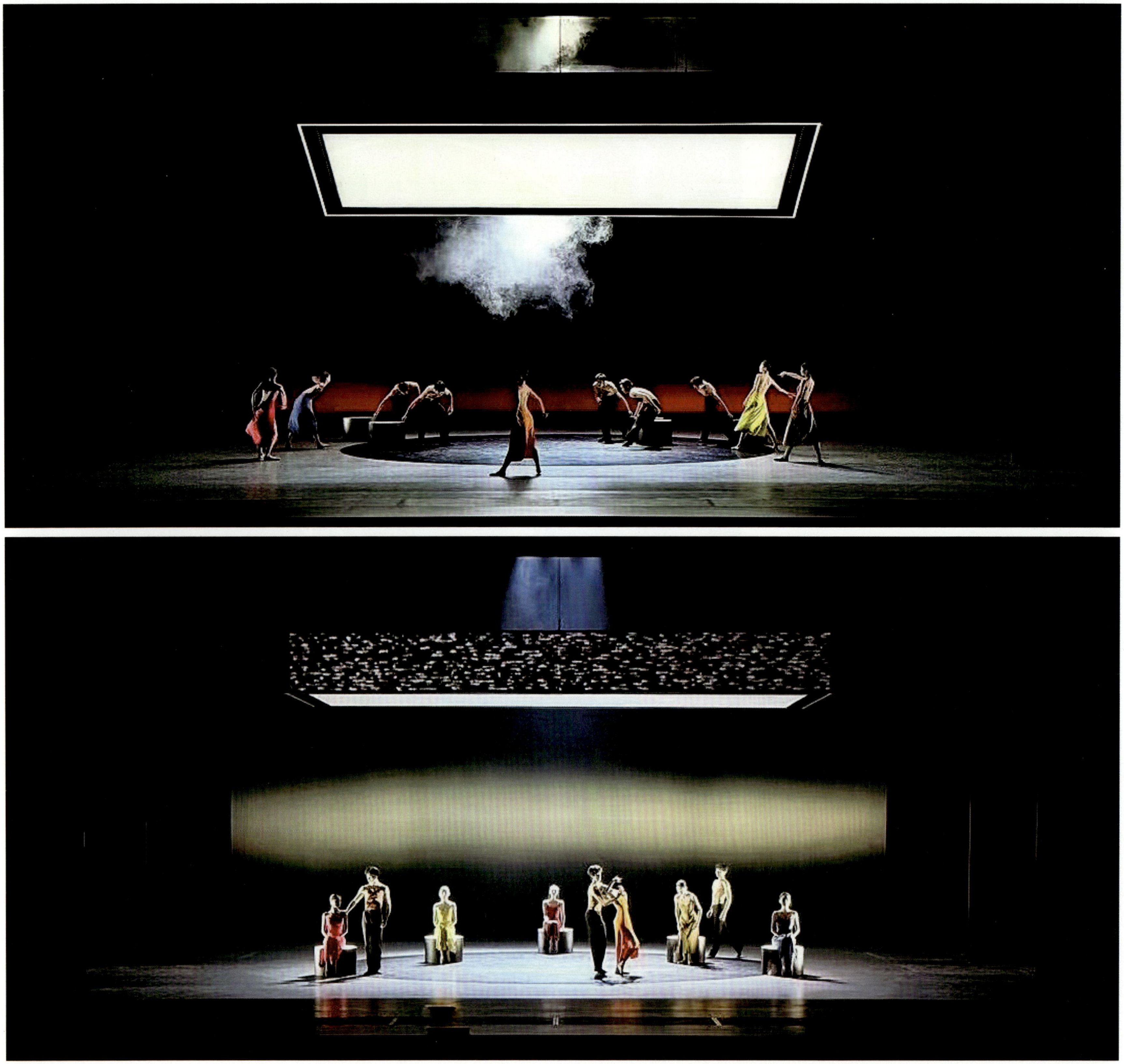

图2-68 《暑》剧照组图

图2-69 《暑》剧照组图

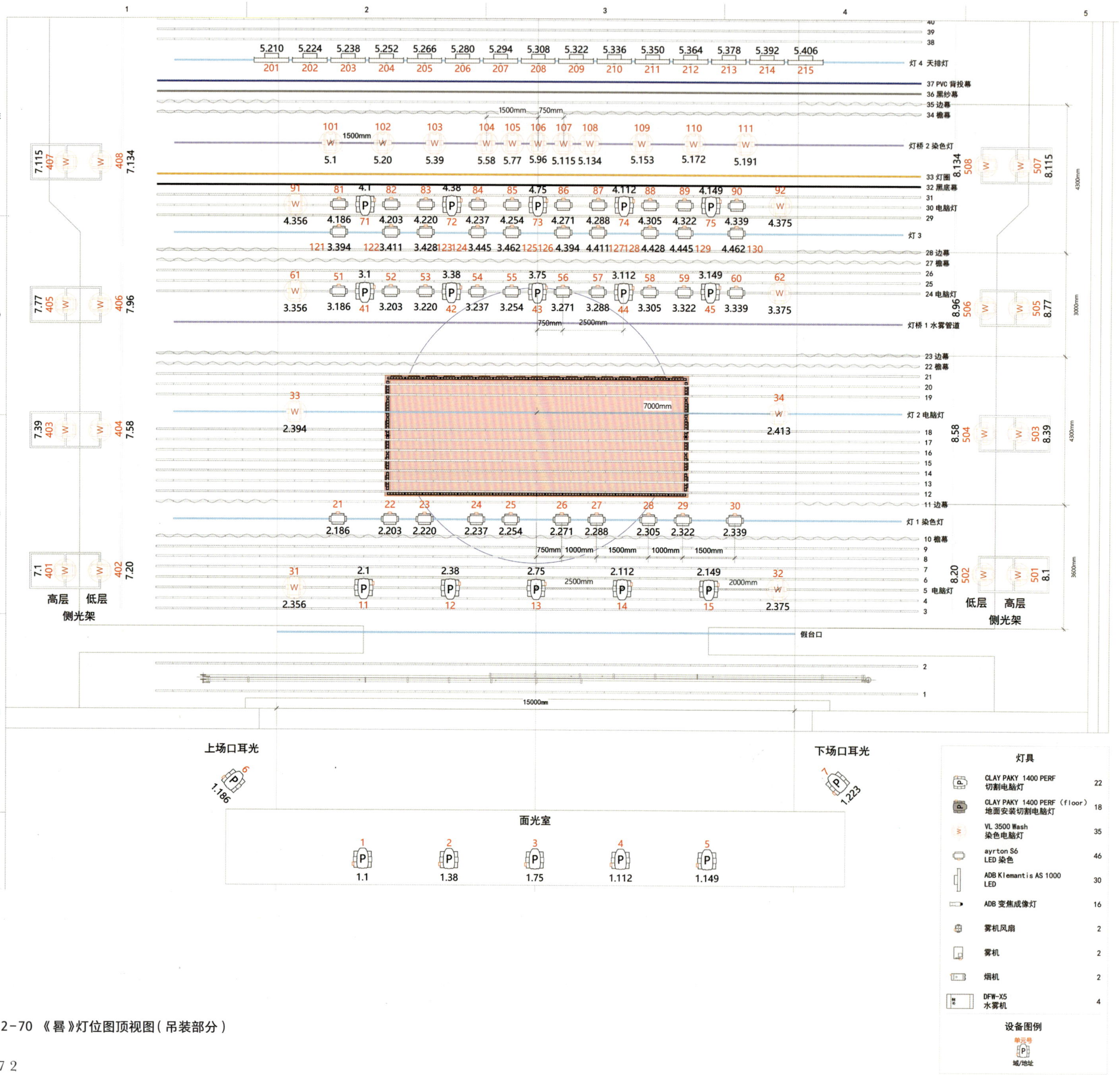

图2-70 《昬》灯位图顶视图（吊装部分）

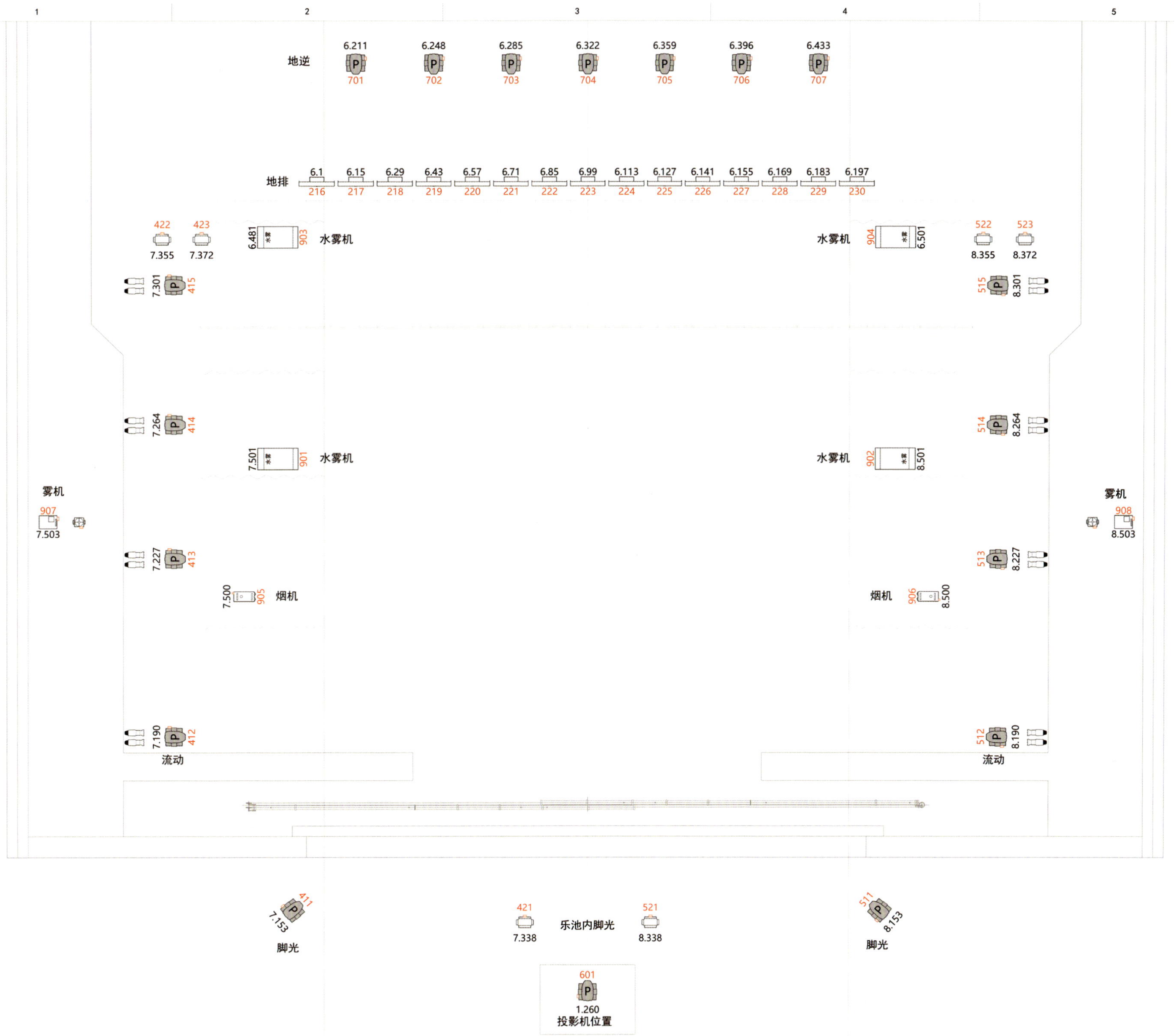

图2-71 《蓦》灯位图顶视图（地面座装部分）

对当代舞台视觉而言，我们正处在一个新载体、新材料、新方式日新月异的特殊时期，数字技术高速迭代，运行方式发生了翻天覆地的变化，趋于无限可能的空间设计深度影响着戏剧舞台。传统的一致性、连贯性的舞台设计已经不能真实反映当今瞬间、多变、碎片化的媒体化世界，如果说布景的舞台是现象的舞台，是经验和理性的结果，那么可将舞台视觉设计理解为通过物质布景进行的舞台改造，进而将舞台理解为实际地或隐喻性地架构在某种剧场内的特定空间。其实其手段已经变得越来越丰富，而光与影无疑在这里扮演着重要角色。

光每天都照耀在地球上，而我们似乎永远在忽略光的创造性。我很迷恋光投射在演员身上所产生的变化，阴郁的、狭窄的、温柔的或者尖锐的，光一演员一影子似乎总能构成丰富的表情。还有光穿过景片洒在舞台上的斑驳印记，都仿佛是生命在跳跃。

罗伯特·威尔逊说：“无灯光则无空间，无空间则无戏剧。”他强调灯光的至关重要。他说：“灯光在我的作品中占有特殊的位置。我认为戏剧最重要的元素是灯光，因为这个元素帮助我们观看和倾听。”戏剧是“空间和灯光的建筑……无灯光则无空间”。没有空间，时间就无法存在。空间和时间共存。

威尔逊认为灯光不仅服务于演员，而且成了演员。他说：“一旦某件道具被照亮，你关上其他所有的灯……戏剧就产生了，灯光起到了演员的作用。”

什么是光？在我看来，它是“这里”和“那里”的关系，而不是抽离出来抽象的空间概念。从“这里”看向“那里”时，相比之下，“那里”总是更明亮。前方的空间越明亮，越会让人产生期待感。因为光加强了人对外部世界的向往，那么舞台上的光就成就了“人间”“空间”“时间”和“人”（这也是我个人装置作品的名称）。

光影与表达

舞剧《永不消逝的电波》

编　　剧：罗怀臻

导　　演：周莉亚　韩　真

作　　曲：杨　帆

舞美设计：秦立运

灯光设计：任冬生

出　　品：上海歌舞团

首演时间：2018 年 12 月 21 日

舞剧《永不消逝的电波》有着鲜明而浓郁的“上海”味道，这部作品散发出上海文化所特有的意韵。《永不消逝的电波》是一部近年来少有的以红色谍战为题材的舞剧作品，通过舞蹈来诠释这样一个深入人心且情节复杂的故事，在兼顾舞蹈性的同时，还要准确地表现戏剧情节，升华情感。“长河无声奔去，唯爱与信念永存”，节目单上的这句话准确传达了本剧主旨。

在本剧中，舞蹈表演传递的信息量是巨大的，进而我们需展现多变的舞美空间，光位的特殊性、唯一性显得尤为重要，这也是该剧灯光创作的基础。也就是说，以特定的出光角度及质感渲染某个舞段，使灯光语汇更有针对性，手段更丰富，画面节奏更有层次，甚至可以避免因相似重复的舞台样式带给观众的干扰和审美疲劳。如：序幕时，在群舞手持雨伞穿梭的段落中，就使用了一组成像灯作为高位流动，通过成像灯切片造型的功能，只将演员的上半身及手中的雨伞勾勒出来，形成了一道蓝色的线，在强烈的形式感下，寓意着旧上海解放前夕的阴霾气氛。再如：一幕中，主人公李侠和兰芬在家中的一段戏剧双人舞，我们专门为这个场景设定的一组顶光螺纹聚光灯，配以雷登 85B 色纸，还原了一种温暖的室内感。在电脑灯为主流设备的当下，一些有专属用意的光位，也许会给舞台营造更多的可能性和细腻的情感表达。

舞台，无论大小，终是一个固化的物理空间，因此为了打破平铺直射的呆板，延展这

种有限的空间，让人产生遐想甚至错觉，在该剧中，我们大量地使用了光影这种灯光效果。依托舞美26条轨道条屏景片的不断移动，组合出丰富的空间变换，灯光穿梭其中，利用大角度的高位侧光投射，在地面及空中形成了生动的影子，强化了这种假定性，它可以是洒满阳光的街道，可以是阳光斜射到建筑上在地面形成的倒影，也可以是老弄堂里一个慵懒的清晨。例如，李侠在战友老方牺牲后，前往旗袍店寻找遗留下来的情报时，有窗外投射进室内的窗影，角光投射在镜子上的光影，流动灯投射在特务身上的人影，相互叠加，构成了灵动的表演空间，有力地辅助了戏剧情节的需要。

关于光色的使用，也是有章法可循的，原则是让其有清晰的指向性。全剧使用的大部分光色是简约纯粹的，以冷暖色调为主，只在第一次有革命者牺牲时，开始使用局部强烈的红色，并且在之后相似的牺牲段落中重复使用，强化了光色在剧中的语汇作用，观众在后面的剧情中，甚至可以通过红色的出现，判断出某个人物的牺牲。

结合舞美可操控的机械式巨型移动屏风运用于舞台，这些屏风高高悬挂于舞台上方，可以逐次展开、收拢，又可以组合、旋转，加之多媒体影像的渲染，使整个舞台空间瞬息万变。其实无论是光位、光影还是光色等，都是为最终准确统一的灯光语汇服务的，它集中体现了设计师对剧目的理解，对灯光整体风格的把握。剧中以光传情、以光倾诉的点有很多。例如，尾声时，安装在后区吊杆上大角度的特效灯具6千瓦阿莱，缓缓亮起，利用其高亮度且有很强穿透力的特性，模拟一种天亮了、太阳光洒下的效果，暗喻了上海的彻底解放，是全剧振奋人心又颇为动情的一个情绪高潮点。

创作，需要的是对当年生活的了解，我需要在上海这个偌大的城市体验和选取时代的感觉。凌晨，我漫步在黄浦江畔的上海滩体会和寻觅。江边的晨曦阴凉，夹杂着细雨，近旁的街道、雨巷、石库门，在朦胧中渐显。市民也开始了一天的忙碌。石库门的菜市场呈现了各色各样的人物，娓娓的细语在耳边环绕，生活气息扑面而来。他们细细地选择着各自的食物，一棵小葱，一片用马莲绑定的鱼身……上海人的生活极为细致，尽管阁楼局促，也要打理得干干净净……这些生活细节使我捕获了创作的灵感。朦胧，是一种模糊感。高楼造成的阴影掩饰着一切，一道道狭窄的光束，使人群若明若暗。蒙蒙的细雨，朦胧中的高楼，时而彰显的光亮，活动着的市井人群……光和影就是我要寻找的视觉语言，光是生命，影是暂时的隐藏。朦胧的环境可以带给人不安定的感受。

对灯光语言的塑造我们尽量处理得简洁、顺畅，让灯光与类似电影画面一样的舞蹈呈现出紧密的联系，我们在切割空间、平行叙事、冷暖光色运用、光影的交互使用上进行了尝试。舞剧的灯光应该成为无声的音乐，在舞台上形成独特的语言，让舞剧的视觉融合起来，形成独特的味道。

整部作品致力于通过舞蹈、装置、灯光与影像的完美融合，生动刻画时间的流转轨迹和生命的韵律起伏，共同编织出一幅深邃而又富有哲理的时间画卷。

图3-1 《永不消逝的电波》剧照

图3-2 《永不消逝的电波》剧照组图

图3-3 《永不消逝的电波》剧照

图3-4 《永不消逝的电波》剧照

图3-5 《永不消逝的电波》灯光手绘示意图

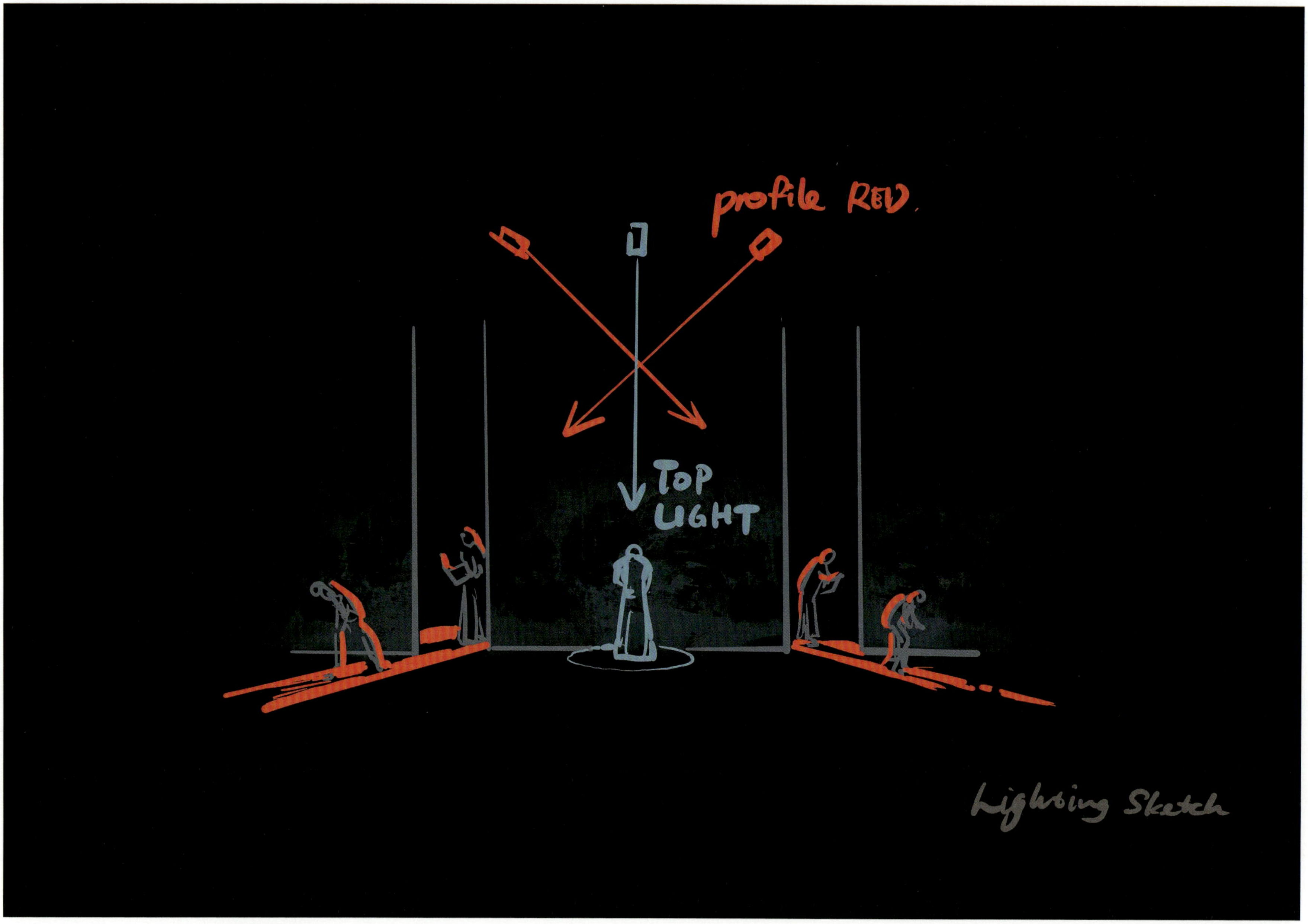

图3-6 《永不消逝的电波》灯光手绘示意图

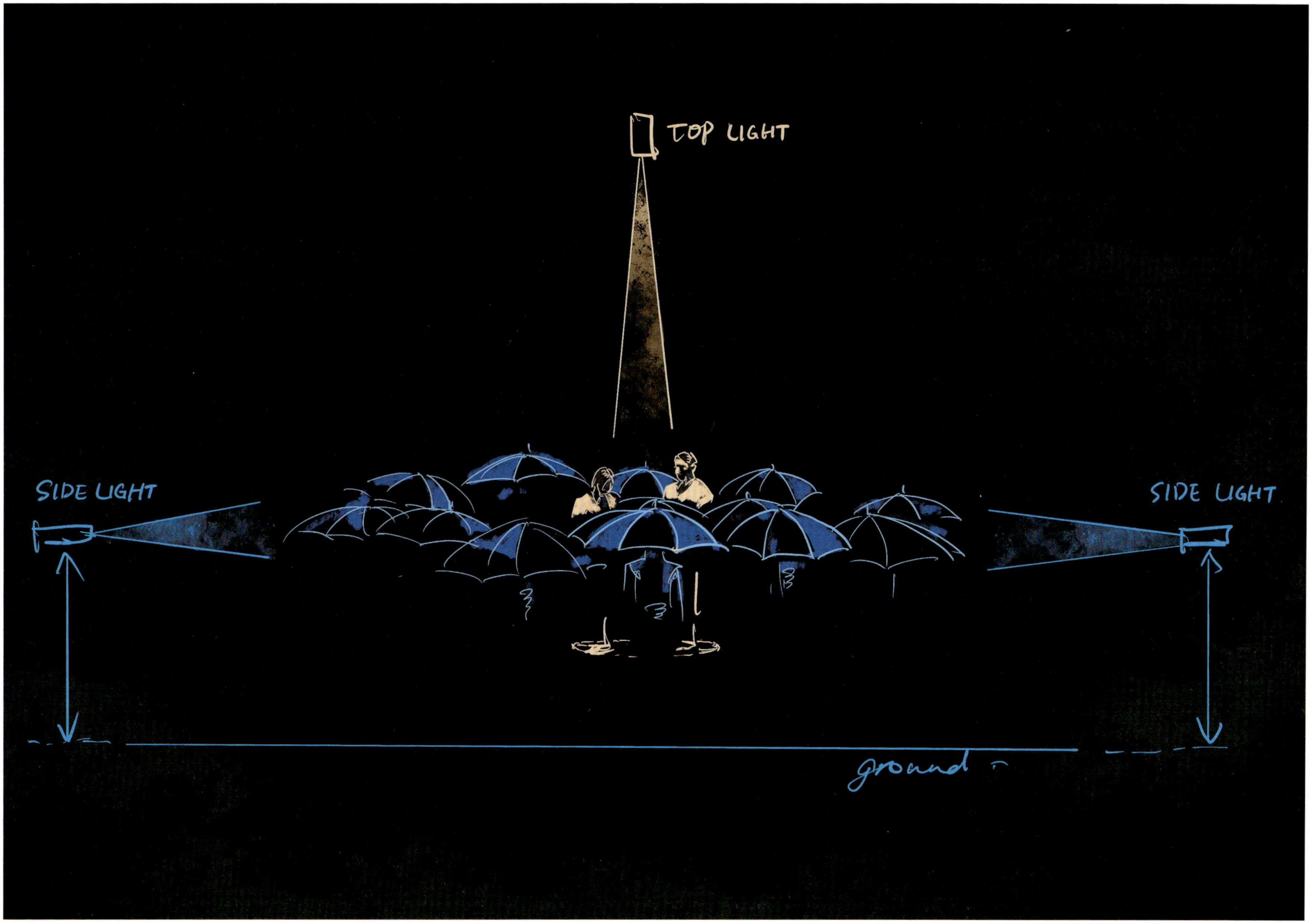

图3-7 《永不消逝的电波》灯光手绘示意图

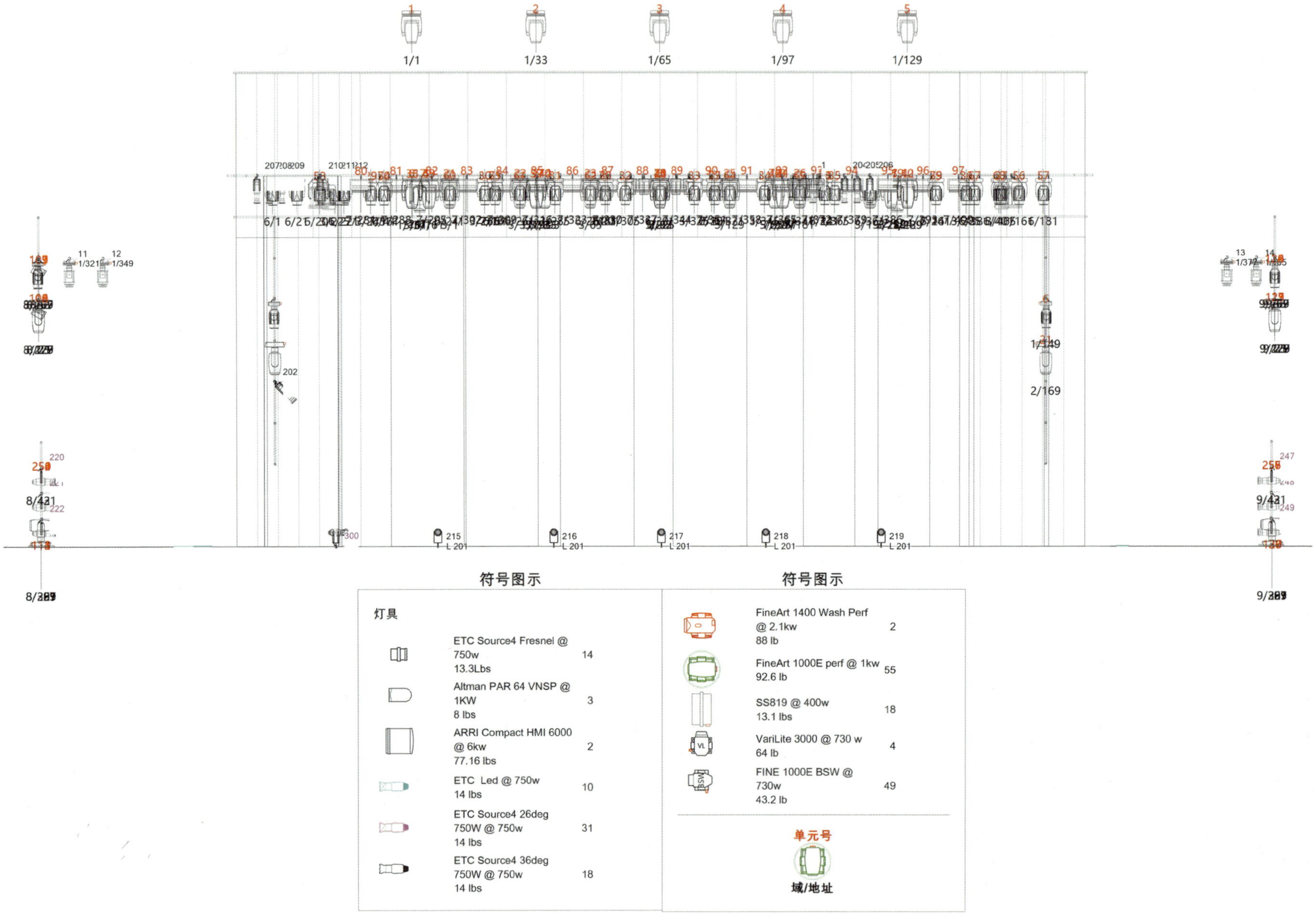

图3-8 《永不消逝的电波》灯位图（正视图）

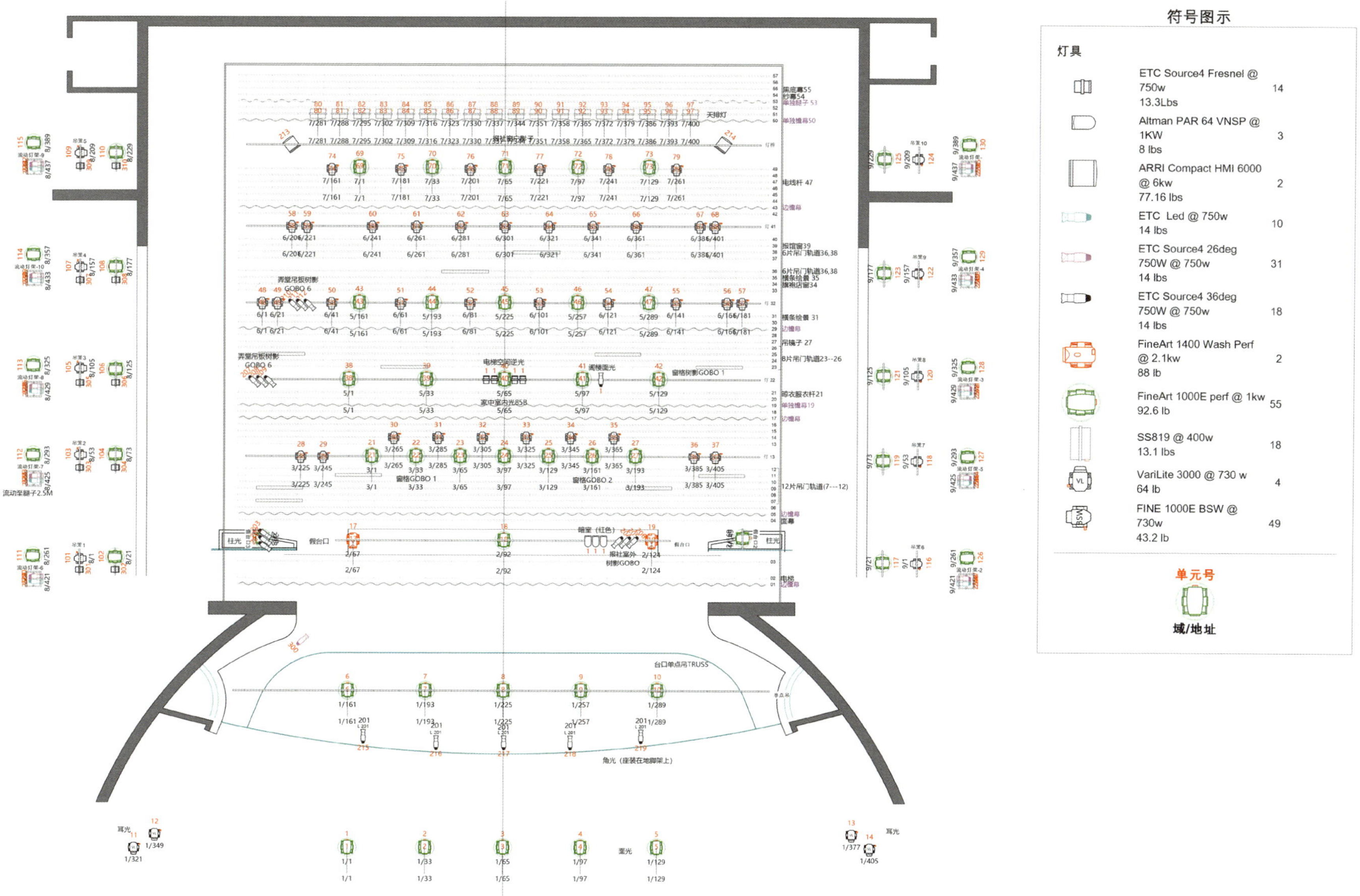

图3-9 《永不消逝的电波》灯位图（平面图）

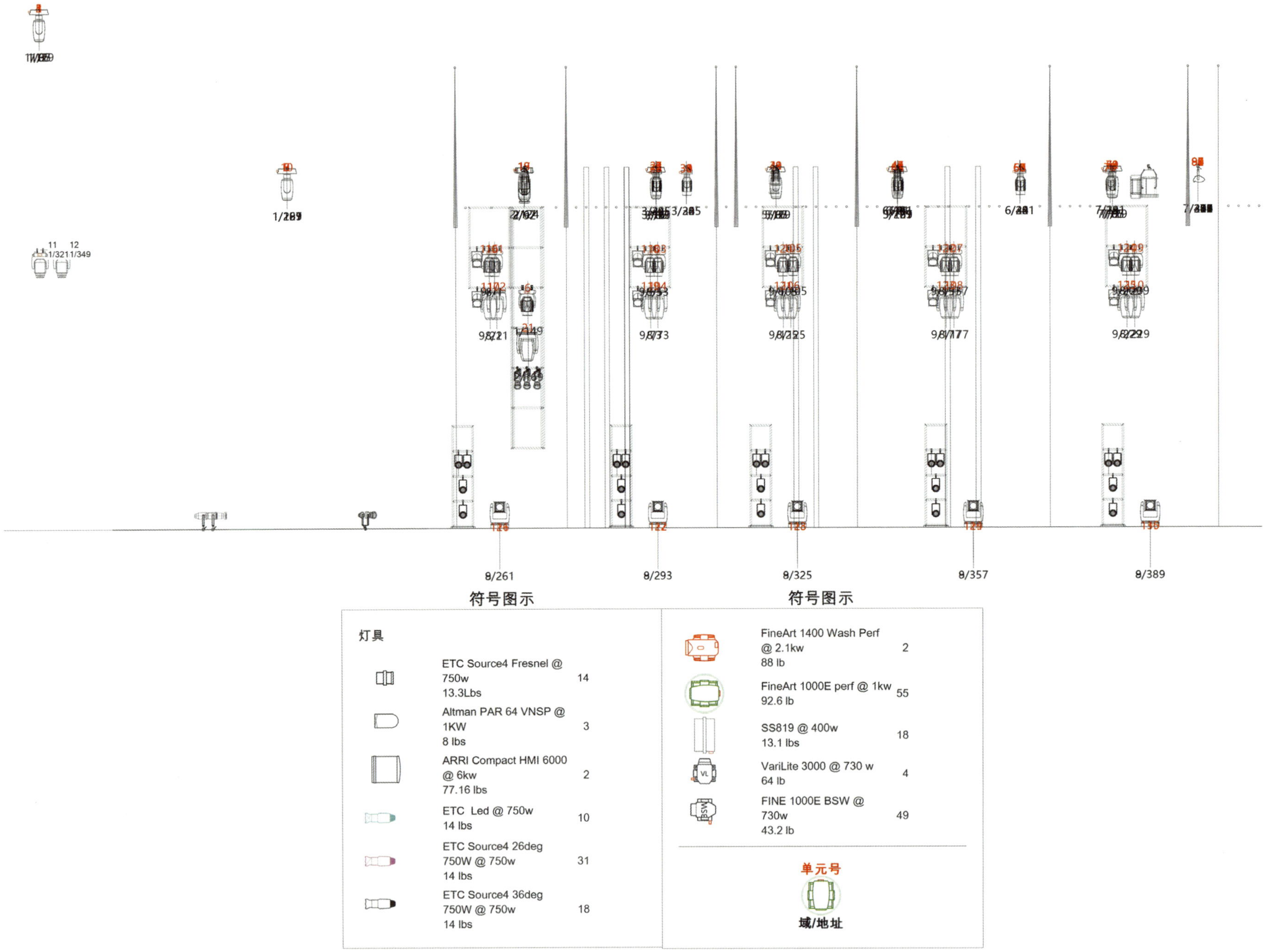

图3-10 《永不消逝的电波》灯位图（侧视图）

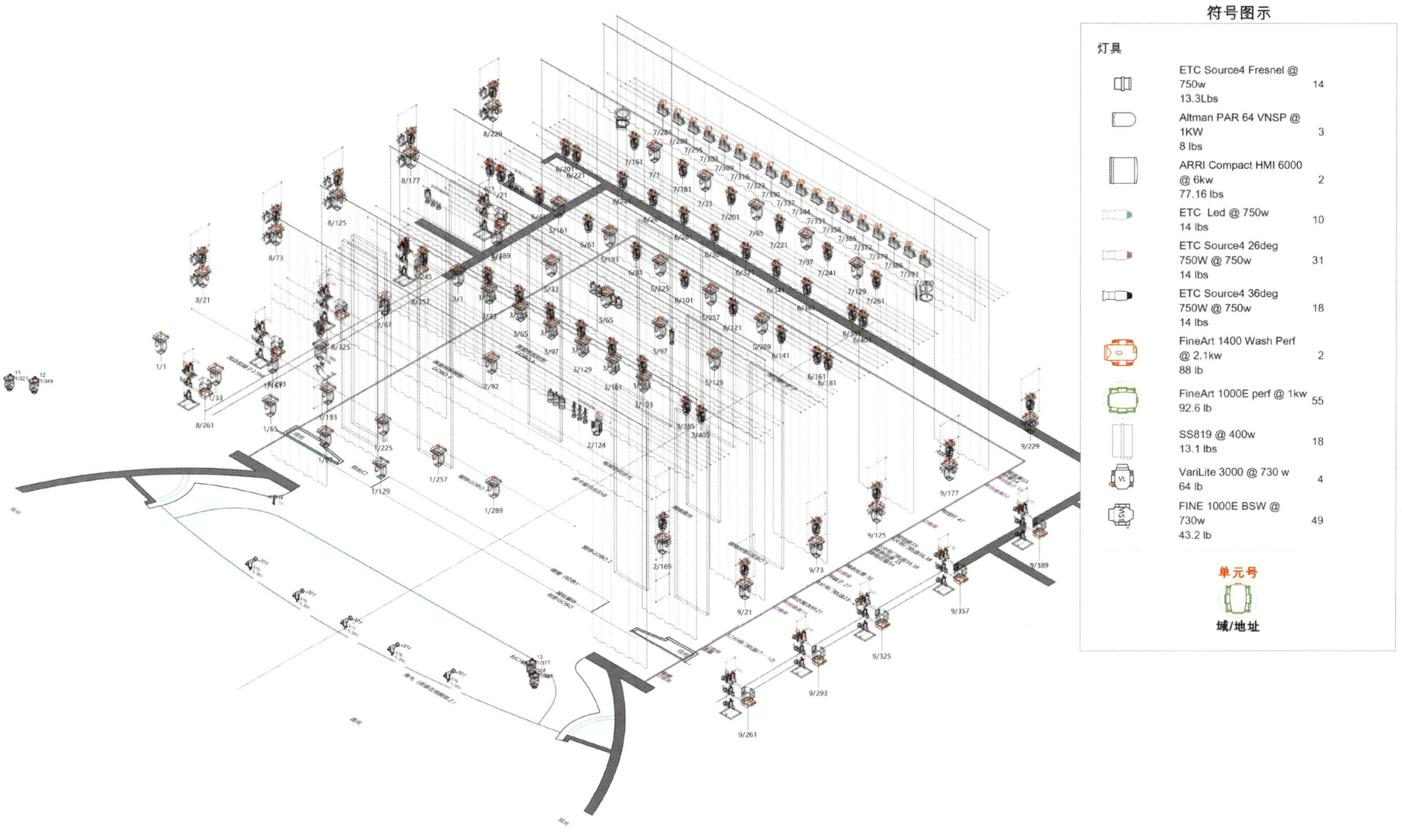

图3-11 《永不消逝的电波》灯位图(斜视图)

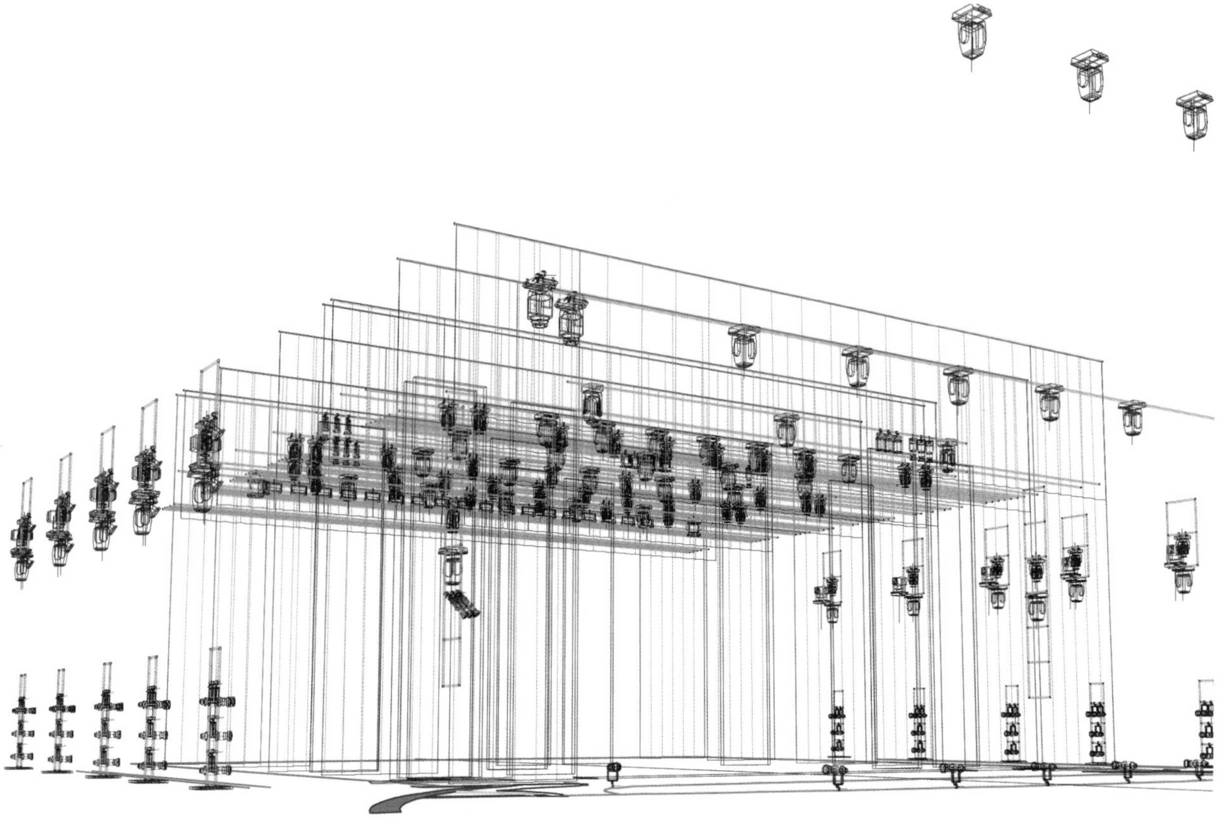

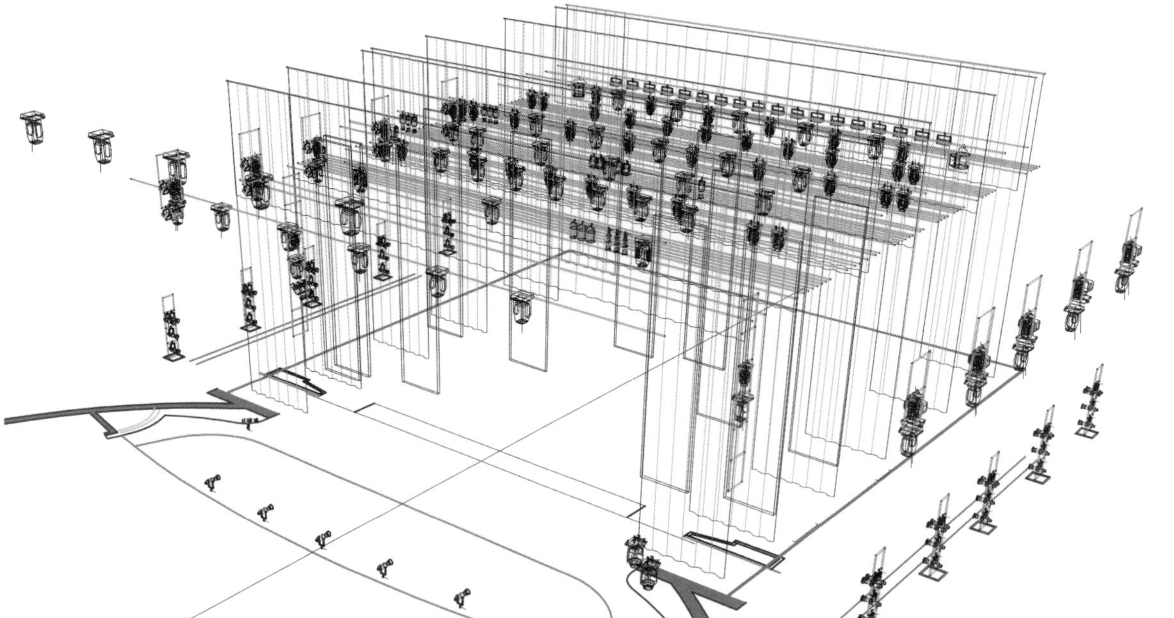

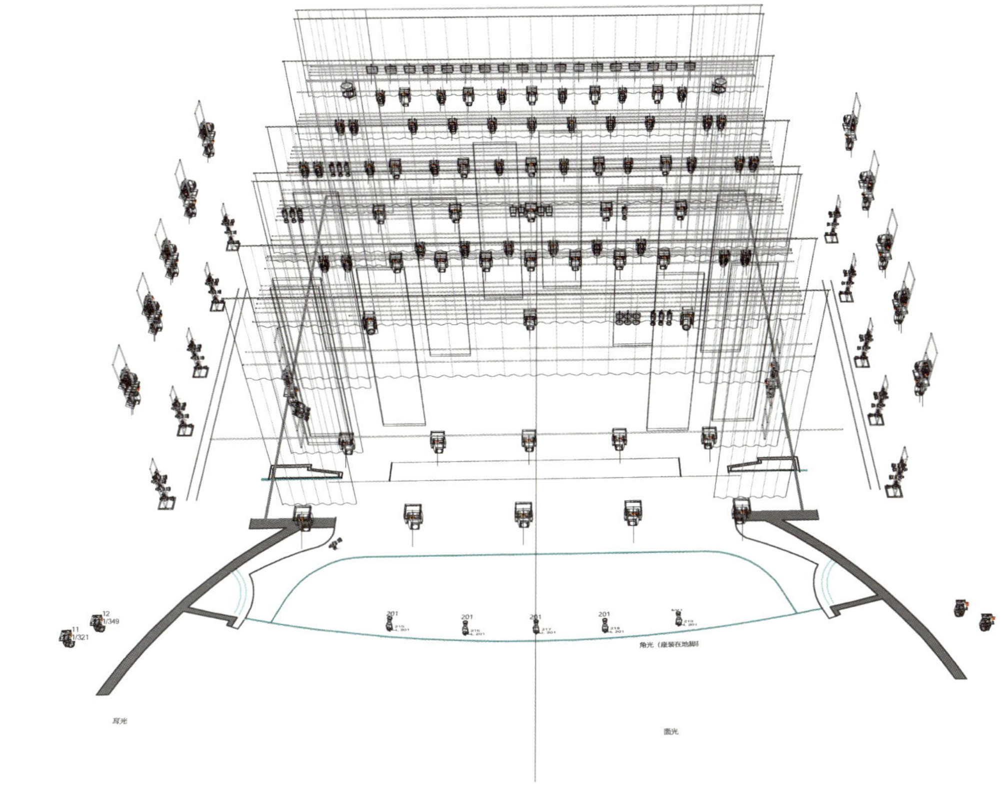

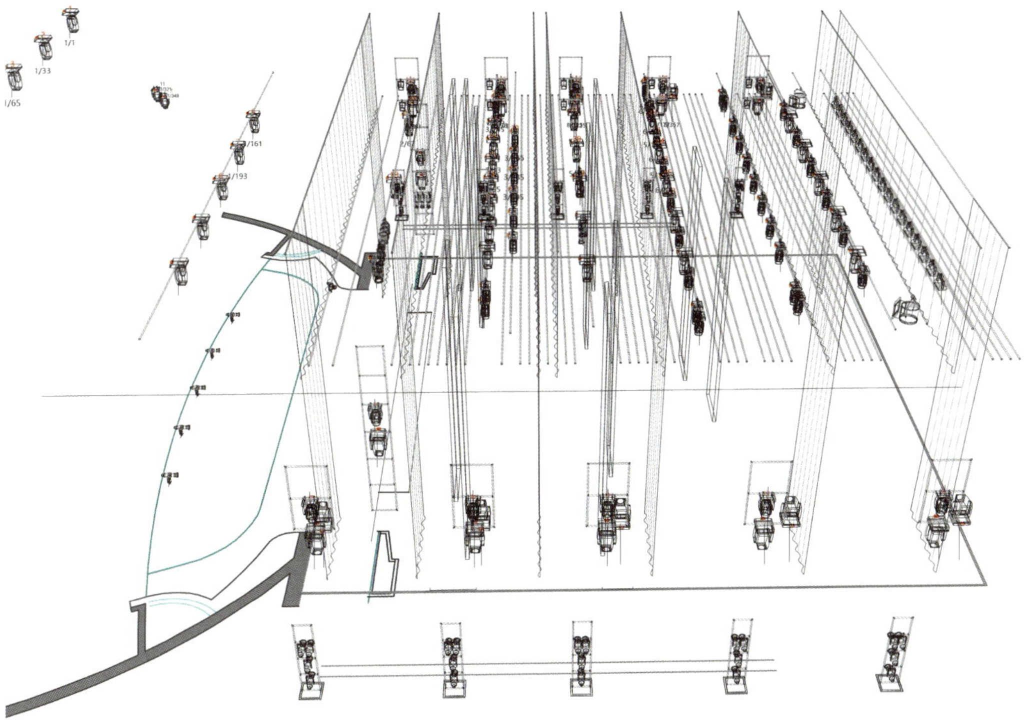

符号图示

灯具

灯具	数量
ETC Source4 Fresnel @ 750w 13.3Lbs	14
Altman PAR 64 VNSP @ 1KW 8 lbs	3
ARRI Compact HMI 6000 @ 6kw 77.16 lbs	2
ETC Led @ 750w 14 lbs	10
ETC Source4 26deg 750W @ 750w 14 lbs	31
ETC Source4 36deg 750W @ 750w 14 lbs	18
FineArt 1400 Wash Perf @ 2.1kw 88 lb	2
FineArt 1000E perf @ 1kw 92.6 lb	55
SS819 @ 400w 13.1 lbs	18
VariLite 3000 @ 730 w 64 lb	4
FINE 1000E BSW @ 730w 43.2 lb	49

单元号

域/地址

图3-12 《永不消逝的电波》灯位图（透视图）

舞剧《天路》

编　　剧： 罗　斌

导　　演： 王　舸

作　　曲： 杨　帆

视觉总监： 任冬生

出　　品： 国家大剧院

首演时间： 2018年6月30日

舞剧《天路》从藏族姐弟央金和索朗的视角展开，融合了浓郁的民族风格、情感充沛的肢体语言以及兼具历史感和现实感的舞台视觉呈现，为我们呈现了建设青藏铁路的岁月和天路情缘。剧中讲述了30年前一批年轻的青藏铁路建设者和藏族同胞从误会试探到逐渐成为一家人，最终却因塌方而献出宝贵生命的故事。整部舞剧从头至尾都充满张力，不论是细腻的双人舞还是充满了野性和热情的“春种”“拥军”等藏族特色舞段，人物个性鲜明。舞台实景与多媒体投影的完美融合也让《天路》的观感极为震撼。光影变幻和迅速精准的换景不仅让我们领略了大雪飘落、酥油灯长明的雪域美景，还让我们感受到了山体塌方崩碎时的惊心动魄和筑路的举步维艰。通过对汉藏军民的细致刻画，《天路》彰显出民族团结和军民共同奋斗的内涵。这是一部把艰苦和悲壮描写得那么浪漫和美丽的舞剧，导演以独有的细腻的内心刻画和极具张力的舞段，构成了那个年代所具有的兄弟情、母子情以及青涩的爱情。

灯光是创造空间的一个最基本的元素，这个元素可以让我们更好地去听、更好地去看。在该剧中，灯光色彩偏于中性，我们使用高色温和低色温来构建空间和环境，创造一种老照片和古典油画的质感，甚至追求一种灰色调的感觉。创造这样的一种灯光环境是为了让舞台布景、服装、化妆以及多媒体融为一体，灯光为这部戏加了一层滤色片，让舞台拥有了朦胧的诗意意境。

卢天坐在铁轨上，吹着口琴，陷入沉思……

央金站在楼梯上，凝望着远去的卢天……

失去孩子的母亲，虔诚地跪在酥油灯前……

舞剧中戏剧性的处理相对较多，需要灯光的配合来实现突然的闪回和内心外化等效果。在这里，灯光不仅用于刻画人物和环境，还要解构空间。其中，弟弟索朗内心希望姐姐央金和卢天相爱，导演的处理非常巧妙，弟弟将姐姐推到卢天身边，展开了一段爱情双人舞。这是弟弟内心想象的，所以，灯光的转换也随之浪漫起来。舞剧中还有很多类似的灯光调度，对整个舞剧情节的推进起到重要而巧妙的作用。强烈的灯光表达是作为特效来使用的。比如卢天的父亲在风雪中牺牲、隧道坍塌等场面，使用了闪动和节奏很强的灯光处理来加强视觉效果。在隧道坍塌，卢天等战士牺牲后，弟弟手里拿着卢天给他的口琴奔跑，仿佛要追寻卢天们的灵魂，为了突出这一情节，我们在舞台的后区放置了一台5千瓦的聚光灯，加强了情感依托和舞台视觉。在多媒体的设计上，我们采用了背投和正面投影的方式呈现，为了使画面更加凝重、浑厚，在屏幕前增加了黑色的无缝纱幕。多媒体画面应该是舞美布景的一部分和延展，整体以油画的质感出现，以慢速甚至非动态画面为主，这样的审美标准让整部舞剧视觉浑然一体，有效地为舞剧的铺陈、叙述和推进提供了帮助。

通过塑造主人公卢天鲜明的人物形象，舞剧《天路》由“事”入“情”，在其不同情感的交织中，强有力地传达了一代代筑路人不畏艰险、无私奉献的“天路”精神。舞剧的情感线多是以爱情为主线，其他情感为爱情线铺垫和服务，而舞剧《天路》另辟蹊径，爱情线只是其众多情感线中的一条，与亲情、友情、民族情一道为爱国情服务，主人公的多重身份使之处于多重情感的交织中。人在不同场景下具有不同身份，可以是职业赋予，也可以是家庭赋予，处于不同身份中的个体会做出不同的举动和选择。舞剧主人公在不同身份中，经历了亲情、爱情、友情、民族情、爱国情等多重情感的交织，在不同情感中纠结，层层推进。但在最后关头，面对国家大义，他毅然选择了爱国情和民族情，将整个舞剧的立意上升到不畏艰险、无私奉献的“天路”精神中，这是全剧的情感升华和立意体现。

在这部舞剧中，我将灯光定位于一种“质感”，特别希望通过光来完成塑造，同时，我追求凝练质朴，甚至有一些“拙”，而我这种“拙”恰恰是西藏的土地以及那片土地上的人所具有的“气质”。

图3-13 《天路》剧照组图

图3-14 《天路》灯光手绘示意图

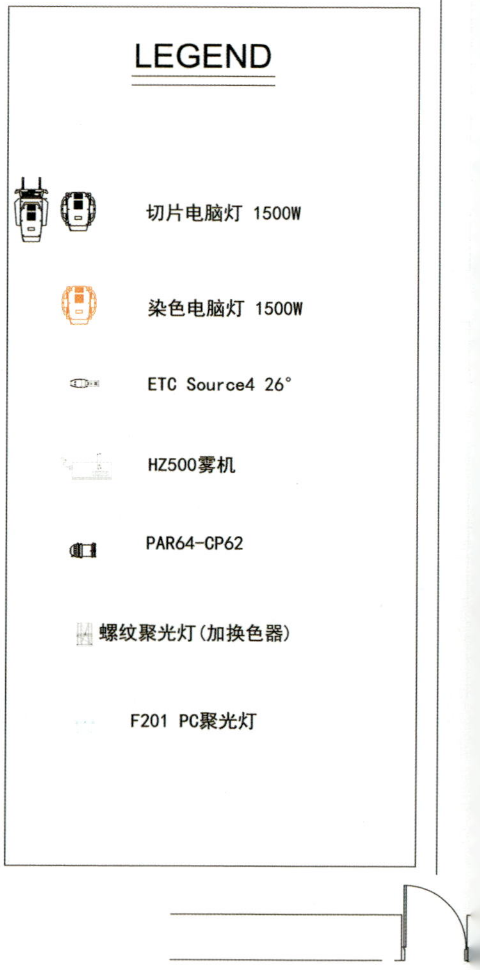

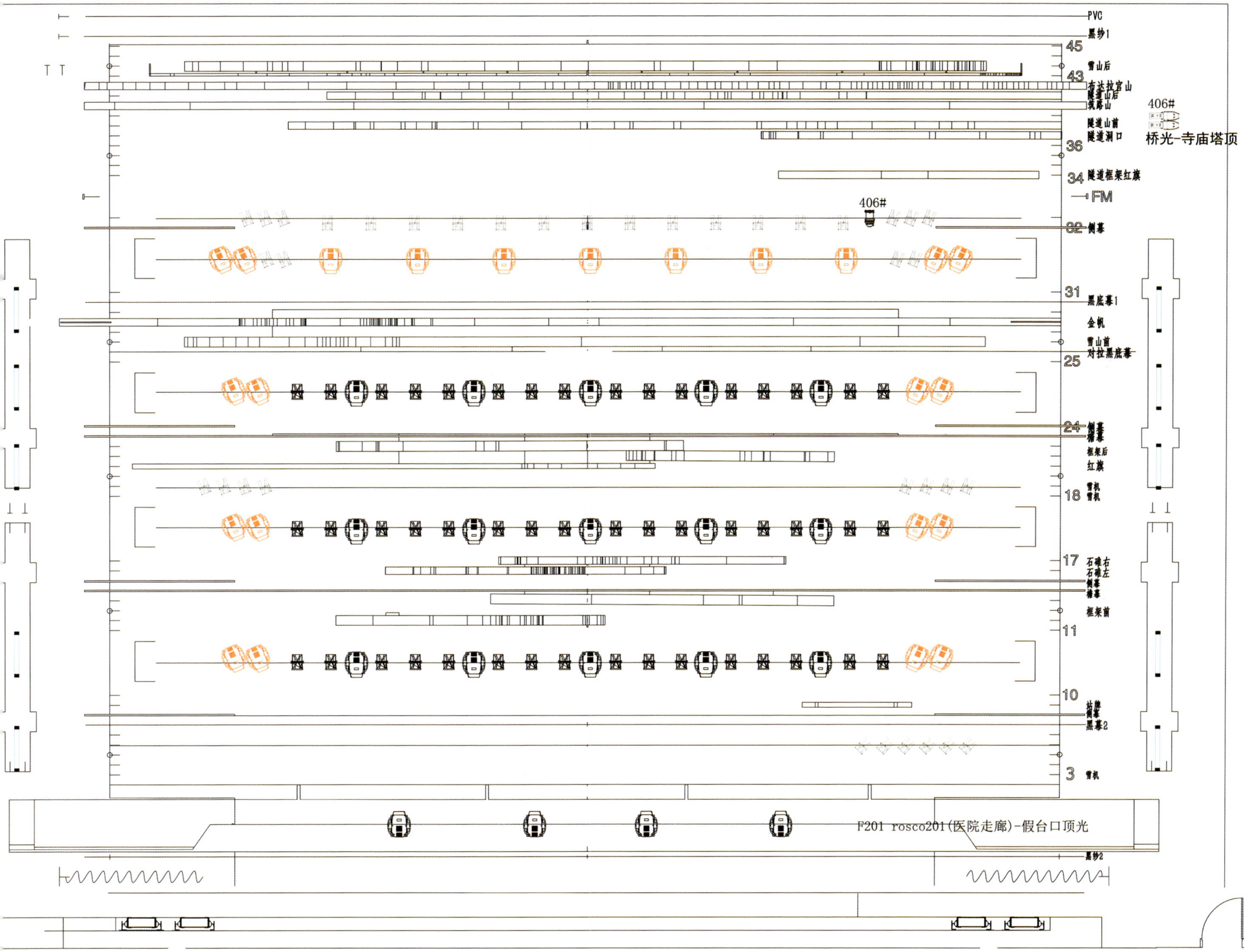

图3-15 《天路》灯位图（吊杆俯视）

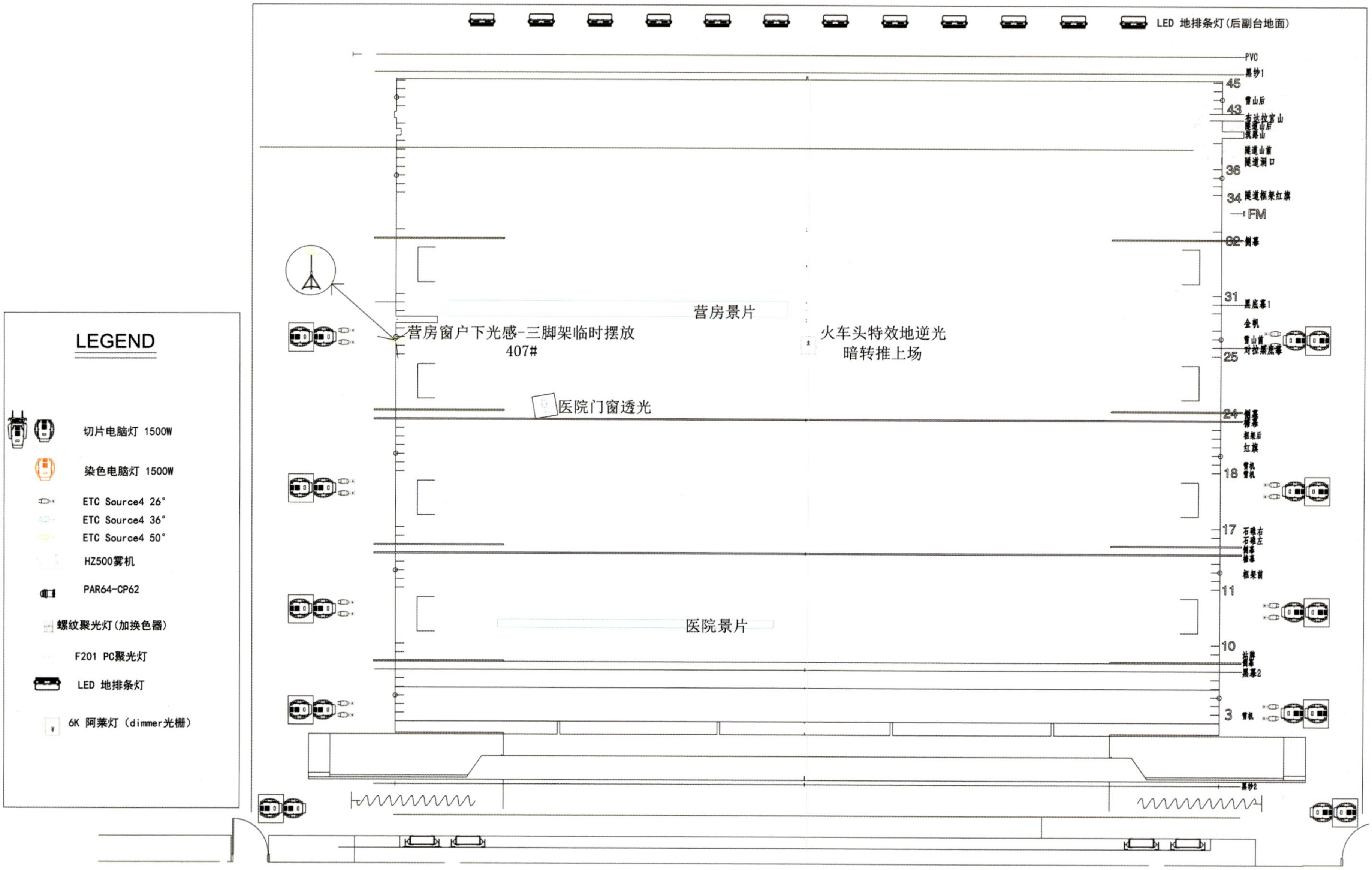

图3-16 《天路》灯位图（地面俯视）

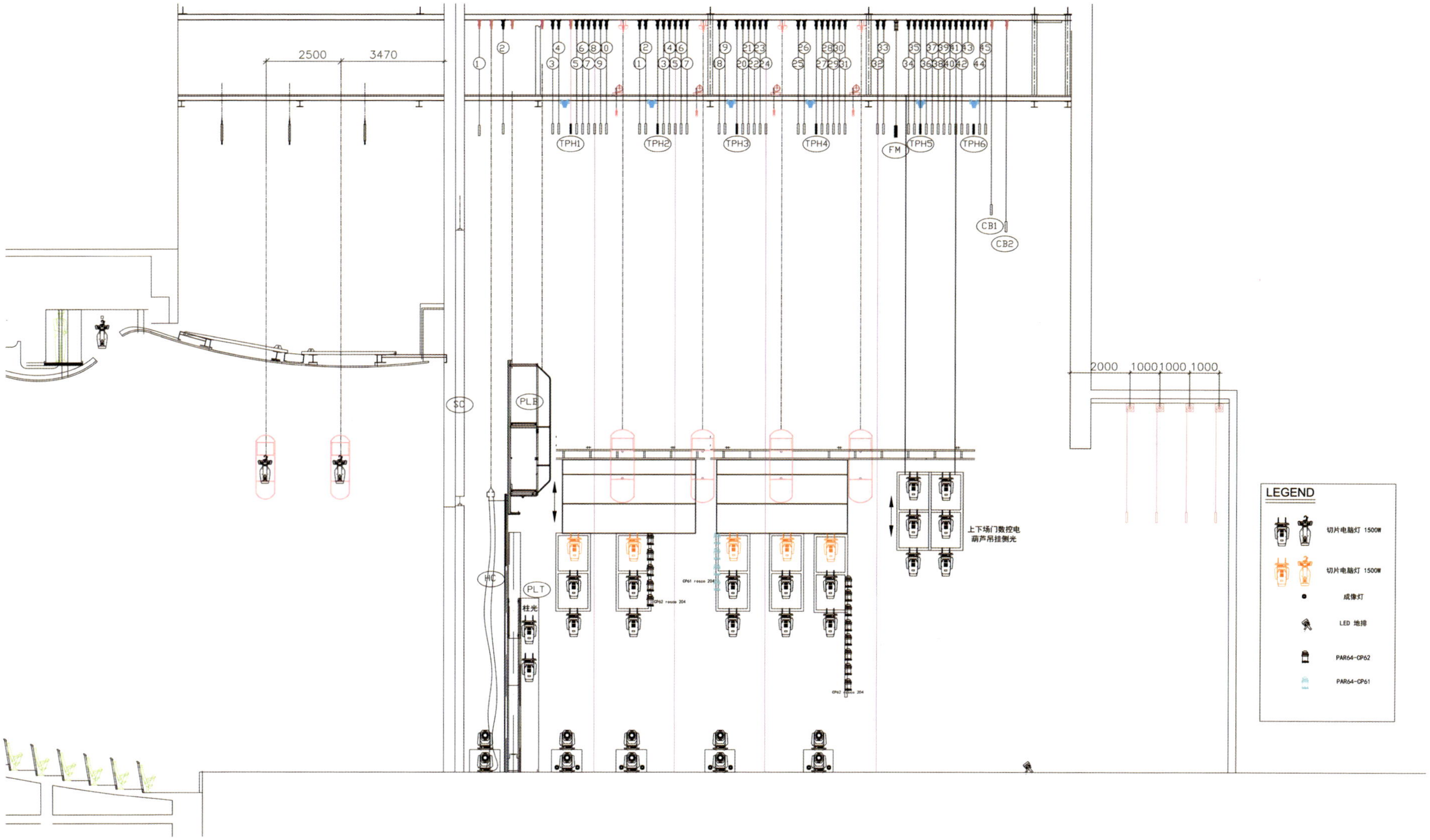

图3-17 《天路》灯位图（俯视及地面）

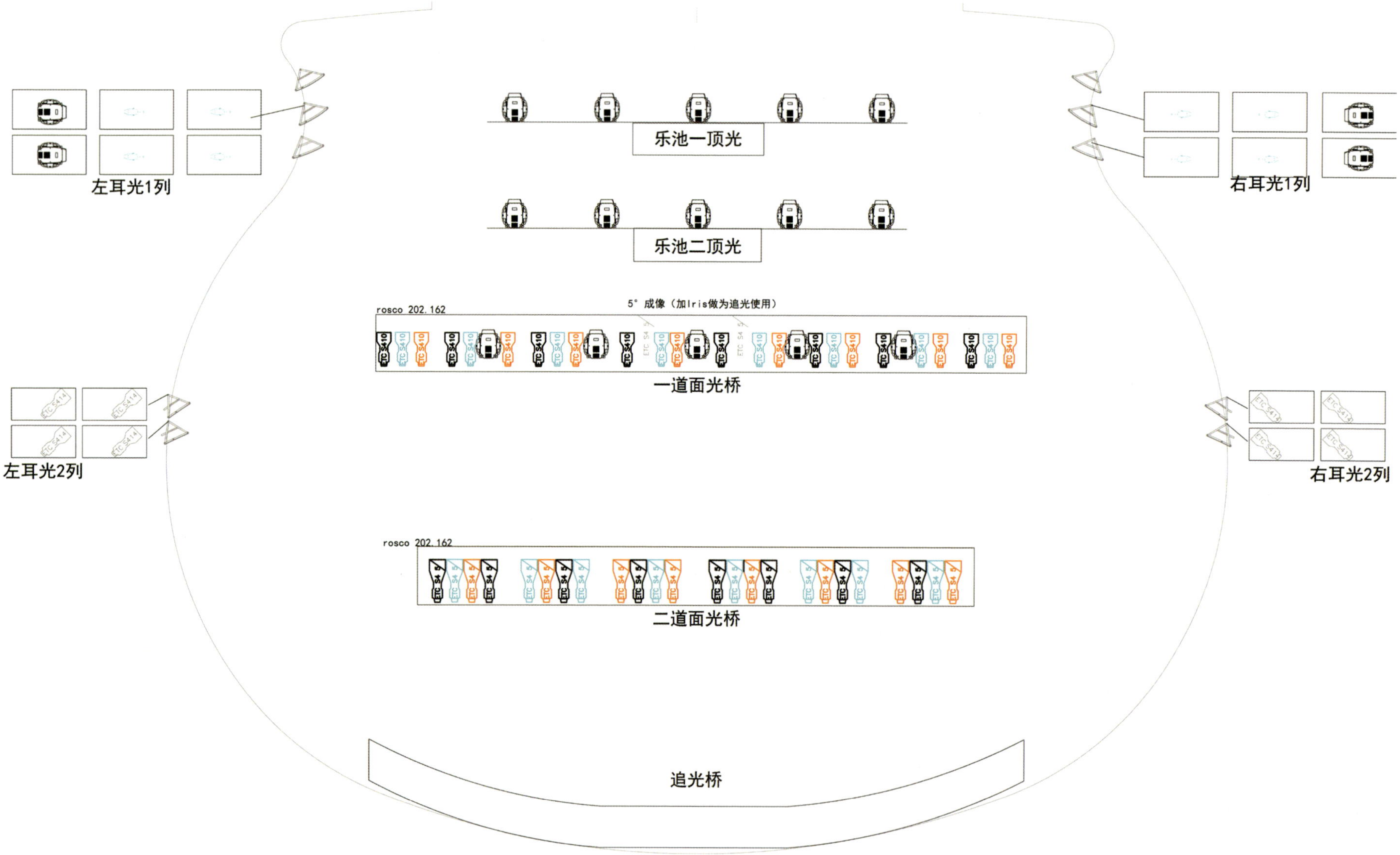

图3-18 《天路》灯位图（俯视图）

图3-19《天路》GOBO片

舞剧《歌唱祖国》

编　　剧：罗　斌

导　　演：王　舸

作　　曲：杨　帆

视觉总监：任冬生

出　　品：无锡歌舞剧院

首演时间：2020 年 10 月 20 日

《歌唱祖国》是一首家喻户晓的歌曲，由王莘于1950年创作。而舞剧《歌唱祖国》则以舞蹈的表演形式呈现了伟大作曲家王莘一生的心路历程。

导演王舸的处理使舞剧更像一首轻松愉悦的歌，娓娓道来，情节中充满诙谐的曲调。灯光的主要目的是在舞台上体现年代感、生活感、进行人物刻画以及雕刻舞台空间。故事运用了大量的舞台蒙太奇创作手法，营造出一个时空隧道的视觉效果。因此，我们需要通过精准的光效设计和色彩运用来使这种“跳脱、穿越、突变”的舞台表演看起来自然而然。舞剧细致地描绘了王莘先生创作《歌唱祖国》这首广受欢迎的歌曲的过程，以及他与妻子王惠芬相识、相恋、相守一生的故事。本剧的时代为20世纪50年代新中国成立初期，风格以轻喜剧为主要表现方式，希望通过描述王莘先生一家人的生活琐事来展现当时的时代风貌以及该作曲家的一生。因此，我们在舞台视觉上也以大写意小写实为前提，希望与舞剧的小人物大时代的表现方式达成统一。

在整体控制灯光色彩方面我们非常克制，基本在冷暖两种色调之间寻找适合剧情的色调。运用冷暖的交织组合来表现不同的时间、地点和感情氛围，这不仅完美地发挥了其应有的表现作用，同时也令整体灯光效果更加具有整体性和统一性。例如，舞剧开场在一个十几级台阶的固定表演空间，年幼的王莘跟着拎着水桶的母亲一步步走上台阶，灯光色彩瞬间转换，青年王莘握着曲谱一步步走下台阶，看到老师的同时灯光缓缓转成红色，这代表王莘在延安投身革命新生活的开始。王莘与妻子的初识、结婚生子等这些表演通过灯光色彩运用达到转换空间、时间、地点的舞台视觉效果。

在一个场景中，火车舞段除了使用暖色调勾勒出车厢的室内感，还设计了一组低角度投射火车车窗的光效。在整个表演过程中，通过这组光效的亮度、移动速度和图案运动等效果，实现了火车由远至近、车速由慢转快的视觉效果，使原本静态的火车布景有了行进的视觉感。本剧“时空之舞”场景以演员表演调度和音乐转换为契机，实现了在同一空间表现出不同时间、空间和人物的可能。

根据导演的需求，我们确定了六个中性的台阶成为演员完成每个戏剧结构的主要道具。这些台阶时而分散，时而合并，结合不同的细节组成不同的戏剧表演空间，如天安门的国旗台、家中局部的一角、街道空地的台阶以及水乡的拱桥等。而台阶平直及规则的线条感更像是五线谱的线格，谱写着剧中人物不同的心理空间，配合灯光以及表演氛围时而温暖，时而冷酷。

除了中性台阶之外，舞台布景也分为写实和虚化的两大部分，穿插于戏剧结构之中。写实的部分展示作曲家生活中的部分细节，如火车车厢里的行李、绿皮座椅、有点污渍的窗户，家中场景窗台上的盆栽、墙上夫妻二人的合影、医院过道宣传画、标语、木屏风，街头的电线杆、风吹日晒的报刊亭等。通过这些极致而琐碎的时代印迹来塑造并展现20世纪50年代的社会风貌，衬托演员的表演，形成电影质感的舞台画面，带领观众走进剧中人的世界。而虚化的部分则更多地表现作曲家在经历人生不同阶段时内心的信念以及情绪的外化表达。延安宝塔山的一轮红日下，老师和同学互相鼓励，线条感的荡口古镇桥头的乡恋，等等，这些虚化的画面都是王莘先生内心里对于过往生活无法割舍的眷念。街道后区剪影感的树与灯光的配合让我们看不见树的细节，但能感受到透过树荫的日光，与前区极致写实的空间达到了近实远虚的舞台空间效果，天幕后面缓缓上升下降的灯箱显露出来的光区色块配合着演员的演出也在一定程度上体现了剧中人心理空间。视频方面我们也根据舞剧轻喜剧的表演风格加入了很多粉笔画和涂鸦式的动画效果，强化了这出舞剧独特的表演风格。

总的来说，整个戏剧视觉在简洁而不简单的表现中，运用不同的视觉手段配合演出，希望能带领观众进入作曲家热情且温暖的生活之中。

图3-20 《歌唱祖国》剧照

图3-21 《歌唱祖国》剧照组图

图3-22 《歌唱祖国》剧照

图3-23 《歌唱祖国》剧照

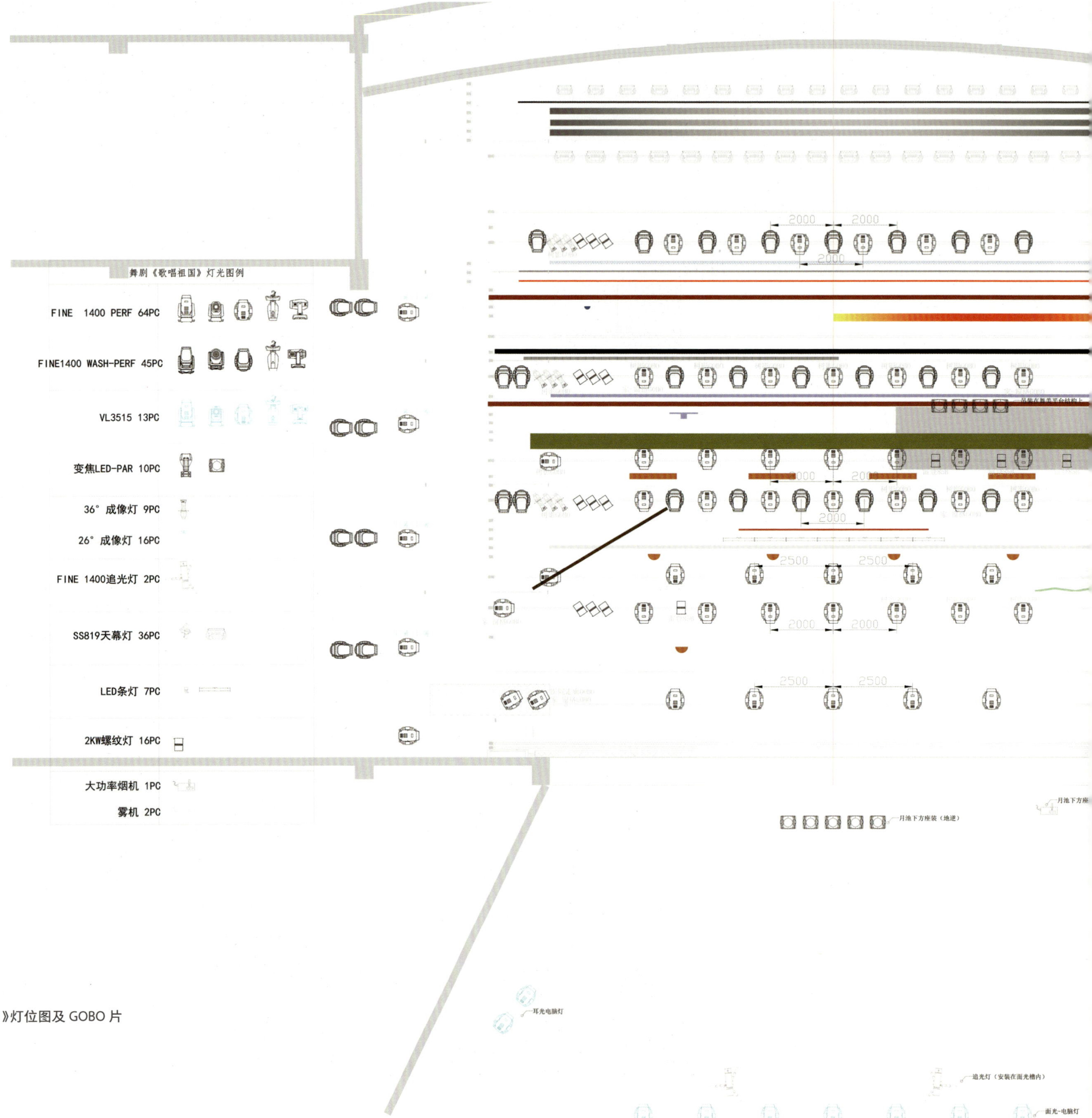

图3-24 《歌唱祖国》灯位图及GOBO片

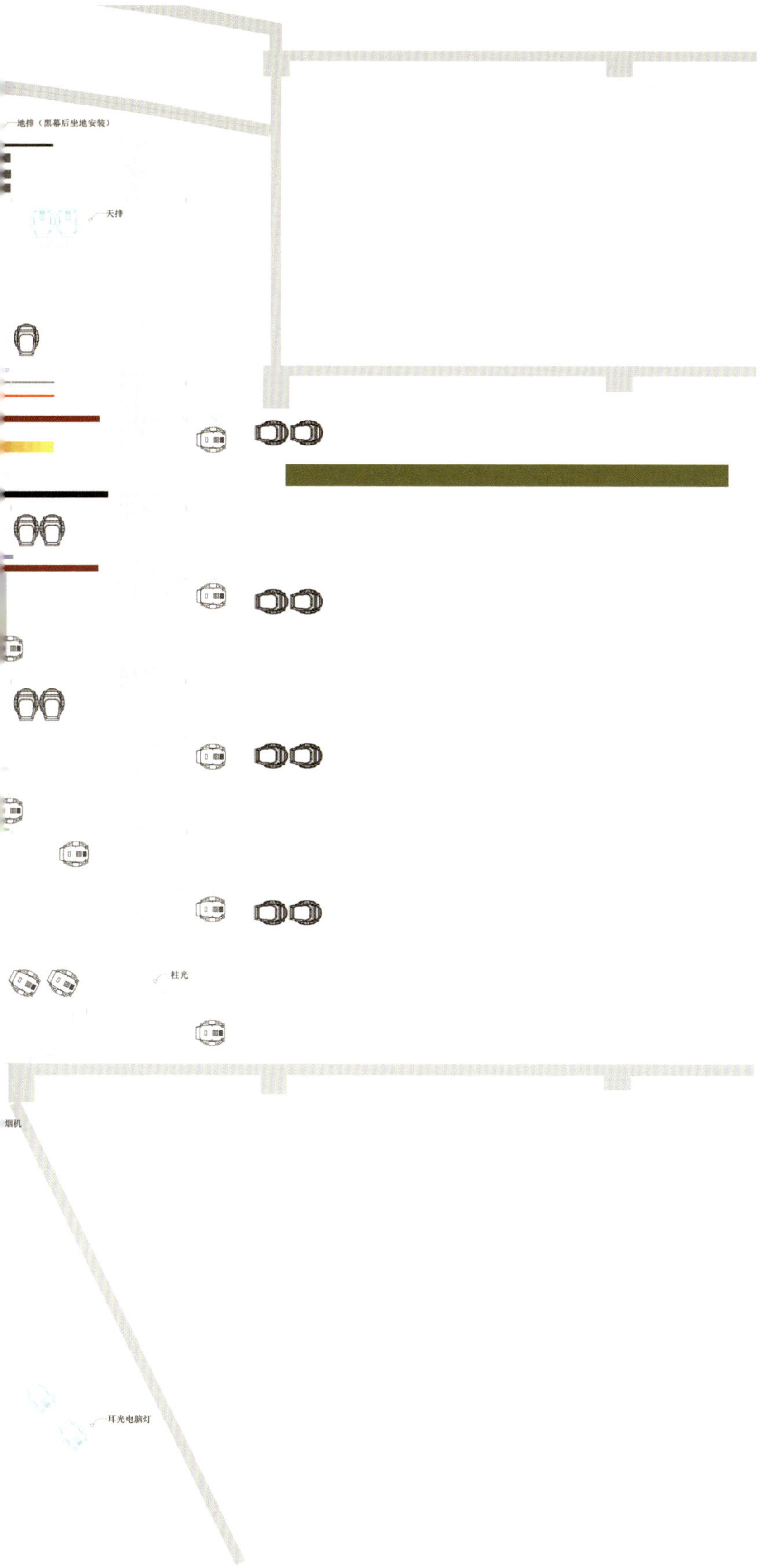

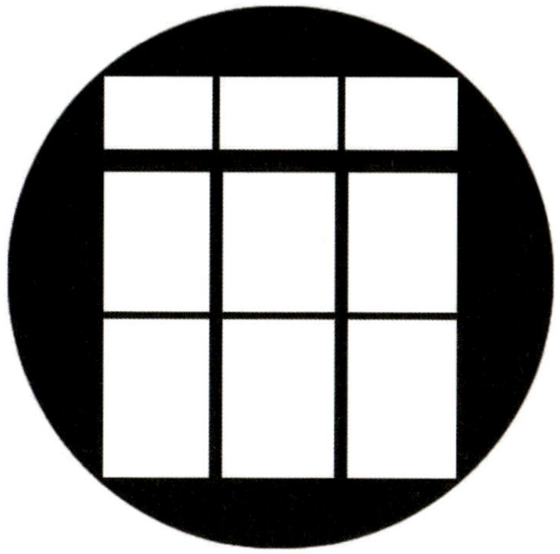

家－窗格 GOBO－7片（切割灯）

树影 GOBO－9片（成像灯）
GOBO－14片（切割灯）

医院窗格 GOBO－3片（切割灯）

舞剧《尘埃落定》

编　　剧：张　萍

导　　演：田　露

作　　曲：亢竹青

视觉总监：任冬生

出　　品：北京舞蹈学院研究生部

首演时间：2018 年 10 月 31 日

舞剧《尘埃落定》从藏族作家阿来的小说《尘埃落定》中，抽取“典型”人物与情境完成周庄梦蝶式的主题演绎，引导观众通过那个每天清晨不断拷问着“我是谁”的傻子二少爷的眼睛，看看这世间，看看像吾父吾兄般自以为是的“聪明人”在真实与虚妄间何其癫狂，直到覆灭的“尘埃”将人性的贪婪与愚蠢暂且掩埋……

人物与时代的铺陈。首先，舞台前区剧中人“傻子”的表演，既拉开了舞台的表演空间，又象征着傻子如局外人一般看着这片大地从收获的喜悦到在花海中覆灭直至化作尘埃的演变之路。平台表面的大地肌理的处理，在视觉上形成了恍如大地般粗粝的质感，并形成阻力，为演员的表演带来一定的帮助。

其次，舞台中区的主体形象是由土司府结构元素结合玛尼堆形象组成的石堆，石堆立于舞台台面时，众人围绕转经祈愿，这时的石堆犹如旷野中的玛尼堆，庄严而圣洁。随着舞剧情节的推进，石堆慢慢升起悬于众人的头顶，这时的石堆又成为土司府的屋顶，象征着剧中众人一生匍匐在那个高高在上的王者，麦琪土司的脚下……

最后，通过舞台后区的黑色边框和灯光架升降等处理手段，使舞台呈现出由祥和的草原山坡慢慢被欲望所吞噬直至最后的末世画面的层层变化。

强烈的民族地域色彩。由碎石堆积而成的土司府屋顶——濒临没落的土司制度。布满斑驳的、可以倾斜80度的后平台——是土地，可以生长青稞，也可以生长罂粟。贯穿舞台的绘制精美的长桌——是末代贵族最后的粉饰。

本剧的舞美设计区别于传统舞剧舞台的一个设置是舞台中后区陡峭的平台，这个犹如山坡一般的平台给舞剧提供了更多的调度空间，藏民们驱赶着牲畜从远处的归来，殷红的罂粟花渐渐地苏醒等表演都在这个平台上展开，结合舞台后区的黑色边框和灯光架升降等处理手段，舞台呈现出由祥和的草原山坡慢慢被欲望所吞噬直至最后的末世画面的层层变化。殷红的罂粟花搅扰了雪域的宁静，麦琪土司和他的继位者在殷红的花海中放浪形骸，日复一日，青稞地被铺天盖地的殷红蚕食着。大地陷入一片殷红的死亡气息之中，欲火焚身的聪明人，穿过金子的华光终究记起了人的那个最初的欲望：活着……然而，太晚了；不可挽回的沉沦，一切都化作尘埃缓缓落下……

图3-25 《尘埃落定》剧照组图

图3-26 《尘埃落定》剧照组图

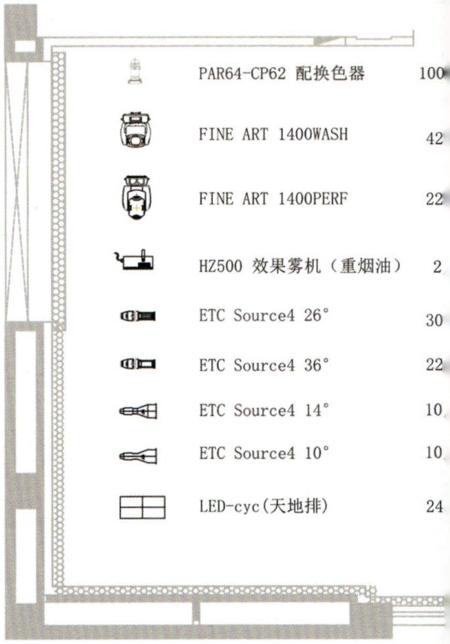

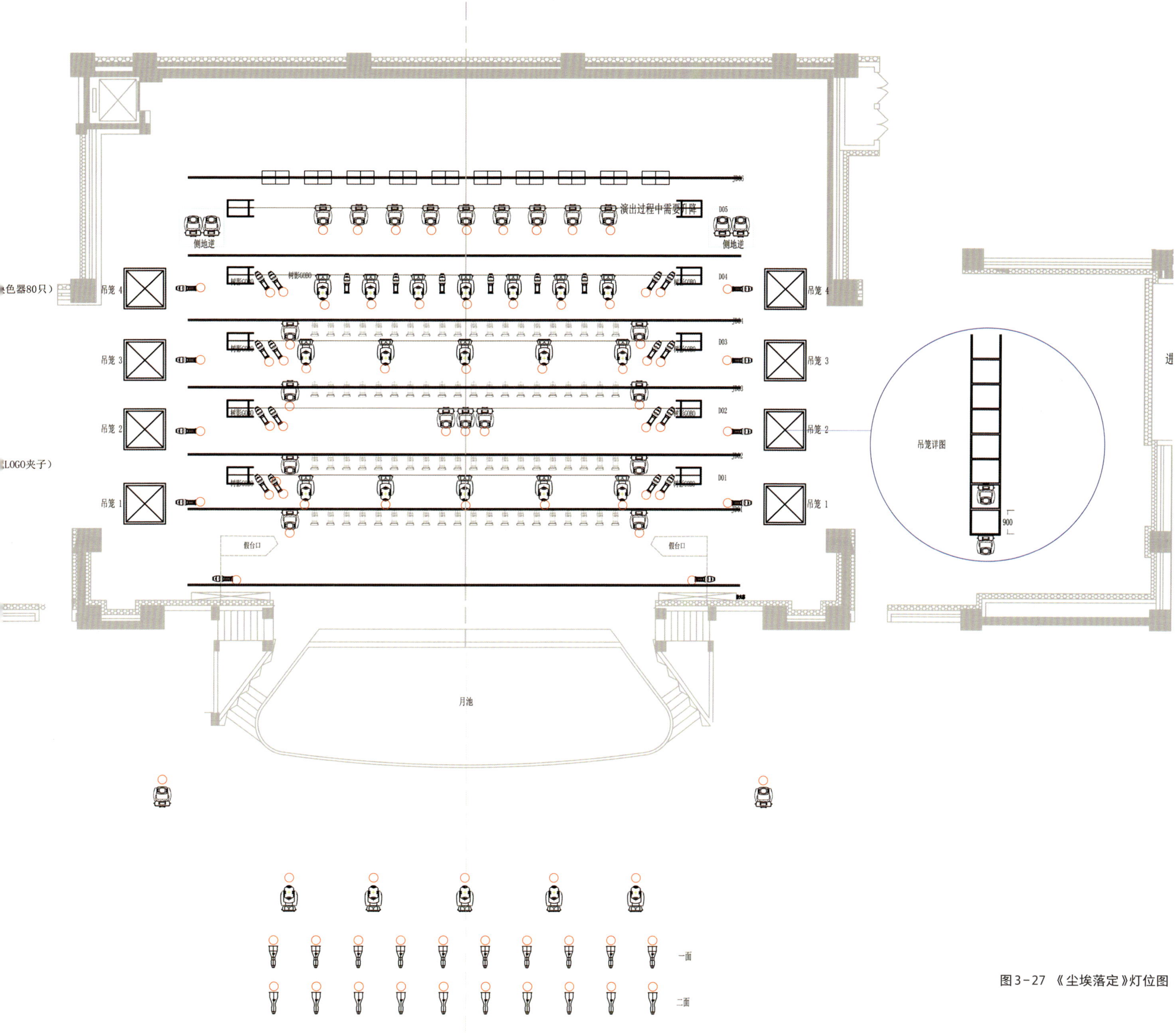

图3-27 《尘埃落定》灯位图

话剧《枕头人》

编　　剧：［爱尔兰］马丁 · 麦克唐纳

导　　演：周　可

主 题 曲：张　楚

舞美设计：沈　力

灯光设计：任冬生

出　　品：鼓楼西剧场

首演时间：2018 年 8 月 1 日

马丁 · 麦克唐纳是我非常喜欢的一位剧作家，他的作品充满了迷惘、痴迷与不可预见性，他的故事总是破碎的、灼伤的，却闪烁着光，总是让我沉迷其中不能自拔。

故事就像一面镜子，而马丁 · 麦克唐纳打碎了它，他将现实和想象混在一起，让真相浮现出来。童话故事、小说、戏剧……这些文学艺术的存在意义在于从生活中凝练形象，并通过重新组织情节来暗示和指导现实。在故事这面镜子的两侧，一边是现实，一边是想象。而麦克唐纳在《枕头人》中，把这种二元对立用到了极致。

话剧《枕头人》是由著名戏剧大师马丁 · 麦克唐纳编剧，鼓楼西剧场出品的一部带有黑色幽默题材的暗黑童话剧。剧情中传达出来的暴力、虐杀、幽默、温情、善良等词语，形成了整个话剧的基本影调。剧情结构是以第三人称讲述的方式开场，从一个暗黑童话开始，用一连串的暗黑童话延伸、串联、交叉……这些故事既是情节内容，又充当了叙事方式，颇具特点，引人思考。在这种统一又存在对峙的故事走向中，舞台视觉的呈现也有所不同：灯具选择我参考舞美设计的方案，以一个纸盒箱展开的概念旋转舞台分为四个场景：审讯室、囚室、地下档案室、土坡墙。通过四个场景的变化进行灯位的特殊设计，来营造同一场景下不同氛围的呈现以及同一场地中不同场景的转换，这对于设计的思路有很大的考验。

故事用了整段的旁白，舞台呈现方面，演员穿着线条的服装，动作也是木偶剧式的表演，在旁白的叙述下用肢体演绎。我们采用了大量的光影效果来凸显暗黑童话的恐惧氛围，带动了观众的紧张情绪。十个小故事中的大部分是以这种形式表现出来的，只有“审讯室和囚室”这个以第一视角表演的故事是用话剧的表演程式表现的。

大部分的戏剧都是以舞台为空间而设置场景道具，而《枕头人》是在舞台上重新制造了表演空间，将一个巨大的带有顶的房子搬上了舞台，并且设置成了三个空间。当这个舞台上的空间装置转动到侧面的时候，整面墙的档案盒呈现在观众的眼前。档案盒用大量的类似牛皮纸的材质制作，看似柔和且常见的颜色及材质，但传达给观众的感觉是藏着很多秘密。当警官埃里尔走到档案墙这边抽出一个档案盒的时候，观众就觉得会有新的故事出现。当警察把档案盒放回去的时候，那些已经被知道的故事也就被封存在了这些小小的盒子里面。

色彩的运用。根据剧情的内容变化，舞台场景的布置色彩选择主要以暖白、冷白、浅蓝色调为主。例如，在审讯室场景设计中，色调主要以冷白为主，这样可以营造出审讯室的庄重严肃的氛围。在囚室的场景设计中，主要以浅蓝、灰白为主，可营造出简陋、压抑、阴森、黑暗、恐惧的氛围。在囚室，卡图兰给迈克尔讲绿色的小猪的故事时，一束暖光投射到兄弟两个脸上，顿时给这个阴暗的囚室带来一丝温暖。在结尾，哥哥迈克尔与枕头人的一段对白使用了绿色灯光，这是整部剧唯一一次出现色彩趋向比较明显的颜色，跟整个剧的色调有明显的对比，从而更能突出儿时的迈克尔内心清澈、纯真、善良，不掺杂一丝杂念的状态。

运用光位设计。话剧舞台灯光的特点在于刻画人物和还原场景。根据本剧的舞台设计场景，我们设计了大量的耳光位置灯具（耳光位置45度投射角度的光位是生活中最重要的自然光位），作用于整个话剧的人物面光照明刻画。例如，在囚室和审讯室中，我们使用了大量低角度和高角度的耳光灯具，这样可以有效地抵消两个房间场景灯具造成的人物影子。在审讯室的顶棚上，我们加装了一组大开角和高色温的LED天排灯具。这样在狭小的空间里，很好地还原了室内顶棚灯箱的渲染，同时起到了房间辅助照明的作用。在囚室地面的墙缝里，我们安装了一组灯具，渲染墙面。这组灯具很好地营造出囚室的阴冷和黑暗氛围。在剧院乐池里，我们安装了几台特效灯具，用于剧中讲故事表演的氛围渲染。例如，在卡图兰讲小河边的故事时，乐池里的特效灯具很好地把整个房间渲染出波光粼粼的效果，犹如卡图兰真的站在小河边给大家讲故事，很好地完成了舞台表演和故事环境的完美转换。

特殊灯具的选择运用。根据舞台设计，两侧的纱盒子表演区需要在舞台上自由流动，不要有灯光线材的限制。为了实现纱盒里面的表演人物光的照明渲染，我们特意定制了一批可以远程控制的 DMX512 LED 灯具，这些灯具由蓄电池供电。因为舞台上面禁止点火，所以在警察埃里尔火烧卡图兰小说的一场戏中，我们在需要点火的铁桶里面加装了一组定制的LED 特效灯具，可做火苗燃烧的特殊效果。在此次剧中，我们还定制了大量的特殊电脑灯图案片。例如，我们在高侧位的灯具上安装了树影图案片，很好地辅助户外土坡墙场景的渲染；在耳光灯具上面加装窗格图案片，为审讯室场景使用，有明显的阳光或月光破窗而入的效果。在地下档案室场景中，我们使用了两片竖条格图案片，实现了档案室犹如天井投射进来的一束阳光洒落在档案柜上面及警察埃里尔的脸上，给本场戏带来了一种希望的感觉。

我们在台中台的上面设置了一台投影机，在审讯室内设有实时监控的摄像头。演员在表演的同时，观众可以看到不同角度下同一时空的表演。这也是对真实的审讯室设备的一个展现。当然，真实的录像只是为了保存资料，我们在舞台上给观众真正切实地表现出来，是为了让好奇的观众可以用直播的方式看到另一种话剧表演。我们并非采用一个镜头不变的纯记录方式，而是会有多角度的拍摄手法，以及一些特写镜头。其实更像是纪录片的拍摄模式。它很真实，却充满了服务于剧情的拍摄设计，使观众能更好地感受到紧张的情绪，跟着图波斯基、埃里尔警官一起审问这几宗杀人案的嫌疑犯——作家卡图兰的一举一动而随之情绪起伏不定。

这种全套式的叙事的内部又拥有多重结构，人们要警惕叙事本身的陷阱。它用一个爱的清晰、爱的痛苦、爱的无助、爱的绝望、爱的极致的卡图兰拆解、摧毁了人们精心塑造的各种完美形象。所有的人格呈现不过是别人加诸其身上行为和语言模式的反射。世界上没有绝对的善也没有绝对的恶，发生在遥远角落里的一起暴力事件也能窥见人类原始的兽性与神性光辉的共存。正如《少年派》中的少年，人人心中有一头老虎，我们是消灭它还是驯养它?

图3-28 《枕头人》剧照组图

枕头人
the Pillowm
鼓楼西
劇場
DrumTower
West
Theatre

图3-29 《枕头人》剧照

图3-30 《枕头人》剧照

图3-31 《枕头人》剧照

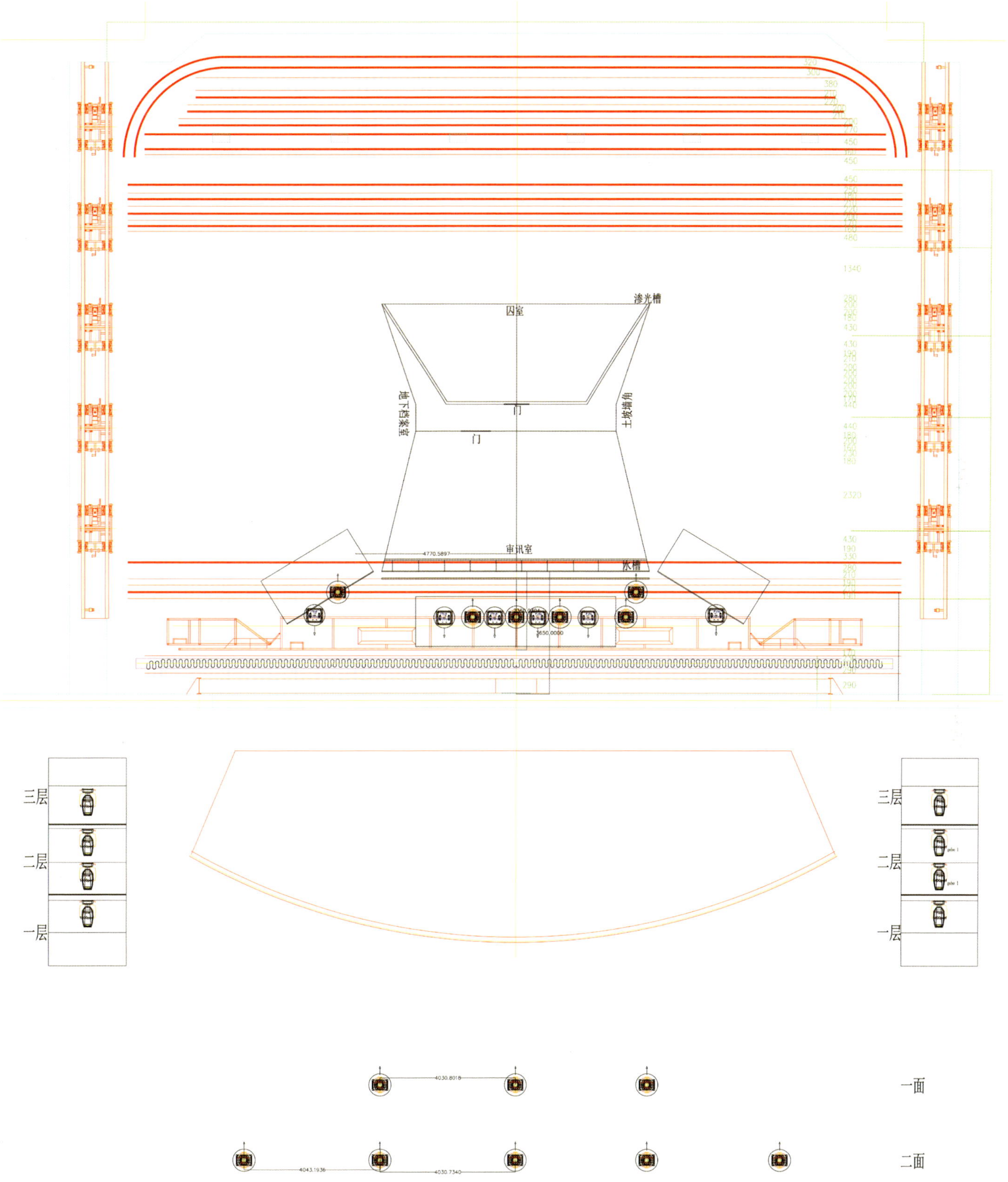

图3-32 《枕头人》灯位图（吊装灯具俯视图）

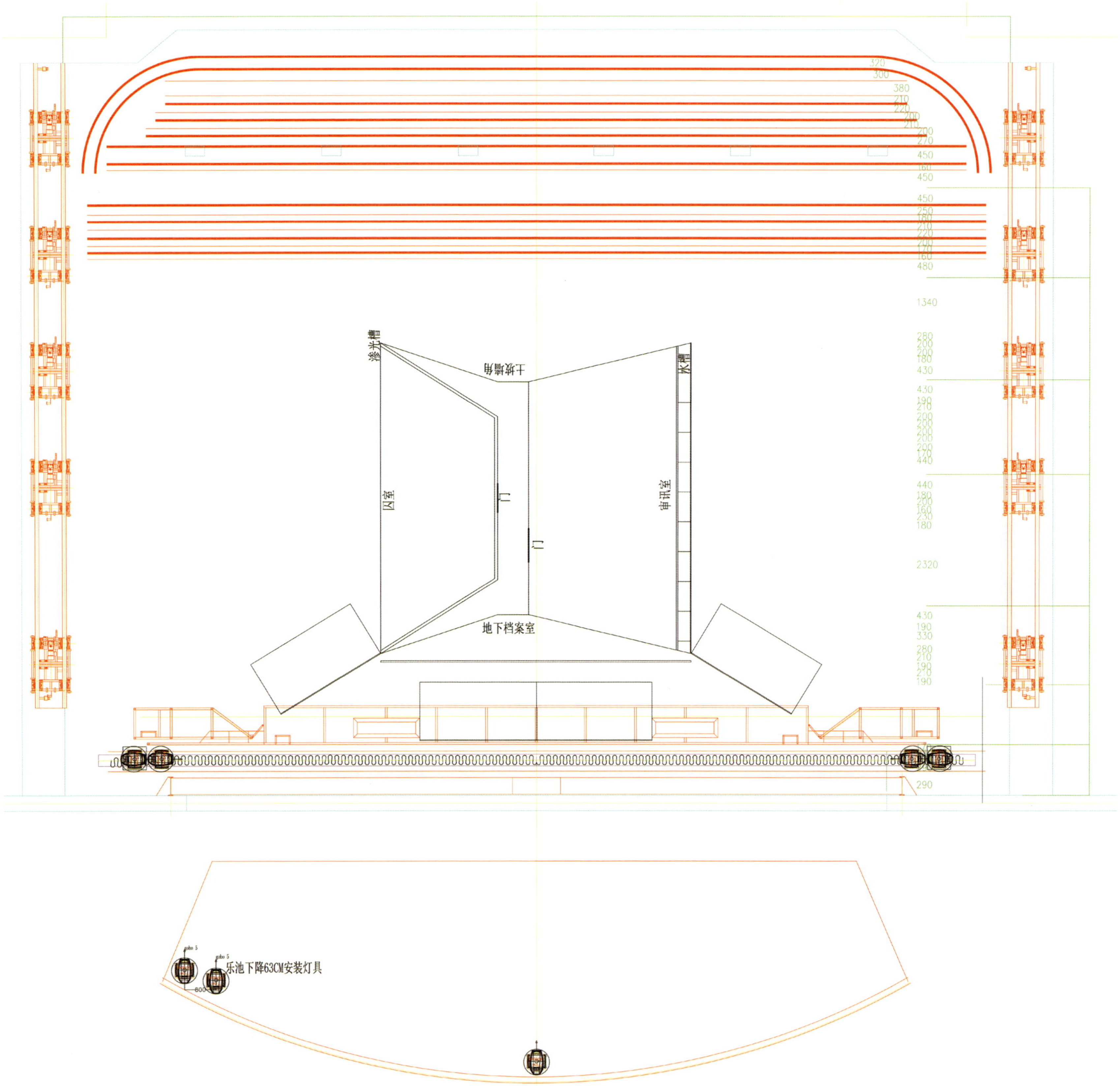

图3-33 《枕头人》灯位图（地面摆放灯具俯视图）

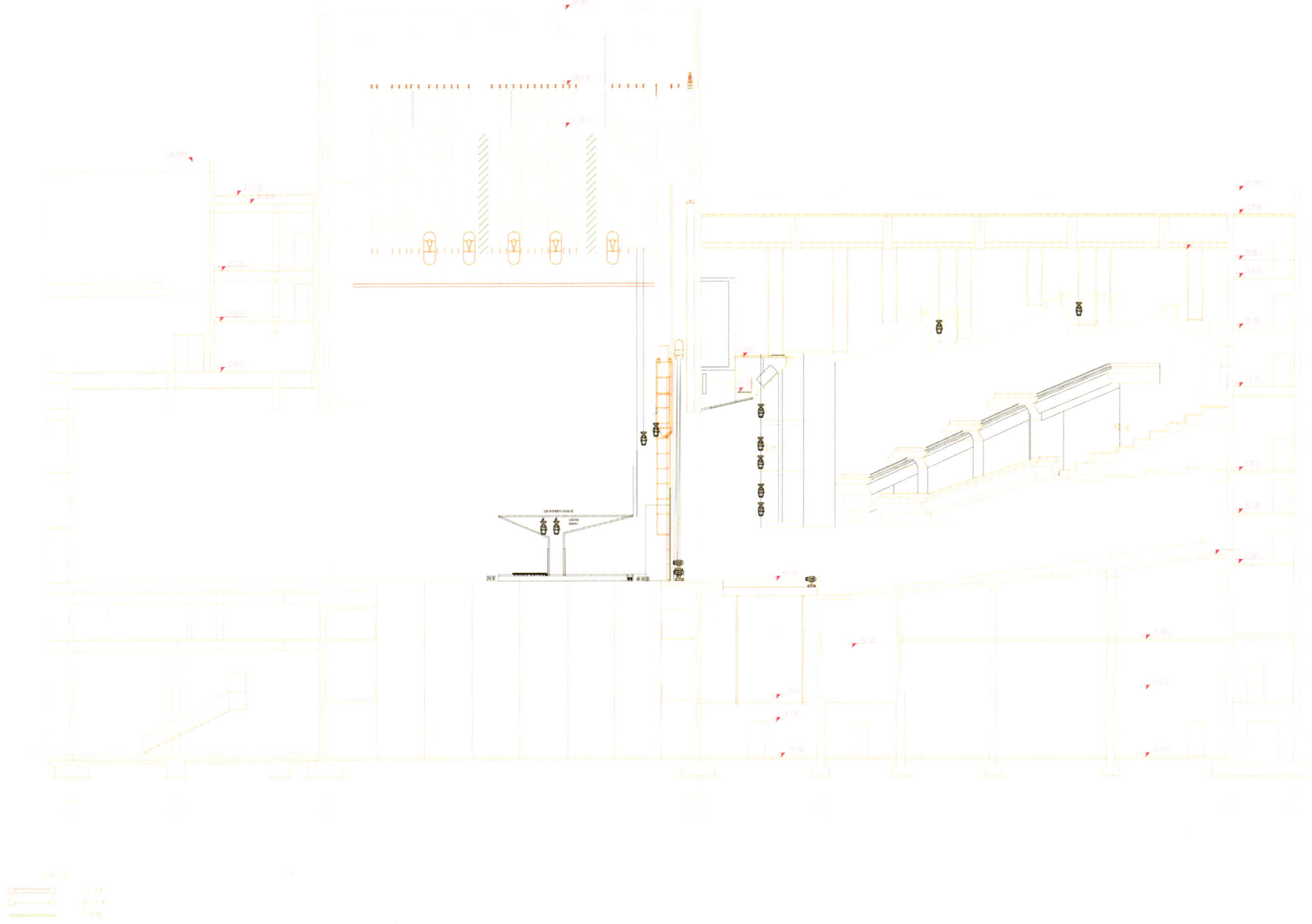

图3-34 《枕头人》灯位图（侧视图）

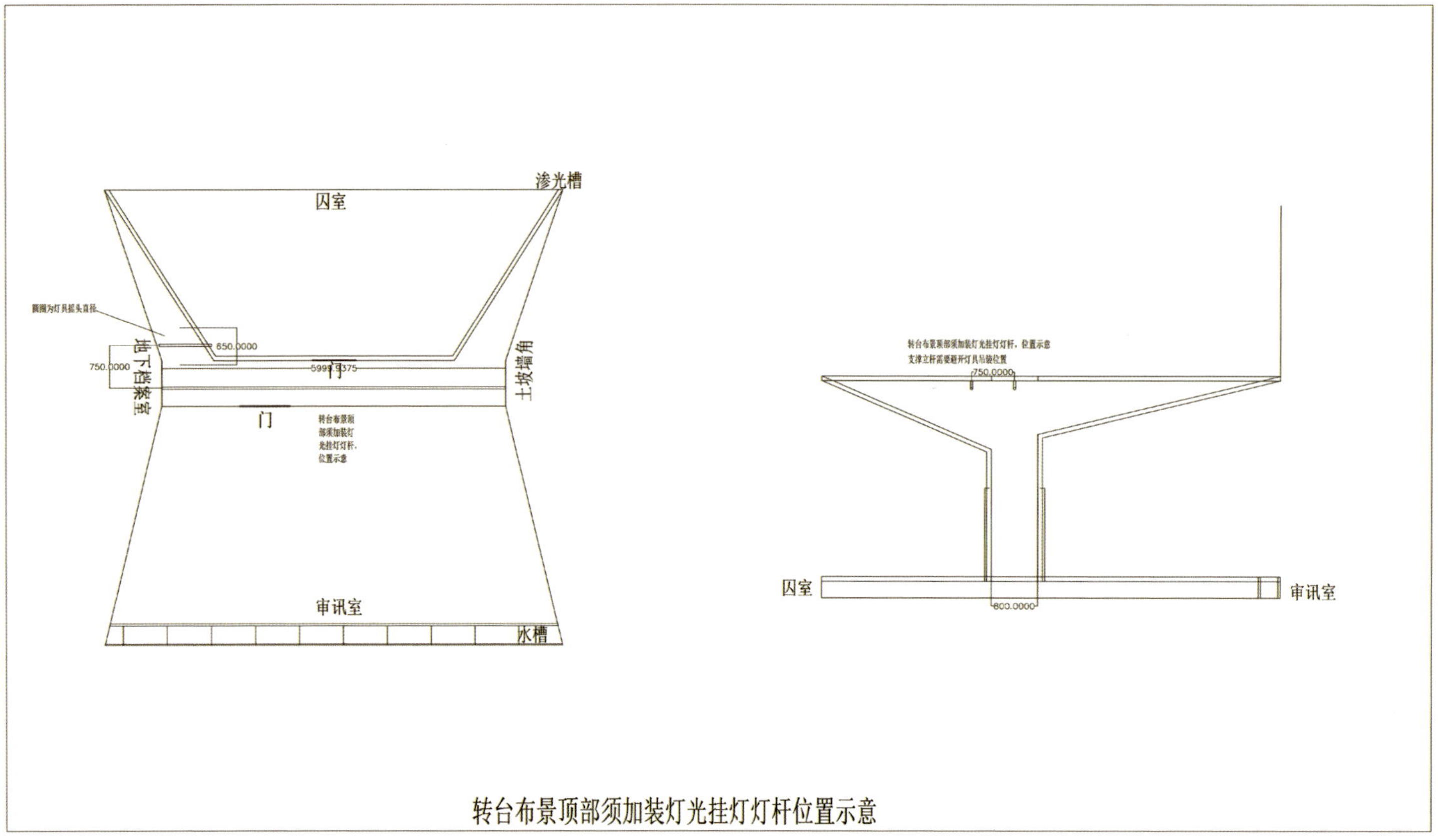

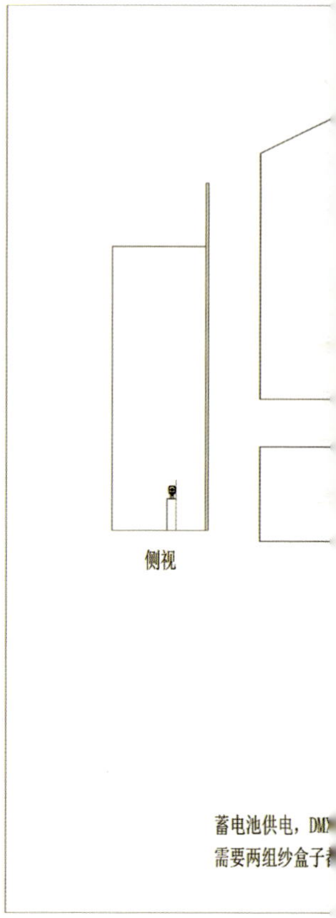

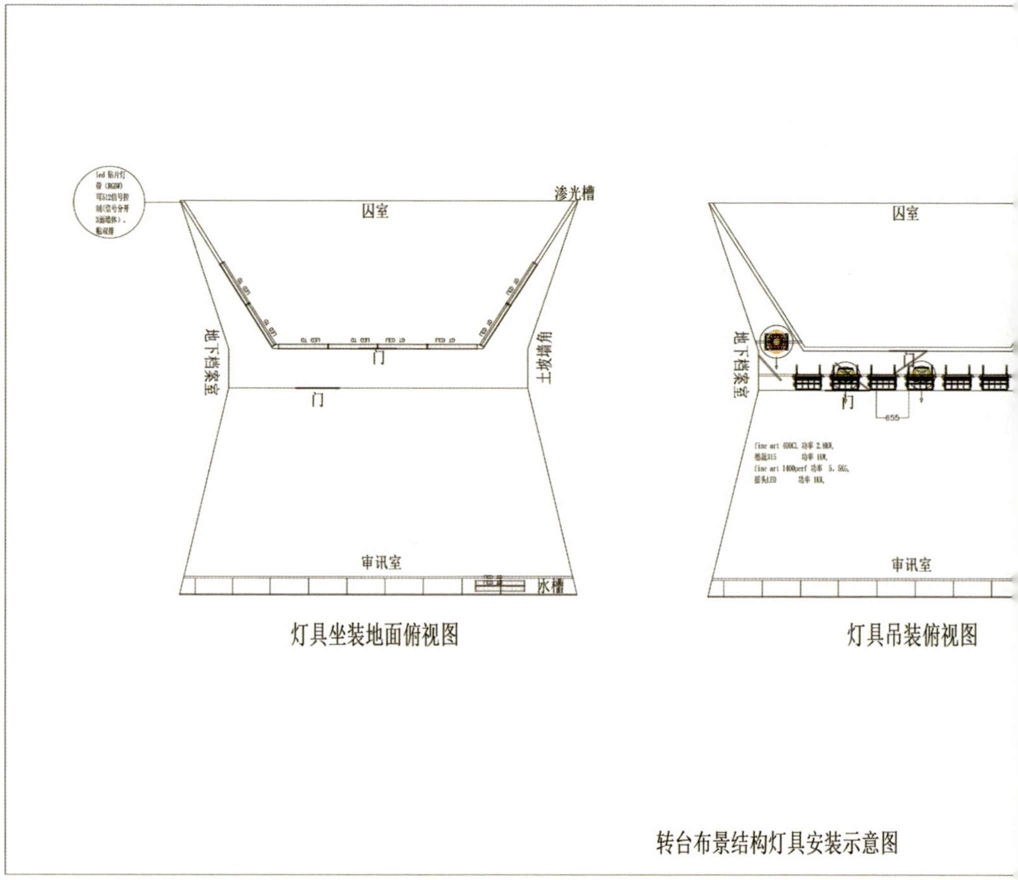

图3-35 《枕头人》转台结构灯具安装分解灯塔结构示意

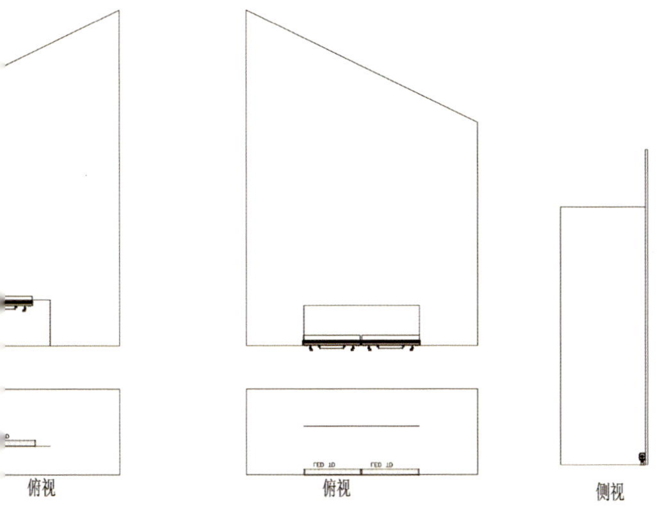

控制。

纱盒子里面需要制作LED贴片脚光灯带示意图

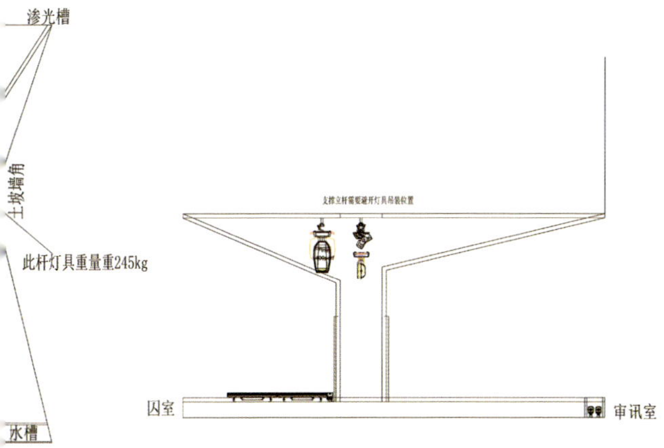

灯具吊装侧视图

型号	数量					
Fine rat 1400PERF	30台					
Fine rat 1400WASH perf	6台					
ACME 600Z	2台					
LED 染色条灯（德晟315，开角35°	13台					
led 贴片灯（RGBW）						
蓄电池	3组					
无线信号DMX接收、发射 器	4套					
Fine art 400CL	7台					
雾机 安特利 Z500	1台					
grand MA2 full size	1台					

图3-36 《枕头人》灯具图

话剧《浪潮》

编　　剧：韩丹妮、肖诗瑶

导　　演：何　念

作　　曲：杨　帆

舞美设计：刘科栋

灯光设计：任冬生

出　　品：上海话剧艺术中心

首演时间：2021 年 7 月 1 日

舞台剧《浪潮》是一部用“浪漫主义”手法创作，具有时代审美的红色题材剧目，讲述了中国左翼作家联盟的五位烈士在上海龙华牺牲的真实历史。导演以独特的结构方式构架出五位烈士被枪杀后，灵魂深处对于生命和信仰的诘问……

《浪潮》的整个舞台结构由9块升降平台、6道金属书架檐侧幕构成，加以水舞台和冰屏多媒体的结合，使整个舞台看起来非常“刚烈”。不常规的舞台会给灯光带来一定的局限性，但也会极具挑战，可以使灯光呈现出不一样的舞台视觉效果。《浪潮》的灯光设计理念可以概括为“意向化的舞台空间”“创造性的表现形式”“厚重感的舞台层次”。

“意向化的舞台空间”主要从灯位的选择和投光角度出发。由于舞台九宫格升降平台对舞台正上方灯具的影响，在灯位选择上大量安装了由“工”字形灯架构成的高低错落的侧光。投射在同样高低错落的九宫格平台形成多种光影结构关系，打破舞台空间的扁平化，打造出不同意向的空间。根据不同场景平台的造型和演区的变化，用光来切割出不同的立体空间，意向化场景的变换。不同高度的侧光也满足了演员在不同高度的平台上的人物勾勒，更具立体感。同时，为了统一灯光投射角度，运用大量的侧光，以加强灯光语汇的指向性。

“创造性的表现形式”主要从特殊灯具选择出发。《浪潮》舞台的6道金属书架檐侧幕上安装了200多条改造过的LED条灯。我们用现代化的灯光装置来表现过去的历史空间，用当代人的语言去讲述历史——或通过一道道的条灯光束连接形成一个平面的光墙打造不同的空间；或结合音乐音效视觉上呈现出不同的效果变换，打破话剧的常规；或作为背景装饰为整个钢架的舞台增添一分不同的舞台气质。在特殊灯具选择上还使用了工业照明灯具，与常规灯具不同，工业照明灯具更加烘托了整个舞台的工业感、金属的构造感。

“厚重感的舞台层次”主要从灯光整体的色调出发。结合舞台形象结构与故事情节情感的表达，灯光在色调上以统一的灰色调为主，加之红、白的高低色温。从开场阴冷灯光下的舞蹈奠定基调的走向，引领观众走进过去那段历史，一起去探究生与死、信念与使命；到中间以灰、惨白、深蓝的冷色调烘托五烈士悲壮的故事不断递进，揪住观众跟着情节一起悬起来的心，到以暖、浅蓝为主的中间色调带着观众一起感受烈士的爱情故事，让悬着的心定一定；到最后，舞蹈的红、橙黄、浅紫等暖色调来将观众一起推向积极的一面，感受烈士们的那一腔热血与坚定的信念。在视觉上我们强化戏剧情感的渲染，每幕的灯光色调取向和不断递进的色彩层次使观众更能够体会到剧中情节人物所传达的情感。

作为该剧的灯光设计，我以灰色为主色调，灰白、灰蓝、灰暖……利用舞台布景的构架，以独特的出光角度，将光束自然切割，并大量使用低角度脚光和高位侧光，让舞台和人物处于光影之中；以边沿幕条灯构成强烈的时空转换和独特的顶侧光光效。独特的灯光语言与舞美、服装、多媒体等视觉元素形成该剧特殊的视觉传达，高度地契合导演理念，让这部话剧呈现出一种本真的气质，仿佛灰暗当中闪耀的一丝光。

图3-37 《浪潮》剧照

图3-38 《浪潮》剧照

图3-39 《浪潮》剧照

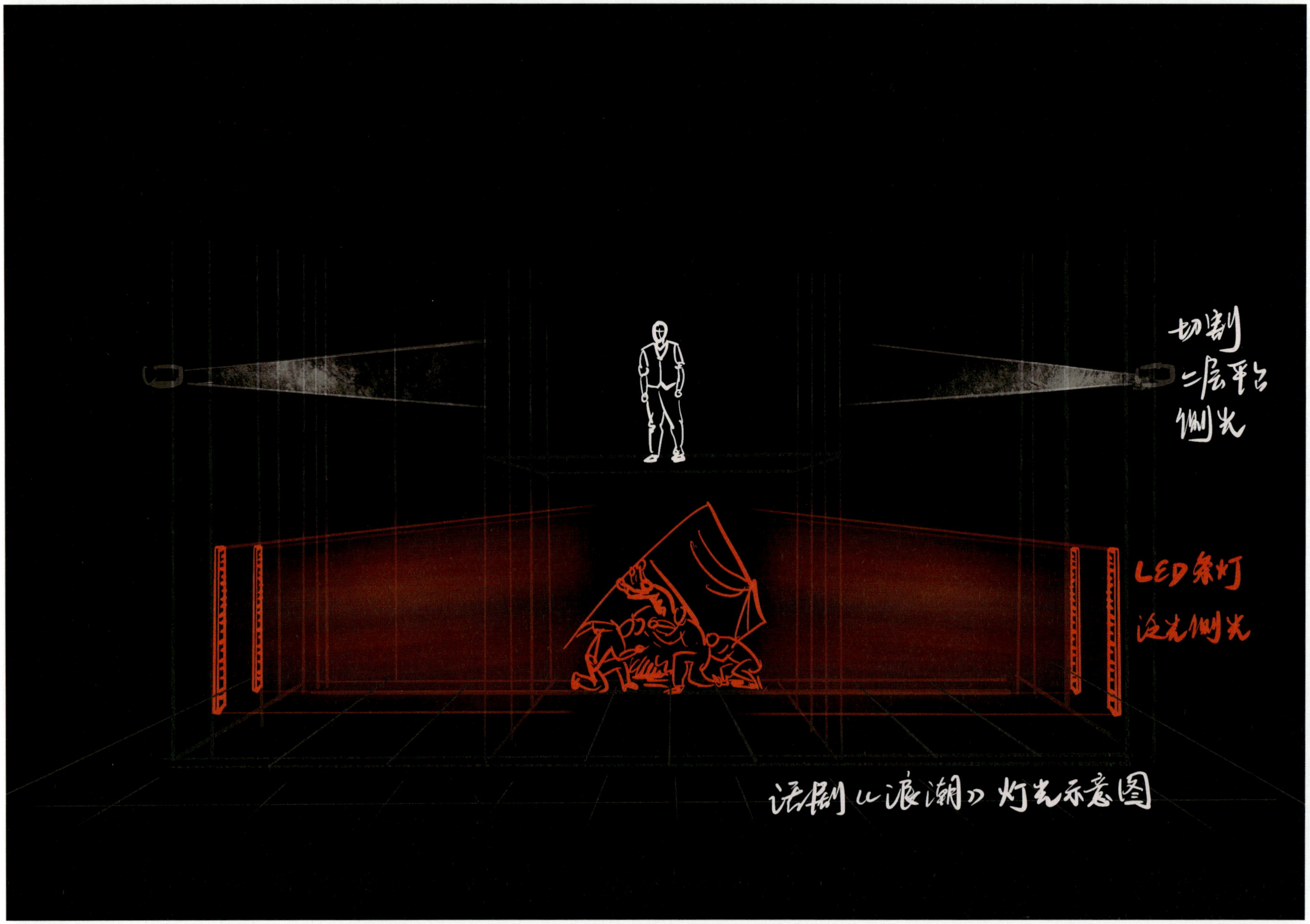

图3-40 《浪潮》灯光手绘示意图

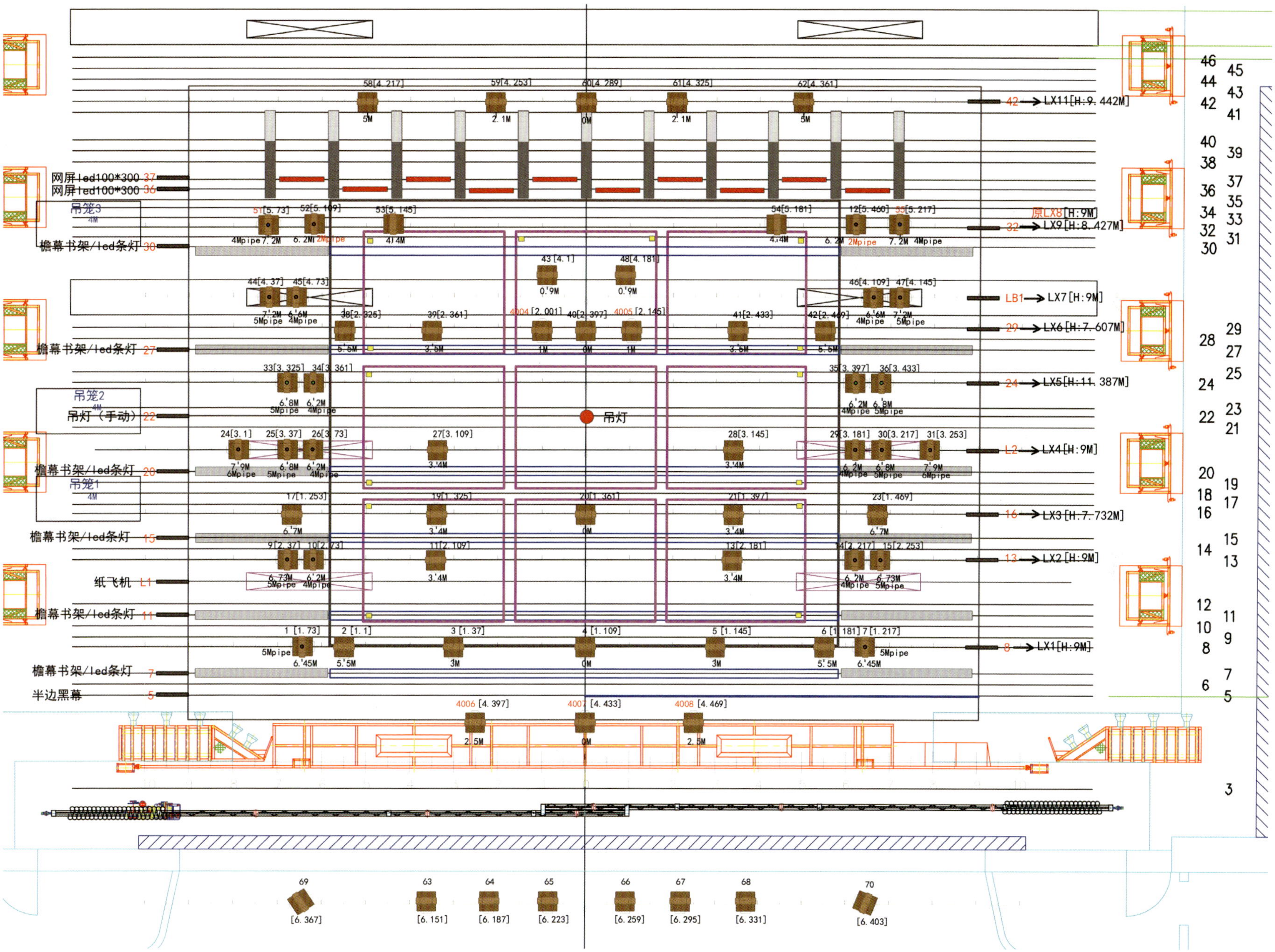
网屏led100*300 37
网屏led100*300 36
吊笼3
檐幕书架/led条灯 30
檐幕书架/led条灯 27
吊笼2
吊灯（手动）22
檐幕书架/led条灯 20
吊笼1
檐幕书架/led条灯 15
纸飞机 L1
檐幕书架/led条灯 11
檐幕书架/led条灯 7
半边黑幕 5
吊灯
42 LX11[H:9.442M]
原LX8[H:9M]
32 LX9[H:8.427M]
LB1 LX7[H:9M]
29 LX6[H:7.607M]
24 LX5[H:11.387M]
L2 LX4[H:9M]
16 LX3[H:7.732M]
13 LX2[H:9M]
8 LX1[H:9M]

图3-41 《浪潮》灯位图

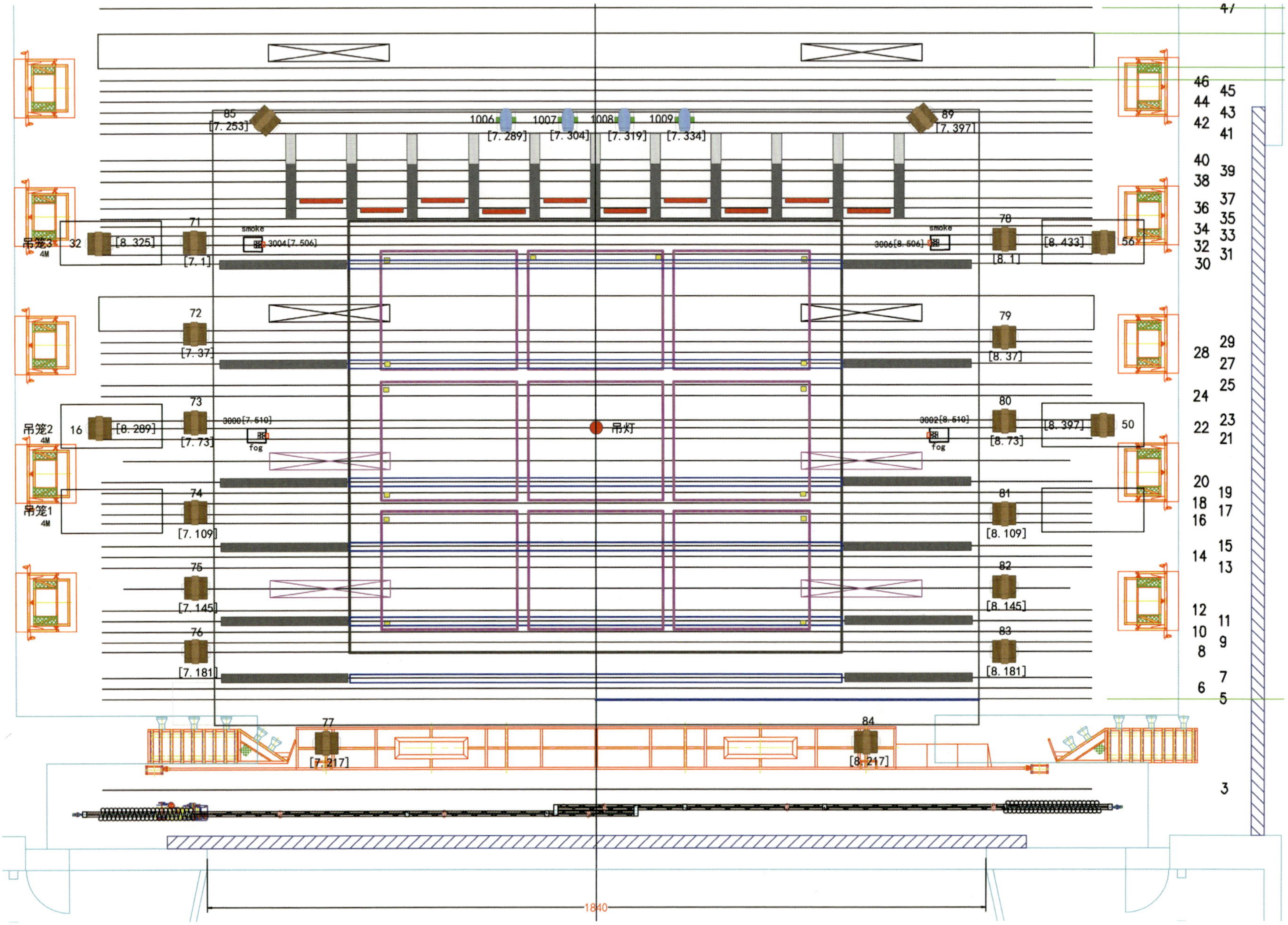

图3-42 《浪潮》灯位图

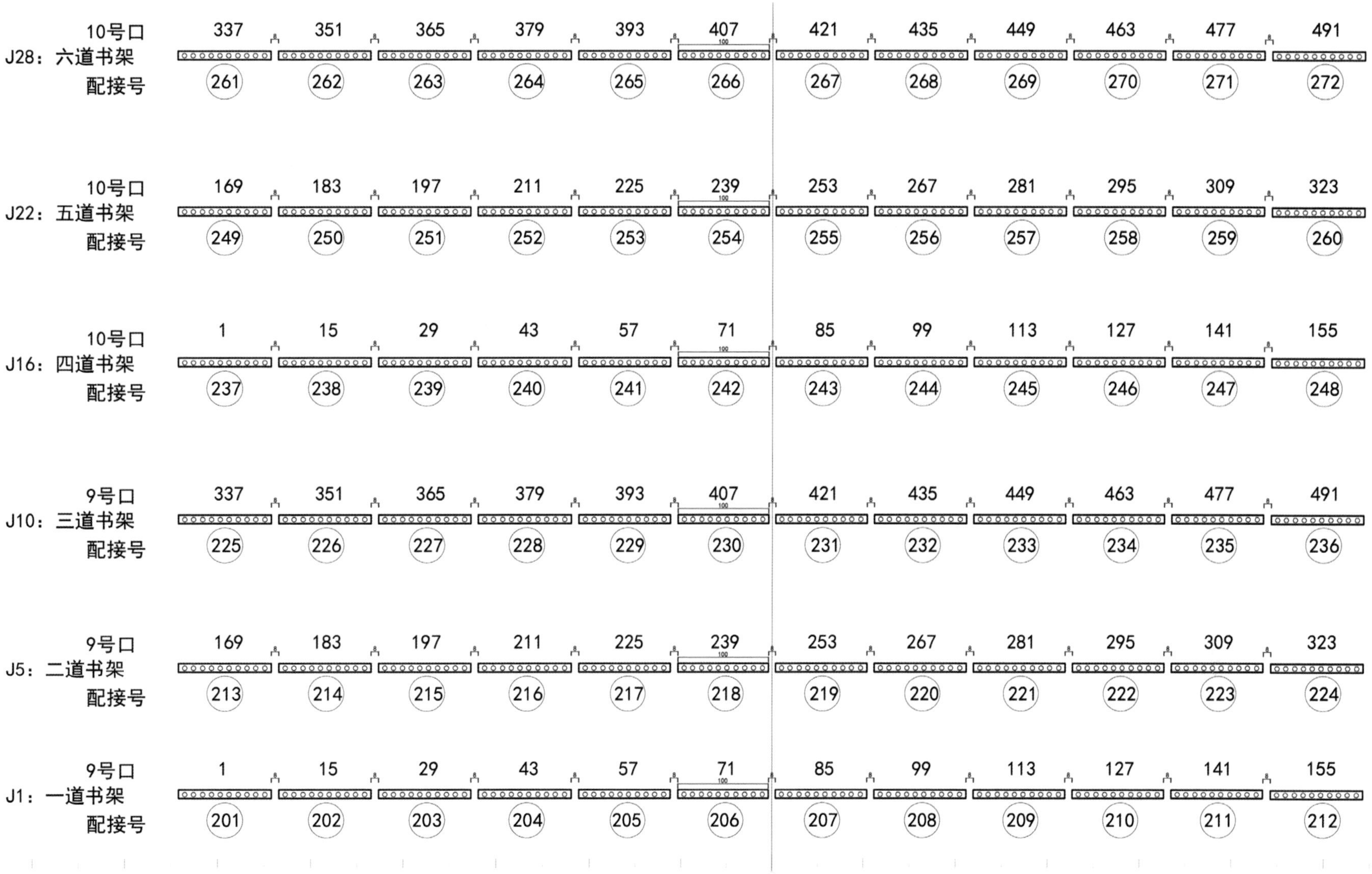

注：在话剧中心灯距8cm（小景）

在文化广场灯距23cm（大景）

图3－43 《浪潮》檐幕书架条灯

最上面的灯，上口与书架直角处齐平

	（12号口）第一道				（11号口）第二道				（11号口）第三道				（11号口）第四道				（12 第	
	左		右		左		右		左		右		左		右		左	
上 灯1	333	337	339	421	273	1	279	85	285	169	291	253	297	337	303	421	309	1
灯2	334	351	340	435	274	15	280	99	286	183	292	267	298	351	304	435	310	15
灯3	335	365	341	449	275	29	281	113	287	197	293	281	299	365	305	449	311	29
灯4	336	379	342	463	276	43	282	127	288	211	294	295	300	379	306	463	312	43
灯5	337	393	343	477	277	57	283	141	289	225	295	309	301	393	307	477	313	57
灯6	338	407	344	491	278	71	284	155	290	239	296	323	302	407	308	491	314	71
下 灯7	338	407	344	491	278	71	284	155	290	239	296	323	302	407	308	491	314	71

注：一排7个灯，最底下两个共用一个地址码。

图3-44 《浪潮》侧幕书架条灯

左	（13号口）第一道	
上 灯1	345	1
灯2	346	15
灯3	347	29
灯4	348	43
灯5	349	57
灯6	350	71
下 灯7	350	71

右	（12号口）第六道 左	（12号口）第六道 右
(315) 85	(321) 169	(327) 253
(316) 99	(322) 183	(328) 267
(317) 113	(323) 197	(329) 281
(318) 127	(324) 211	(330) 295
(319) 141	(325) 225	(331) 309
(320) 155	(326) 239	(332) 323
(320) 155	(326) 239	(332) 323

图3-45 《浪潮》底部书架条灯

号口）二道	（13号口）第三道	（13号口）第四道	（13号口）第五道	（13号口）第六道	（14号口）第七道	（14号口）第八道	（14号口）第九道 右
85	(357) 169	(363) 253	(369) 337	(375) 421	(381) 1	(387) 85	(393) 169
99	(358) 183	(364) 267	(370) 351	(376) 435	(382) 15	(388) 99	(394) 183
113	(359) 197	(365) 281	(371) 365	(377) 449	(383) 29	(389) 113	(395) 197
127	(360) 211	(366) 295	(372) 379	(378) 463	(384) 43	(390) 127	(396) 211
141	(361) 225	(367) 309	(373) 393	(379) 477	(385) 57	(391) 141	(397) 225
155	(362) 239	(368) 323	(374) 407	(380) 491	(386) 71	(392) 155	(398) 239
155	(362) 239	(368) 323	(374) 407	(380) 491	(386) 71	(392) 155	(398) 239

注：一排7个灯，最下面两个灯共用一个地址码。

舞台剧《觉醒年代》

编　　剧： 喻荣军

导　　演： 何　念

作　　曲： 杨　帆

舞美设计： 桑　琦

灯光设计： 任冬生

出　　品： 上海话剧艺术中心

首演时间： 2022 年 11 月 4 日

从1915年《青年杂志》问世到1921年《新青年》成为中国共产党机关刊物，这一时段的宏大背景，展现了从新文化运动、五四运动到中国共产党成立这一中国近代史上波澜壮阔的历史画卷。

在舞美上，舞台剧《觉醒年代》使用了两面7.5米高的、可以360度旋转移动的全机械数控转台，一面是锈迹斑驳的铁板，另一面由三层平台——错落的楼梯和爬梯构成，在舞台上兼具了假定性和流动性。全机械转台根据剧情需要能转化为不同的舞台空间，能紧跟剧情与演员进行流动，再加以灯光、音乐、多媒体渲染时代氛围、重构空间、解读人物内心。

在前期了解汇总了舞美、视频影像、表演本体的风格调性后，我们基本确定了本剧灯光的创作方向。我们可以解读它为一种有厚重感的，且有着戏剧张力的构图方式；同时要兼顾各个维度的融合，比如景片机械的大量移动和旋转；理解其内在的逻辑和不同的时空转换，在构建光影空间的同时，将灯光的变化合理融入其中，剥离繁杂，聚焦戏剧表演。对于舞美本身，景片锈迹斑斑的质感和固有色所传递的一种视觉气质，以及多媒体内容的虚实界限……种种因素都在灯光设计的考量之下。使用不同的构图方式，使舞美整个画面可以是冷冰冰的铁墙，有压迫感；可以是温暖的图书馆和北大校园，树影斑驳；可以是肃穆的谈判场和大学讲堂；可以是虚化空间和人物内心……

在具体的灯光呈现中，我们使用了大量切割电脑灯，以各种切割光斑，形成不同的空

图3-46 《觉醒年代》剧照

间，打破完整的舞美结构，同时勾勒和捕捉舞台机械的各个局部，构成有结构感、力量感的表演背景。在构建不同现实或内心空间时，我们尝试以切割光去提炼并组成“虚构”但合理的画面，配合定制的图案片，根据视频形象或假定的空间需求，有的是从视频的窗子中引出延伸的光线、光影，有的是强化场景的结构感或假定性。运用景片的特殊点，我们可以利用灯光做一些大量的物理切割形成运动中的剪影效果，例如在表达内心脱离现实空间时将演员的剪影投射在舞美大景片上，使灯光的语汇和理念清楚强化，并与整体融合。对于一些特殊光位，这次的灯光设计尝试在最后区吊杆用T字延长杆紧挨着安装一整排的常规筒灯，形成对称的低位侧光，并在不同场景当中升降到不同的高度或形成运动状态运用。

在色彩方面，全剧基本以简约的冷暖色为基调，以细腻的色温区别，没有过多的主观色光。以此作为贯穿整剧的色彩逻辑，符合本剧题材的舞台气质，同时烘托人物的情绪、情节的起伏。整剧每个画面当中基本都有冷暖色光，无论是对演员的勾勒还是舞美结构的勾勒。大部分场景低色温的常规灯对场景人物进行勾勒也是为了贴合时代背景，在20世纪初陷入迷茫的中国知识分子们以笔为剑、以字为刃，想要点亮那份光明。在场景中，道具提灯、手电筒、灯笼、火苗等元素相呼应，与冷色的电脑灯配合运用形成一种厚重的质感，增强人物内心的戏剧张力。

“若以笔为枪，定击碎黑暗，若以诗为剑，定警醒世人……”

图3-47 《觉醒年代》剧照组图

图3-48 《觉醒年代》剧照组图

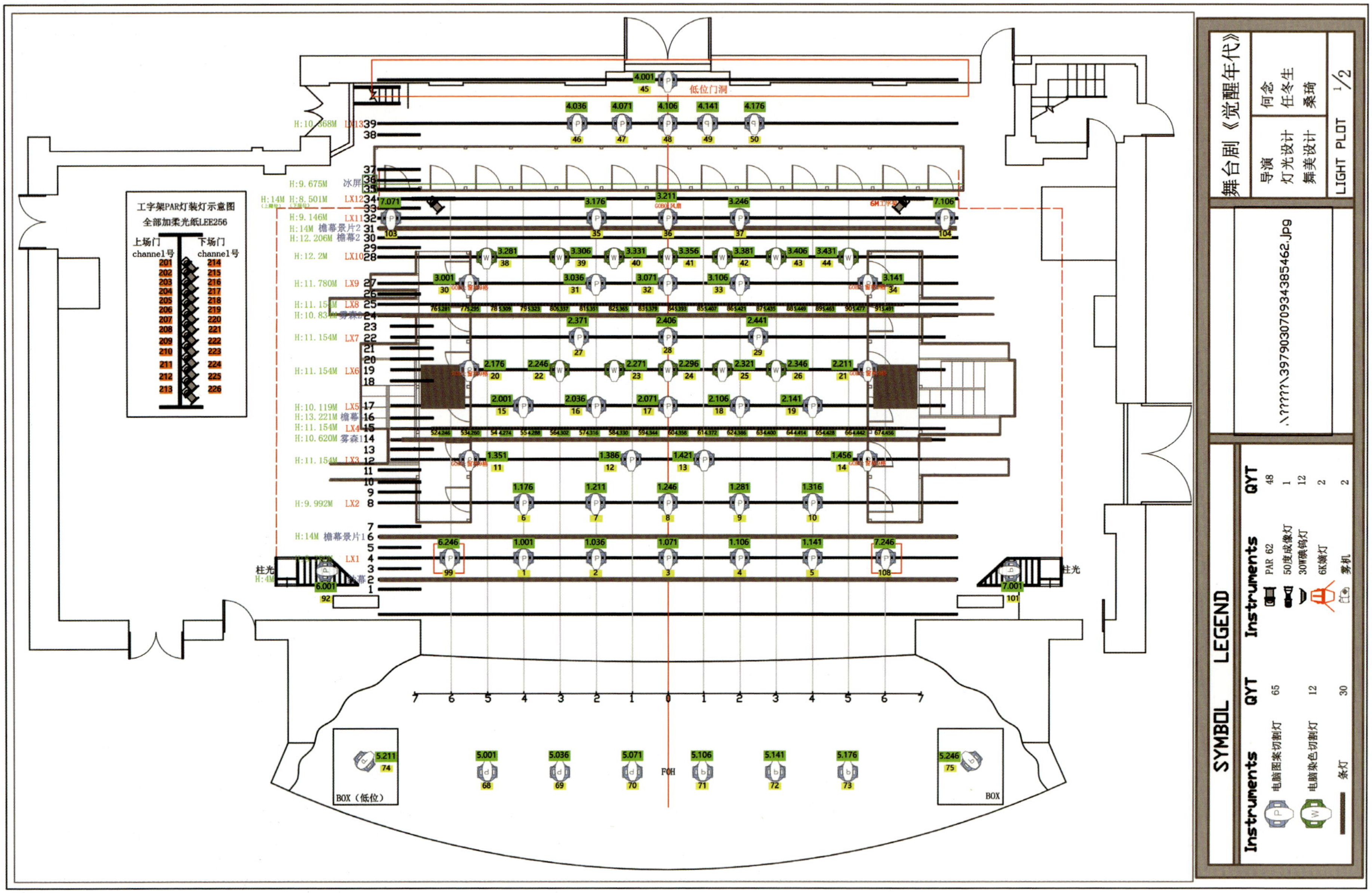

图3-49 《觉醒年代》灯位图

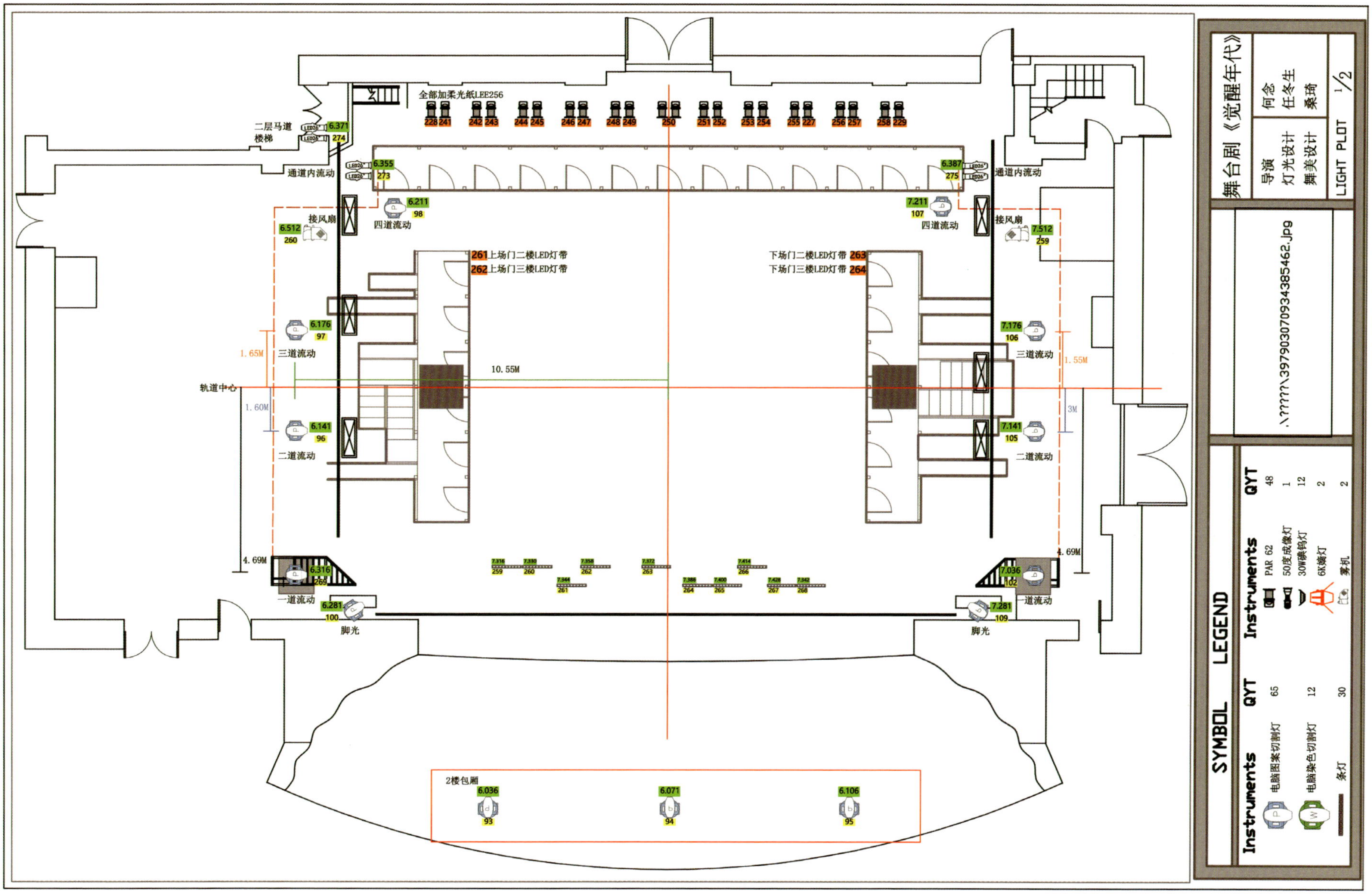

图3-50 《觉醒年代》灯位图

舞蹈诗剧《只此青绿——舞绘千里江山图》

编　　剧：徐珺蕊
导　　演：周莉亚、韩　真
作　　曲：吕　亮
舞美设计：高广健
灯光设计：任冬生
出　　品：故宫博物院、东方演艺集团、人民网
首演时间：2021 年 8 月 20 日

舞蹈诗剧《只此青绿——舞绘千里江山图》，有别于传统叙事性的舞剧作品，全剧以“展卷、问篆、唱丝、寻石、习笔、淬墨、入画”作为章节主题，同时以意识流的古今时间线并行的逻辑贯穿全剧，让现代的展卷人与《千里江山图》的作者王希孟，展开了一场隔空的精神对话，其中让人动容的情感支点是对传统文化的仰视与敬意。

在创作这样一部神游古今的诗剧过程中，我们结合舞美特殊的结构及风格，使得灯光的样式感、功能性、整体的气质上都多了一些思考，甚至是有一点实验性的。因为灯光的语汇要找到一个点，一个要突出舞蹈性的美，一个辅助抽象时空逻辑的转换，一个既要美感，又不可以只是常规的装饰性美感的点。

追求诗化的古典色彩。古代中国的色彩分为五色。分别是青、赤、黄、白、黑，分别对应五行中的木、火、土、金、水。这些传统文化影响着中国人在绘画中的用色。我们画山水讲究的是设色，就是安排颜色，根据画面的需要，主观配置颜色。色彩主要是装饰色。对于颜色每个人都有自己的偏爱，因为色彩感受不同，才有了多姿多彩的作品与表现，而主观色彩对于这部舞剧来说，又是非常重要的，它是体现创作者的个性及其作品魅力的重要手段。色彩的表现方法，不是对自然色彩的简单模仿，也不是凭空臆造的，而是依据青绿山水的主观感受和理想在观察客观物象的基础上，进行高度概括、归纳、夸张、变化而产生的。

从前期案头工作开始，基于舞美圆形结构的特殊性，关于主演区正上方的灯具吊挂，

我们就摒弃了传统的剧场吊杆上的横向整排吊挂，而是采用了与舞美装置形成同心圆的圆形Truss吊挂灯具，这样一个不大不小的吊挂方式的改变，直接颠覆性地改变了最终灯光效果的呈现，它削弱了我们灯位传统意义上的逆光、高侧、顶光，而是与画卷般的三组弧形景片一道，有机地结合成了一个闭环，一个可以与地面圆环转台共同赋予舞台时间空间概念的整体。依此形成的圆环形地面灯光效果，配以不同的光色，成为王希孟、展卷人、匠人们，以及意象的“青绿”，可以相互穿梭于各自时空的重要链接手段，同时也成全了很强的舞台样式感，与现代的舞美审美方向一致，且令人感到舒服。

这种现代简约的光效，也应用在了PVC背投底幕上。后副台安装了背投切割电脑灯，在底幕上形成了一道“光线”，或粗或细或高或低，甚至还有一些动态的位移效果，以此形成空灵的、留白式的空间处理方式。舞台画面看起来是现代且简约的，但其以四两拨千斤的画面构成效果，其内在的美学逻辑与我们传统绘画甚至文学是同源。

既是“墨色”也是“留白”。在中国绘画中，用墨分五色来调节墨色的浓淡干湿的方法以取得描绘形象的生动效果。所谓“五色”，或指焦、浓、重、淡、清，或指浓、淡、干、湿、黑。语有不同而意则均指墨色的丰富变化。而“墨色”则是在这部舞剧中灯光色调的基础。在色调的处理上要创造一种高雅的气氛，塑造一个比现实世界更美好的境界。

在中国古代绘画中寻找灵感和色调，得益于老庄的“五色令盲”“无色而色始全”的色彩观，演化出舞台上最好的表述，让墨色成了斑斓色彩后的平淡。用“无色而色始全”来铺陈底色是我们的基本方针。在王希孟的《千里江山图》中我们感受到山体以浓重石青、石绿为主色，青绿重色和绢本的赭石底色相互衔接。画中山体的背面又托染衬色，使天空与水波、山体的层峦叠嶂更加突出。画中山石和山体线条简短而松动，多以赭墨色勾皴，以较浓的汁绿色细勾水纹，以淡汁绿色反复罩染水面，杂树先用赭墨色勾出树干，树木用花青点叶，或用石绿或石青擦点，这些也都成为舞台色调的基础。

在用色方面，我们放弃了客观地遵循现实，放弃了色彩的明暗变化、纯度、虚实空间的如实再现；而是反复追求主观的感悟，更多的是去追寻色调的意境和飘逸。色彩不再是自然理性的反映，也不是纯形式的色彩表现，而是主客观相结合，从表现意义上去想象，追求看似是极其简单的色彩（色调的极简），但是里面却有着极深的意味，形成大盈若冲的色彩意向。

在场景和演员之间，让光影像一面镜子。基于此次舞美设计以地面的四个同心转台，空中的三道环形轨道弧形景片构成主体空间，本身地面和弧形景片全部是灰色的，导演在编排中就确定演员以转台转换的方式形成主要的上下场关系，这样的设置必然会对灯光的布光方式提出极大的挑战。

在灯光设计的过程中，我们需要了解、想象布景的运行和运用的各种可能性，还要进行必要的实验来确定灯光设备与环形轨道、轨道上吊挂的弧形景片、檐幕等的关系，以确保灯光设备的出光角度以及隐藏效果。此外，还有一些功能性上的难点。在后续的合成当中，我与舞美设计高广健老师仔细沟通，寻找各种可能性，将这些成为光景之间的矛盾点转化成了成就灯光样式的支点。作为主景的三组可升降且旋转的景片，在调度和画面呈现上是极其重要的；而对于舞蹈而言，侧光是非常重要的一个灯位，因为侧光可以很好地勾勒肢体线条，可以突出动作的美感，使舞者立体。但是景片的转动，让侧光与舞者间不断形成“屏障”，常规的方式会将刺眼的光斑直接近距离投射上去，不但破坏场景，还会影响画面。所以，在灯光设计编程的过程中，我们有时通过控制亮度和角度，让侧光柔和地投射出来，有时使灯光转化为舞者情感外化的介质，透过转台上演员的流动，让演员的影子成为一种意境的表达；有时用脚光投射形成展卷人与希孟温暖的光影；使青绿在转台上转出时流动灯雾化形成的冷色空间；舞台后区功能性的黑色条屏幕，通过顶光的勾色，形成了类似古建筑立柱一类的处理……都是这次灯光设计中有趣且生动的一部分。

归纳来说，《只此青绿——舞绘千里江山图》的光色上亦是追求以少胜多、以无胜有、以简胜繁的。我们追求一种人为色彩的形式美，把世间万般色彩提炼出来，用少有的几种色彩来表现世界的万色和人物情感，在一定程度上再现了自然，但又有人为美感痕迹。我们都可以看到每一种色调都有极其丰富的思想内涵，强调事物的内在美，以极简单的外在形式来表现事物深刻的内涵。

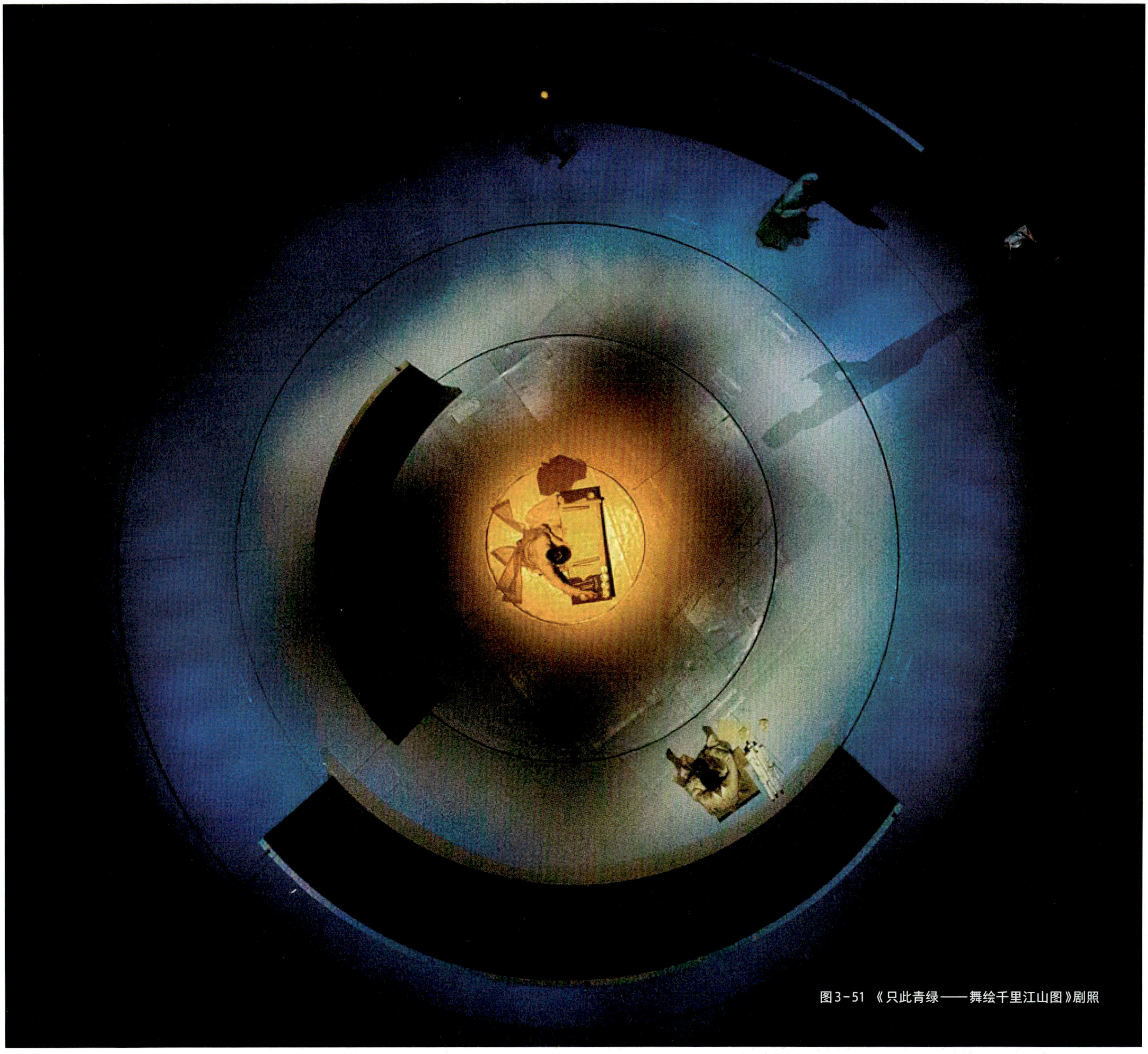
图3-51 《只此青绿——舞绘千里江山图》剧照

图3-52 《只此青绿——舞绘千里江山图》剧照组图

图3-53 《只此青绿——舞绘千里江山图》灯光手绘示意图

图3-54 《只此青绿——舞绘千里江山图》灯光手绘示意图

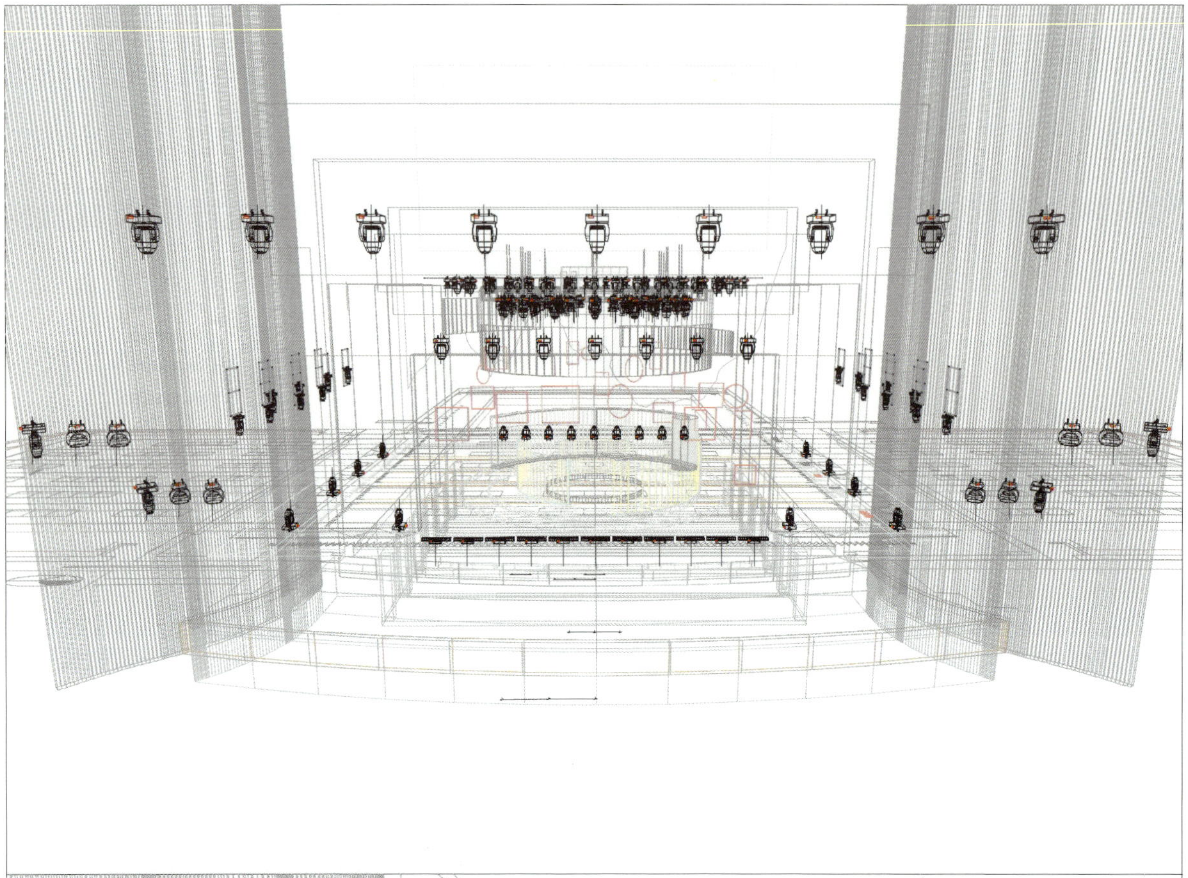

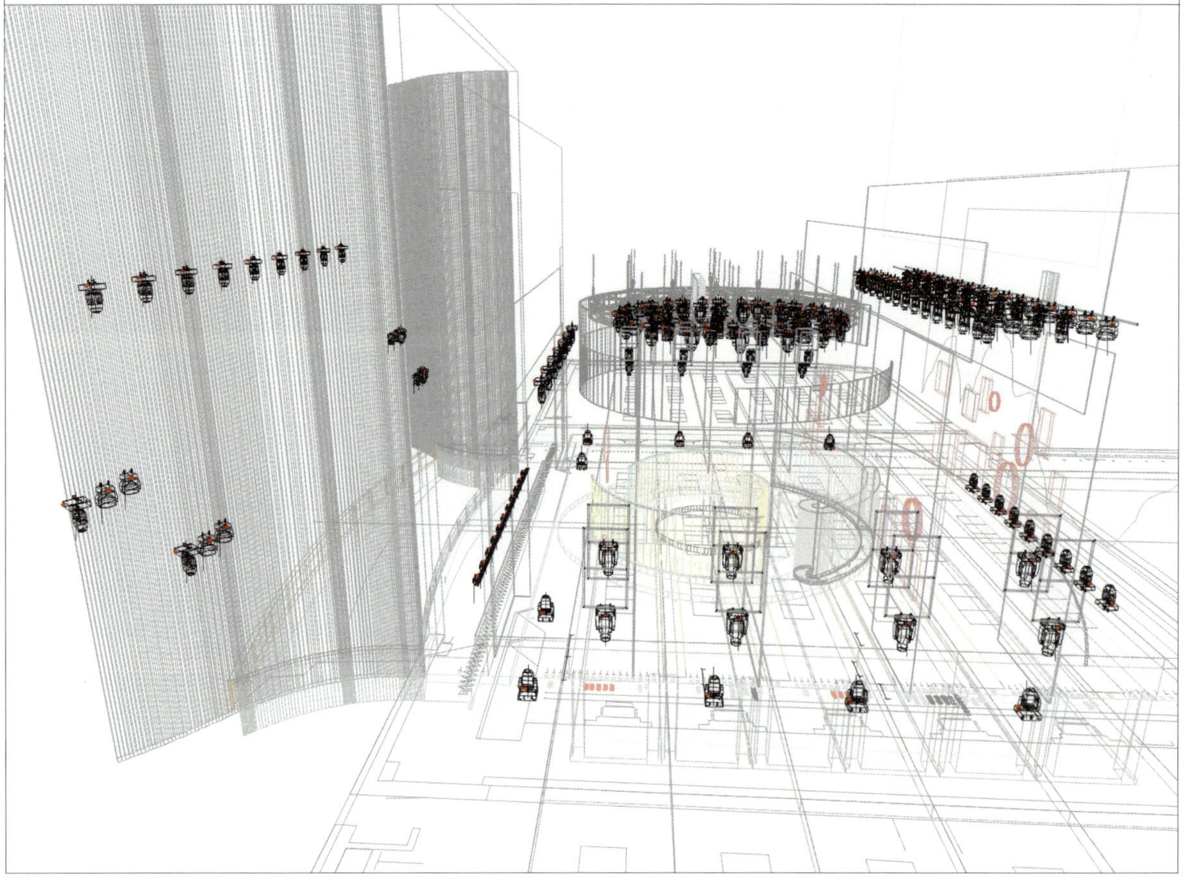

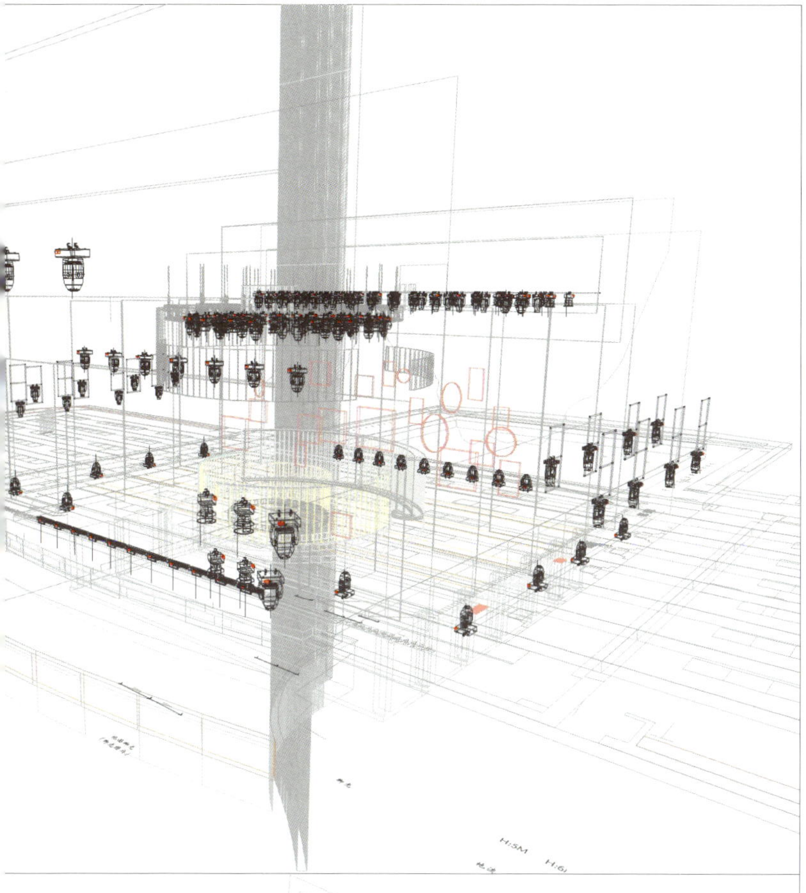

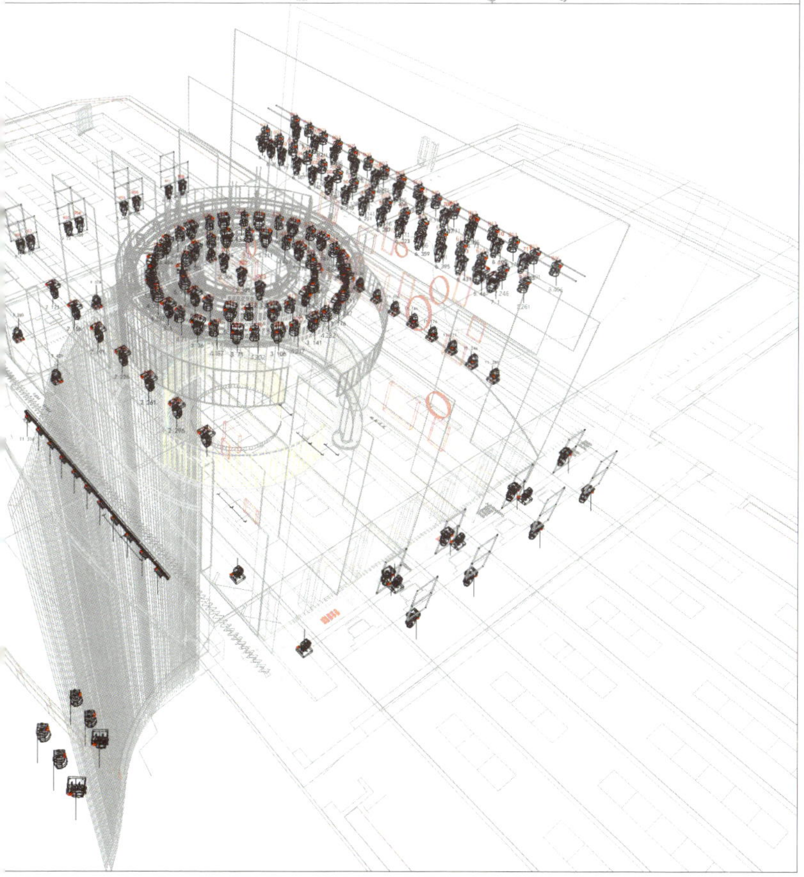

灯具

ALPHA PROFILE 1500 @1.8kw 切割电脑灯	34
VL 4000 @1.8kw 切割电脑灯	37
SCENIUS UNICO 1400 @1.18kw 切割电脑灯	42
CKC 1212 LED @145w LED条灯	11
雅江 634 LED 染色 @425w LED 染色	67

图例

单元号

BS
WF

域/地址

图3-55 《只此青绿——舞绘千里江山图》灯位图（透视图）

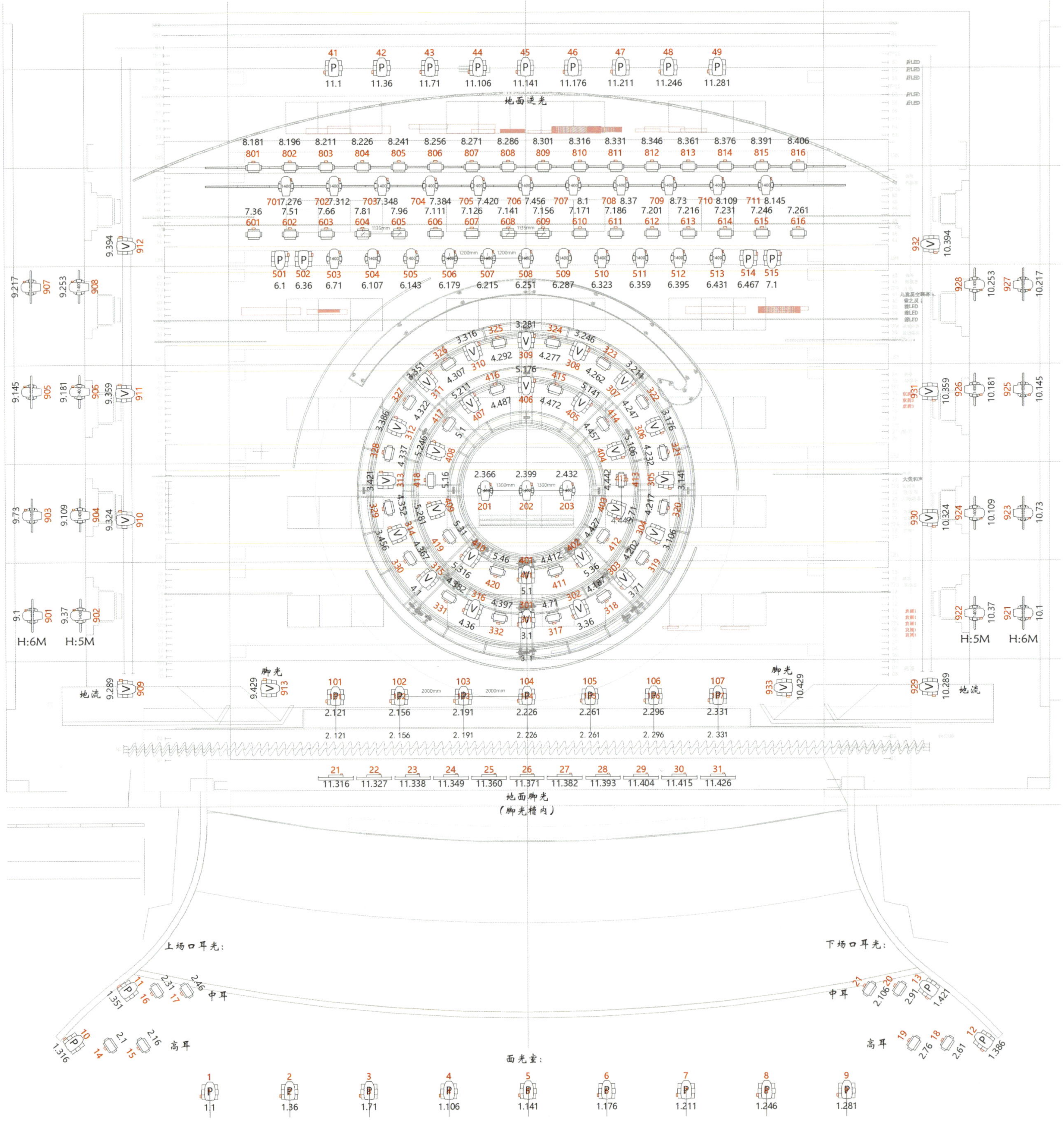
地面逆光
H:6M
H:5M
脚光
地流
地面脚光
（脚光槽内）
上场口耳光：
下场口耳光：
中耳
高耳
面光室：

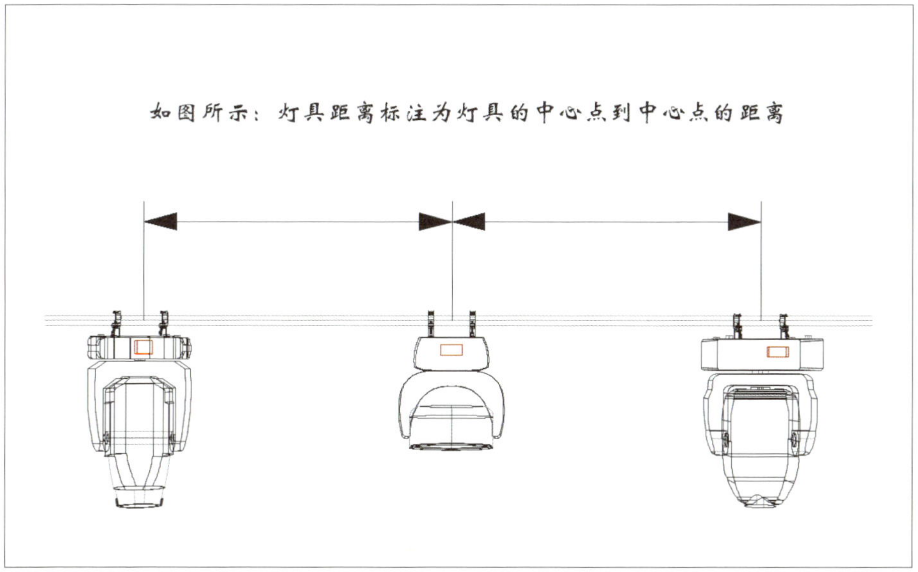

图3-56 《只此青绿——舞绘千里江山图》灯位图（顶视图）

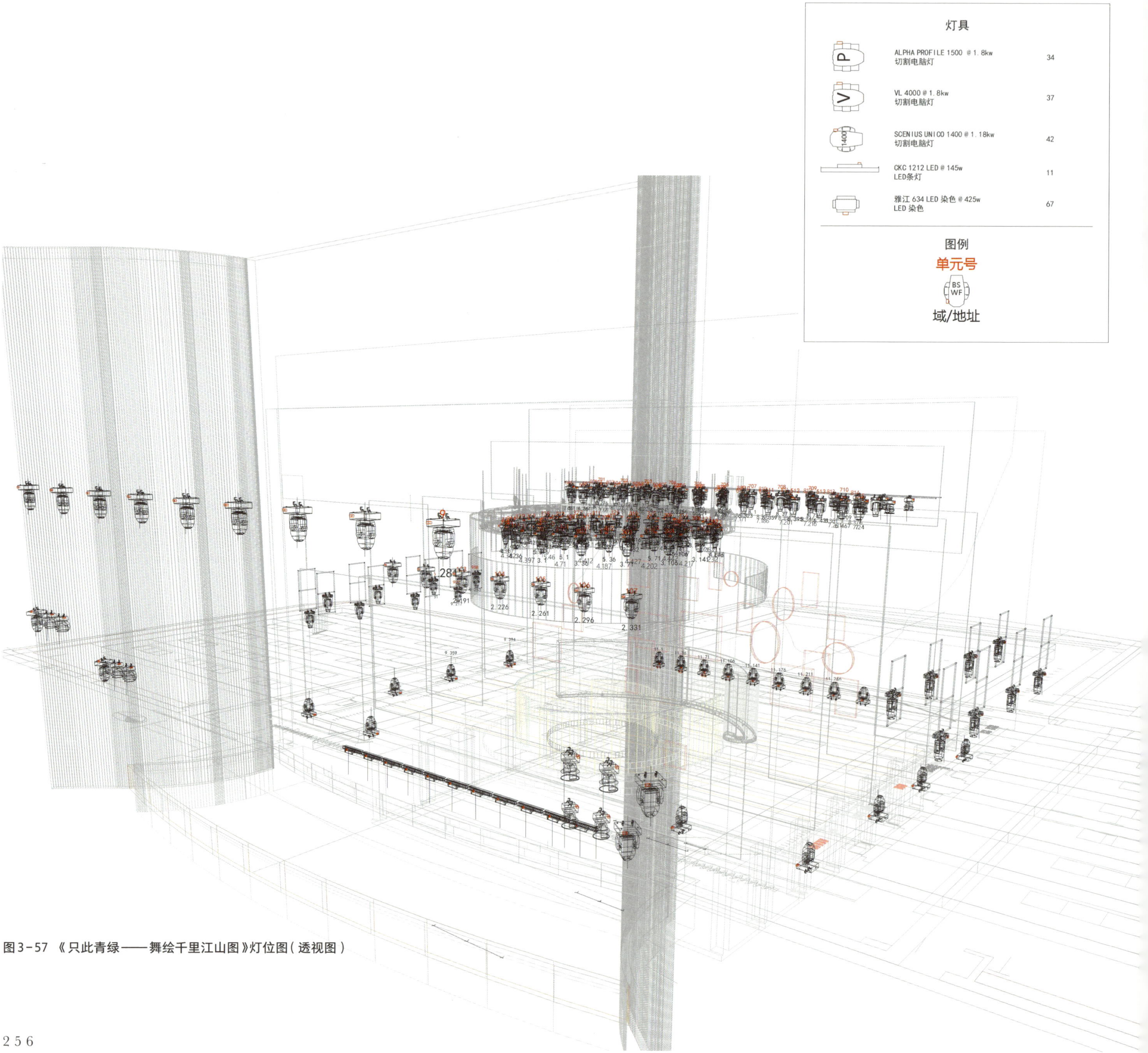

图3-57 《只此青绿——舞绘千里江山图》灯位图（透视图）

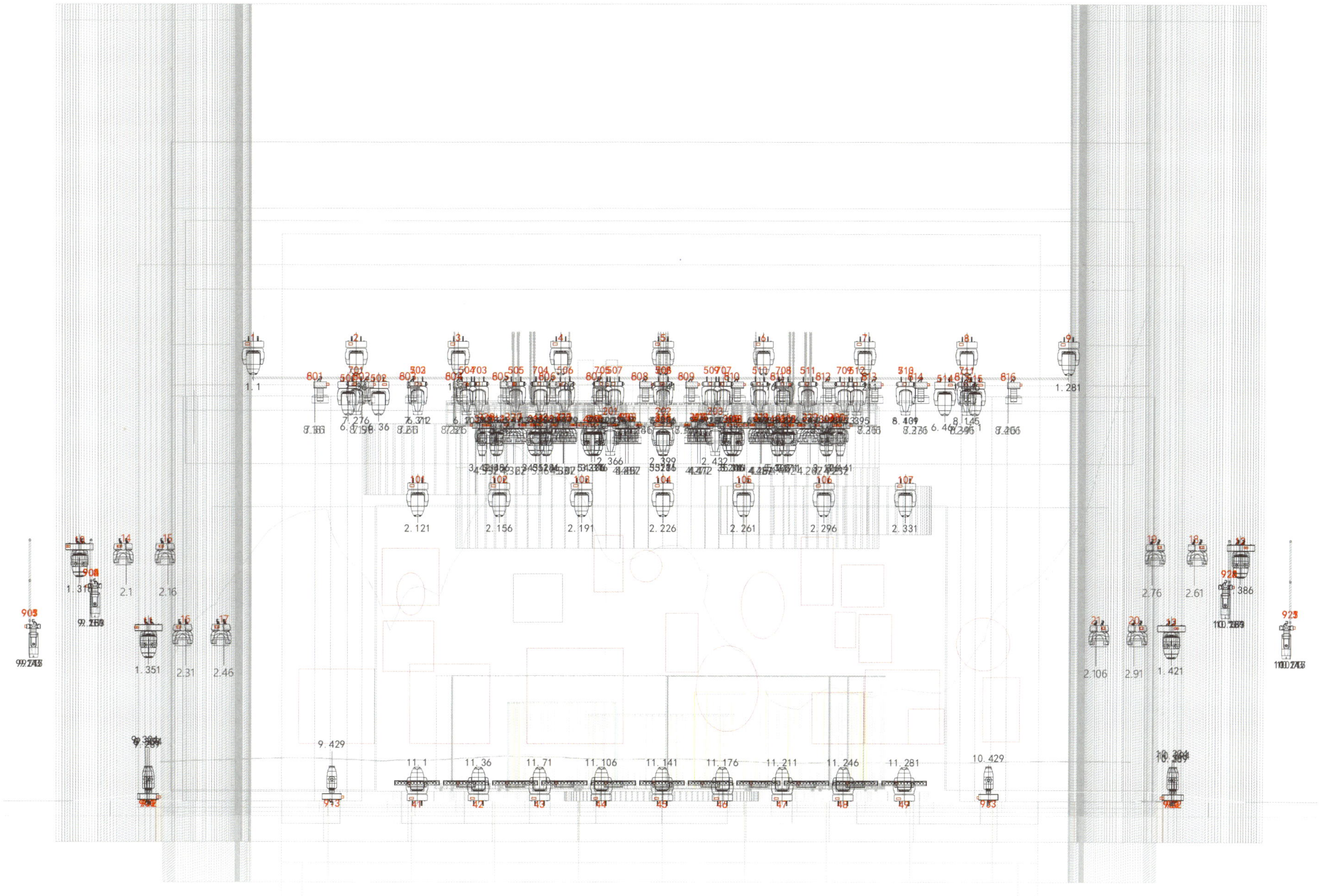

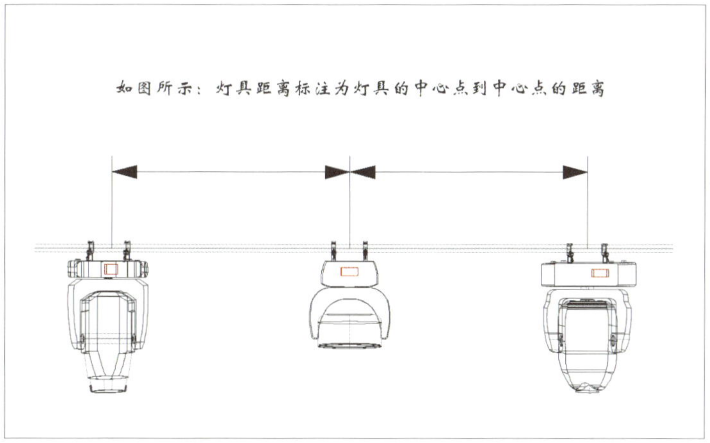

图3-58 《只此青绿——舞绘千里江山图》灯位图（正视图）

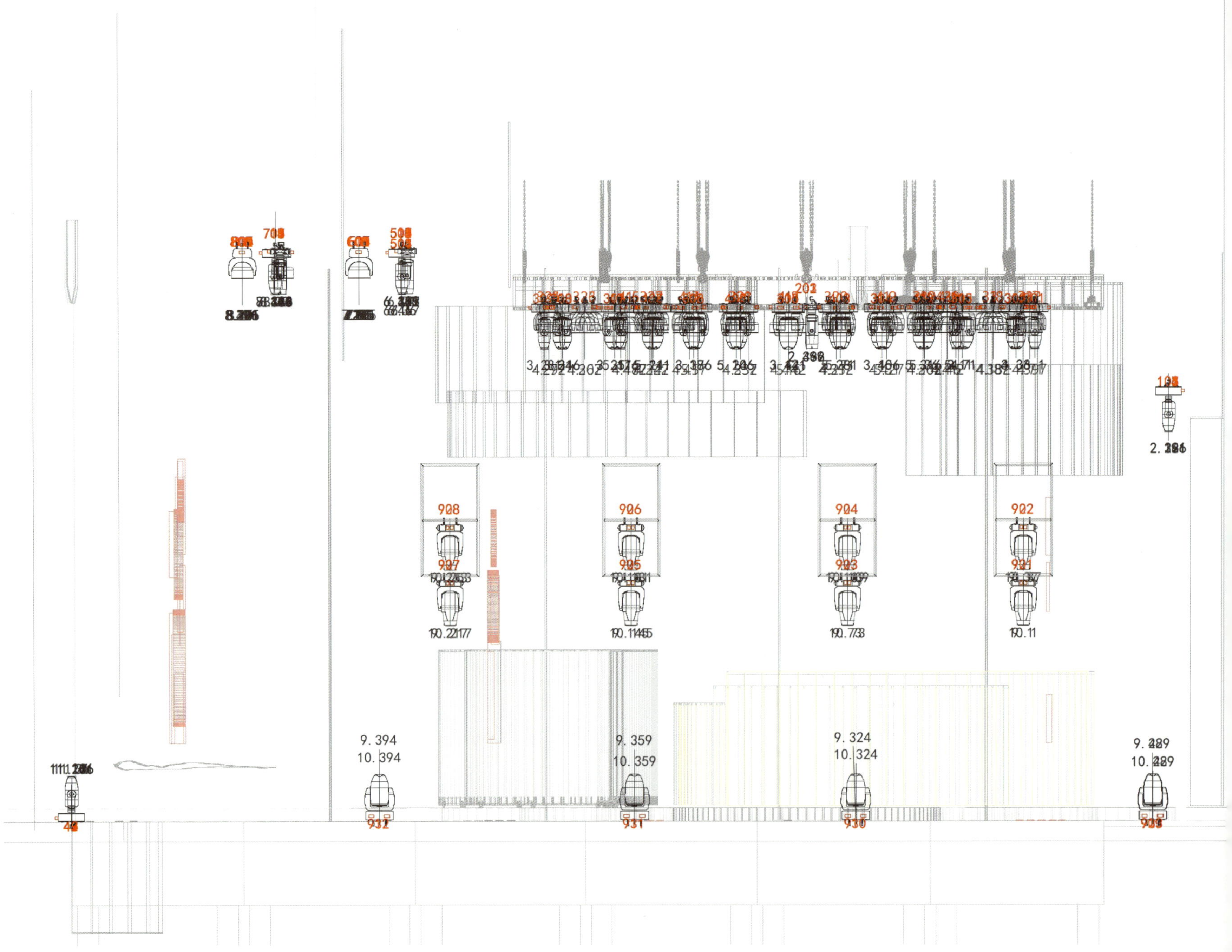
908
906
904
902
9. 394
10. 394
9. 359
10. 359
9. 324
10. 324
931
930

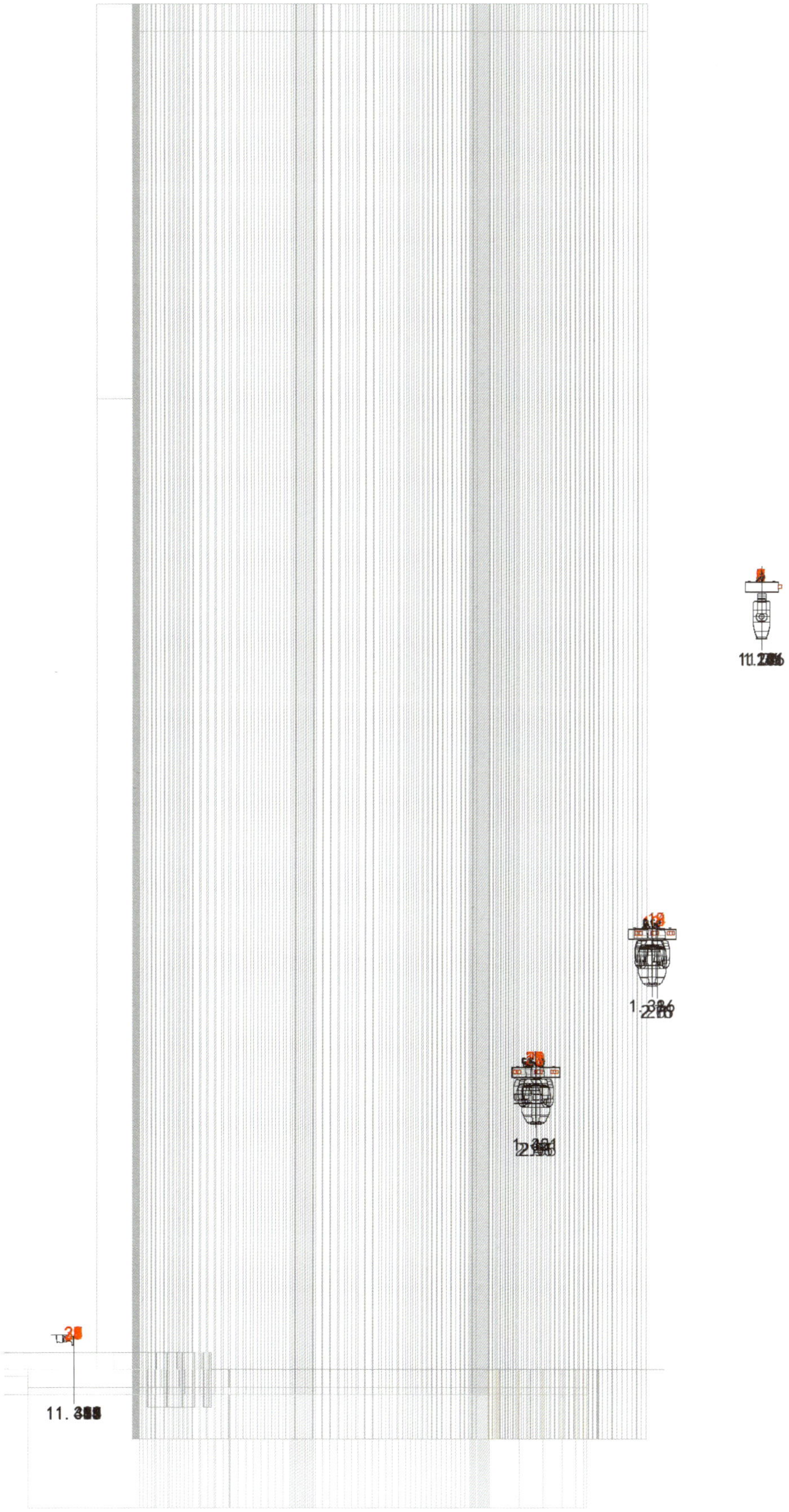

灯具

灯具	数量
ALPHA PROFILE 1500 @ 1. 8kw 切割电脑灯	34
VL 4000 @ 1. 8kw 切割电脑灯	37
SCENIUS UNICO 1400 @ 1. 18kw 切割电脑灯	42
CKC 1212 LED @ 145w LED条灯	11
雅江 634 LED 染色 @ 425w LED 染色	67

图例

单元号

BS WF

域/地址

图3-59 《只此青绿——舞绘千里江山图》灯位图(左视图)

舞剧《咏春》

编　　剧：冯双白

导　　演：韩　真、周莉亚

作　　曲：杨　帆

舞美设计：胡艳君

灯光设计：任冬生

出　　品：中共深圳市委宣传部、深圳市文化广电旅游体育局、深圳歌剧舞剧院

首演时间：2022 年 12 月 22 日

叶问，这位深入人心且广为人知的一代武术宗师，在众多影视作品的传播下，他与其所代表的咏春拳已成为一种精神象征。其超越自我、坚韧不屈、勇往直前的精神内核深刻影响了一代人，同时也深深触动着舞台艺术创作者们。舞剧《咏春》便由此主题灵感孕育而生。

该剧采用了双线交织的大框架叙事手法，一方面通过电影中的叶问形象进行展现，作为戏中戏的核心部分；另一方面则以现实视角透视老片场的生活，涉及片场实景、导演角色以及大春等人物，并融合了多条并行的故事线索和空间维度，甚至观众本身也被设计为一种独立的观察视角。在灯光设计上，我们面临的挑战是如何赋予各个维度独特的氛围调性，并确保在多个时空交织的场景中，各种灯光色调转换流畅自然、功能切换不显突兀。在实际创作过程中，通过与导演紧密沟通及反复推敲，我不断揣摩每个时空情境的质感与韵味，精心雕琢每一处细节，就如同剧目内核所表达的那样，坚定地朝着光明前进，持续探寻最恰当的艺术表现方式。

鉴于本剧的整体艺术气质，我们有意避免了一些常规的舞台灯光处理手段，转而追求一种包含对武术宗师风骨、电影镜头美学以及中国传统美学深沉思考的独特审美体验。例如，在激情澎湃的打斗场面中，舍弃使用如红色基调、频闪效果、强烈光束等常见表现手法，而是选择简洁而富有内涵的光影构图，给予观众视觉和情感上的留白，使他们能够全神贯注于表演本身。

针对双主线剧情的空间设定，对于叶问所在的香港市井世界，灯光设计采用相对饱满的色彩层次，力求还原具有电影质感的老香港风貌，比如七十二家房客出场时的第一段舞蹈，通过丰富的色彩浓度变化和灯光逻辑，明显区别于片场平淡无奇的白光环境和较小的光线对比度，从而强化了市井生活的气息，强烈的光比使得舞者形象更为立体鲜明，同时强调了舞蹈动作的表现力。而对于片场这一主线，我们则主要运用柔和的冷白、暖白光线组合，并特意定制了复古风格的回光灯和聚光灯，虽然它们并非为了满足真实的照明需求，但恰是为了再现老片场的真实质感，让观众迅速沉浸其中。尽管如此，戏剧冲突与舞蹈情节的转变，灯光的光比和变化依然灵活适应，使得舞台表现既能在舞蹈与戏剧之间游刃有余地切换，又不至于仅仅为色彩繁简所局限。

剧中有一关键人物——大春，他被视为连接虚构与现实世界的多元视角载体。为突出大春的角色特点，我们特别为其配置了一套可移动调节的影视聚光灯，由大春本人控制灯具亮度开关。在大春与叶问的一段双人舞表演中，大春化身为片场灯光师，除手中的特殊道具灯外，全场其他灯光悉数暗下，这是全剧整体照度最低却又光芒四溢的片段之一。这种独特设置重新定义了观众、大春与叶问之间的空间关系，仿佛叶问穿越到了观众之中，在我们共同的空间里，用肢体语言抒发情感与讲述经历。

在女子群舞“香云纱”一段中，舞美布景较为简约，几乎没有具象化的支撑点。我在此运用了正面投射的造型灯，在背景黑纱上创造出几组形成深远空间感的“光带”，这在整部剧的灯光调性中属于较为跳跃且现代的设计。而在尾声部分，灯光设计采取了一个特别的处理方式，与之前的留白与克制形成了鲜明对比：利用强烈的矩阵灯作为逆向地投光，旨在将叶问及其所代表的所有传武者、电影工作者乃至每一位自强不息的中华儿女那种炽烈无比的气概彻底释放出来。

图3-60 《咏春》剧照组图

图3-61 《咏春》剧照组图

舞剧
咏春

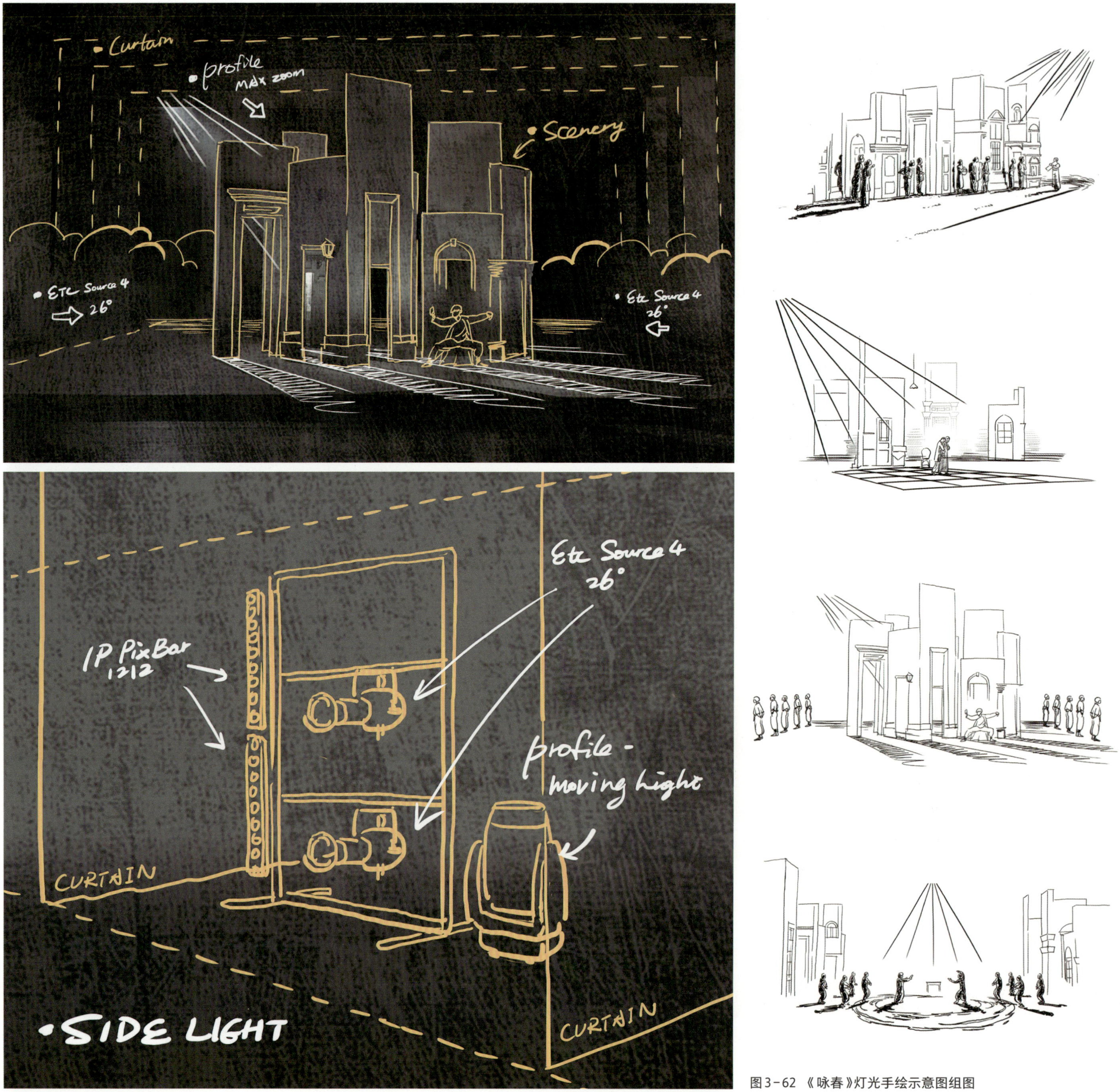

图3-62 《咏春》灯光手绘示意图组图

图3-63 《咏春》灯光手绘示意图组图

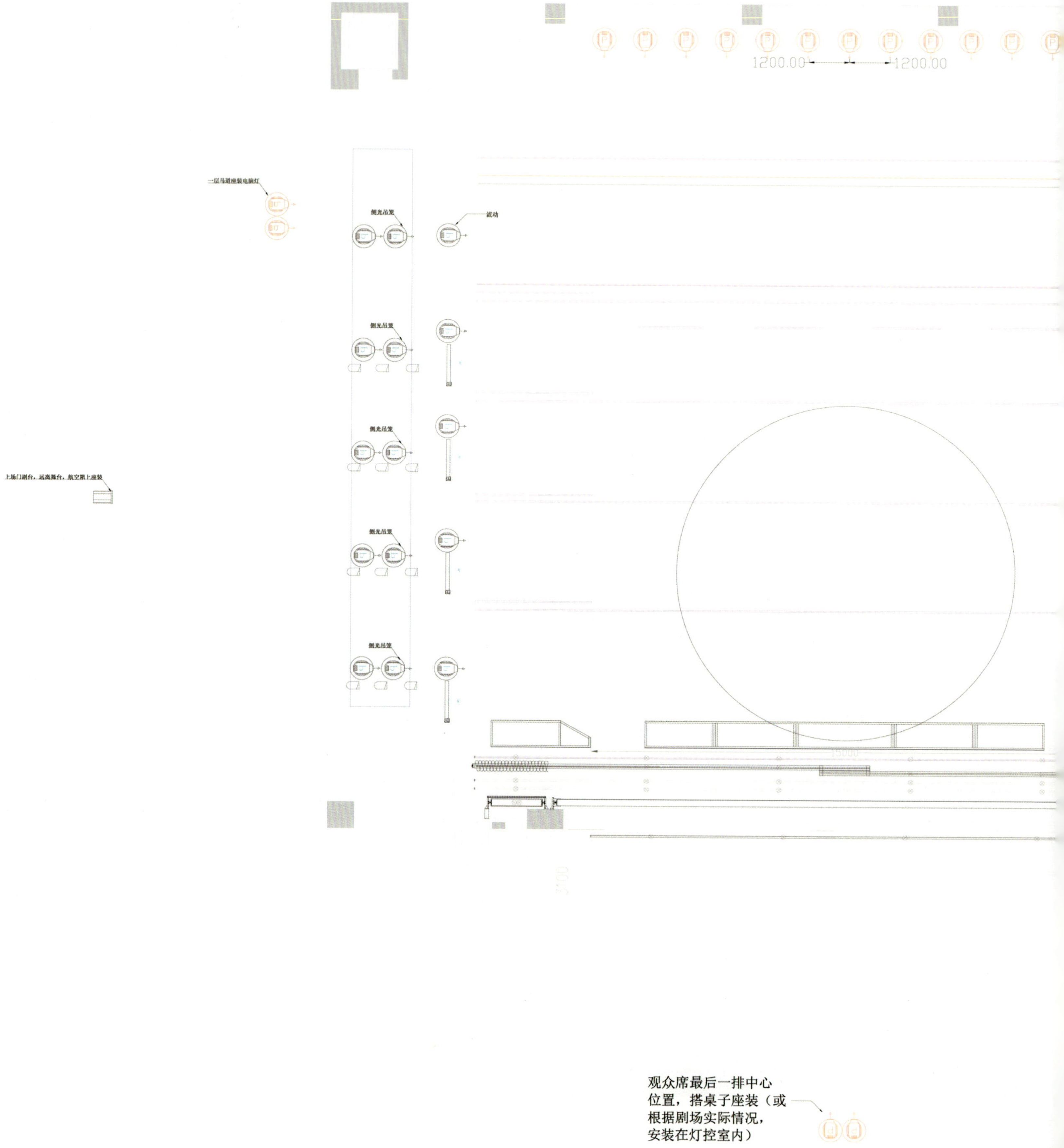
1200.00
1200.00
二层马道座装电脑灯
侧光吊笼
流动
侧光吊笼
侧光吊笼
上场门副台，远离舞台，航空箱上座装
侧光吊笼
侧光吊笼
观众席最后一排中心
位置，搭桌子座装（或
根据剧场实际情况，
安装在灯控室内）

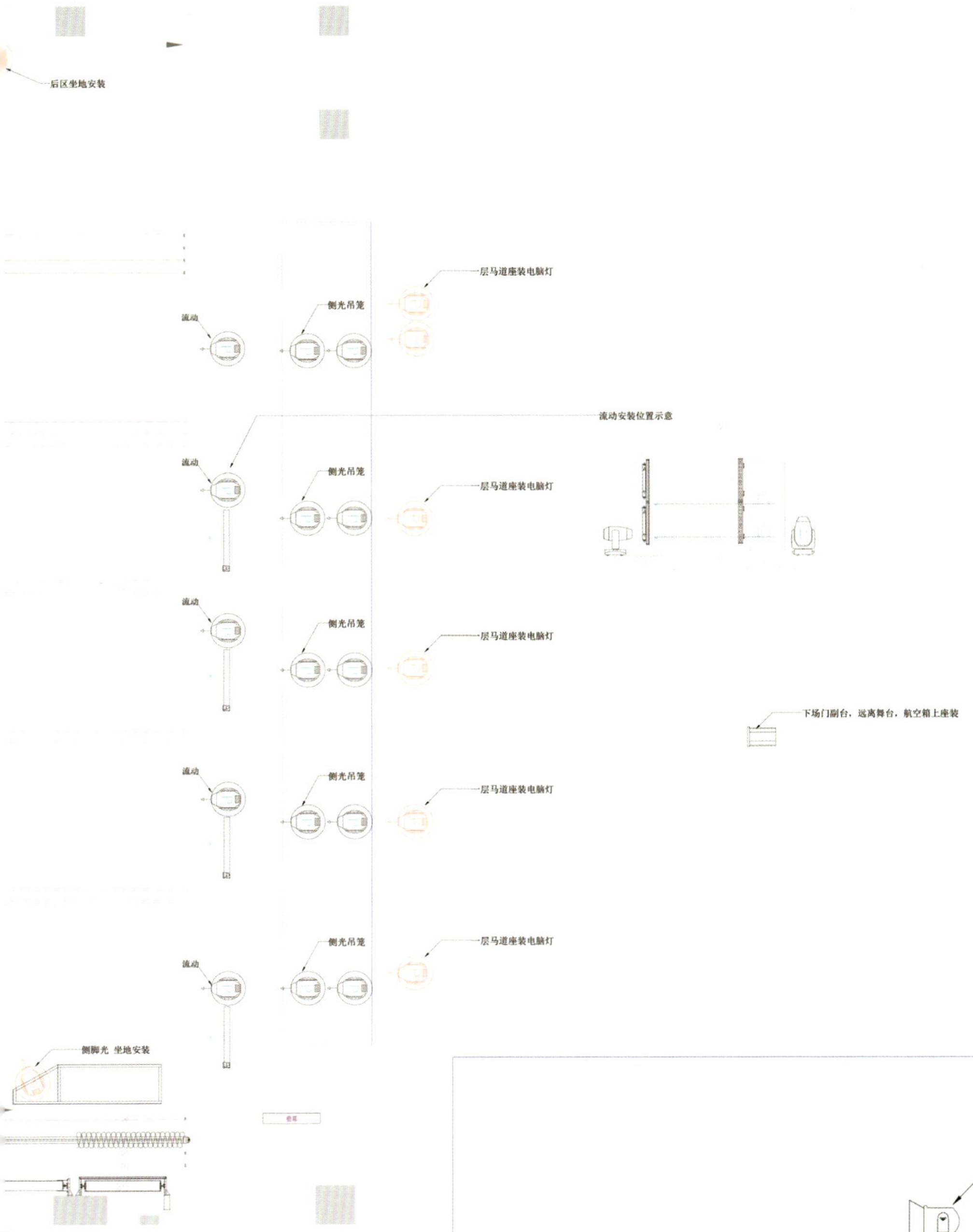
后区坐地安装
层马道座装电脑灯
侧光吊笼
流动
流动安装位置示意
下场门副台，远离舞台，航空箱上座装
侧脚光 坐地安装

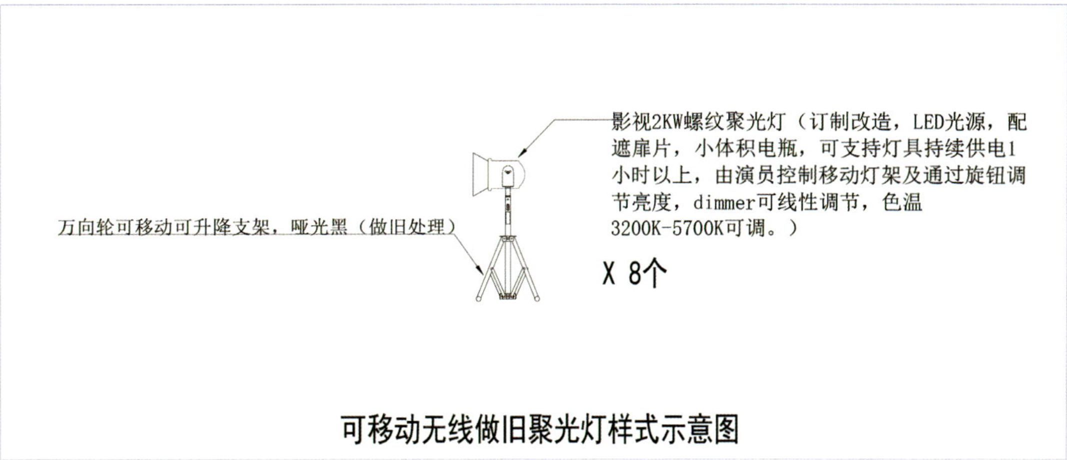
影视2KW螺纹聚光灯（订制改造，LED光源，配遮扉片，小体积电瓶，可支持灯具持续供电1小时以上，由演员控制移动灯架及通过旋钮调节亮度，dimmer可线性调节，色温3200K-5700K可调。）
万向轮可移动可升降支架，哑光黑（做旧处理）
X 8个
可移动无线做旧聚光灯样式示意图

图3-64 《咏春》灯位图

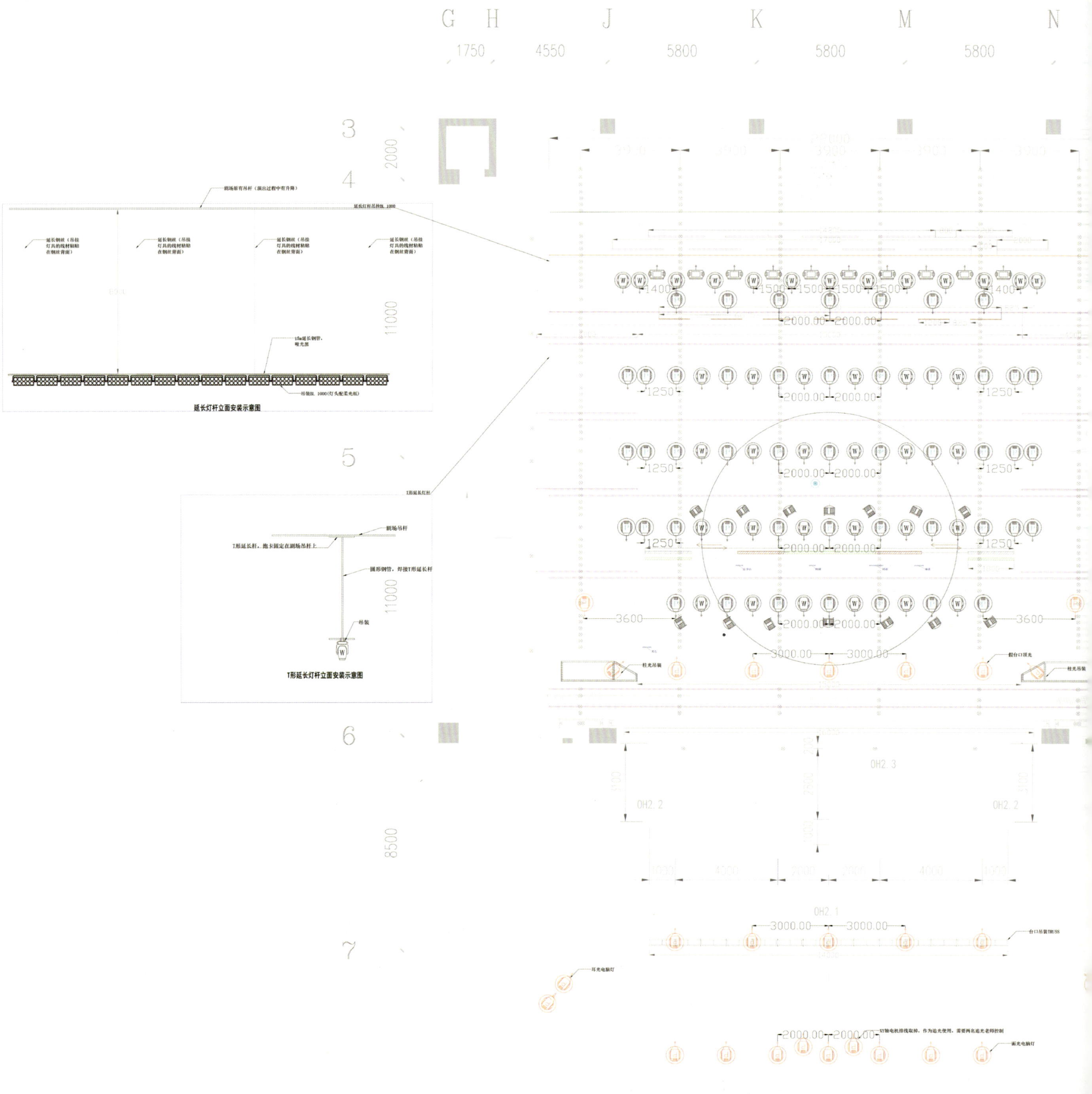
剧场原有吊杆（演出过程中有升降）
延长灯杆吊持BL 1000
延长钢丝（吊挂灯具的线材贴贴在钢丝背面）
15m延长钢管，哑光黑
吊装BL 1000(灯头配柔光纸)
延长灯杆立面安装示意图
T形延长灯杆
剧场吊杆
T形延长杆，抱卡固定在剧场吊杆上
圆形钢管，焊接T形延长杆
吊装
T形延长灯杆立面安装示意图
柱光吊装
假台口顶光
台口吊装TRUSS
耳光电脑灯
XY轴电机排线取掉，作为追光使用，需要两名追光老师控制
面光电脑灯

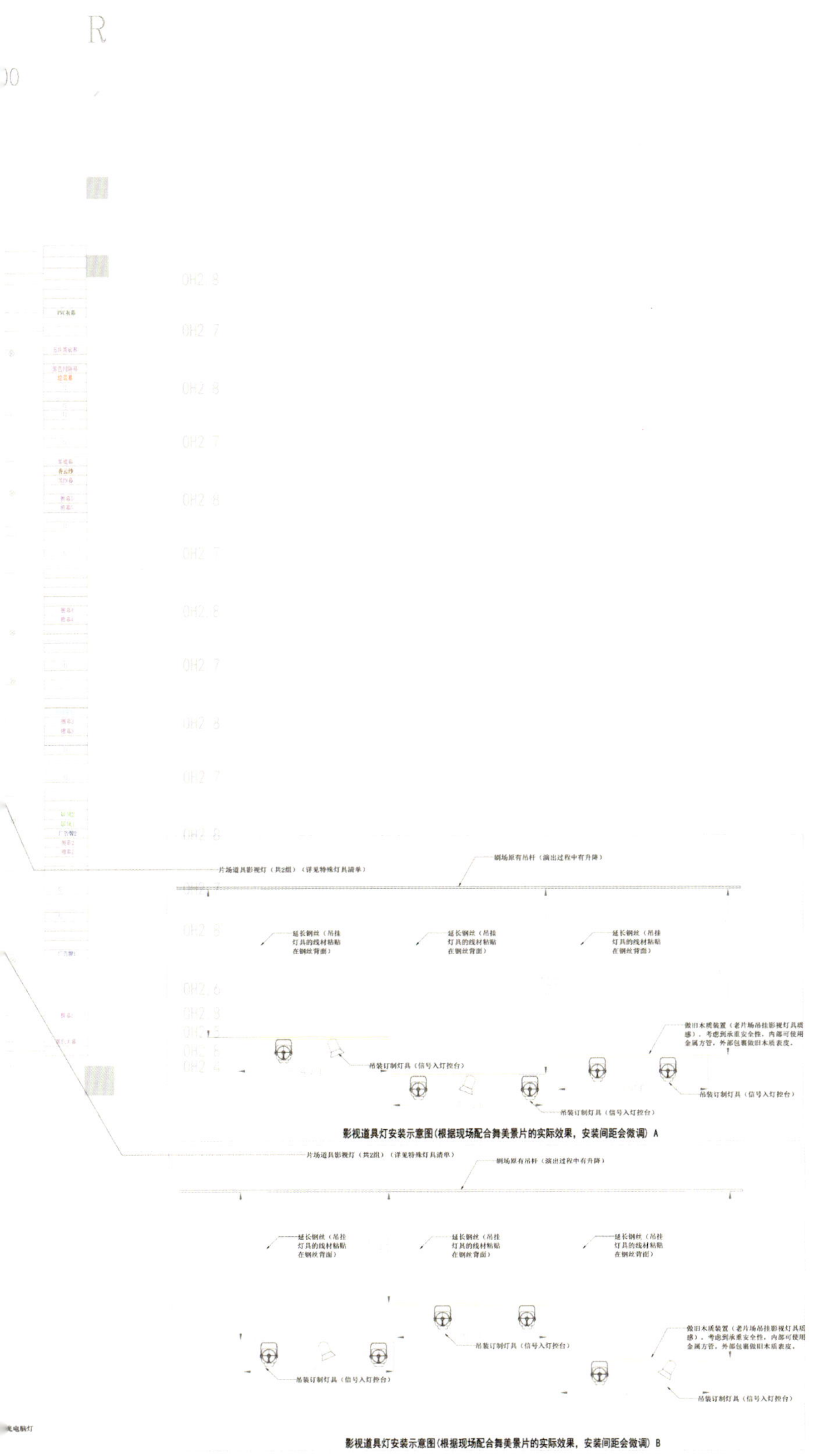

灯具图例：

设备型号:	顶视图:	正视图:	侧视图:	正视图（带灯钩）	侧视图（带灯钩）	数量
6kw 镝灯:						2
1800 图案切割:						51
1400 图案切割:						78
1400染色切割:						38
影视5K回光灯（旧灯订制改造，详见特殊灯具需求清单）:						10
影视2K螺纹聚光灯（旧灯订制改造，详见特殊灯具需求清单）:						12
SS819 LED天地排:						10
雾机:						2
PAR64-CP62:						12
LED 条灯:						16
成像灯26°:						16
Acme BL 1000:						16

图3-65 《咏春》灯位图

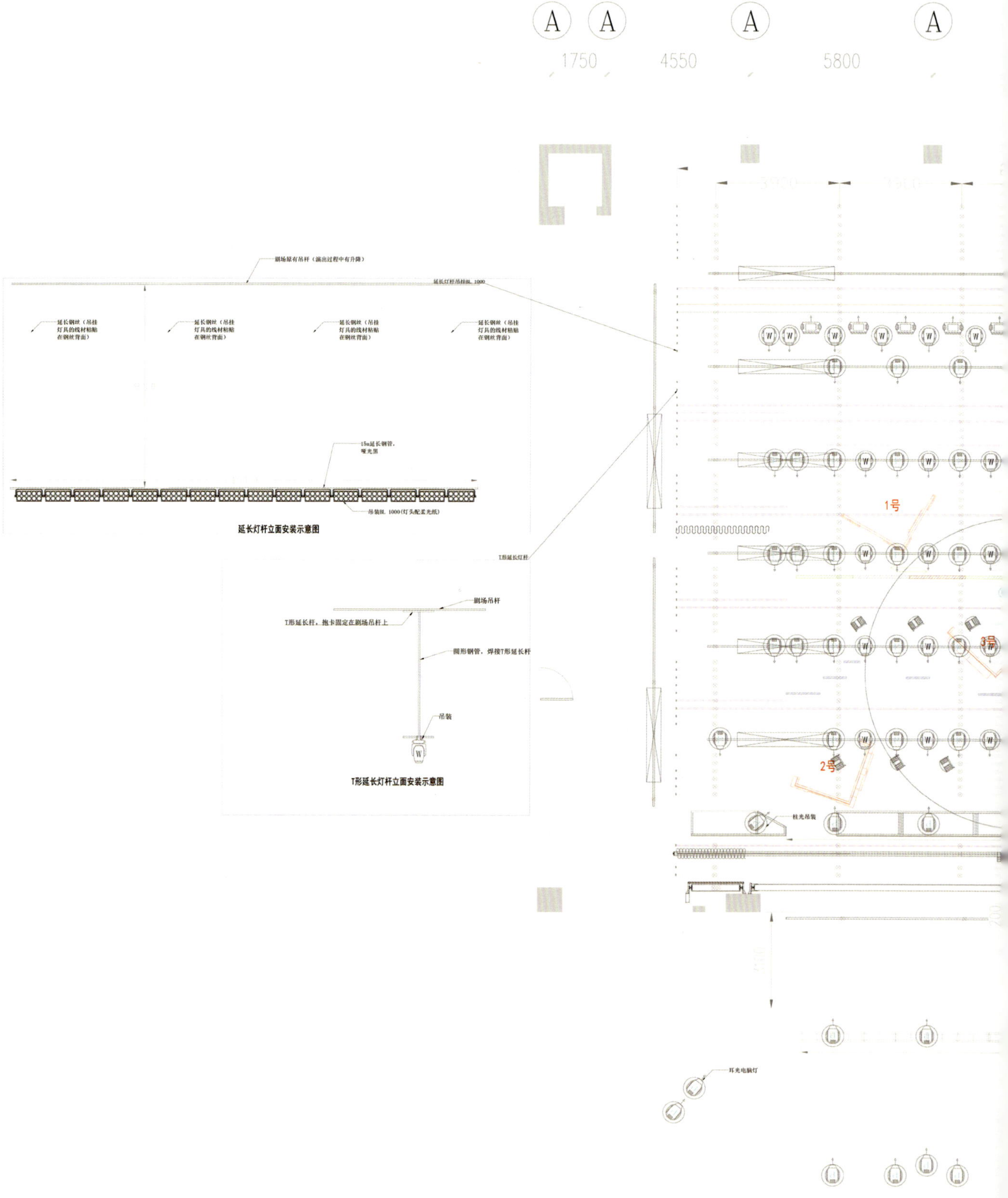
A
A
A
A
1750
4550
5800
剧场原有吊杆（演出过程中有升降）
延长灯杆吊挂BL 1000
延长钢丝（吊挂灯具的线材粘贴在钢丝背面）
延长钢丝（吊挂灯具的线材粘贴在钢丝背面）
延长钢丝（吊挂灯具的线材粘贴在钢丝背面）
延长钢丝（吊挂灯具的线材粘贴在钢丝背面）
15m延长钢管，哑光黑
吊装BL 1000(灯头配柔光纸)
延长灯杆立面安装示意图
T形延长灯杆
剧场吊杆
T形延长杆，抱卡固定在剧场吊杆上
圆形钢管，焊接T形延长杆
吊装
T形延长灯杆立面安装示意图
1号
2号
3号
柱光吊装
耳光电脑灯

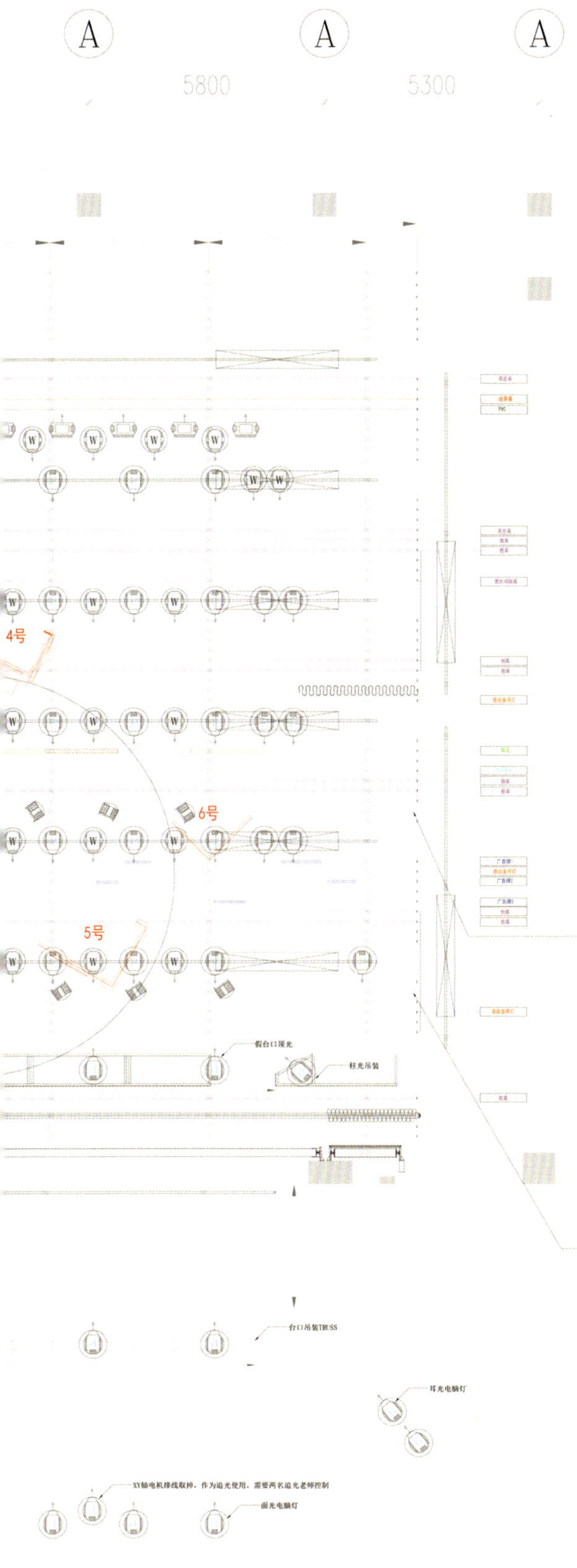

灯具图例：

设备型号：	顶视图：	正视图：	侧视图：	正视图（带灯钩）	侧视图（带灯钩）	数量
6kw 镝灯：						2
1400 图案切割：						129
1400染色切割：						38
影视5K回光灯（旧灯订制改造，详见特殊灯具需求清单）：						10
影视2K螺纹聚光灯（旧灯订制改造，详见特殊灯具需求清单）：						12
SS819 LED天地排：						10
雾机：						2
PAR64-CP62：						12
LED 条灯：						16
成像灯26°：						16
Acme BL 1000：						16

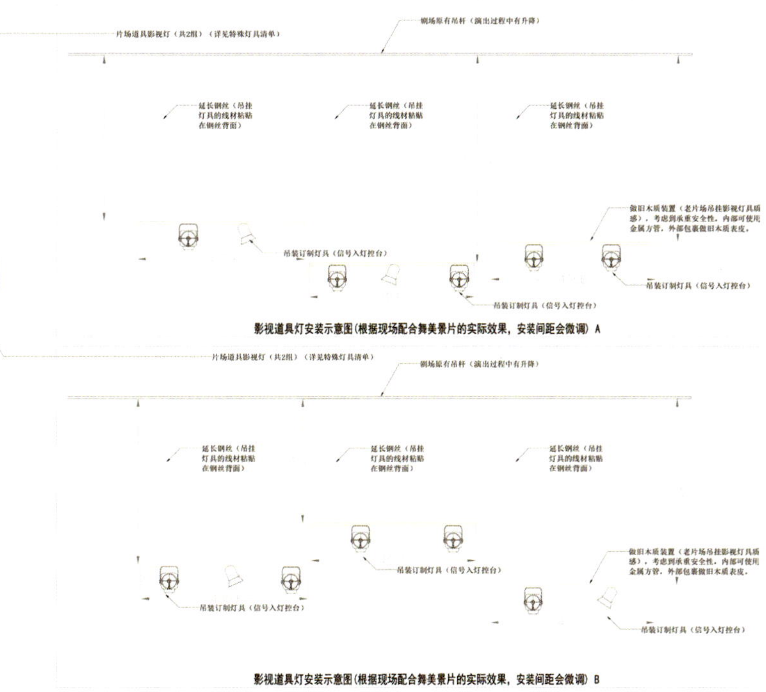

图3-66 《咏春》灯位图

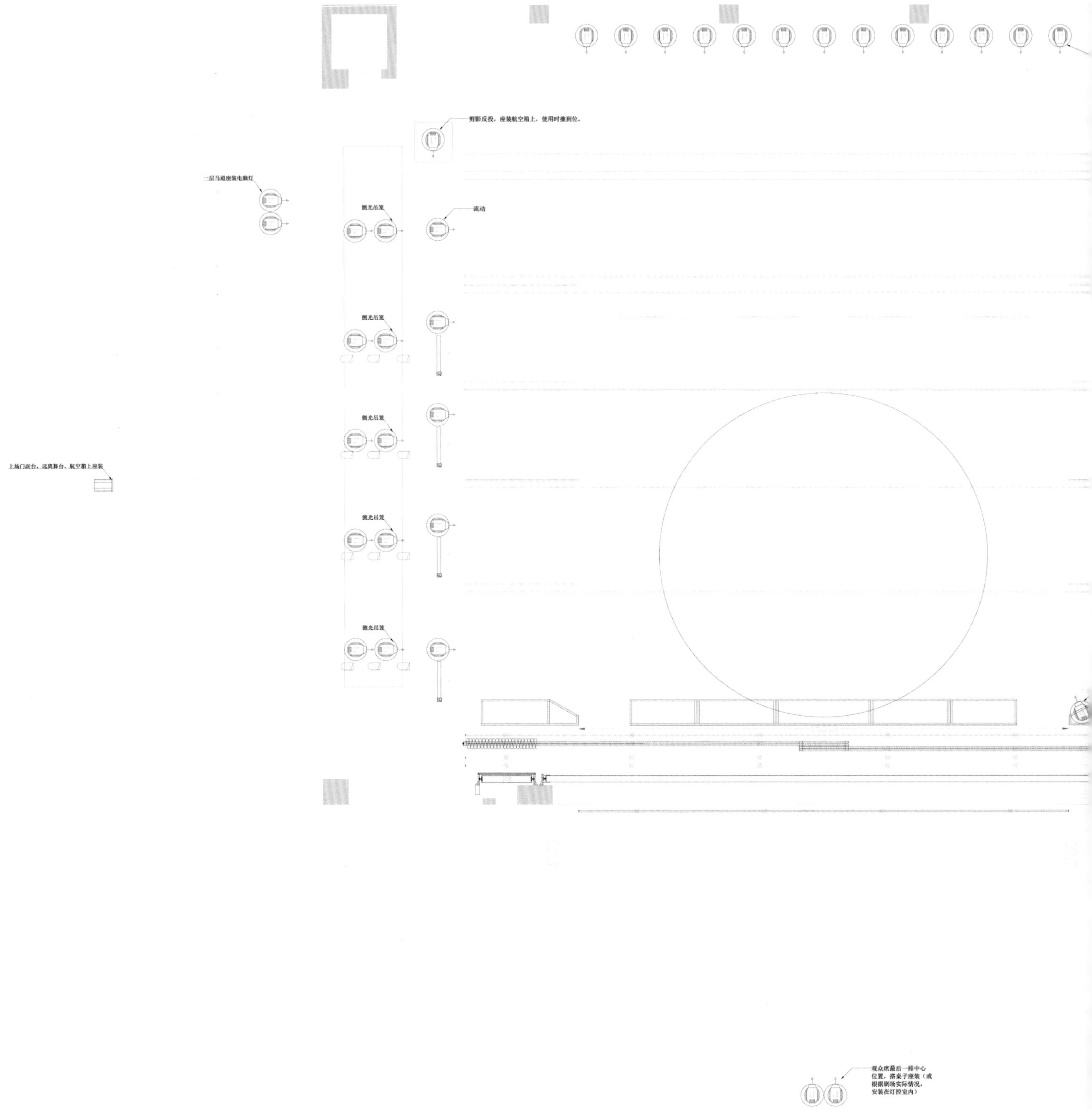
剪影反投，座装航空箱上，使用时推到位。
一层马道座装电脑灯
侧光吊笼
流动
侧光吊笼
侧光吊笼
侧光吊笼
侧光吊笼
上场门副台，远离舞台，航空箱上座装
观众席最后一排中心
位置，搭桌子座装（或
根据剧场实际情况，
安装在灯控室内）

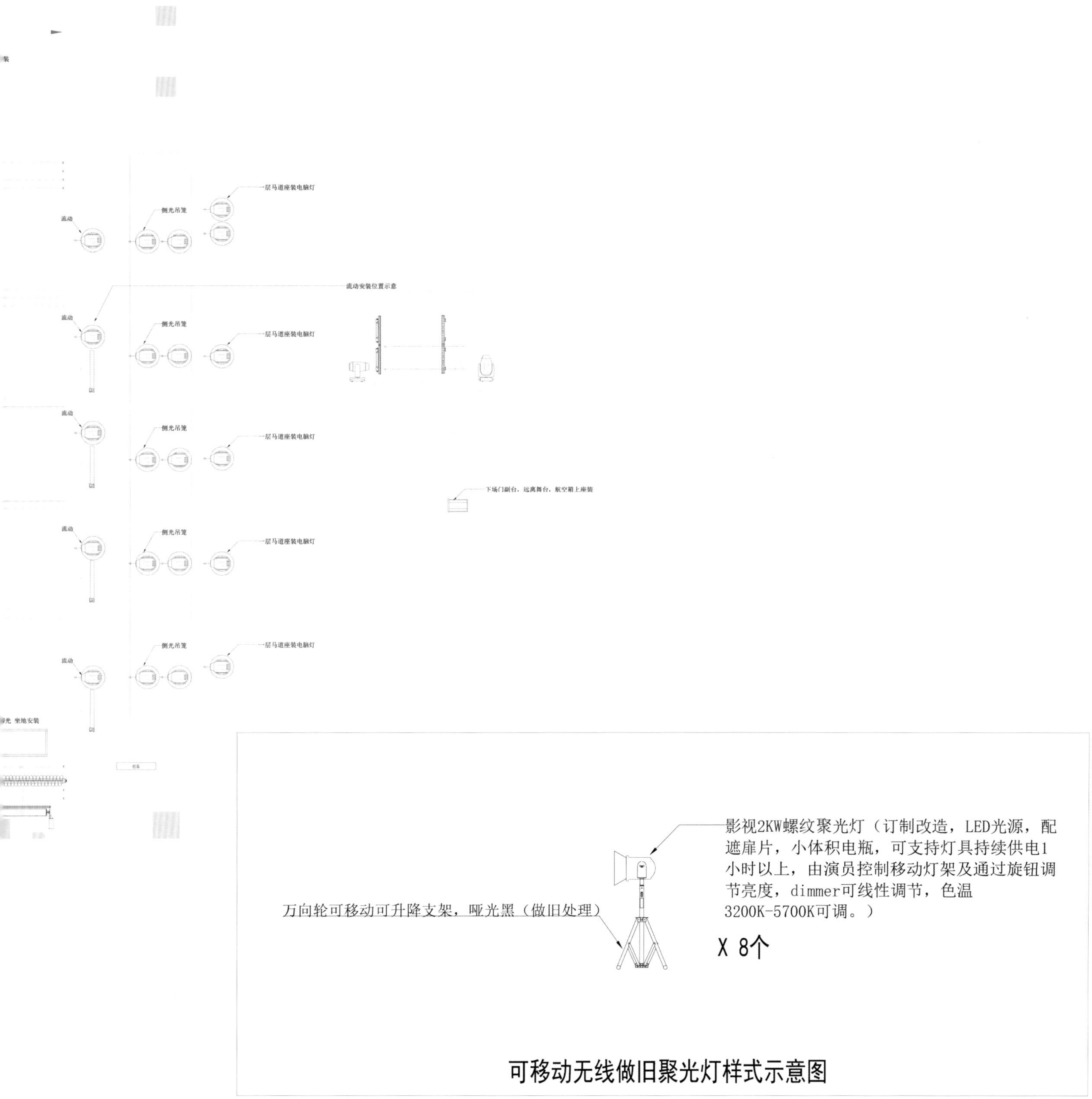

流动
侧光吊笼
一层马道座装电脑灯
流动安装位置示意
下场门副台，远离舞台，航空箱上座装
影视2KW螺纹聚光灯（订制改造，LED光源，配遮扉片，小体积电瓶，可支持灯具持续供电1小时以上，由演员控制移动灯架及通过旋钮调节亮度，dimmer可线性调节，色温3200K-5700K可调。）
万向轮可移动可升降支架，哑光黑（做旧处理）
X 8个
可移动无线做旧聚光灯样式示意图

图3-67 《咏春》灯位图

芭蕾舞剧《白蛇传》

编　　剧：张　萍

导　　演：王　舸

作　　曲：郭好为

舞美设计：秦立运

灯光设计：任冬生

出　　品：广州芭蕾舞剧院

首演时间：2022 年 7 月 12 日

芭蕾舞剧《白蛇传》创作的重要目的，就是以当下审美，借古典题材来创作一部极具现实意义的作品。导演想要借这一部作品，来探讨“在快节奏、信息爆炸的时代和充斥着各种声音的社会中，我们如何找寻初心，如何看到心灵深处最真实的东西”，在导演看来，《白蛇传》就像一面镜子一样，能反射出人性的很多特点：有对爱情的忠贞，也有对权力、欲望的贪婪……而这些在现实社会中也比比皆是。

这部芭蕾舞剧是根据大家耳熟能详的中国经典故事改编的舞剧作品，舞台上使用了大量的白色，基于比较抽象与大写意的可移动线幕，结合这一介质，灯光设计试图通过对整体色调的控制来达成类似宋代绘画的色彩运用方式，通过浓淡、明暗、撞色等古典质感营造出一种简约的舞台视觉，使芭蕾舞剧《白蛇传》在极简的空间结构基础上，展现出更为丰富的意蕴与层次感，帮助观众更好地通过舞蹈感知故事氛围和舞台环境。

我们追求一种柔和、清秀的效果。如在“惊蛰”舞段中，灯光采用柔和的色彩，如淡黄、淡蓝、淡绿等，使其温和、雅致，表现出角色及氛围的那种既美丽又莫测的神秘感。对于“书院”舞段我们更多地追求一种和谐。我们使用极其温柔的色彩和光线，营造出一种安定、宁静的氛围，展现许仙与众书生文质彬彬、风度翩翩的书生气，突出舞蹈中的内敛之美。“法海独白”“端阳”两段舞段则更突出强烈对比色（如蓝橙对比），（小青诱惑法海时）经文图案片叠加进画面里，进一步强化法海这一角色的复杂性，增加戏剧与舞蹈的视觉张

图3-68 《白蛇传》剧照

力。“日子”舞段运用大量自然色如暖白色、冷白色与图案灯树影营造更安静的氛围，结合舞美结构呈现出的光影变化，营造出自然写实的医馆环境，例如白娘子施展法术场景中的灯光切换来创造出施法的感觉。

舞台视觉上我们追求东方美学，在舞台上深入探讨东方美学在现代舞台艺术的应用与延展的过程。在这个过程中，我们需要深入挖掘东方美学的精神内核，理解其历史渊源和文化底蕴，同时运用现代舞台艺术手法，对传统元素进行创新性的演绎和呈现。灯光的光色变化，掩映出烟雨江南的湖光山色。从东方美学的思路来看，空间与光影是一种阴阳的平衡，相互依存。在舞台艺术中，实体与光影皆有操纵性，因而使得光影能够对实体有深刻的影响，甚至打破实体的束缚，通过观众视觉感知的局限，利用光对客观的舞台实在进行重塑和再造是具有可能性的。

破立之间，舞台视觉艺术的时空方能得到层次更为丰富的延展。

图3-69 《白蛇传》剧照组图

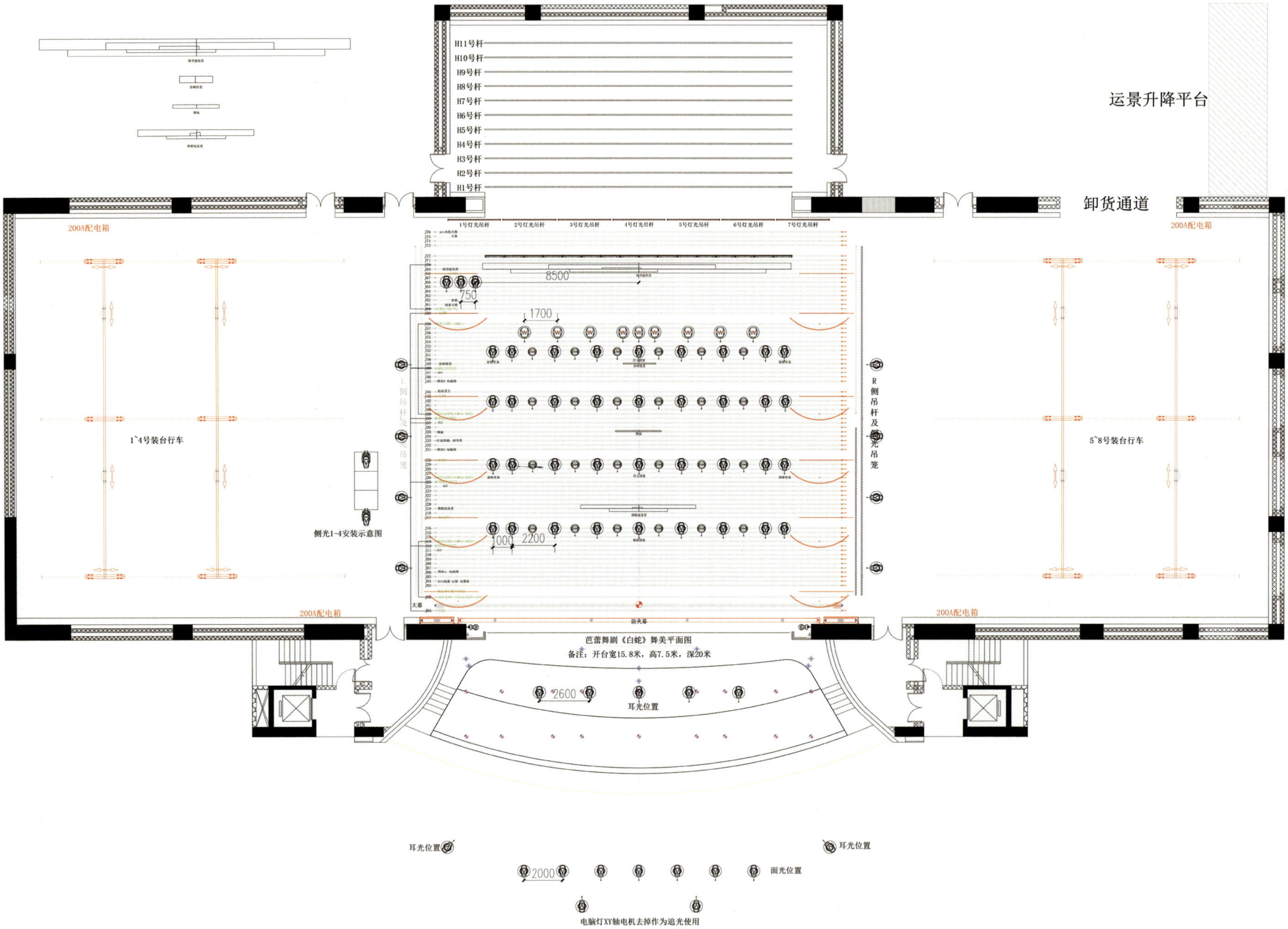

图3-70 《白蛇传》灯位图（吊装部分）

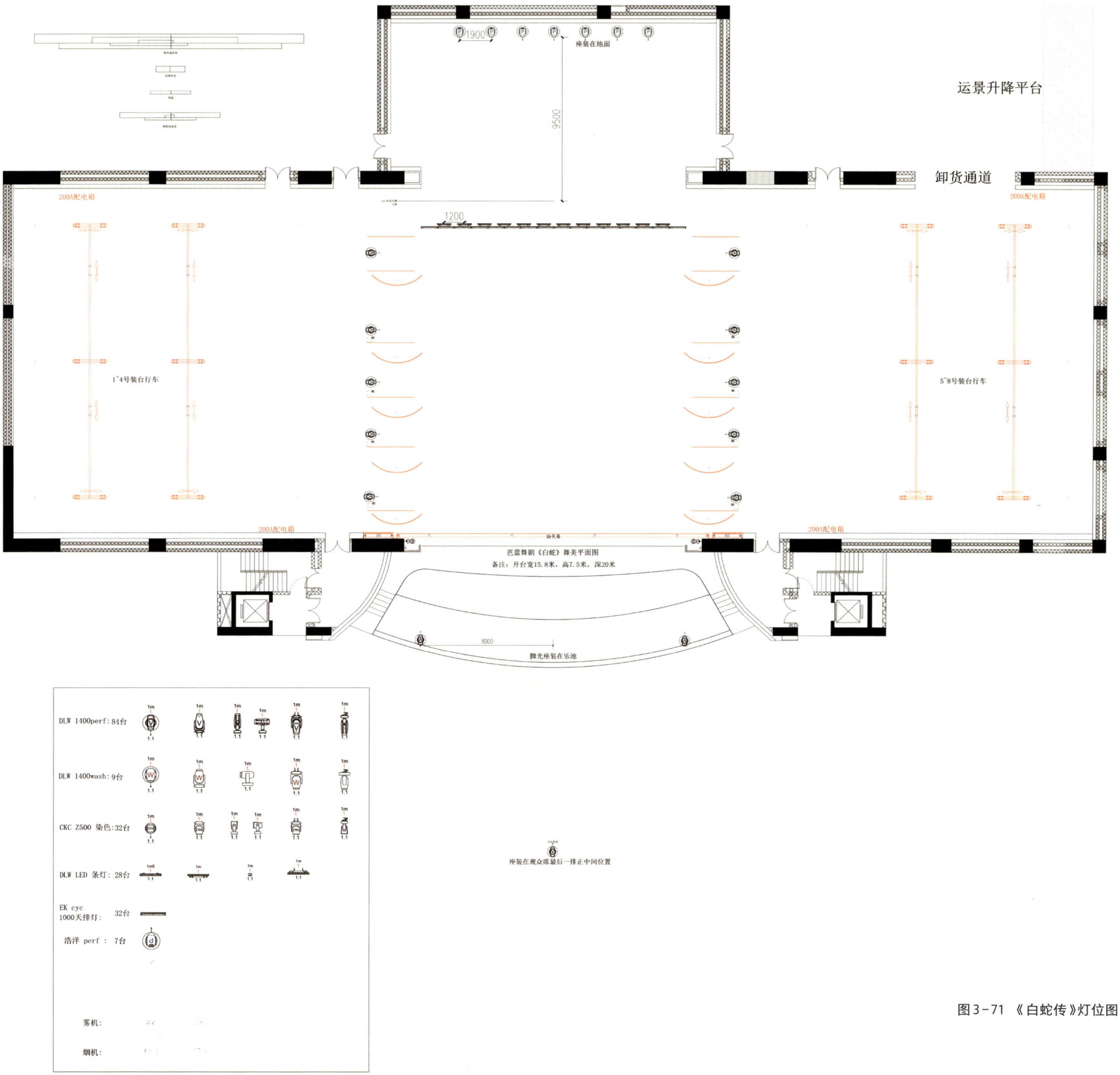

1900
座装在地面
9500
运景升降平台
卸货通道
200A配电箱
200A配电箱
1200
1~4号装台行车
5~8号装台行车
200A配电箱
200A配电箱
防火幕
芭蕾舞剧《白蛇》舞美平面图
备注：开台宽15.8米，高7.5米，深20米
8000
脚光座装在乐池
座装在观众席最后一排正中间位置
DLW 1400perf: 84台
DLW 1400wash: 9台
CKC Z500 染色:32台
DLW LED 条灯: 28台
EK cyc
1000天排灯:
32台
浩洋 perf : 7台
雾机:
烟机:

图3-71 《白蛇传》灯位图

舞蹈剧场《火车站》

编　　剧： 崔　磊

导　　演： 黎　星

作　　曲： 肖　骏、安　雨

舞美设计： 刘科栋

灯光设计： 任冬生

出　　品： 黎星工作室

联合出品： Hello Dance 吾街舞

首演时间： 2022 年 12 月 16 日

舞蹈剧场《火车站》起始于我与黎星的一次约定，当这个剧目如期而至，对于灯光设计来说，也将踏上这一次旅程……

光，仿佛是划破黑暗的一道划痕；

路，即将在脚下延展；

窗，留下记忆中的模糊；

人，在接踵而至中痴迷。

对于舞者来说，这是一次没有目的地的出行，对于我来说，这是一次没有终点的实验，收获的将是沿途的风景。

舞蹈剧场《火车站》不是一部以情节构筑的舞蹈剧场作品，没有讲述完整而具体的故事，更像是一幅世间百态的人生缩影。

剧中七个主要角色，仿佛代表了七种不同的人生际遇。舞台视觉呈现了一座充满隐喻、未知和令人不安的火车站、候车厅场景。“火车站”既是起点亦是终点，这里有出走、回归、漂泊、游离，不管哪一种都需要下定决心、有足够的勇气。

舞台后区设置一台高亮低角度灯具，当门被徐徐打开，一道白色强光破门而出，制造出一种非现实场景。当剧中每一个人物走进这道门，都仿佛进入到另一个时空。

图3-72 《火车站》剧照

当巨墙缓缓升起，舞台外围的一组 LED 条灯围绕舞台一圈，对于空旷的舞台有一种视觉包围感，所有舞者置身其中为舞台营造出一种虚幻、缥缈、非现实的视觉效果。

突出人物内心情感表达，克制考究的色彩运用：为突出小站长正直、开朗、乐于助人的人物性格，小站长的现实空间主要以冷白、暖白为主。在凸显小站长几次心理活动中使用非现实感的蓝色，从而形成鲜明对比。

这次的创作，我们尝试用非常规的布光，形成独特的灯光语汇，比如将表演区用条形灯光围绕起来，不仅让表演区域形成区域感，有时它也能渗透出遮挡景片下沿，造成舞台的悬浮感；或者在观众席后区安装平射的切片电脑灯，将演员的影子多重投射在墙片上，造成光怪陆离的叠加效果；脚光和柱光的设置，还有在舞台后区高光位的高亮度电脑灯，穿过柱状的布景，在舞台地面形成强烈的光影效果；这些非常规的灯光角度，给予这部作品不同以往的视觉感受。

这种独特性恰恰与舞蹈非常契合，形成非现实空间的对话方式，也造就这部作品特立独行的气质。

破立之间，舞台视觉艺术的时空方能得到层次更为丰富的延展。

图3-73 《火车站》剧照组图

舞蹈剧场
火车站
THE STATION

图3-74 《火车站》剧照组图

舞蹈剧场
THE
STATION

图3-75 《火车站》剧照组图

图3-76 《火车站》灯光手绘示意图

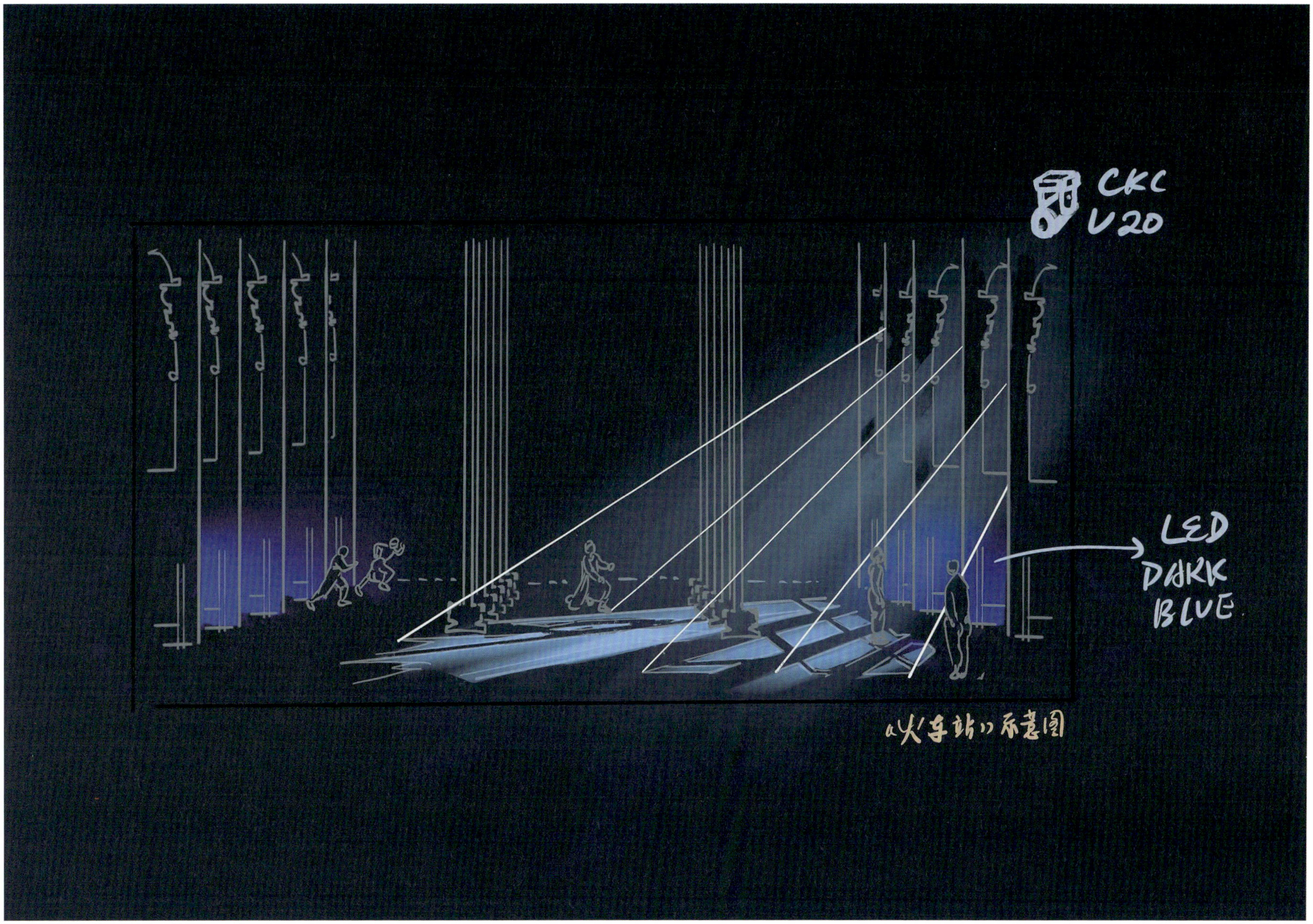

图3-77 《火车站》灯光手绘示意图

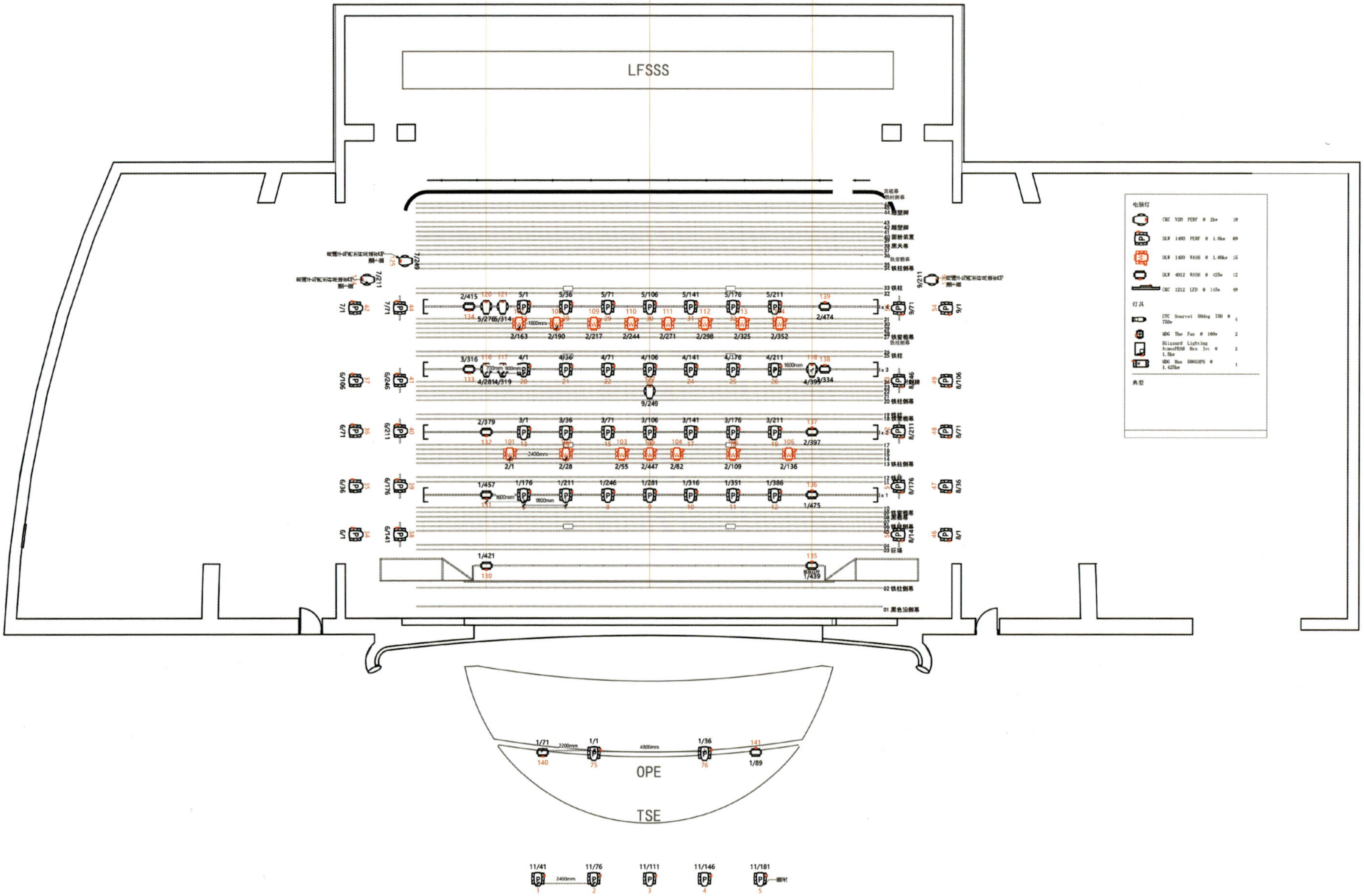

图3-78 《火车站》灯位图（吊杆平面图）

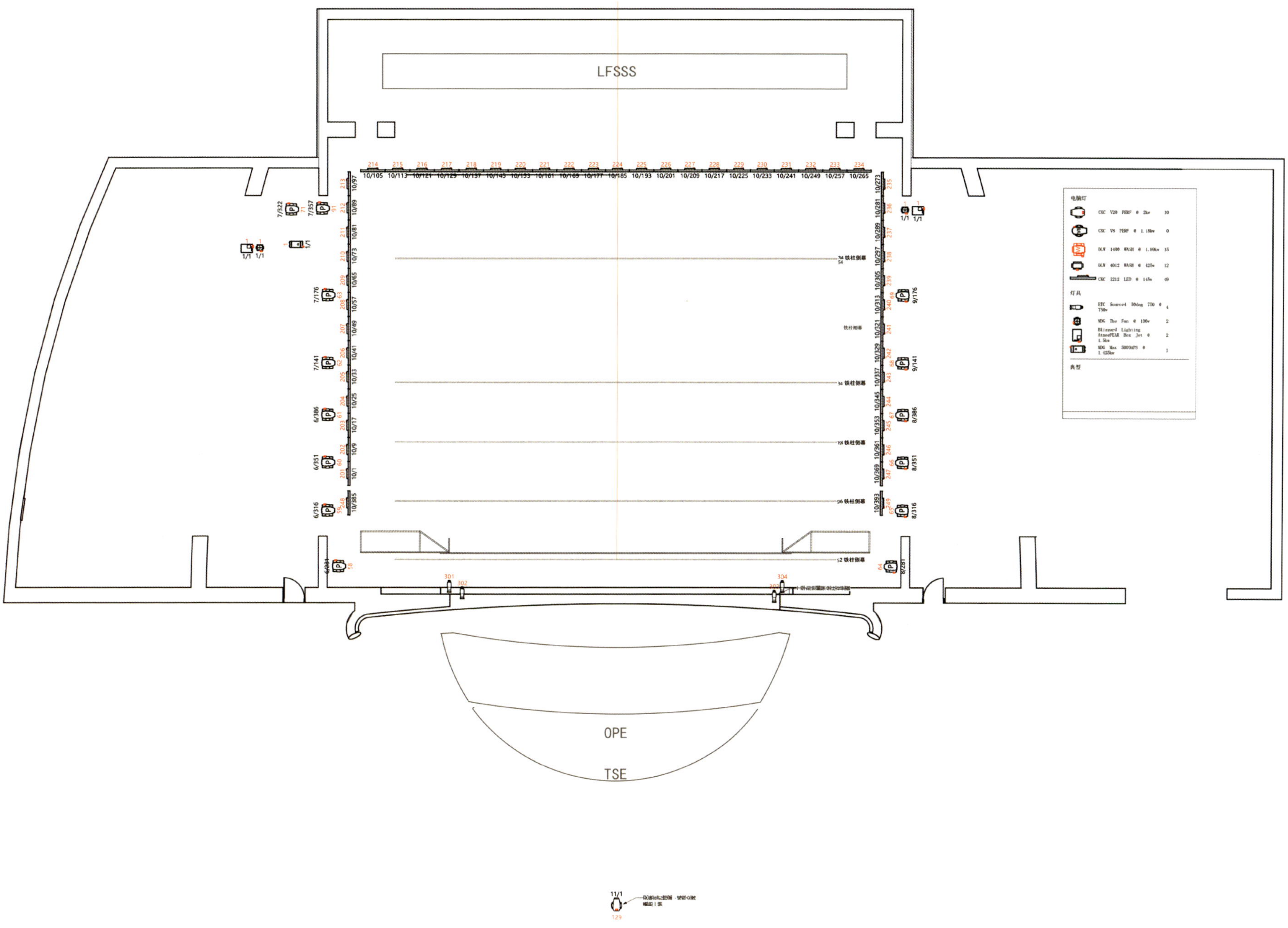

图3-79 《火车站》灯位图（地面灯位俯视图）

话剧《初步举证》

编　　　　剧：[澳]苏西·米勒

译作/文学顾问：胡开奇

导　　　　演：周　可

主　　　　演：辛芷蕾

舞 美 设 计：沈　力

灯 光 设 计：任冬生

出 品 / 制 作：上海冠佑影视文化有限公司

首 演 时 间：2023年6月15日

话剧《初步举证》以深情笔触描绘了一位出身贫寒，凭借不懈努力考入名校并成功步入法律界精英行列的女律师泰莎。正当事业如日中天之际，一起突如其来的性侵事件颠覆了她的生活，不仅令其职业与情感遭受重创，更让她洞见法律体系的裂隙。于是，泰莎挣脱了禁锢思维的法律框架，开始积极为正义发声，并激励每一个人为此付诸行动。

灯光设计在全剧呈现出显著的整体布局和局部变化的特点。上半场，通过大面积、无明显边界、均匀柔和的照明，展现出泰莎从寒门到精英的成长历程以及性侵案的发生过程。光色整体保持在白光基调内，通过色温差异来划分场景，对于酒吧、律所办公室及案发现场等关键环节，采用了深沉冷蓝调渲染，既强化视觉记忆点，营造出各具特色的空间氛围，又精准传达了主人公内心的挣扎与苦楚。

下半场聚焦于泰莎在法庭为自己辩护的激烈斗争。故事主要围绕法院、证人室、审讯室以及回忆中的医院、办公室展开，此时灯光运用更具针对性和锐利感，犹如冰冷无情的司法环境，肃穆、压抑而令人窒息。

在灯光艺术手法上，本剧巧妙地运用了视觉隐喻和精神象征元素。例如，选用带有色温变化的LED染色灯，使得整部剧的光影效果如同主角自述般自然融入剧情，引导观众深入故事。脚光部分摒弃传统条形光源，改用9盏PAR 16灯具，不仅小巧不挡视线，且形态上寓意着多角度的采访话筒，象征着泰莎以亲身经历向公众传递正义之声。此外，在模拟案发时激光扫描的效果处理上，剧组经过反复尝试，最终采用三台顶光电脑灯的切割、色彩调控及时间触发程序，生动再现了激光扫描般的视觉冲击。尤其值得一提的是，在案发现场，舞台门洞内的水雾与地逆光位巧妙结合，产生强烈的视觉反应，仿佛将演员破碎受伤的内心世界具象化，透过影子与缥缈水雾的交织，生动呈现了主人公身心受创后的狼狈与模糊的记忆状态。而在下半场所描绘的医院场景中，泰莎被置于手术台上接受检查，尽管只是一小块圆形光区，我们却精心叠加数台顶光染色灯，模拟出无影灯质感，同时利用挑台切割灯投射出一道细长的绿色光线，宛如场景的灵魂所在，成为该段落的神来之笔。最后一幕的审讯环节，高亮度的白色脚光让演员成为全场焦点，形成逼仄压抑的庭审氛围。投映在马闸门上的影子则象征着主人公内心深处的自我对话，不断接受审讯、质疑与拷问。

全剧130分钟，仅由一位演员独挑大梁，简约的布景与灯光相得益彰，共同构建起多元时空与情境。尽管泰莎的控诉并未赢得胜利，但这部戏所蕴含的力量，无疑会给予广大女性群体温暖、勇气和面对困境的决心。

图3-80 《初步举证》剧照

初

图3-81 《初步举证》剧照

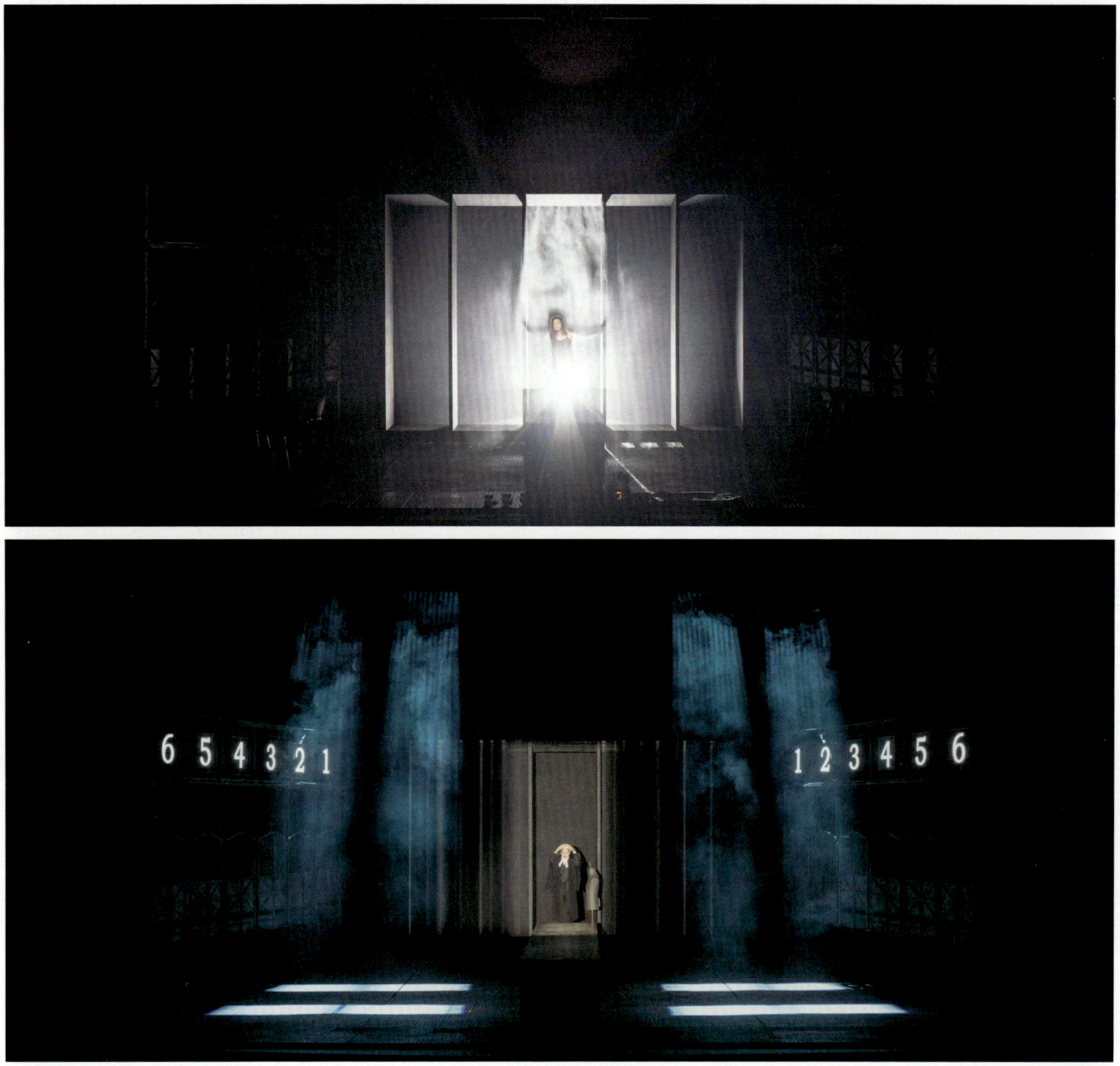

图3-82 《初步举证》剧照组图

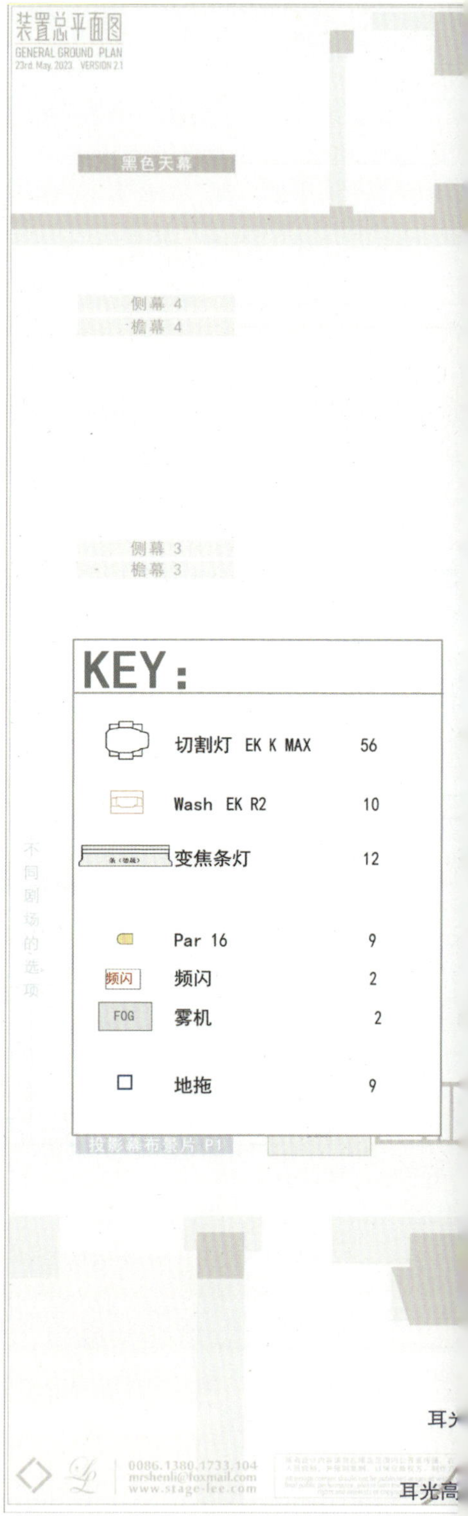

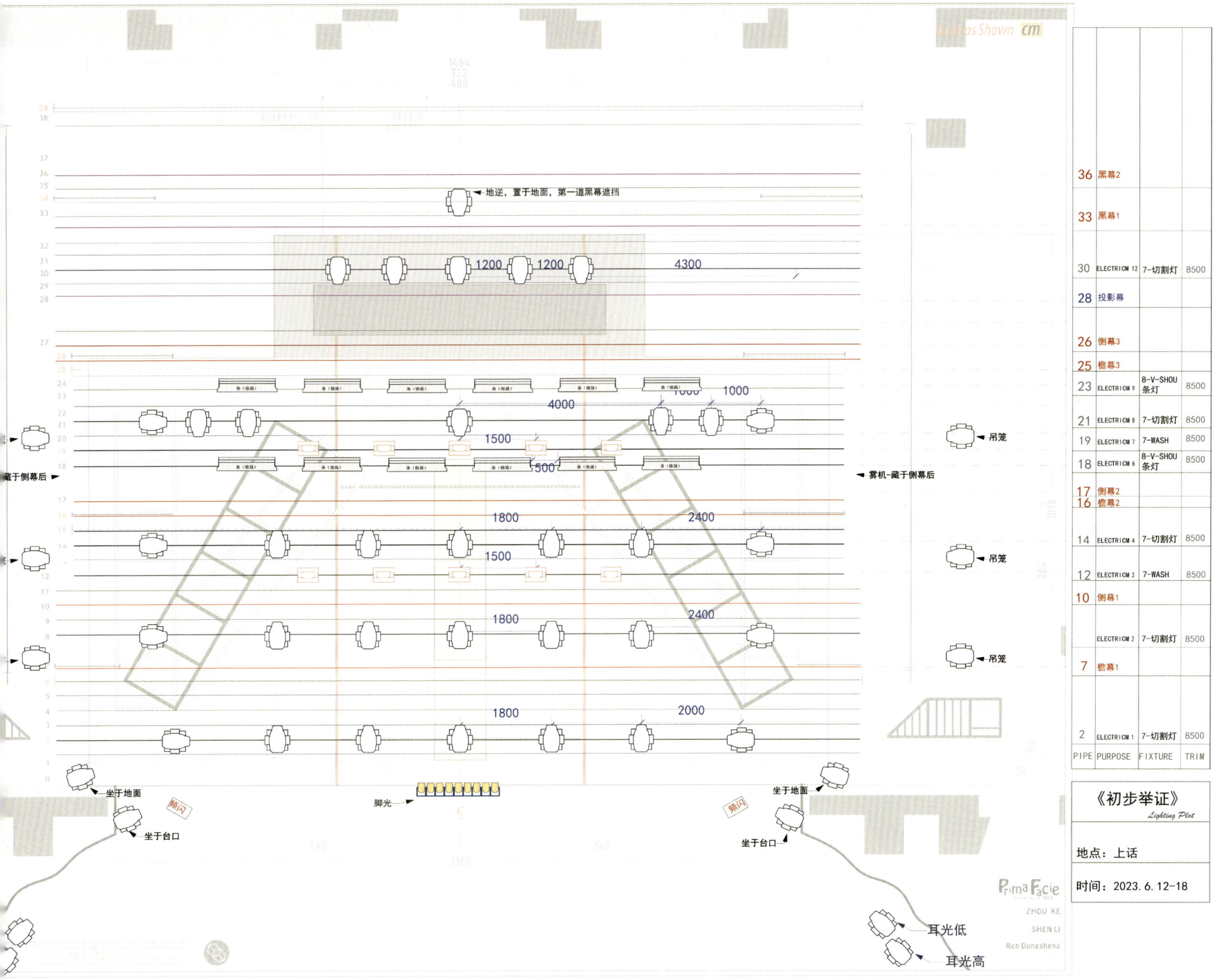

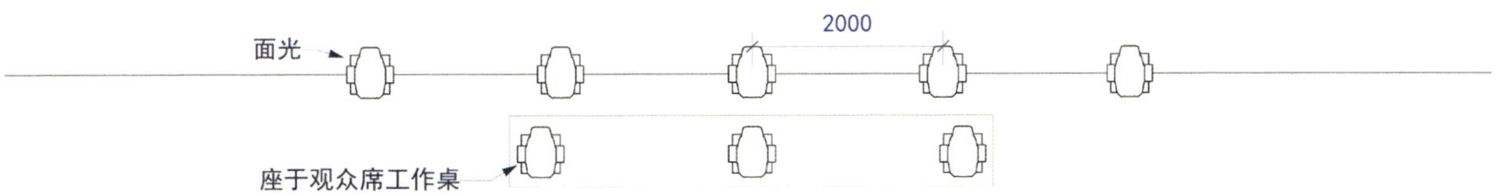

图3-83 《初步举证》灯位图

话剧《边城》

导　　演：[以]露丝·康内尔

作　　曲：小　河

舞美设计：李　奥

灯光设计：任冬生

出　　品：鼓楼西戏剧

首演时间：2023年9月14日

《边城》以20世纪30年代川湘交界的边城小镇茶峒为背景，以兼具抒情诗和小品文的优美笔触，描绘了湘西地区特有的风土人情；借船家少女翠翠的纯爱故事，展现了人性的善良与美好。在沈从文先生小说的字里行间，我们触摸到田园牧歌式的“命中注定”。这些冥冥中牵绊的命运，犹如看不见的绳索，使人惶惶恐恐，命运的线就这样淹没在时间的蹉跎中，也许记忆是最好的那一根，即使很纤细，但是它却牢牢地系在深处。

这部剧灯光特点之一是不使用电脑灯具和LED灯具，全部为par灯、成像灯、碘钨灯等传统照明设备。我们这样选择的原因，一是要追求一种质朴无华的质感，二是避免电脑灯具的风扇噪声。滤色片采用LEE，色纸的色彩追求一种灰色度，通过不同色纸的叠加呈现出灰度的冷暖关系。使用传统灯具是在光质、光感、光色上，还原田园诗一般的朴实，温暖和温润。

此次特邀以色列导演露丝·康内尔(Ruth kanner)执导，她非常擅长“讲故事、肢体表达、视觉意象”并重的“说故事剧场”(Storytelling Theatre)。说故事剧场源自1975年英国，区别于通常的表演形式，其更加需要将灯光的“人工痕迹”隐藏起来，避免刻意的光斑切割和GOBO元素，让灯光润物于无声，从而突出演员本体和由此构建的想象空间。那么为“润物”与“无声”寻求一个合适的平衡点，是这次灯光设计着重思考的一个问题。说故事剧场还有一个特点是注重表演与观众的互动，演出过程中演员经常需要看清观众，因此特意配备了8台碘钨灯进行观众席可淡入淡出的照明。虽然和Ruth导演有着不同的文化、理念，以

及语言背景，但源自对戏剧的那份热爱，让我们能够找到共同的目标与契合点。

在鼓楼西的剧场里，《边城》的动人故事将以沉浸式演出的形式呈现。将固有的观众席座椅完全收起，在空场中搭建一圈异形的双层座椅，围绕其形成一个中心式舞台，四面观众。同时舞台的上方空间错落吊挂着可移动的粗绳、硫酸纸等装置。中心式舞台布光相较于传统镜框式舞台更为复杂，须考虑到四面观众的观演效果，又不能令某个方向的观众晃眼，在灯光合成阶段还要在观众席不同的角度进行多次设计调整。舞台的四个角落分别设置了两组灯具，一组 par 62 加色纸形成升色温冷光，另一组 36 度成像灯加 GOBO 片较大幅度放虚，构成暖色、有意向的视觉元素。通过两组光效的转换，来烘托情感和转换时空。它们充当对面观众逆光的同时也成为本侧观众的面光。舞台上方有两组相反方向的面光，能保证演员朝各个方向表演时的面部照明。由于舞美吊景、绳幕等穿梭在舞台上方空间，并且演出中还会移动升降，这对光位和出光角度的要求则更为严格，不仅前期要通过电脑 3D 建模进行模拟测试，进剧场后还要根据舞美的实际运动再进行调整，以呈现和谐、统一、干净的舞台画面。让四面观众沉浸在翠翠的诗情画意中。

在演出中演员可能会出现在剧场的任何一个角落，而不仅出现在舞台上，灯光要考虑不同位置及光区呈现的剧情氛围感、角色情感、观众观感，以及画面层次感。我们根据演员的调度和主要演区的归纳梳理，翠翠家、顺顺家、渡船路线、吊脚楼，等等，根据剧中不同演区场景的特点，进行针对性的布光。例如噩梦一场戏，演员在岩石支点处表演，我们通过楼梯缝隙隐藏了一盏成像灯，对演员进行低角度投射，在墙上形成光影，强化翠翠噩梦时的内心感受。再如翠翠家是比较贫寒简陋的，而顺顺则是一方豪杰绅士，他的家里也应该是明亮开阔的感觉，因此在翠翠家设置了略带斑驳质感、斜侧光位、颜色偏暖的光效，而船总顺顺家则明亮均匀、用一层 Lee 201 色纸为主光源升色温，形成两种不同家庭场景特征的暗示和烘托。舞台外的一些调度同样会根据当时的情境以及人物的内心空间进行不同的灯光处理。通过不同光区的交替穿梭，让观众在茶峒的时空旋律中畅游旅行。

这是一种充满想象力的剧场形式，充分发挥“少即是多”的美学理念，在鼓楼西剧场，随着灯光逐渐亮起，将观众领进茶峒船家少女翠翠的纯爱故事之中……

图3-84 《边城》剧照

边城
HE BORDER TOWN

图3-85 《边城》剧照

图3-86 《边城》剧照

灯位总图

par61：9只

par62：15只

50°成像灯：14只

36°成像灯：37只

26°成像灯：9只

19°成像灯：7只

短par（遮菲）6只

碘钨灯：8只

频闪灯：2只

雾机 1只

色纸：
雷登85A． 用量较多
Lee 201. 用量很多，

柔光纸、遮光纸

图案片：树影 x10片

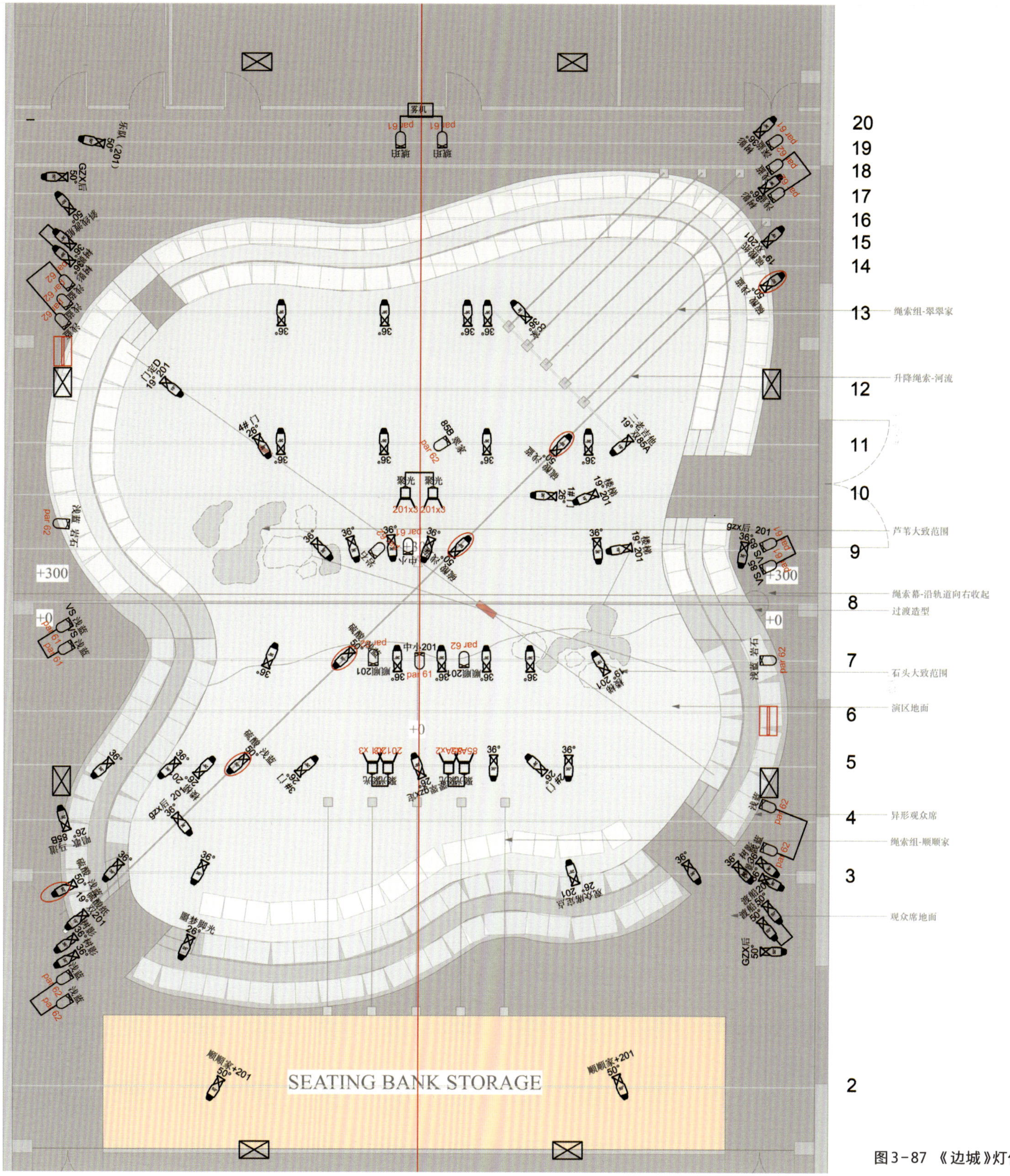

图3-87 《边城》灯位图

人类社会不断发展。随着观众审美需求日益增长，为了更大限度地满足观众需求以及更好地为舞台演出服务，越来越多的科技手段被运用到舞台表现中，科技在舞台设计中催生了大爆炸。

在数字化的今天，舞台视觉增添了很多新的表达元素，为舞台提供了更多的可能性。手段、元素的丰富不等于滥用，舞台新元素的运用不是让我们制造舞台视觉垃圾，而是要让科技与舞台、与传统舞美融合，创造统一的舞台视觉语言。斯沃博达曾说："一个剧院总是可以让人想起一艘船上的船员，甲板下的锅炉工、普通水手、船员、船长，担负着在特定时刻非他莫属的角色，共同协助船长安全地从一个港口驶向另一个港口。"在舞台上，无论科技如何发展，各部门利用多种新型的技术与元素，但仍然需要注意视觉呈现的整体性和统一性。只有这样，才能够使得视觉呈现效果更加强烈，引起观众的情绪起伏与更多的感受和思考。

总之，当代的舞台设计者不可避免地要兼顾跨界与融合，舞台的艺术创作给了我更多的基础和接触各种门类的科技艺术材料的条件。所以，我可以选择的媒介就不是相对单一的元素。我觉得，舞台设计者本来就是一位杂家，需要了解影像、灯光、机械、表演，等等，所有元素交互在一起去完成一个作品。所以我们需要对我们做的每一件事负责。舞台作品不一定要跟上数字技术的发展，但是我们每次使用东西都要探究它背后的原因，这对于舞台视觉来说尤其重要。当代舞台需要突出诗意的东西，其实践的核心便在于向舞台本体的回归。舞台越简单，惊喜效果就越大。观众可以通过舞台设计创造的世界轻松地感受到表演世界的创造过程，而不是创造魔术和幻想，在表演之间创造障碍。

在科技迅猛发展的当下，有关科技与人性的讨论层出不穷，就像畅销书《克拉拉与太阳》中探讨机器与人类情感一样，数字化已经充分走进了人们的生活，可以说新的一代生活在一个被数字化包围的世界，我们的工作、学习，生活交往以及娱乐都逐步走进了数字化时代。舞台也更加"数字化"，机械舞台的数字化，电光源的进步，灯具的革新，调光技术的发展尤其是数字化网络系统的进步，赋予了新的舞台视觉艺术表现的生命力，使舞台视觉艺术表现形式和表现效果更加多元，让观众感受到舞台三维立体空间构成的光影和色彩画面，使观众更加身临其境地感受到、观赏到艺术的美。科技的进步为艺术的发展带来了许多新的契机，数字化舞台艺术不仅传承了传统艺术形式，而且为艺术创作带来了新的创作方式，为艺术家提供了发挥才能的工具，使艺术创作获得更大的自由，进而成为当今艺术领域中不可忽视的新力量。

融合与探索

观念演出《对话 · 寓言 2047》（一、二、三季）

导　　演：张艺谋

执行导演：何璐璐

视觉总监：任冬生

出　　品：上汽通用汽车别克品牌

制　　作：北京君为传播集团

第一季首演时间：2017 年 6 月 16 日

第二季首演时间：2018 年 6 月 12 日

第三季首演时间：2019 年 9 月 13 日

互联网和智能科技的飞速发展，给人们的生活带来了巨大变化，其中也带来了困惑：在算法和数据面前，几千年来人类最原始的情感基因将何去何从？我们追求和掌控着什么？我们得到了什么，又失去了什么？我们从哪里来，又将去向何方？《对话 · 寓言 2047》将古老原始的人性渴望，置于飞速迭代的、不可预测的未来视野中进行审视并展开人性与科技的对话。2047 象征未来，该剧从寓言中映照现实，紧紧围绕“人与科技的关系将何去何从”这一核心命题，从科技、艺术、人文三个维度提出自己的观点：科技为人，它应与人性奏出美好的和声。

自古以来，人类在不同时代会有不同的发明和创造。今天，新技术日新月异：大数据、生物科技、移动互联、人工智能……人类的发明如此强大，强大到令人类自己开始担心：我们是否对科技过度依赖？《对话 · 寓言 2047》观念演出的最大特点是打通时空限制，呈现全然的可能——把古老文化传承与全球科技创新融合。那些在现在看来古老的文化技艺，在它们刚诞生的时候都曾大胆地融合与创新，它们创造了历史。今天，来自全球的科技创新团队正在继续创造着历史和未来。《对话 · 寓言 2047》从全球性环境污染、人类与人工智能的关系、人类在大数据环境中的生存、文化遗产的存续、未知世界探索等角度出发，继续聚焦科技与人文延续之间的关系。该剧汇集了小型无人机、机械臂、矩阵灯、大鱼飞行器、动力三角装置、激光撞体投影等高科技元素，以及陕北说书、南音、笙、花儿、海菜腔、侗族大歌、京剧等传统艺术文化表现形式，共同打造全新的艺术作品。

舞台上巨大的手机屏幕随着音乐和灯光亮起，在梨岭木桐号子单调却又原始的声音中，一群又一群现代人张牙舞爪地走进这个巨大的屏幕接受“科技异化”，在这个异化的过程中，有的人愉悦，有的人挣扎，也有的人悲伤。源源不断的人加入进来，在狭小的手机里成为一名低头族，行尸走肉般走向远方。一声声的号子是古老文明对现代科技侵蚀的呼唤，试图唤醒沉浸在手机世界中的每个人。木桐号子是伐木工人在工作中互相传递信息的方式，在我国已经有300多年的历史。在机械代替生产力的大环境下，传递信息的方式也在发生改变，木桐号子也向着科技低头，逐渐消失在历史的舞台中。张艺谋的《对话 · 寓言2047》精选节目将其搬上舞台，并与现代舞相结合，赋予了木桐号子全新的生命力，也完成了两种文明的对话。

《神鼓 · 影》将现代舞、机械臂、鼓、呼麦和马头琴这些看似不相干的元素结合在一起。这不是简单的混搭，而是一场跨越时空的对话。鼓声是最原始的力量，深沉充满生命力的声响；呼麦和马头琴空灵的声音是人与自然、宇宙进行有效沟通、和谐相处的重要途径；现代舞是最具哲思的身体语言，身体是我们能够拥有的世界的总媒介；冰冷的机械臂代表了中国前沿的科学技术成果，也是科技文明的缩影。三种最有力量的古老的语言与人和机械进行了一场跨时代的对话。

《碗碗腔 · 矩舍》中，在碗碗腔艺术家王进法古老而充满爆发力的声音中，现代舞者胡婕在“盒子”里面、现代舞者李宇在“盒子”外面共舞，女人在盒子里不断挣扎，想要逃出这个禁锢的牢笼。两位舞者，一实一虚，更像是在互联网和大数据下人与人之间的交往，在自我内心的极度挣扎之下，舞蹈也变得支离破碎。最后舞者冲破了束缚，被吸入宇宙的旋涡，碗碗腔依旧。碗碗腔是陕西省汉族戏曲剧种之一，在形成的过程中吸收了较多老腔的艺术成果，却又与其有所区别，适当吸收皮影戏中的人物表演，而这一次《碗碗腔 · 矩舍》的舞台上舞蹈替换成了“支离破碎”的现代舞。碗碗腔像一曲悠长古老的颂歌，不管时代如何改变，在历史的长河中永不停息。

在《承云 · 阵》舞台之上，音乐人吴彤演奏着我们的传统乐器“笙”，将所有人带入历史的长河，突然一阵电音参入其中，极具现代风格的电音将两个世界连接。由6000条特殊材质纤维构成的矩阵灯装置跟随音乐节奏泛起波浪，光线也随之变换出不同的色彩效果，最后组合成为一个人的形态，却是模糊不明，好似科技模拟出的虚假物，又好似真实存在的人类。它表现着不同的动作，仿若在舞蹈一般。流传千年的中国传统乐器笙，是世界上最早使用自由簧的乐器，声音就像教堂管风琴一样出尘而空灵。传统乐器与当代流行的电音结合，是民乐的一次全新演绎，我们就像在创作一门新时代的对话语言，笙的复杂的乐器表现力在和电子舞曲的规整律动感之间寻找平衡，也寓意着人一直在寻求传统与科技的平衡。

如果以线性时间视角看文明进程，一端是五千年古老文明，另一端是科技加速迭代的未来。而我们正处于“此刻”：一个承前启后的时刻，一个走过漫长“过去”、无限接近未来的时刻。在2047舞台的一端，陕北说书老艺人、彝族劳动群众、黔东南的侗族大歌队、都市年轻人……生生不息的人的故事构成文明的主角。在2047舞台的另一端，人工智能、生物感应、万物互联……人的创新创造正形成一股裂变之“力”，加速文明的更迭。这股源于“人”的力又将如何作用于“人”？当科技带来的改变扑面而来无孔不入时，对于曾漫步过五千年文明的人意味着什么？

一幕一关合的大红幕在演出的最开始想必让大量的观众摸不着头脑，这个看似平铺直叙的演出节奏似乎也无法让我们直接用平常的戏剧演出思维来对其进行有效的评判。我们看到的就是最质朴的传统和最新锐的科技之间的交流和对撞，对比最强烈的两端即是视觉需要表达的最重要的部分，即足够的深邃与神秘，从而最大限度地凸显整台演出的精神内核。事实上，我们要做的最重要的事情就是摘取时间两头最鲜活的部分，把近未来与未来之未来的一切可能归于深邃，交给观众去审视。

2047不是一个答案，它像一条时空隧道——连接古老与现代，过去与未来，人性的质朴与人性的超越，血脉中的记忆与内心的希冀。

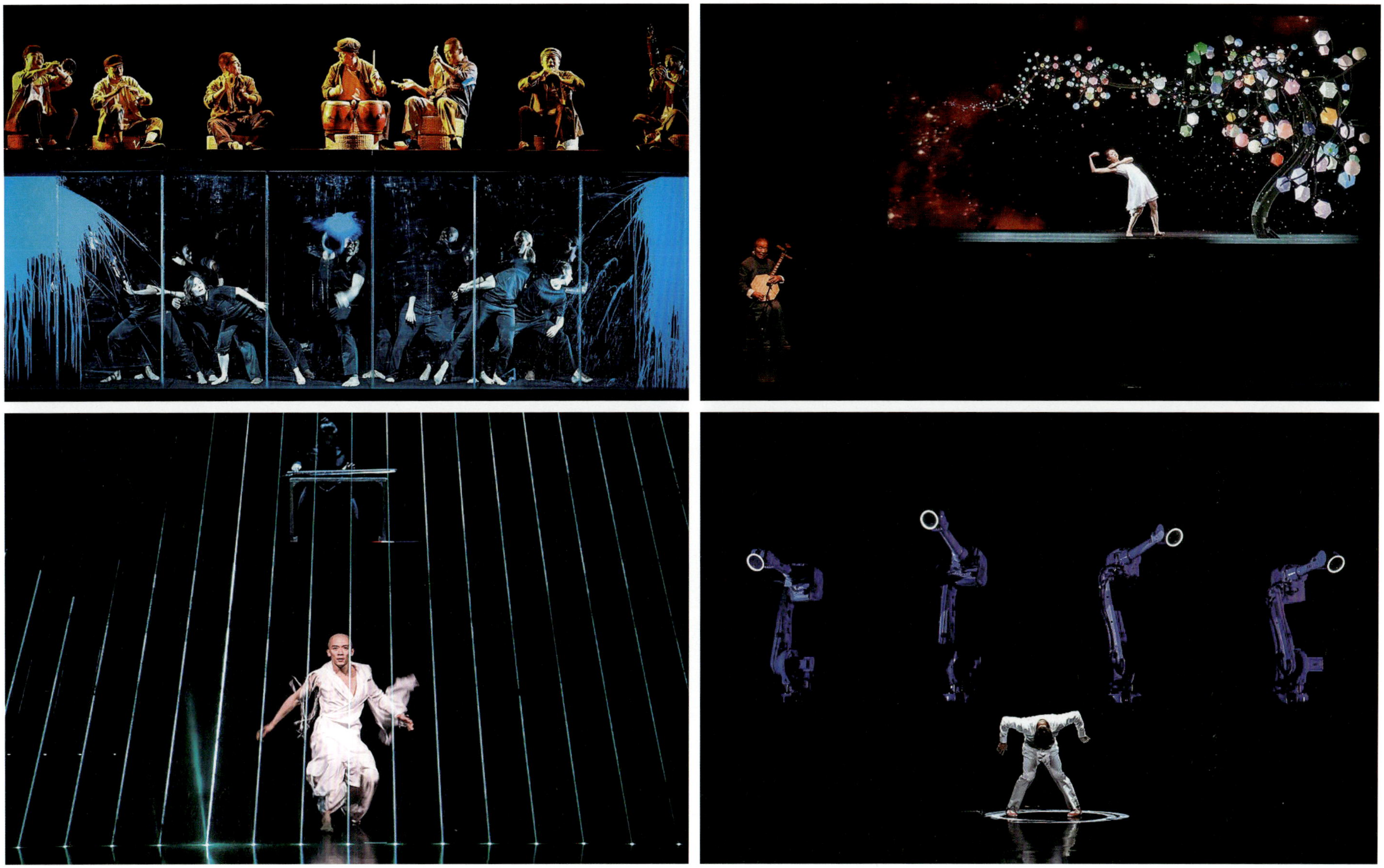

图4-1 《对话 · 寓言2047》第一季剧照组图

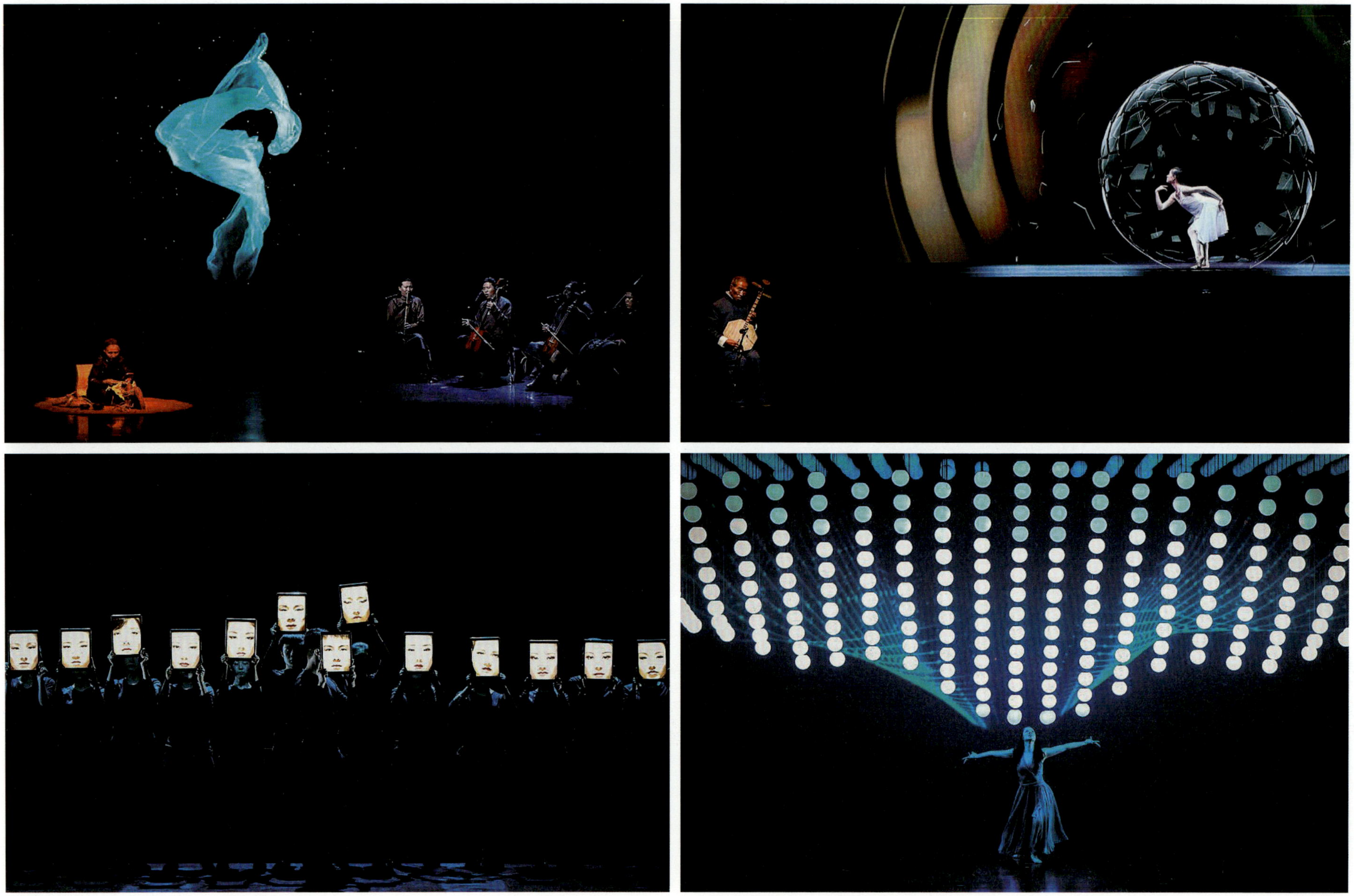

图4-2 《对话·寓言2047》第一季剧照组图

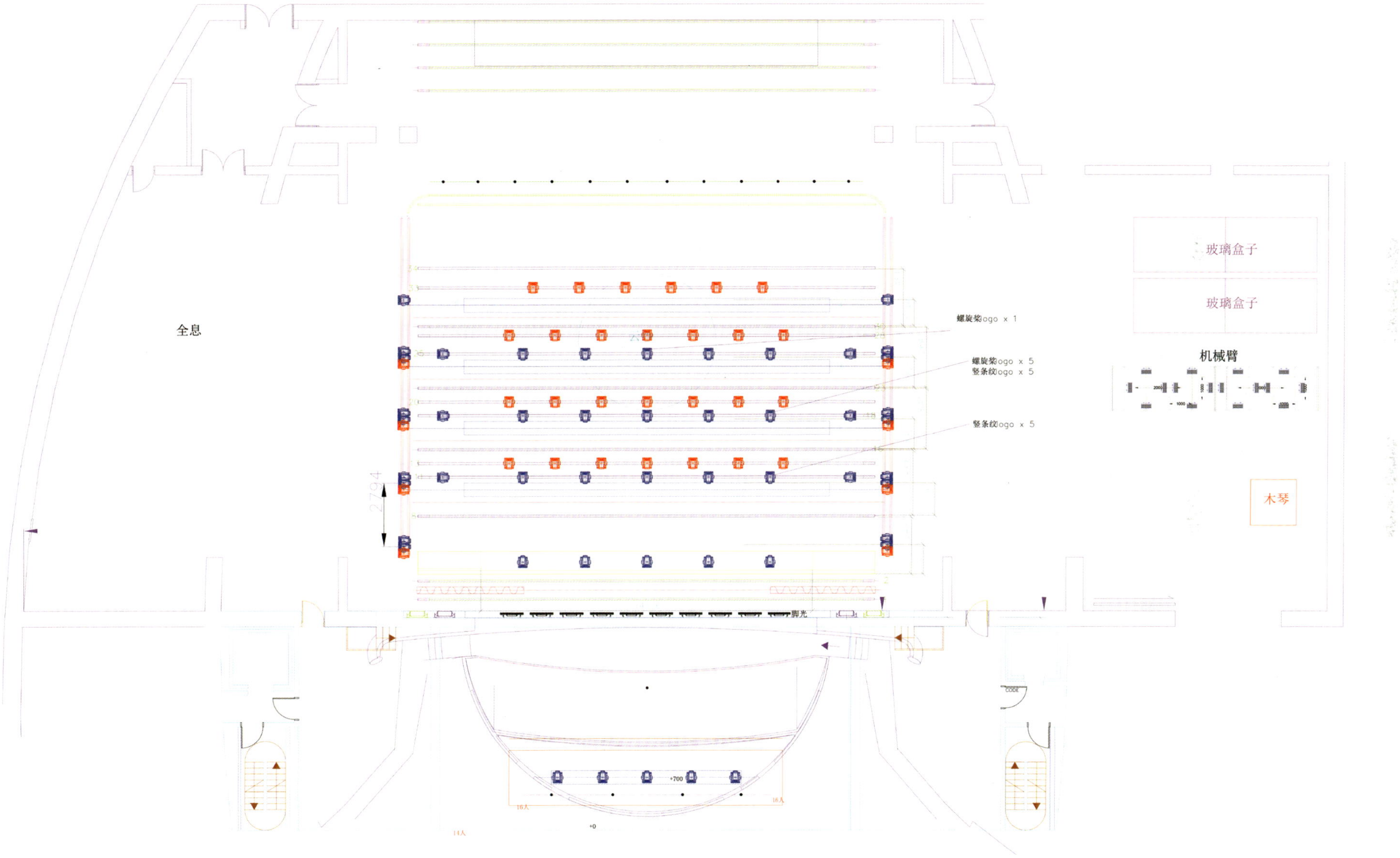

图4-3 《对话 · 寓言2047》第一季灯位图(顶视图)

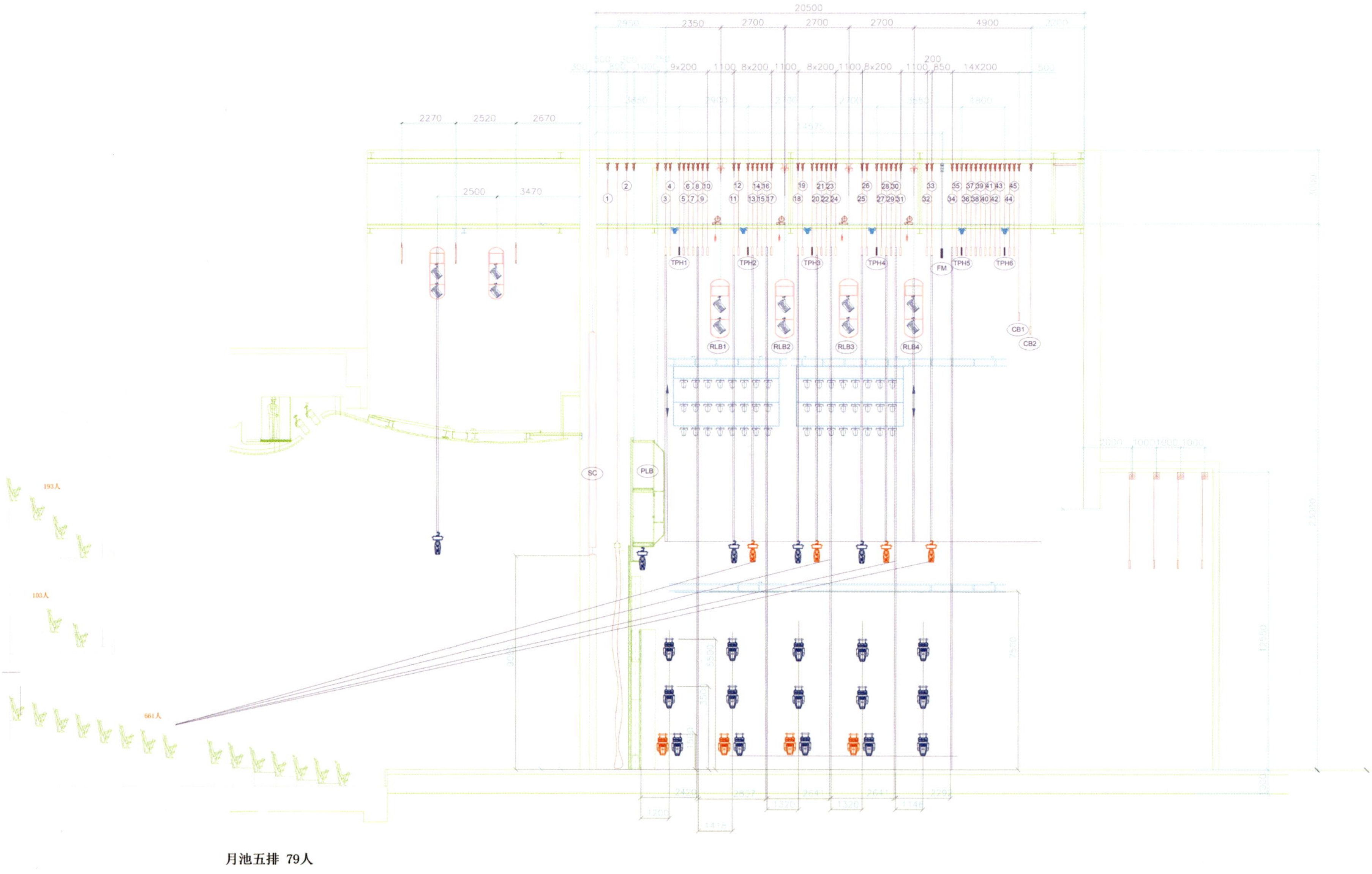

图4-4 《对话 · 寓言2047》第一季灯位图(侧视图)

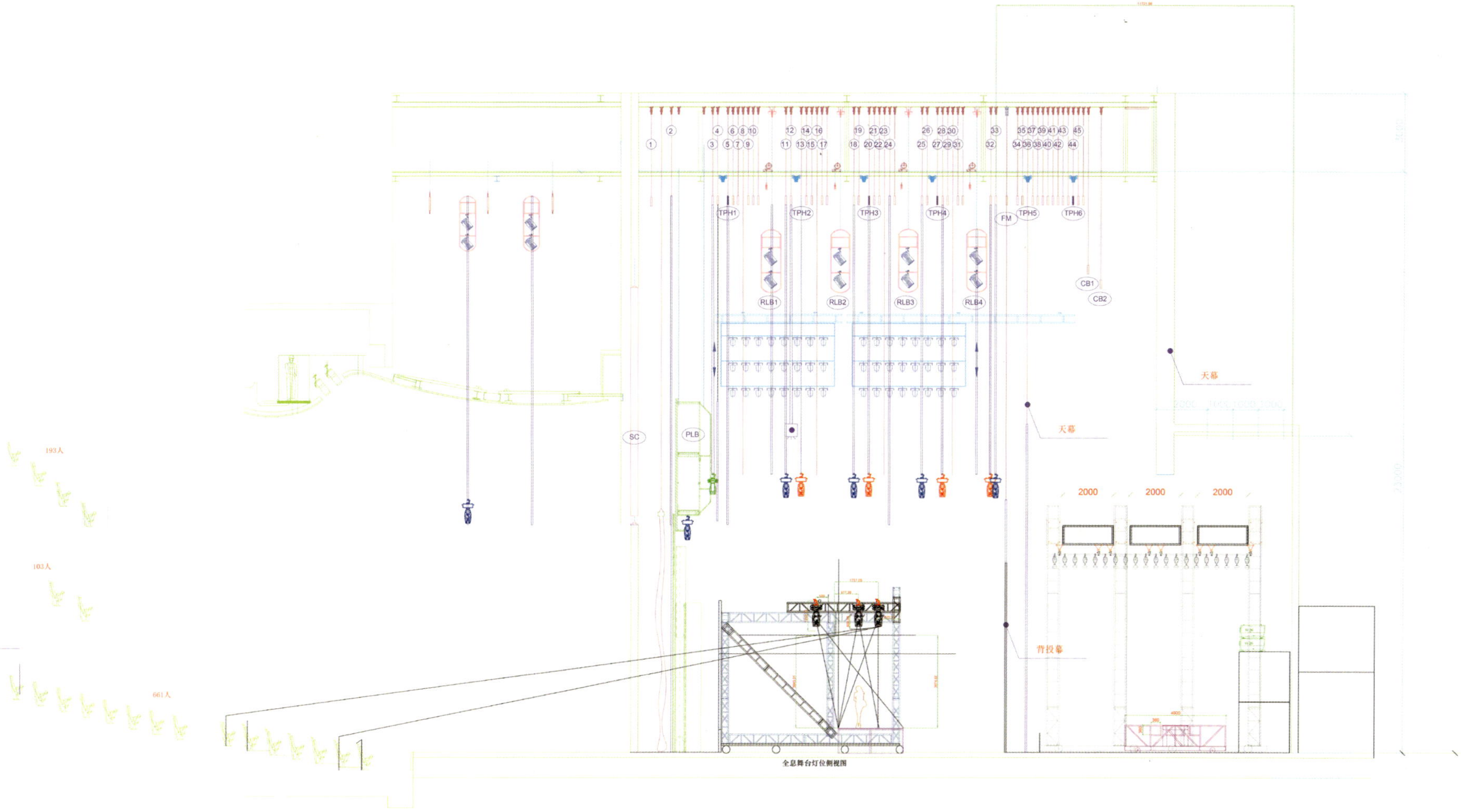

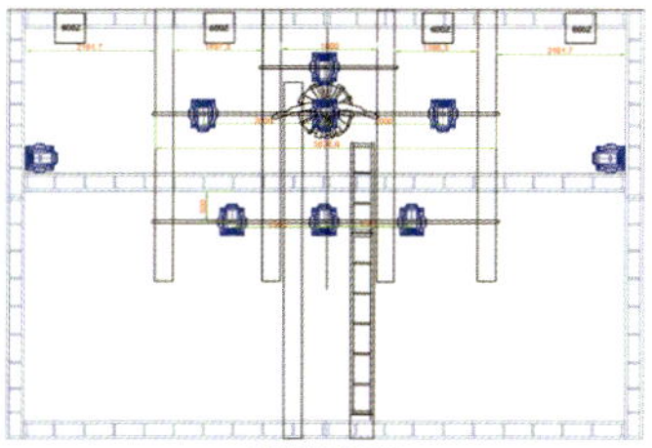

图4-5 《对话 · 寓言2047》第一季灯位图（全息舞台侧视图）

-6 《对话 · 寓言 2047》第二季剧照

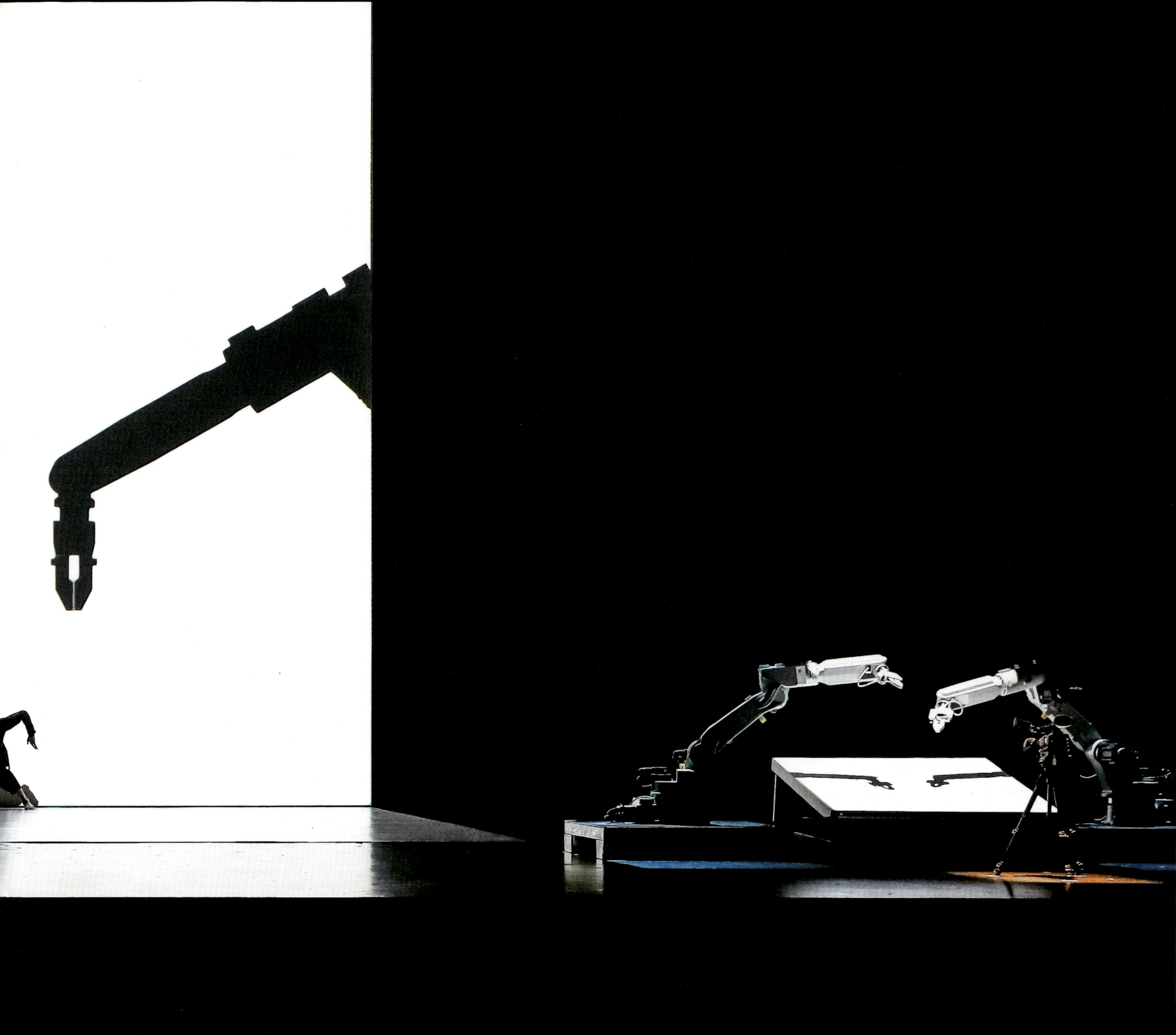

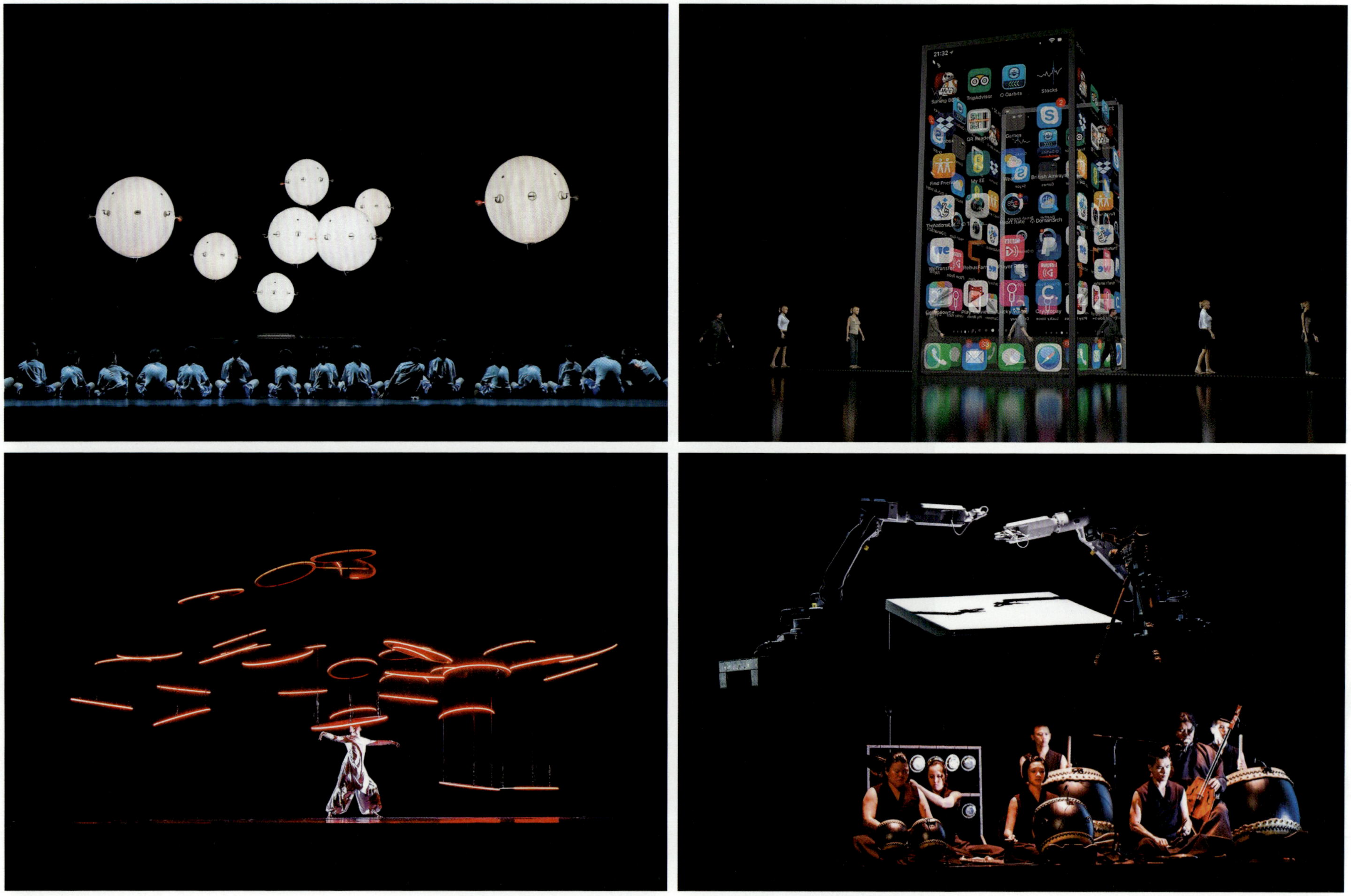

图4-7 《对话 · 寓言2047》第二季剧照组图

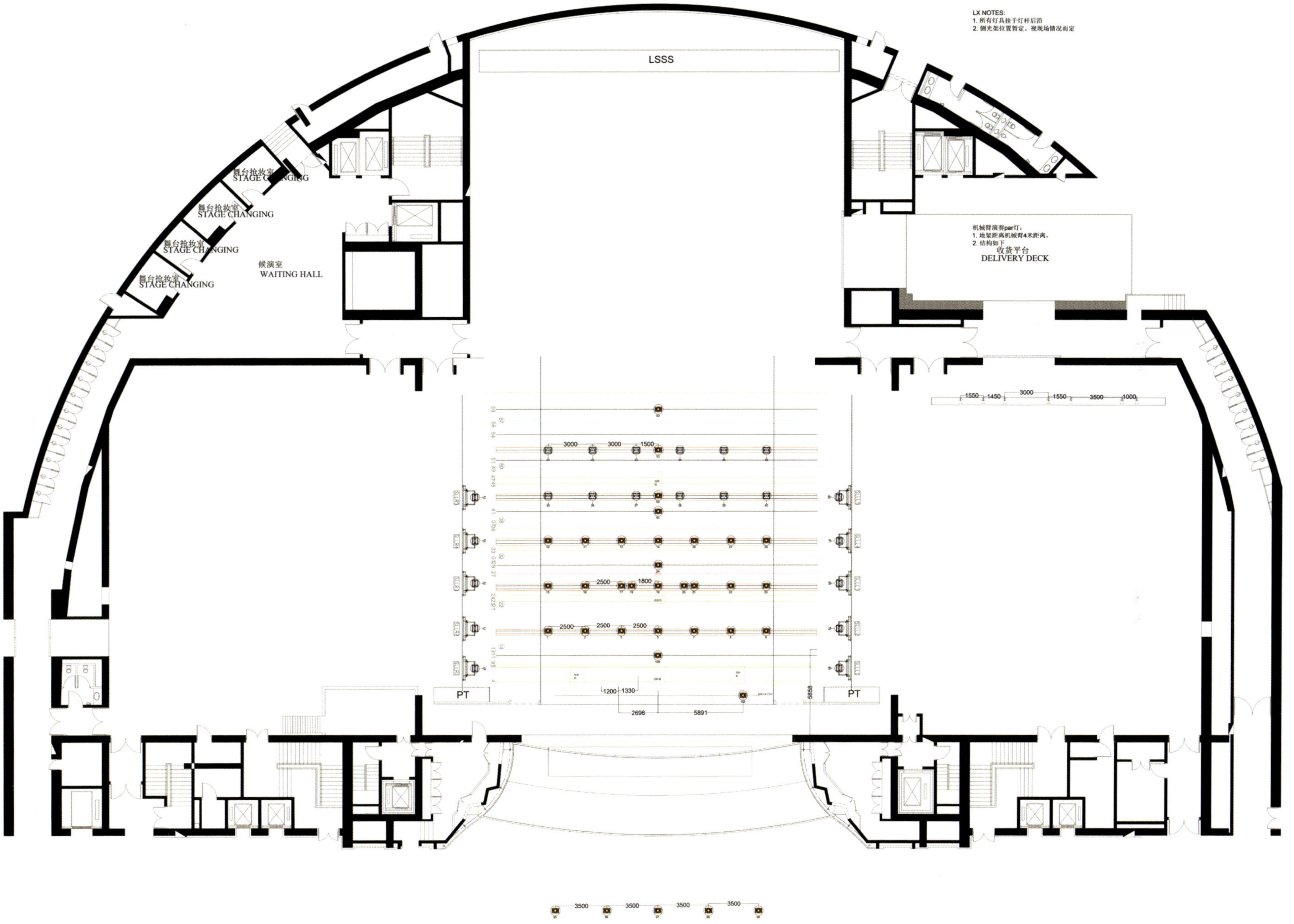

图4-8 《对话·寓言2047》第二季灯位图（俯视图）

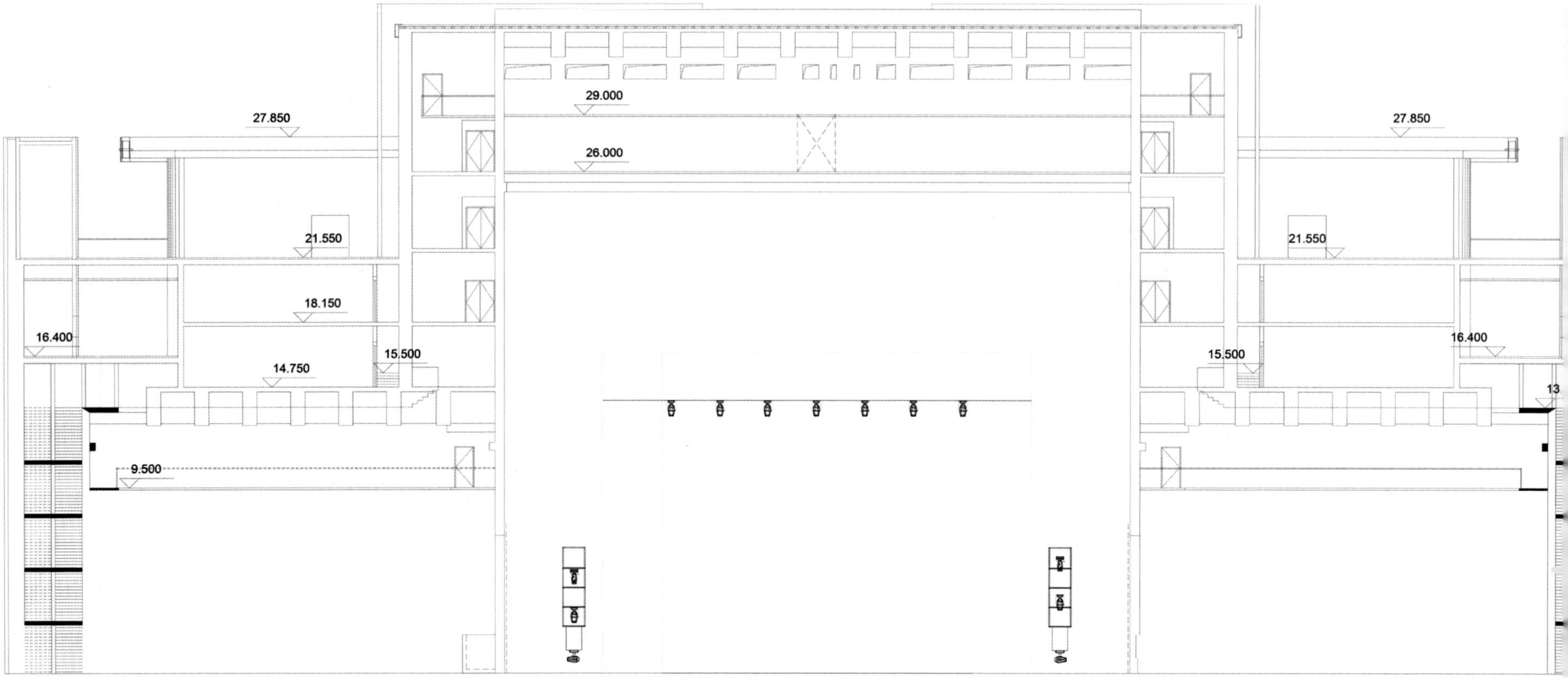

图4-9 《对话 · 寓言 2047》第二季灯位图（正视图）

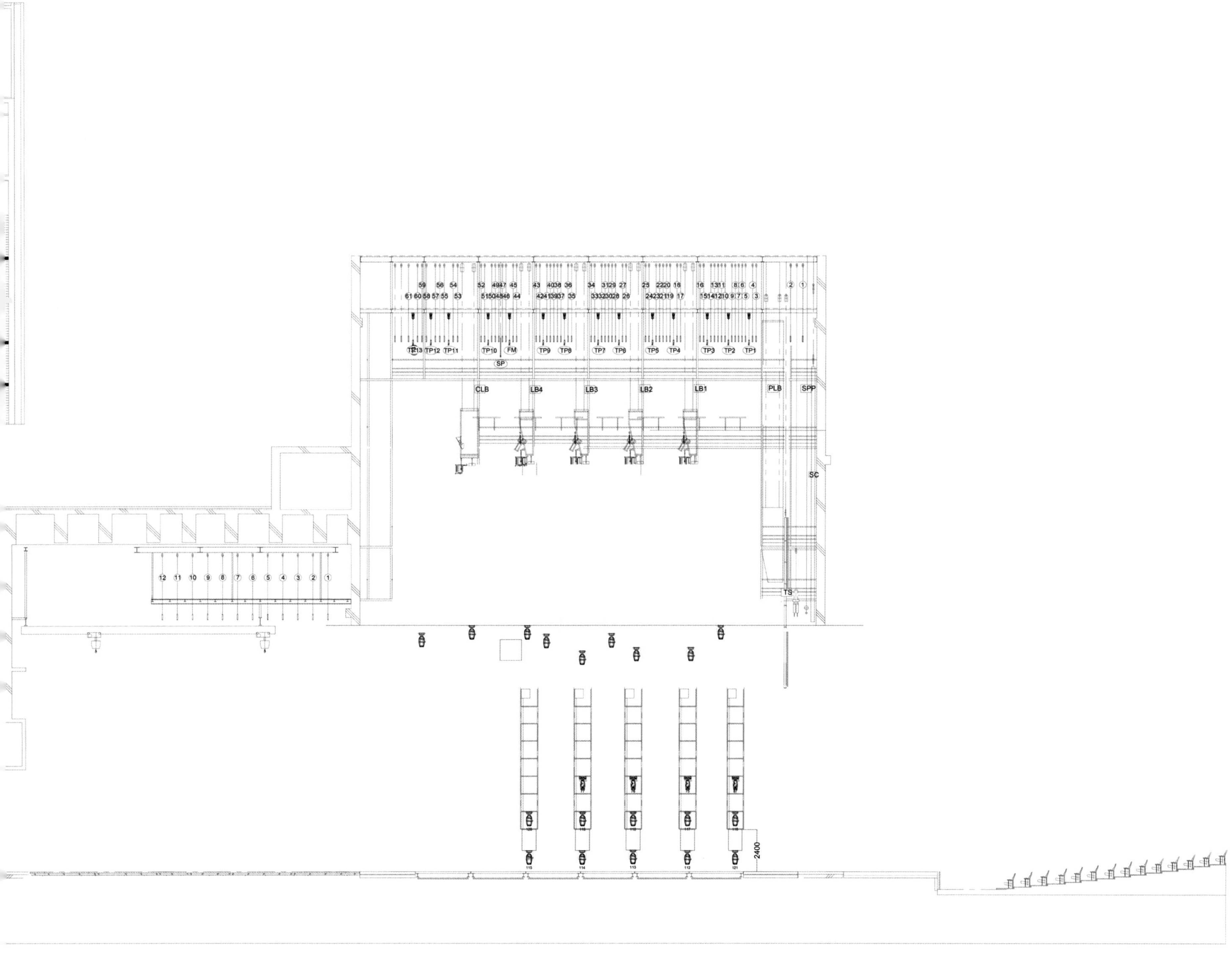

图4-10 《对话 · 寓言2047》第二季灯位图（上场口侧视图）

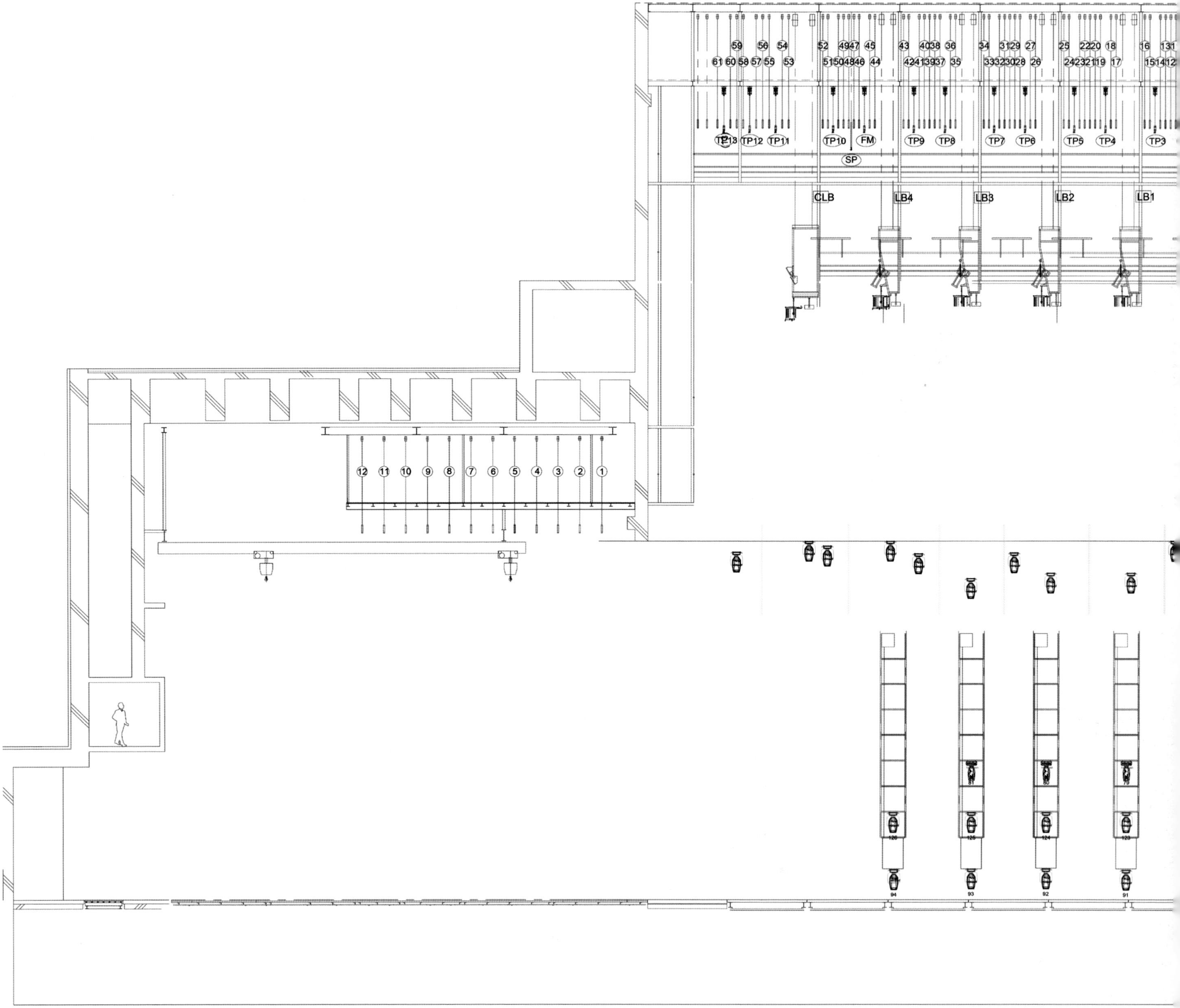

图4-11 《对话·寓言2047》第二季灯位图（下场口侧视图）

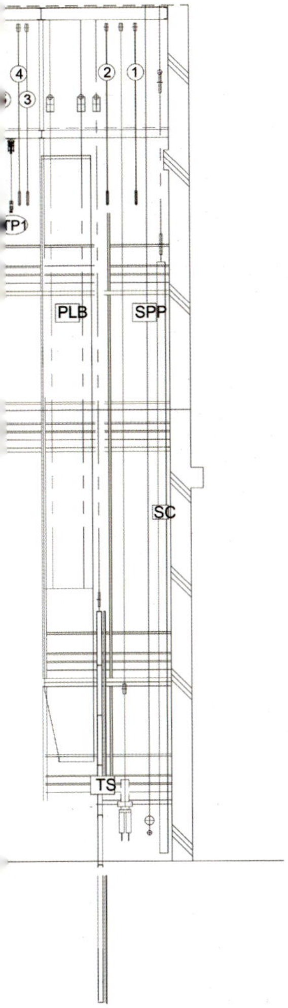

型号	数量					
Fine rat 1400PERF	55台					
Fine rat 1400WASH	20台					
PARcp61	7台					
ETC成像灯26°	8台					
雾机 安特利 Z500	2台					
烟机 安特利	2台					

图4-12 《对话·寓言2047》第二季灯具图

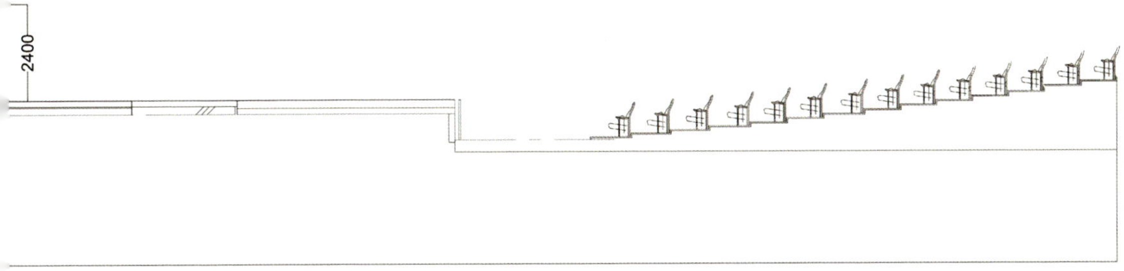

图4-13 《对话·寓言2047》第三季剧照

图4-14 《对话 · 寓言2047》第三季剧照

图4-15 《对话·寓言2047》第三季剧照组图

图4-16 《对话·寓言2047》第三季剧照

灯光使用明细表			
型号	数量	图例	
Fine rat 1400PERF	53台		
Fine rat 1400WASH	15台		
Fine rat 400CL	6台		
浙江小成像灯	6台		
浙江小条灯	30台		
ETC成像灯26°	8台		
Fine rat 470BSW	12台		
雾机 安特利 Z500	2台		

吊杆使用明细表					
杆号	节目	明细	杆号	节目	明细
3号杆	节目四	纱幕	56/57号杆		6号边沿幕
5号杆		灯光	26/27/28号杆	节目五	投影机
10号杆	节目四	威亚	7/8/9号杆	节目五	投影机
13/14号杆		1号边沿幕	15/16/23/23/24/25/35/36号杆	节目一	塑料袋
18/19号杆	节目七	投影幕			
20/21号杆		2号边沿幕			
29/33号杆	节目五	威亚			
31/32号杆		3号边沿幕			
37/38号杆		4号边沿幕			
40/41号杆	节目五	投影幕			
49/50号杆		5号边沿幕			

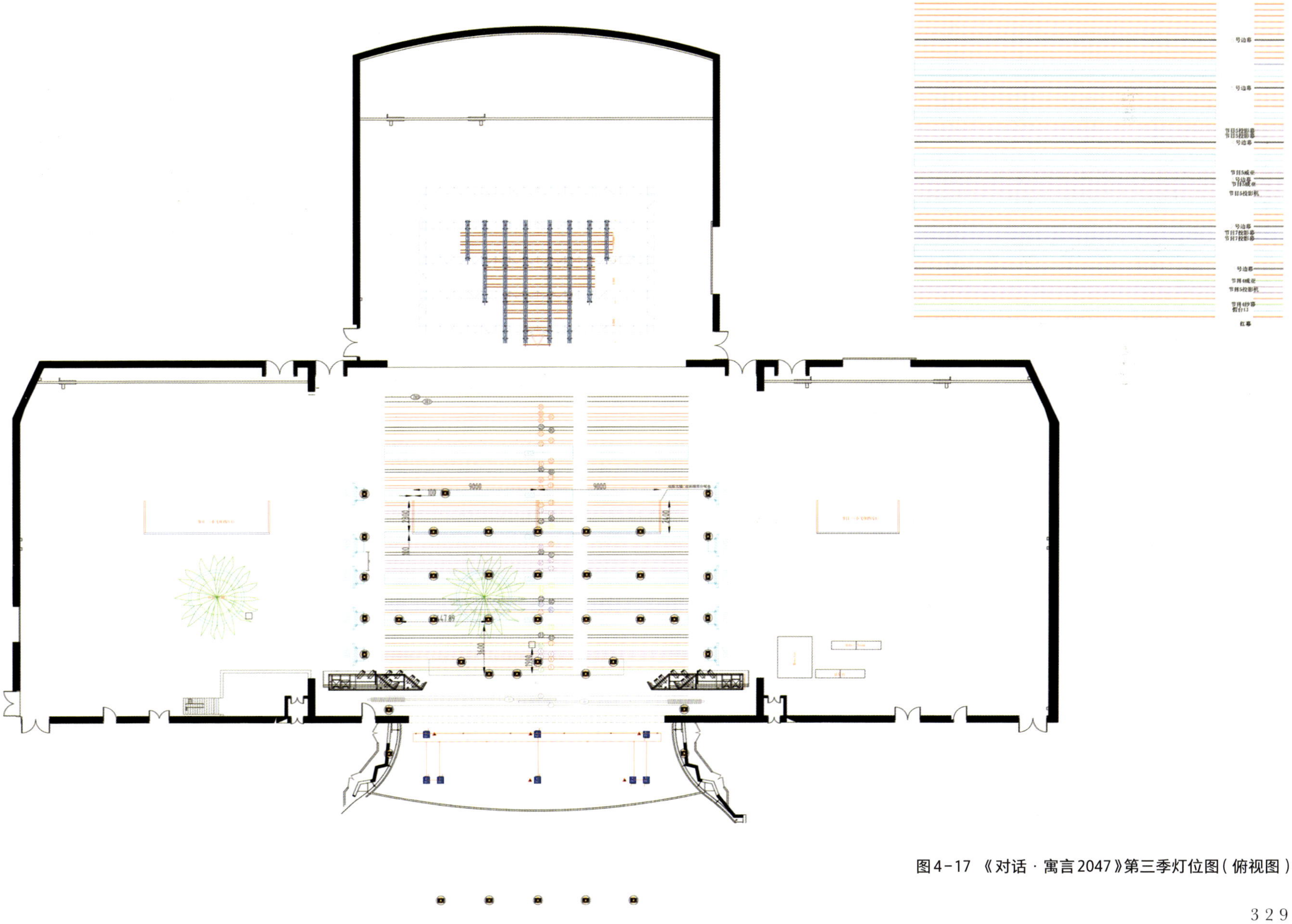

图4-17 《对话·寓言2047》第三季灯位图（俯视图）

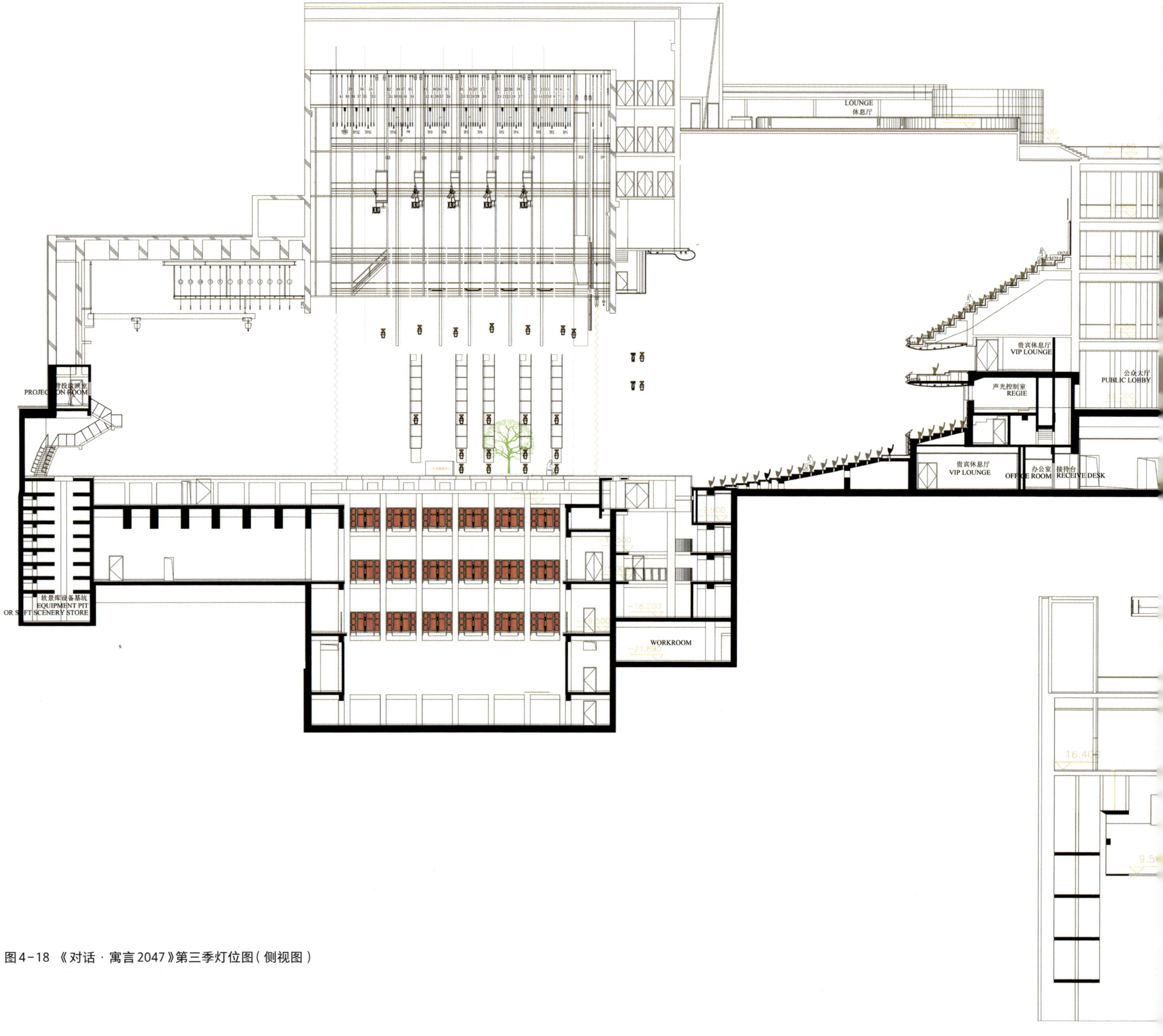

图4-18 《对话·寓言2047》第三季灯位图（侧视图）

图4-19 《对话·寓言2047》第三季灯位图（正视图）

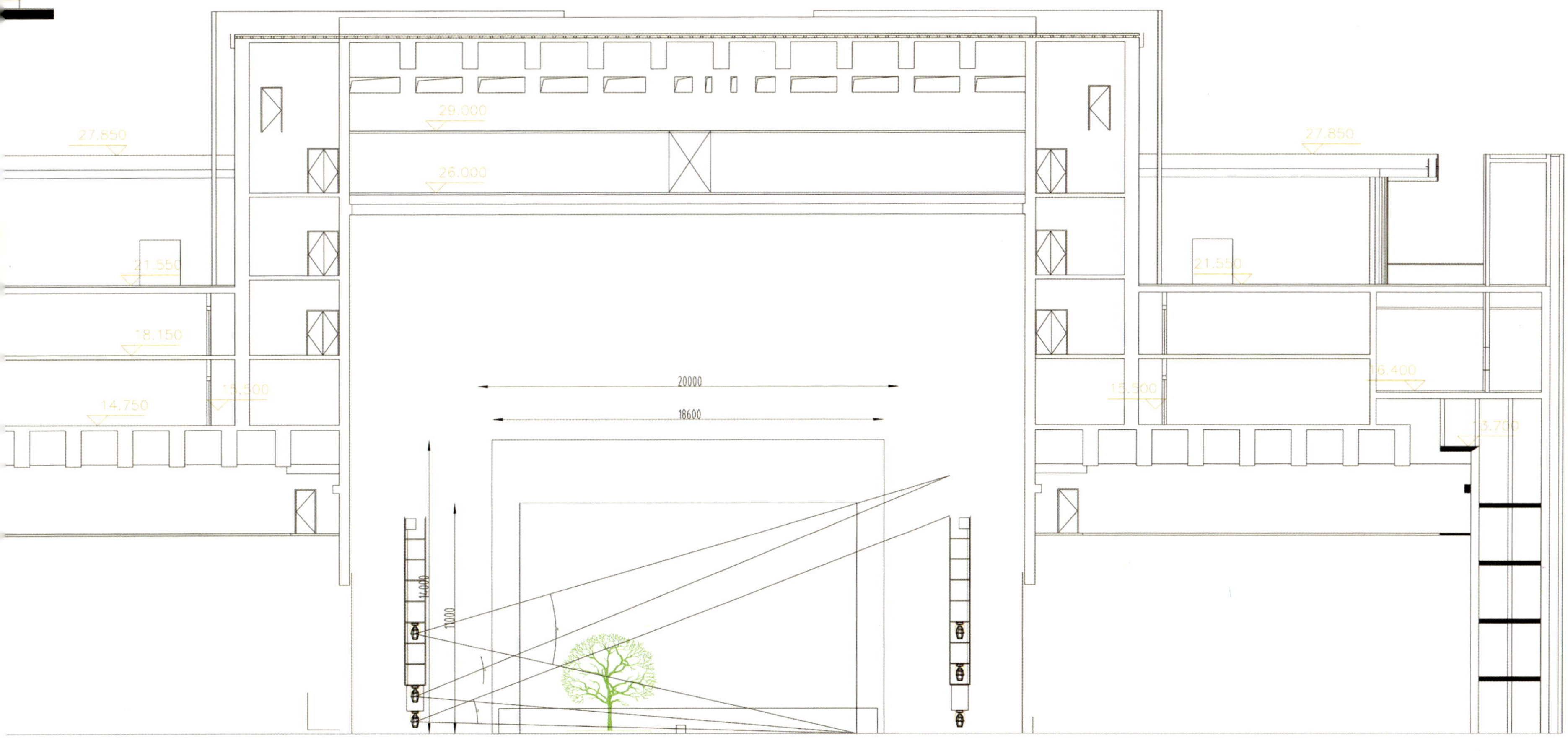

导师工作坊《界》

创意导演 / 视觉总监：任冬生

文学撰稿：刘　春

作　　曲：赵　博

影　　像：孔　江

出　　品：北京舞蹈学院

首演时间：2019 年 6 月 1 日

这是一次实验，我希望先建立起舞台视觉概念，然后编导通过这些概念进行对应性的编舞。我们建立舞台的混合体验——从“单纯”走向“多元”，以舞蹈、灯光、装置、影像、互动技术、触感电子音乐、现场音乐，从彼此的界限，找到融合的边界，从而达到新的境界。在导师工作坊《界》中我试图寻找与各位舞蹈艺术家新的合作，围绕着身体与空间、身体与时间、身体与技术讨论、创作。

以“界”为名，我试图打破传统舞台框架界限。通过与作品的合作关系的建立，我尝试摸索如何将其他艺术表现形式也作为舞蹈的形式因素，融合到舞蹈整体意象营造中的“跨界”语言与“同构”方法，更好地展现符合舞蹈自身表达特性的视觉营造途径。

《母陀罗》这个作品是我与舞者刘岩合作的，使用了透明的盒子，利用了镜面的反射，尝试了视觉与声音之间的实验。演出使用了现场音乐与电子音乐的合成，同时采用了 leap motion 体感捕捉设备，这个设备支持手掌和手指动作来进行输入，无须手的接触，这就建立了现实世界与虚拟世界的联系：手可以控制声音，可以触摸到虚拟世界的图形，在影像技术方面，我们采用了工业摄像头捕捉手的动作，用捕捉的动作数据来触发现场投影画面的变化，手的语言扩充为了剧场的语言。在身体与技术的交互过程中，两者之间的边界也模糊了，观众无法分清哪个是真实的，哪个是虚拟的；哪个是现实空间的，哪个是心理空间的。透明的盒子是由电子晶体屏幕构成，这是新型的投影介质，可以在上面投影成像，同时我们又可以清晰地看到刘岩现场的舞蹈动作。盒子构成的墙，因为透明，看上去存在，又不存在。附着上影像之后，这个墙的概念更像是外部世界与内心世界的一层隔膜。这样就变成了演员与时间的对话，与自己的过去的对话，与不断消逝的时间的对话。

两个舞者在盒子外面，通过两者与镜面墙体之间的关系，继续强化着这种内心外化。在盒子外面我们巧妙地使用了两个孪生姐妹舞者，形成身体之间的镜像隐喻，同时再加一层关系，这种镜像的身体在镜子中继续反射，再次形成虚与实，现实与梦境，现在与过去的对比和隐喻。

演出终尾，我们创造了一个大的视觉象征，从空中落下的很多白色气球，填满了盒子，有种生命不能承受之轻的暗示，最后这些白色气球将盒子从视觉感觉上，形成某种力量，把盒子撑开了。封闭的空间打开了，内心散发着光芒也打开了，我们看到了一个经历过挣扎、思索的，无比安静、真实的人。

而在《关系》这个作品中，我们在尝试搭建视觉与身体之间的关系，探讨在视觉寓意与身体运动之间如何工作，从而建立起有效的表达，同时我们也在探讨视觉传达的多义性。

有光就有影，影子也许是一辈子陪着你最多的事物，无处不在，有时你却很长时间都没有意识到这种存在。影子可以是陪伴的关系，也可能是你某种摆脱不了的关系，影子具有多重的寓意，变成了你另外一个身体，是没有肉身的，虚空的，扁平的，影子有你身体的轮廓，你的线条，像你又不是你，是身体的倒影，或是另外一个自己。我们在这个基础上去考虑，能用影子做什么，在两个身体的舞蹈中能够成为某种语言和角色。通常的影子是相对固定的，把影子放在两个身体的情境中，影子是两个人内心的外化，也建立了另外一个空间的关系，影子成为两个身体，两个人之间的关系纽带。影子可以代表身体的互换，代表内心的变化，也可以暗示数字化的身体，人的复制，人型的复制，以及复制之后，影子产生的自我意识，自我觉醒，这也是当今人们担心的人工智能的问题。当影子通过编程手段，能够根据音乐的时间，我们对影子进行了舞蹈性的编排，影子能够自己跳舞，自己运动，两个人的影子，旋转，环绕，突然变化方向，交错，人不动，影子动，影子的形态变化变成了内心情感的变化，可能是现实中男女的情感变化，也可能是人与数字之间的博弈，貌似是玩笑，实际上充满了危机，正如我们每时每刻在数字网络中的害怕被控制的危机感。

利用了影像跟踪技术，影像扩充了影子的意义。影像跟踪舞者身体的轨迹，产生了数字化的影子，让这种数字化对于现实生活的影响和无处不在视觉化地呈现出来。

帅小军的《彼岸》是一个关于生死，关于欲望，关于选择的作品，彼岸总给人们无尽的想象，彼岸是空间，也是时间，却又是一个遥不可及的，而又近在眼前的时空。运用怎样的视觉符号能够寓意作品中的彼岸呢？编导塑造了一个将要渡河的“人”，一群代表河流中，无数欲望纠缠、无法安静的灵魂，那么舞台上我们是否要去模拟一条河，模拟一个彼岸？还是我们在渡向彼岸的过程中，去提供三种可能性，在三个空间和时间中来完成：不安的灵魂如何放下，去迎接新生，或是能够安然地面对未知，去往彼岸。

第一空间是现在的空间，代表渡河的开始，此时此刻，舞者来到一片无人之地，在一片虚空之地，中西方的故事中都曾有这样的地方，踟蹰、等待、选择的地方，在中国的故事中面临忘掉尘世所有回忆的选择。此时此刻的空间，我们放置了一个悬空的镜面体，变成了一个虚无的空间，这个空间是此岸，是桥，是等待忘却一切之前的徘徊之地，同时这个局促的，甚至显得有些危险的空间，让这个等待的灵魂更为孤独，让舞者的身体本能地更为紧张，小心翼翼，不知所措。空间的特性对应，甚至激发着身体的特性。

第二空间是过去的空间。在大面积的斜平台上，在数字影像的配合下，这条抽象的河流有了不同的形态，不断闪现着记忆的碎片，有记忆中的人与物，有抽象的符号，也可能是具象文字组成的河流，无数灵魂在记忆中翻滚，渡河人在河流中的记忆逐渐清晰起来，在这个空间中，充满了无数的选择，身体与河流重叠在一起，时间的影像，空间的河流与放不下过去的身体交融在了一起。

第三空间是未来的空间，这个空间是由无数“灵魂”构成的空间，是由舞者身体构成的空间，服装的形态也带来了很强的形式感和空间感，构成了一种具有仪式感的空间，我们坐在作品所追求的彼岸，最后慢慢在身体的行走中，在仪式的行进中，出现了一个永恒的、轮回的，在每个身体之中一直存在的彼岸。

舞台三个空间的设置，也成了叙事的结构。在渡河的过程中，分为了现在、过去与未来的空间。我觉得这次导师工作坊改变了一种创作方式，这样的改变也必然会让创作更加多元和多变，实验不仅仅是舞台视觉的实验，更多的是创作思维和渠道的改变。

图4-20 《界》剧照

图4-21 《界》剧照

图4-22 《界》剧照

图4-23 《界》剧照

图4-24 《界》剧照

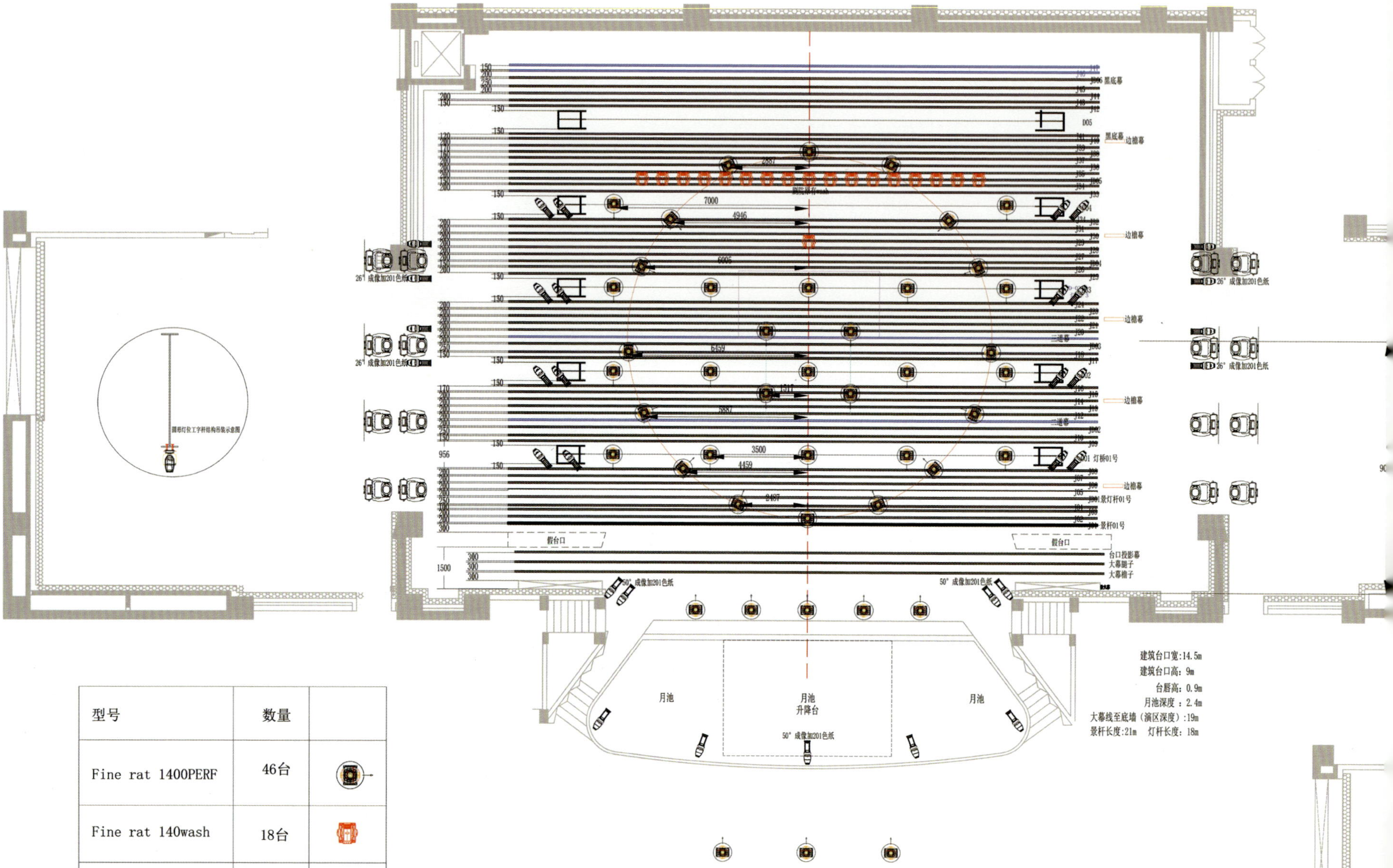

型号	数量	
Fine rat 1400PERF	46台	
Fine rat 140wash	18台	
VL -XL LED wash	16台	
ETC成像灯26°	56台	
ETC成像灯50°	9台	
雾机 安特利 Z500	2台	
grand MA2 full size	1台	

图4-25 《界》灯位图（平面图）

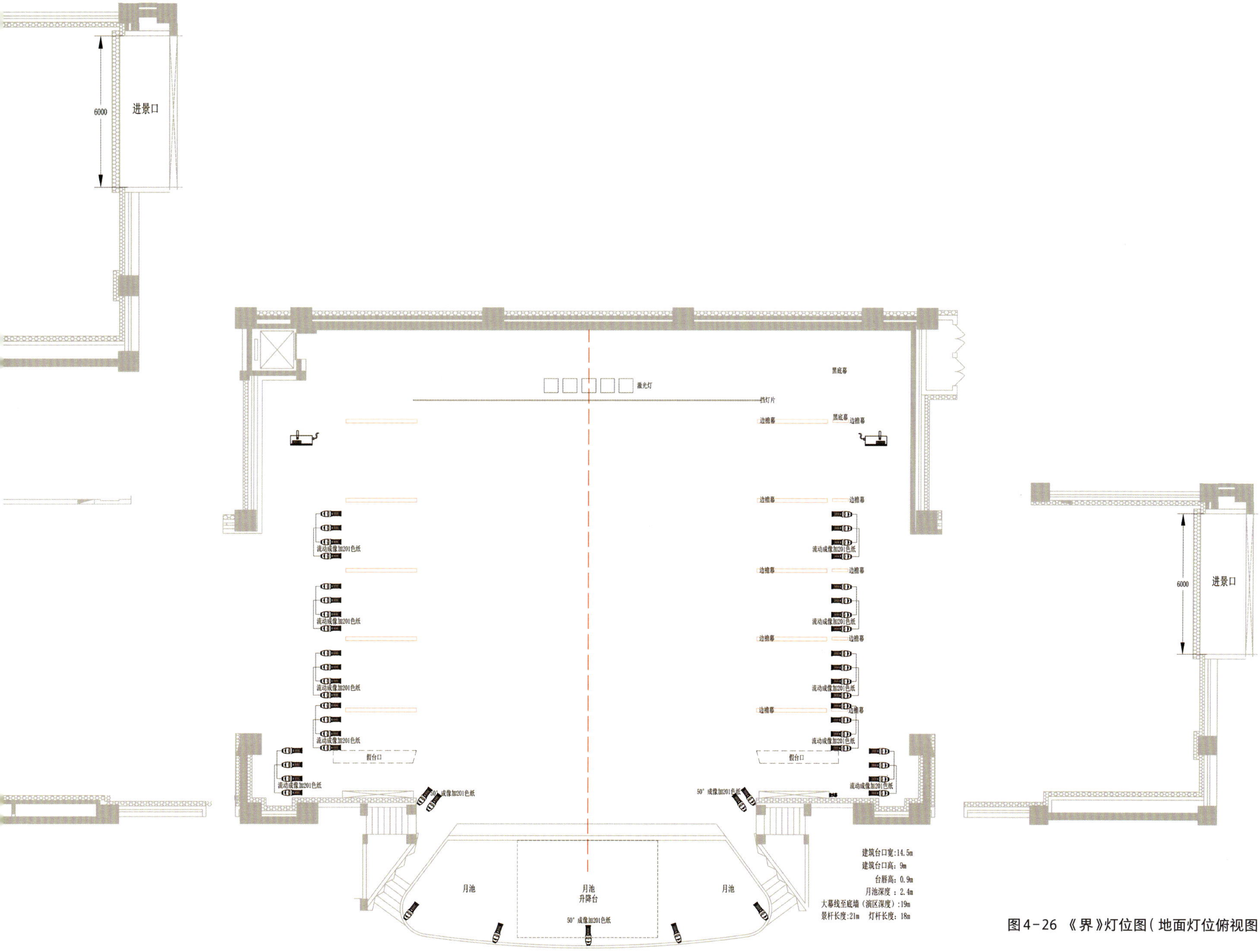

图4-26 《界》灯位图（地面灯位俯视图）

数字多媒体装置《人间、空间、时间和人》

作　　者：任冬生

材　　料：LED、综合媒介

尺　　寸：600cm × 600cm × 350cm（可变）

年　　份：2021 年

数字多媒体装置《人间、空间、时间和人》是探索科技与艺术结合新可能的一次重要尝试。这件装置可以对经过的观众进行实时面部捕捉，并将捕捉的画面投影在屏幕上。它就如同一面能够暂停时间的镜子，映射出我们真实地经过却未曾留意的瞬间。艺术的张力正是源于让人们熟悉的日常变得陌生。当真实的面孔转化为平静的、虚拟的数字信号，当交错的身体变成屏幕之间相等且平均的间隔，人们从周围的世界中被剥离出来。

也许是似曾相识的对望感，也许是短暂的延时所带来的错位感，我并不想试图去强调某种隐喻，我想我们面对的是一个大概率很难“隐”得了的世界，隐喻也早已被消费的浪头高高举起。我想给予的就是一个非常局促的几分钟、几小时里，真实地与我们擦肩而过的人以及我们自己。

借由一枚摄像头及一串媒介构造的这样的反复确认，一再重复，似乎主客体也会产生微妙的交错与异位，似乎这正是我们正在经历或即将面对的全新世界。

这件作品通过对观赏动线的限制与设计，试图营造一个全新意义的人与“人”之间的关系。通过这件作品让观众体验到参与感与互动感，从而引发一些对于个人隐私或者个人肉体自由在科技全面覆盖生活时产生的思考，这是我最早创作这个作品的想法。每个人都是屏幕上的小方块，人们对他人的理解局限于二维空间所赋予我们的想象。所有的面部就像特修斯之船上的零件，可以不断地更换、安装，只有装置本身岿然不动。我们在欢庆技术带给我们巨大时空便利的同时，也被它统治。同时，作为实体的我们也并未消失，在装置之外，我们相互注视着、观察着、存在着。

图4-27 《人间、空间、时间和人》现场照片

图4-28 《人间、空间、时间和人》现场照片

图4-29 《人间、空间、时间和人》现场照片

结　语

本书首先谈及对舞台空间创作、舞台设计师概念、舞台视觉设计过程以及科技催生下的舞台视觉之个人见解，随后从舞台作品的设计记录中，分享了个人艺术创作中意向与空间的表达以及如何实现舞台视觉的呈现与延展。

在舞台上，舞台视觉的魔力不容小觑。它渲染氛围、塑造空间，为观众带来视觉与心灵的双重享受。在这个充满艺术和创意的领域，我们必须用卓越才华和敬业精神照亮舞台，为观众带来难以忘怀的感受。

这些年我参与创作的作品跨越戏剧、舞蹈、音乐剧、歌剧等多种表演艺术形式，因此积累了一些经验，每次的设计工作都力争能创造出令人惊叹的视觉效果。

在这些作品中，我高度关注创意性和原创性，坚持对细节的关注和对完美的追求，对光线的强度、方向、色温等方面进行精细调整，以实现最佳的视觉效果。

舞台艺术情感传达与氛围营造尤为重要。运用光线和颜色的变化来表达不同的情感，引导观众的感受。运用视觉手段将欢快与忧伤、温馨与紧张、激情与宁静都加以充分体现，为观众呈现了一场丰富多彩的视听盛宴。

成功的舞台灯光设计需要与导演、表演者以及其他舞台团队成员紧密合作。在这方面需要设计师表现出高度的专业素养和卓越的沟通能力，充分理解导演的意图，与表演者协同工作，共同创造出令人难以忘怀的舞台效果。

我的一些作品凭借其适应性和多样性，作品风格独具匠心，既能恰如其分地展现传统文化的韵味，又能巧妙地融合现代审美元素，充分调动艺术的敏锐洞察力和无穷创造力，为之注入灵魂，赋予其独特的艺术魅力。

任何一个舞台作品从创意、设计方案、制作到实施完成，对导演、音乐、演员、视觉创作来说，都是一场“修行”。设计者不仅仅是创造一个美丽的环境，更是要创造出隐喻着表演的主题与内涵，提供给演员、导演更多创意激荡的空间。这也正如同我们的工作一样，通过全面运用舞台视觉语言，来传达我对舞台的爱。

图书在版编目（CIP）数据

任冬生舞台设计笔记：舞台创作中的视觉呈现与延展 / 任冬生著. -- 北京：文化艺术出版社, 2024.5
（北京舞蹈学院70周年校庆系列丛书）
ISBN 978-7-5039-7600-1

Ⅰ. ①任… Ⅱ. ①任… Ⅲ. ①舞台设计 Ⅳ. ①J813

中国国家版本馆CIP数据核字(2024)第095498号

任冬生舞台设计笔记
——舞台创作中的视觉呈现与延展

著　　者　任冬生
丛书统筹　董良敏　江楚锐
责任编辑　江楚锐
责任校对　董　斌
书籍设计　马夕雯
出版发行　文化艺术出版社
地　　址　北京市东城区东四八条52号（100700）
网　　址　www.caaph.com
电子邮箱　s@caaph.com
电　　话　（010）84057666（总编室）　84057667（办公室）
　　　　　84057696—84057699（发行部）
传　　真　（010）84057660（总编室）　84057670（办公室）
　　　　　84057690（发行部）
经　　销　新华书店
印　　刷　鑫艺佳利（天津）印刷有限公司
版　　次　2024年10月第1版
印　　次　2024年10月第1次印刷
开　　本　787毫米×1092毫米　1/12
印　　张　30.5
字　　数　80千字　图片400余幅
书　　号　ISBN 978-7-5039-7600-1
定　　价　320.00元